The House Without a Key

E. D. Biggers

論創海外ミステリ

128

鍵のない家

E・D・ビガーズ

林たみお 訳

論創社

The House Without a Key
1925
by E.D.Biggers

目次

主要登場人物

ジョン・クィンシー・ウィンタスリップ……ボストンの名門ウィンタスリップ家の御曹司
ミス・ミネルバ・ウィンタスリップ……ジョン・クィンシーのおば
ダニエル（ダン）・ウィンタスリップ……ホノルルの資産家
バーバラ・ウィンタスリップ……ダン・ウィンタスリップの娘
アモス・ウィンタスリップ……ダン・ウィンタスリップの兄。ホノルル在
ロジャー・ウィンタスリップ……サンフランシスコ在のウィンタスリップ家の一員
アーリン・コンプトン……〈ワイキキの未亡人〉よばれる女性。ダンの恋人
ジェイムズ（ジム）・イーガン……〈椰子が浜ホテル〉の経営者
カーロタ（キャリー）・マリア・イーガン……ジム・イーガンの娘
アガサ・パーカー……ジョン・クィンシーの婚約者
ハリー・ジェニスン……弁護士。バーバラの恋人
アーサー・テンプル・コープ……英国海軍省の大佐
トーマス（トム）・メイカン・ブレード……インド勤務を退職した英国人の役人
ボウカー……〈プレジデント・タイラー号〉の船室係
ハレット……ホノルル警察の警部。チャンの上司
グリーン……ホノルルの地方検事
チャーリー・チャン……ホノルル警察の巡査部長

鍵のない家

第一章　コナの嵐

ミス・ミネルバ・ウィンタスリップはボストンの名家の出身だった。ロマンチックな感情に胸をときめかす年齢はとっくに過ぎていたが、美しいものには、それが太平洋の小さな島のごく素朴なものであっても、いまだに心が弾んだ。浜辺に沿ってゆっくりと歩きながら、熱いものがこみあげてくるようだった。ボストンのシンフォニーホールで、気に入りの交響楽団が、期待を超える新たな感動を生みだしたときに感じるものと同じだった。

熱帯の夜が早足でやって来る夕食前のワイキキが、彼女はいちばん気に入っていた。背の高いココ椰子の木が投げかける影が長くなり、濃さを増し、沈みつつある夕陽がダイヤモンドヘッドに照り映え、珊瑚礁から打ち寄せる大きな波を黄金色に染めていた。まだまだ楽しんでいたい人々が、海からあがるのをしぶって、恋人の愛撫のようなやわらかな波に身を任せながらあちこちに姿を見せていた。近くの浮き桟橋の飛び込み板では、日に焼け、ほっそりとした少女が跳躍する一瞬のタイミングを計って身構えていた。素晴らしいプロポーション！　五十歳をとっくに超えているとはいえ、ミネルバは羨ましいと思った。若さ、矢のような若さ、まっすぐに、揺らぐことなく飛んで行く若さ。ほっそりした体が伸びあがり、海面に向かい落下する。静かで鮮やかな、完璧な飛び込み。

　ミネルバは並んで歩いている男に目をやった。しかし、アモス・ウィンタスリップは美しいものには無関心だった。それが彼の生き方の基本原則だった。ハワイで生まれ、本土はサンフランシスコまでしか知らない。しかし、自分がニューイングランドの誠実さを体現している、ズック地の白いスーツを着た自分の心にあるのはニューイングランドの良心であることに、いささかの疑念ももっていなかった。

「戻った方がいいわ、アモス。夕食の時間でしょう。ここまででいい、ありがとう」

「柵まで送ってゆく。ダンとあいつの騒々しさにうんざりしたら、また僕のところへ戻って来て構わないし、そうしてくれたら嬉しいよ」

「ご親切にありがとう」歯切れよく答え、ミネルバは続けた。「でも、ほんとうはボストンに帰らなければならないの。グレースが心配しているの。もちろん、私の行動は彼女には理解できないでしょうし、自分ながら、私もまったく呆れた行動だと思っている。それは認める。六週間のつもりでホノルルへ来て、この辺の島々をもう十カ月もうろついているんですもの」

「もうそんなになるのかい？」

　ミネルバはうなずいた。「うまく説明できないけど、毎日、真面目に誓いをたてるの。明日には、きっと荷造りをはじめますって」

「だが、その明日はけっして来ないってわけだ。南国に魅入られてしまっているんだ。そうなる人もいるよ」

「優柔不断って言いたいんでしょう。でも、私はこれまで優柔不断だったことなんてなかった。誰でもいいから、ビーコン・ストリート（ボストンの高級住宅街）の人に、聞いてごらんなさい」

アモスはかすかに微笑んで言った。「それがウィンタスリップ家の気質さ。堅物のピューリタンと思われている。しかし、怠惰が許される場所にいつも憧れている」

「分かるわ」ミネルバが答えた。視線は南国情緒あふれる海岸線に向けられていた。「だから大勢の人たちがセーレムの港（マサチューセッツ州の古くからの貿易港）から冒険に旅立って行った。後に残った人たちは、旅に出た連中はウィンタスリップがやってはいけないことをやっていると感じている。でも、そう言っても、心の中では、自分には許されないことをやっている人たちを羨ましがってもいるの」ミネルバはそう言って自分でうなずいた。「一種のジプシー気質ね。あなたのお父さんを、はるばるここへ来させて、捕鯨事業を立ち上げさせたのも、故郷からずっと離れたこの地であなたが生まれたのもその気質のせいよ。アモス、あなたも自分が、もともと、この地に根ざしていないことを分かっている。あなたは、ミルトンやロックスバリー（いずれもボストン近郊の住宅地）に住んで、毎朝、緑色の書類鞄をかかえて、中心街の事務所へ出勤した方がいいのよ」

「そんな自分を、何度も想像したことがあるよ」アモスは否定しなかった。「それに、分からないけれど、もしかしたら、ひとかどの人物になっていたかも」

二人は有刺鉄線を張った柵のところへ来ていた。誰にたいしても友好的なワイキキの海岸にはなじまない障壁だった。水際までずっと伸びている。波が駆け上り、いちばん水際の支柱に打ちよせ、それから引いていった。

ミネルバは微笑み、言った。「ああ、ここがアモスとダンの境界ね。チャンスを見て、いろいろやってみるつもりよ。あなたが柵を作れなかったのは幸いだった。だから、あなたは他の人とうまくやっていけるのよ」

「荷物はダンの家に届いているはずだ。さっき私が言ったことを忘れないように……」アモスはそこで不意に口をつぐんだ。白服のがっしりした男が、柵の向こうの庭に出てきて、急ぎ足で二人の方にやって来ていた。アモスは一瞬、体を硬くした。ふだんは温和なその目に怒りの炎が燃えさかっていた。そして「じゃあこれで」と来た方へ戻りはじめた。

「アモス！」ミネルバが鋭い声で呼びかけたが、アモスの足は止まらなかった。ミネルバが追った。「アモス、そんな馬鹿な、待ちなさい！　この前ダンと口をきいたのは、いつのこと？」

アモスはアルガロバ《イナゴ豆》の木の下で足を止めた。「三十一年前。去年の八月十日で、三十一年になった」

「もういいでしょう。さあ、その馬鹿げた柵を回って、彼に手を差し伸べるのよ」

「俺の方からはお断りだ。きみは、ミネルバ、ダンの暮らしぶりを知らないんだ。何度も何度も、あいつは、俺たちウィンタスリップの名を汚してきた」

「でも、ダンは大人物だと見られているわ。尊敬もされているし」

「しかも、金持ちだ」アモスが苦々しげに付け加えた。「だが、俺は貧乏だ。世の中なんてそんなものさ。でも、やがて来る世界では、ダンも相応の報いを受けるに決まっている」

少々のことではたじろがないミネルバだったが、アモスの痩せた顔に浮かんだ憎悪の眼差しには恐怖を覚え、これ以上説得しても無駄だと思った。「じゃあ、ここで、アモス。あなたを説得して、いずれ東部へ来させたいと思っているわ」アモスは聞こえなかったように、白く広がる砂浜に沿って、足を速めて去っていった。

ミネルバが振り返ると、柵の向こうからダン・ウィンタスリップが笑いかけていた。「やあ、よく来たね」ダンは大きな声で言った。「鉄条網のこっちへ来て、またワイキキを楽しんでもらいたい。大歓迎するよ」

「お元気、ダン？」ミネルバは打ちよせる波のタイミングを計って、ダンのところへ行き、ダンが彼女の両手を握った。

「会えてうれしいよ」目もそう言っていた。そうなのだ、ダンは女性の扱いを心得ている。「この頃、古い家で寂しい思いをしていた。雰囲気を変えるためにも、若い女性が周りにいてほしいんだ」

ミネルバは軽く受け流して、「私は、ボストン社交界が賑わう冬の季節に、いつも雨靴でどたどた歩き回っていた女よ」とダンの記憶を呼び覚まさせた。「だから、そういう類の話はすっかり忘れてしまったわ」

「ボストンなんか忘れてしまえばいいんだよ」ダンはきっぱりと言った。「ハワイでは、誰もがみんな若いんだ。僕を見てごらん」

ミネルバは、不思議そうにダンを見た。ダンは六十三歳だと分かっていた。しかし、こめかみを豊かに覆うふさふさした白髪だけ見ても、とてもそんな歳とは思えなかった。ポリネシアの太陽の下を長年歩き回って濃い赤銅色に焼けた顔にも、皺は、太いものも細いものも、一筋もなかった。厚い胸と筋肉で、本土では四十歳と言っても通るだろう。

「私の大事な兄がきみを境界際まで案内してくるのを見ていた」庭を横切って歩きながら、ダンは話を続けた。「私によろしくって、言ってたかい？」

「こっちへ回って来させて、握手させようとしたんだけれど」

ダンは声をあげて笑って、「哀れなアモスから、私への憎しみを取り上げないようにしたほうがいい。彼にとっては、今や、それだけが生きがいなんだから。毎晩やって来ては、あのアルガロバの木の下で煙草を吸いながら、私の家をじっと見ている。彼が何を待っているか、知ってるかい？　天なる神が一撃をくらわして、私を罰するのを待っているんだ。まあ、ずいぶん我慢強い男だ。彼にそう言ってやりたいくらいだよ」

ミネルバは黙って聞いていた。たくさんの部屋があり、ひとり暮らしには似つかわしくないダンの邸宅は、息を飲むような美しさの中に建っていた。大きな深紅色の傘のような何本ものポインシアナ《ホウオウボク》、厳かな黄金色の夕映え、ベンガル菩提樹《バニヤン》の巨木が投げかける紫色の影、ミネルバの好きなハウの木《オオハマボウ》は、この世界の初めから存在していたかのように威厳に満ち、おびただしい数の黄色の花に覆われていた。ミネルバは、立ちどまってそうした美しさのすべてを、あらためて一挙に体中に取り込んだ。とくに美しいのは満開のブーゲンビリアで、蔓が触れるすべてのものを赤レンガ色の輝きで包み隠してしまっていた。毎春、ボストン・パブリック・ガーデン（一八三七年にアメリカ初の公立植物園として創られた公園）でうっとりと花を愛でている友人たちは、今、自分の前にあるこの花々を目にしたら、何と言うだろう。きっと、けばけばし過ぎて、素晴らしいとは言えないと、逆に軽蔑するかもしれない。背景は緋色、そして、それにぴったり似合ったけばけばしさ。まさに、すべて、いとこダンにふさわしかった。

二人は、居間に直接つながる横手のドアに行った。右手に目をやると、びっしり茂った木々の葉の間からカリア・ロードに面した鋼鉄のフェンスと背の高い門が見えた。ダンがミネルバのためにドアを開け、彼女は居間に足を踏み入れた。ハワイ諸島のほとんどの住居と同じく、その居間も壁は三面だけで、残りの一面は金網戸をはめて大きく開放されていた。二人は磨かれた床を横切り、さらに奥の大きな広間に入った。正面扉の近くに、年齢は定かでないハワイ人の女性がひとりいて、椅子からゆっくりと立ちあがった。豊満で、胸も大きく、消えつつある人種の威厳を残したハワイ女性の典型だった。

「まあ、カマイクイ。また来たわ」ミネルバは微笑みかけた。

「おいでなさいませ」女は答えた。彼女は使用人ではあったが、女主人のような優雅な話し方をした。

「初めて来たときと同じ部屋を用意してある、ミネルバ」ダンが言った。「荷物は入れてある。それから、今朝の船で来た郵便物もいくつか。わざわざアモスのところへ届けることもなかろうと思ったから。用意ができたら夕飯にしよう」

「すぐに来るわ」ミネルバはそう言って足早に階段を上っていった。

ダン・ウィンタスリップはぶらぶらと居間に戻った。香港で特注した籐椅子に腰を降ろし、自分の隆盛を証拠立てる数々の品を満足げに眺めまわした。執事がカクテルを載せたトレイをもって入ってきた。

「二人だ、ハク」ダンはにこやかに言った。「ボストンから女の客人だ」

「さようですか」ハクは聞いていなかったと言うように返事をして、音も立てずにさがった。

すぐに、ミネルバが居間に戻ってきた。声をたてて笑い、片手に手紙をもっている。

「ダン、この手紙、まるで馬鹿馬鹿しくて……」

「何だい？」

「あなたに話したかもしれないけれど、ボストンの家では、私のことを、ますます心配しているの。なぜって、ホノルルを振り切って帰って来られないから。そこで、私のために護送役を派遣するつもりですって」

「護送役だって？」ダンは眉毛の濃い目を大きく開けた。

「そう、要するに、そう言うこと。もちろん、仕事で派遣するわけじゃないけれど。グレースによれば、ジョン・クィンシーが銀行から六週間の休暇を貰って、ここへやって来ることに決めたんですって。『そうすれば、連れて帰ってもらえるでしょう』ですって。グレースったらなかなかやるじゃない」

「ジョン・クィンシー・ウィンタスリップ？　グレースの息子だろう」

ミネルバはうなずいた。「会ったことないでしょう、ダン？　まあ、もうすぐ会えるわ。彼は、まちがいなく、あなたの生き方には賛成はしないでしょうね」

「どうして?」ダンは不機嫌そうに聞いた。

「だって、ジョン・クィンシーはお行儀がいいの。気立てのいい若者だけど、そうねえ、品行方正。今度の旅は、彼にとってはきっとたいへんな試練になる。オールバニ（ニューヨーク州のハドソン川沿いの都市）を過ぎてすぐにうんざりしはじめて、その先、ずっと長い旅路を耐えて行かなければならないって思って、きっとがっくりするわ」

「へえ、そうなのか。でも、彼もウィンタスリップの人間だろう?」

「ええ。でも、ジプシー気質は、彼にはまったく欠けている。潔癖主義の堅物よ」

「可哀そうに」ダンはそう言いながら、琥珀色の飲物を載せたトレイに近づいた。「彼はきっとサンフランシスコのロジャーのところに泊まると思う。ロジャー宛に手紙を書いて、ホノルルにいる間はこの家を自分の家と思うように、私が言っていると、ジョン・クィンシーに伝えてもらうことにしよう」

「ご親切にありがとう、ダン」

「どういたしまして。身近に若者がいるのが好きなんだ、潔癖主義の堅物であっても。さて、きみももう文明に襟首つかまれ、連れ戻されることになっているんだから、まあカクテルの一杯でも飲んだらどうだい」

「じゃあ」とミネルバは応じた。「こういう私の態度は〈本物のハーバード的無関心〉って、いつも兄弟から呼ばれていたわ」

「どういう意味だい?」

「でも、私は気にしない」カクテルグラスをあげながら、ミネルバの目が楽しそうに輝いた。

ダンは笑顔を向けた。「ミネルバ、きみは気さくな人だ」玄関ホールの向こうへミネルバを案内しながらダンは言った。

「ローマでは、ボストン人がやるようにはやらない、それが私の流儀。みんなの『受け』という点ではかなりの茨の道だけれどね」

「その通りだ」

「それに、私は近いうちにボストンに戻ることになる。美術展をめぐり歩き、ローレル・レクチャーズ（偉大な思想にあらゆる人がアクセスできるように、一八三六年に創設されたローレル財団により運営されている文化講座）を聴講し、すこしずつ『もうろく』してゆくの」

でも、今いるのはボストンではない、ミネルバは、食堂の磨き上げられたテーブルに着きながら、しみじみと思った。目の前には、ほどよく冷やされたパパイヤの大きな一切れが、黄金色に輝いて食欲を誘っている。網戸の外の茂みの向こうのどこかから、止むことない海のささやきが聞こえる。夕食は間違いなく完璧だ、ミネルバには分かっていた。ハワイの牛肉はパサパサで筋っぽいが、果物とサラダはそれを償って余りある。

「バーバラは近いうちに戻って来るの?」ミネルバはやがて尋ねた。

ダンの顔は日の出の浜辺のように明るくなった。「うん、娘のバーバラももう卒業した。いつ帰って来ても問題ない。バーバラときみの立派な護送役が同じ船に乗り合わせて来たら素晴らしいな」

「それは、ジョン・クィンシーにとっても、いいことよ。東部の私たちのところへ来たとき、バーバラはとても明るい魅力的な女の子だったわ」

「そのとおりさ」ダンは誇らしげに相槌を打った。ダンにとって娘はなによりも大切だった。「本音を言うと、会いたくて仕方がないんだ。すごく寂しかった」

ミネルバは探るような目を向け、「あら、噂を聞いたわ。ずいぶん寂しがっているって」

ダンはよく日焼けした顔を赤らめた。「アモスからだろう?」

「アモスからだけじゃなくて、もっぱらの噂よ、ダン。ほんとうに、あなたの歳で……」

「あなたの歳でってどういう意味なんだ? ここでは誰もが若いって言っただろう」

ダンはしばらく黙ったまま食べていた。「きみはすごく気さくな人だ、前にもそう言ったよね。ほんとうにそう思う。きみは、ここハワイでは、男はちょっと違ったふうに、バック・ベイ（かつて湾だったところを埋め立てたボストンの中心街）とは違ったふうに振舞っても許されるってことを分かってほしい」

「だから」とミネルバは笑顔で言った。「バック・ベイの男たちは信用できないのよ。あなたを非難しようってつもりじゃないの、ダン。でも、バーバラのために、どうして本当に愛せる人を選んで結婚しないの?」

「あの人となら結婚できるかも。僕らが同じ人のことを言っているならば」

「私が言っている女性は、有名な、かなり噂になっている女性のこと、〈ワイキキの未亡人〉って名前で」

「ここはゴシップの温床さ。アーリン・コンプトンは尊敬に値する女性だ」

「たしか、舞台で踊っていた女性《コーラスガール》ね」

「厳密にはそうじゃない。女優だ、ちょい役だけど、コンプトン中尉と結婚するまでは」

「で、自分から未亡人になった」

「いったい何を言いたいんだ?」ダンはむっとしたようだった。灰色の目がぎらついていた。

「ご主人の飛行機がダイヤモンドヘッドに突っ込んだとき、彼はそういう別れ方をしたかったんだと思うわ。彼女がそうするように追い込んだのよ」

「嘘だ、まったく嘘だ!」ダンは叫んだ。「失礼だが、ミネルバ、いいかい、海岸で耳にしたことすべてが信じられるわけじゃあない」ダンはしばらく黙っていた。「彼女に結婚を申し込んでいると話したら、きみはなんと言う?」

「残念ながら、ありふれた決まり文句しか言えない」ミス・ミネルバは穏やかに言った。「〈歳をとっても知恵がつくとは限らない〉ってこと」ダンは何も言わなかった。「ごめんなさいね、ダン。私はあなたの実のいとこ、でも、あなたの結婚に口を挟むほど親しくはない。本音を言えば、私には関係ない。どうでもいい。でも、あなたのことは好きだわ。そして、バーバラのことを考えているの」

　ダンはうな垂れた。「バーバラのことは分かっている。まあ、慌てることはない。アーリンに結婚については何も話していない。まだ、何も」

　ミネルバは微笑んだ。「いいこと、私も歳を重ねるにつれて、昔からの知恵に溢れたたくさんの格言も、まったく当たっていないと思いはじめてきた。とくに、さっき私が言った言葉なんかは」ダンはミネルバを見た。その眼差しは、また親しげなものに戻っていた。「こんな美味しいアボカドは初めてよ」とミネルバは付け加えた。「でも、ダン、教えてほしいんだけど、あなたはマンゴーってほんとうに食べ物だと思っている？　わたしには、強壮剤みたいに思えるわ」

　夕食を終えたときには、アーリン・コンプトンについての話題は忘れられてしまっていて、ダンは彼らしい陽気さを取り戻していた。二人は、ラナイ（屋根付きのベランダあるいはパティオ）でコーヒーを飲んだ。ダン邸のラナイはたっぷりした広さがあり、外に面した三面に網戸がはめられ、はるか白砂の海岸にまで達している。外では、つかの間の熱帯の夕闇がワイキキの色鮮やかな風景をおぼろに見せていた。

「すっかり凪いでいる」ミネルバは言った。

「貿易風が止んでしまった」ダンは、それが涼しい北東からハワイ諸島を横切って吹くさわやかな風で、たまにそれが止むときには、ハワイらしい快適さが消えてしまうと、その風のありがたさを説明した。「〈コナの嵐（年に数回、南や西から吹く湿気の多い風）〉がまだ収まっていないのかもしれないな」

「そうでないことを願うわ」ミネルバは言った。

「この頃では、コナの嵐は、私から容赦なく活力を奪ってゆく」ダンはミネルバにそう言って、椅子に体を沈めた。「若々しくいるってことだ、ミネルバ、私はいくらか痩せ我慢するのが好きなんだ」

　ミネルバは穏やかに微笑んだ。そして「若い人たちだってコナの嵐は耐えられないって感じてる」と慰めた。「前にここへ来たときを覚えている。一八八〇年代で、まだ十九歳だった。でも、あの気分の悪くなる風はいまだに記憶に染みついているわ」

「そのときには会えなかったね、ミネルバ」

「そう、あなたは南太平洋のどっかへ出かけてしまっていた」

「でも、帰って来て、きみのことは聞いたよ。背が高くて、金髪で、可愛らしくて。みんなが心配していたような取り澄ましたところも、ぜんぜんなくて、スタイルもばっちりだったって言ってた。今でもそうだけど」

　ミネルバは顔を赤らめたが、笑顔だった。「しっ！　ダン。私の故郷じゃ、女性にたいするそんな言い方は許されないわ」

「八十年代か」とダンはため息をついて、言った。「あの頃、ハワイはハワイだった。まだまだ汚されていなくて、黄金の玉座に座っている王様が登場する陽気な喜劇《オペラブッファ》オペラみたいに、高齢なカラカウア（ハワイ王国第七代国王。一八三六〜一八九一年、在位一八七四〜一八九一年）が治めている国だった」

「カラカウア王は覚えているわ。王宮での盛大なパーティも。そして、昼下がりなんかには、王は評判の遊び友達と王宮のラナイに座り、玉座の足元で専属の楽団に演奏をさせて、尊大な態度で楽団員たちに手ずから小銭を投げ与えていた。当時のハワイは、色彩豊かで、天真爛漫な場所だった」

「もう、そんなものは壊されてしまった」ダンは寂しそうにつぶやいた。「本土のサル真似が多すぎる。本土の機械文明の真似だらけだ、自動車、写真、ラジオ、馬鹿馬鹿しい！　だが、しかし、ミネルバ、はるか深い底には古き佳きハワイがなおも滔々と流れている」

ミネルバはうなずき、しばらくは、二人ともそれぞれの思いに浸っていた。やがて、ダンは横にある読書灯のスイッチを捻った。「もし構わなければ、夕刊を読みたいんだが」

「あら、どうぞ、どうぞ」ミネルバは答えた。

彼女は黙っている時間がありがたかった。この時間のワイキキは、何はともあれ、彼女のいちばんの気に入りだった。この熱帯の夕暮れはあっという間に過ぎ去り、柔らかで魅惑的な夜が足早にやって来る。海は、昼には青林檎色に、夕暮れには深紅色と黄金色に染まって、なめらかな絨毯のようにうねり、今は濃い紫色になっていた。ダイヤモンドヘッドと呼ばれる死火山の上には、灯台の黄色の光がひとつ、その地下深くでまだ燃え続けているであろう火を暗示するかのように、瞬いている。三マイルくだったところでは、港の明かりが煌めきはじめていた。そして、港の外側をとりまく珊瑚礁に向かう何隻もの日本人の平底帆船《サンパン》の明かりが、消えたり現れたりしていた。さらに沖合の停泊地では、入港水路に向かってゆっくり移動する、いく度もの航海を経て古びたブリック（二本マストの横帆の帆船）の巨大な船体が見えている。停泊地には、東洋からスパイス、茶、象牙を積んで入港してくる、あるいは、トラクターの販売員たちを乗せて東洋に戻ってゆく船が途切れることなく出入りしている。あらゆる種類の船が、真新しい定期船や軽快な不定期貨物船が、メルボルン、シアトル、ニューヨーク、横浜、タヒチ、リオデジャネイロなど七つの大洋のあらゆる港からやって来る。ここはホノルル、太平洋の十字路、すべての航路がひとたび別れても、やがてふたたび交差する華やかな十字路だった。ミネルバはため息を漏らした。

ダンがすばやく体を動かした。ミネルバはダンに目を向けた。ダンは新聞を膝に広げ、まっすぐ前を見つめていた。若い振りをする、しかし、今はその効果は見られなかった。表情はひどく老けこみ、まさに老人のそれだった。

「まあ、ダン……」ミネルバが声をかけた。

「私は、私は知りたいんだ、ミネルバ」ダンはゆっくりと話しはじめた。「きみのその甥についてもう一度聞かせてくれ」ミネルバは驚いたが、態度には見せなかった。「ジョン・クィンシーのこと？」と聞き返した。「彼はボストンでは、とくに変わったところのない、ありふれた普通の人物よ。全人生が、揺り籠から墓場まで、彼のために前もって計画されている。今までのところ、計画されたとおりに歩いている。お決まりの進学校《プレパラトリー・スクール》、ハーバード大学、ふさわしい会員制倶楽部、同族経営の銀行。母親が息子のためにとくに選び抜いた女の子と付き合って、婚約している。そんなの蹴っとばして、軍隊へ行けばと期待もしたけれどだめだった。けっきょく、帰って来て、また敷かれたレールをおとなしくたどっている」

「それなら、彼は信頼できる。真面目ってことだね？」

ミネルバは笑みを浮かべた。「ダン、彼の揺れのなさと比べれば、ジブラルタル海峡だってときには揺れるってことになるわ」

「慎重だってことだな」

「慎重ってことを発明したのは彼よ。あなたに言っているのはそのこと。私は彼が気に入っているから、ときには無鉄砲になったっていいと思う。でも、もう手遅れ。彼もそろそろ三十歳ですもの」

ダンはパッと立ち上がった。重要な決断をした男の態度だった。居間に通じるドアに掛かったバンブーカーテン（細い竹を繋げたり、編んだりして作った間仕切り）の向こうに明かりが現れた。「ハク」とウィンタスリップが声をかけた。日本人の執事が素早くやってきた。

「ハク、急いで運転手を呼んでくれ。大型車を使う。〈プレジデント・タイラー号〉がサンフランシスコへ出航する前に、港に着かなければならない。大至急《ウィキウィキ》だ」

執事は居間に消え、ダンも続いた。事情がのみ込めず、ミネルバはしばらく座ったままでいたが、やがて、立ち上がりバンブーカーテンを左右に引き開け、声をかけた。「ダン、あなたもその船に乗るの？」

彼は机に座って、急いで何かを書いていた。「いや、そうじゃない。手紙を、その船でもってゆかせるんだ」

興奮を抑えているような様子だった。ミネルバが居間に足を踏み入れたちょうどそのとき、ハクが姿を見せ、自動車の用意ができたと告げた。だが、それは言わずもがなだった。表の通りに繋がる私道ではエンジンの唸る音がしていた。ダンはハクから帽子を受け取り、「ゆっくりしていてくれ、ミネルバ。すぐ戻るから」と大声で告げると、急ぎ足で出ていった。

きっと、何か仕事のことにちがいない。ミネルバはがらんとした大きな部屋の中をぶらぶらと歩き回り、やがて、ダンとアモスの父であり、自分のおじでもあるジェディディア・ウィンタスリップの肖像の前で足を止めた。それは父親が死んだ後で、ダンが写真から油絵に描かせたもので、風景画が得意だとの評判をとっていた画家の手になるものだった。まあ、確かに風景画だわ、とミネルバは思った。そうではあったが、そこにはニューイングランドから出てきて、ホノルルに捕鯨事業を立ち上げた男の力と人柄が、誤りなく描かれていた。ミネルバは一度だけ、八十年代に、このおじに会っていた。その当時、彼はすっかり弱り、高齢で、しばらく前に何隻もの持ち船とともに北極の大嵐で沈んでしまった財産を悔んでいた。

一族を復活させたのはダンだった、とミネルバは思いだした。失った財産をまた取り戻し、さらに大きくした。ダンの手法についてはいかがわしい噂があった。しかし、故郷を離れたことのないボストン人のやり方についても、同じ様な噂はあった。過去がどうあろうとも、ダンは魅力的な人物だった。ミネルバはグランドピアノの前に座り、昔から馴染んだ『美しく青きドナウ』の小節をいくつか弾いた。思いは八十年代に戻っていた。

ダン・ウィンタスリップも、カラカウア・アベニューを港に向かって急ぐ自動車の中で八十年代に思いを馳せていた。だが、港に到着したときには、気持ちは〈現在〉に戻っていた。薄暗い埠頭上屋をやや息を弾ませながら、〈プレジデント・タイラー号〉の船客用タラップに向かって走った。時間はひっ迫していて、船はまさに出航するところだった。その船は東洋から来てホノルルに立ち寄るだけなので、ホノルルと本土間を往復する定期船につきものの、出航に先立つさまざまな儀式は行われなかった。そうではあったが、心を込めた、あるいは震え声のアロハ！がさかんに飛び交い、ほとんどの乗船客はレイを首にかけ、それほど多くはない見送りの人々はそれぞれにタラップの昇り口で動きまわっていた。

ダンは見送りの人々をかき分け、急傾斜のタラップを駆けあがった。甲板に着くと、そこで古くからの知り合いに出くわした。二等航海士のヘップワースだった。

「きみを探していたんだ」とダンは呼びかけた。

「今晩は、ウィンタスリップさん。乗船客名簿にお名前は見当たりませんでしたが……」

「ああ、私は出かけるんじゃない。ちょっと力を貸してもらいたくて来たんだ」

「何なりと、ウィンタスリップさん」

ダンは一通の手紙を航海士に握らせた。「私のいとこでフリスコ（主にアメリカ東部で使われるサンフランシスコの異名）にいるロジャーは知ってるな。それを渡してもらいたい、彼に直接だ。他の者ではだめだ。上陸したらできるだけ早く頼む。手紙では間に合わないから、きみに頼みたいんだ。恩にきるよ」

「どういたしまして。あなたにはずっと良くしていただいていますから、喜んで。もう下船された方がよろしいでしょう。さあ、お急ぎください」航海士はダンの腕をとって、タラップへそっと押しやった。ダンの足が埠頭に着くと同時に背後のタラップが引きあげられた。

ダンは、しばらくそこに立っていた。小さな島に住む者が大海原に出てゆく船を目にしていつも抱く感慨に捕らわれていた。やがて、向き直り埠頭上屋を抜けてゆっくり歩いていった。行く手に、ほっそりした、しなやかな動きの人影が見えた。すぐに家政婦のカマイクイの孫ディック・カオーラだと分かった。足を速め、少年に近づいた。

「やあ、ディック」ダンが声をかけた。

「こんばんは」茶褐色のその顔はむっつりしていて、親しげではなかった。

「ずいぶん無沙汰だったな。すべて順調か？」

「もちろんです。まったく問題なしです」二人は道路に出て、少年は「おやすみなさい」と小声で言って、足早に立ち去った。

ダンはしばし立ちどまって、何かを考えるようにその後ろ姿を見ていたが、自動車に乗り込み「もう急がなくてもいい」と運転手に指示した。

ダンが居間に戻ると、ミネルバは読んでいた本から目をあげ、訊いた。「間に合ったの、ダン?」

「ぎりぎり間に合った」

「それはよかった。本をもって上の寝室へ行くわ。では、よい夢を」

ミネルバがドアに行くのを待って、ダンが声をかけた。「ああ、ミネルバ、きみの甥に、この家でゆっくりするようにわざわざ知らせてくれなくてもいい」

「そんなに面倒じゃないけど、ダン?」ミネルバは、また事情がよく分からないように言った。

「いや、私が自分で連絡するから。じゃあ、おやすみ」

「それじゃあ、おやすみなさい」ミネルバはダンを居間に残して寝室へ向かった。

大きな部屋にひとりになって、ダンは、落ち着かない様子で、磨き上げられた床を歩き回った。やがてラナイへ出て、さっき夜が更けないうちに読んでいた新聞を見つけた。居間に持ち帰り、読み終えてしまおうとした。しかし、何かが気がかりだった。視線は落ち着きなく辺りを彷徨い、揺れ動いていた。そして、とつぜん鋭い声をあげて船舶入出港スケジュールの載ったページの片隅を破り取り、それを荒々しく細かく裂いた。

また立ちあがり、歩き回った。さっきは浜へ行くつもりでいた。しかし、上の階で静かに読書をしている人物、寛容な振りをしているがボストンの倫理観をもった人物の存在がためらわせた。ラナイに戻った。蚊帳の中には、ダンが好んで寝る折り畳み式ベッドがあり、着替えを置いた場所もすぐ手近かだった。しかし、寝るには早すぎる。ダンはドアを抜けて海岸へ出た。穏やかながら、紛れもなく危険をはらんだコナの嵐が頰を撫でた。激しい波を海岸に高々と打ち寄せさせ、この楽園の島をしばらく痛めつける疫病風だった。月はなかった。いつもは親しげで手が届きそうな星たちも、今はぼんやりしている。黒い海が何か危険な存在であるかのように押し寄せていた。ダンは夜の闇を見つめて立ち、すべての航路がいずれはまた交差する海を凝視していた。間に合ってくれ、間に合いさえすれば……。

向き直ると、鉄条網の柵の向こうのアルガロバの木の下に黄色いマッチの炎が見えた。兄のアモスだ。不意にアモスにたいする親しみを感じた。柵のところへ行き、兄と話がしたい、この海岸で一緒に遊んだはるか昔の日々を語りたいと思ったが、無駄だと分かっていた。ダンはため息をつき、ラナイの網戸を音をたてて後ろ手で閉めた。網戸に鍵はない。鍵はほとんど必要ない土地だった。

くたびれ果てて、闇の中に腰を降ろし、もの思いに沈んだ。顔は居間との境のバンブーカーテンを向いていた。間仕切りに人影が現れ、しばらくじっとしていて、消えた。ダンは息をひそめた。ふたたび人影が現れ、ダンは、「誰だ?」と声をかけた。

太い腕がバンブーカーテンを引き開けて現れた。愛想のよい茶色の顔も竹の枠の中に現れた。

「果物はテーブルに置きました」とカマイクイが言った。「もう休ませていただきます」

「結構だ。休んでくれ。おやすみ」

家政婦は奥に引っ込んだ。ダンは自分にひどく腹をたてていた。それにしても、何が問題なのか？　若い頃には、口では言えないほどの恐怖とも闘って切り抜けてきたと言うのに。ダンはひどく苛立っていた。

「老いぼれてしまった」彼はつぶやいた。「いや、そんなことはぜったいにない。コナの嵐のせいだ。そう、コナの嵐。貿易風が吹けばまたきっと元気になる」

貿易風がふたたび吹くなら、それはいつ吹くのだ！　とダンは思った。ここ海の十字路では、誰も確かなことは言えなかった。

第二章　シルクハット

ジョン・クィンシー・ウィンタスリップは、オークランド（サンフランシスコ湾に位置する都市）で、フェリーの船上を歩いていた。かなりぐったりしていた。六日以上も、列車に閉じ込められ、列車寝台で寝て、シカゴでいったん解放されたものの、それは別の列車へ大急ぎで乗り換えるためだけのものだった。うんざりもしていた。目の前に現れるのは見たこともないアメリカで、ジョン・クィンシーは初めてアメリカを見る気分だった。こんなにびっくりするような部分が、この国にはあるのだ！　目の前に広がる大平原は果てがなく、どこまでも続くようだったし、あちこちに粗末な住宅が点のように見える。そこに暮らす人々は、もちろん、シンフォニーコンサートなど聴いたことがないに違いない。

二つのスーツケース、ゴルフバッグ、帽子箱を抱えたポーターが、先を歩いていた。ポーターの片手は手首から先がなかった。辺境《フロンティア》での何らかの争いで失ったに違いない。手のあるべき場所には、鉄の鉤が装着されている。ポーターを生業にしている男に、鉄鉤の使い心地を聞くわけにはゆかないが、いかにも異様で、しかも西部的だった。

ボーイが前部デッキの手摺ぎわの場所を示し、ポーターは荷物を降ろしはじめた。ジョン・クインシーは彼の問題ない方の手を慎重に選んで、気前よくチップを握らせた。ポーターは鉄鉤を帽子に当てて、ちょっと変わった敬礼をした。ポーターの狙い通りに、その儀式ばった大げさな軍隊的仕草に引きずられて、ジョン・クインシーも汗ばんだ頭からカンカン帽（一八九〇～一九二〇年頃に流行した藁を編んだ防暑用帽子）を脱ぎ、辺りを見回した。ビーコン・ストリートからはるばる三千マイル、あと二千マイル。いったい、どうしてお前はこんな異教徒の国への馬鹿げた遠征に同意したのだ？　彼は苦々しい思いで、いつもは陽気な自分に問いかけた。今は六月も後半、ボストンのいちばんよい季節だ。ロングウッド・クリケット・クラブ（一九〇〇年に第一回デビスカップ・トーナメントが行われた名門テニスクラブ）でのテニス、チャールズ川でひとり乗りシェル型ボートを漕ぐ、穏やかでゆったりした夕べ、アガサ・パーカーと過ごす週末やマグノリアでのゴルフ。もし旅行しなければならないのなら、パリに行きたかった。パリには二年間行っていなかったし、母親がこの馬鹿げた旅行の話を持ち込んで来たときには、パリへしばらく行く計画を立てていたところだった。

　じつに馬鹿げている。まさにそうだ。ミネルバおばに、ビーコン・ストリートの暗紫色の硝子窓の家へ、そこでの落ち着いてきちんとした生活へ戻るように促すために、はるばる五千マイルも遠くまで出かけてゆくなんて。それに、あの頑固なおばが、自分の隠れた意図を察してくれるだろうか？　千にひとつの可能性もなさそうだ。ミネルバおばはいつも自分の好きなように生きてきた人だ。かつて、自分の好きなようにしか行動しない、と宣言したおばだ。そのときの気まずい思いと驚きが蘇った。

　できるなら戻りたいと思っていた。ボストン・コモン（ボストン中心部にある世界最古の都市公園）を横切ってステート・

ストリートの事務所へ出勤し、そこで新たな債券の発行を進めていたかった。ジョン・クィンシーはまだ役員ではなかった。そのポストは、頭が禿げて背中が丸くなったウィンタスリップ家の一員だけに与えられる栄誉だった。彼の関心は仕事だけで、ちょうど不安の混じった期待に胸を躍らせながらある債券を発行したところだった。初日の舞台の幕開けをカーテンの陰で待っている脚本家のような心境で、その第一順位抵当権付き六パーセント利率債券の売れ行きを注視しているところだった。それは、人気を得て好調に売れるだろうか、あるいは、大失敗だろうか？

フェリーの汽笛のボォーというかすれた音が、ジョン・クィンシーに、自分が現在とても信じられないような場所にいることを思い起こさせた。フェリーは動き始めていた。彼は、自分の横に座ったひとりの若い女性を何となく意識していた。検疫停泊地から離れて、フェリーはジョン・クィンシーを港へと運んでいた。彼は不意に姿勢をただし、目の前の景色に眼を凝らした。どこにおいてであろうとも、彼は美しいものへの鋭い感性をもっていた。

そして、今まさに、その美しいものが眼前にあった。朝の空気は引き締まり、乾き、輝いていた。疲れた船乗りが夢見るような港が現実のものとして目の前に広がっている。ゴート・アイランド（サンフランシスコ湾の小島）を通過し、かすかにラッパの響きが聞こえた。タマルパイス山（マウント・タムとも呼ばれる標高七八四メートルの山）が誇らしげにその頂をきらきら光る空に突きあげている。彼は体の向きを変えた。重なり合う丘陵に沿ってサンフランシスコは気ままに屈託なく広がっていた。

フェリーは波をかき分けて進み、ジョン・クィンシーはじっと座っていた。林立する船のマストや煙突が、この港のさまざまな物語にロマンチックな味を与えてきた。彼は学生の頃、そうした物語に魅せられていた。無口で幼く、ウィンタスリップ家の一員ながらジプシー的気質からはまだ免れていた。すでに、アントワープからのバーク船（三本マストをもつ小型の横帆船）、東洋からの大型の定期船、忘れられてしまったロマンチックな物語を思い出させる五本マストのスクーナー船（縦帆式大型帆船）を見分けることができた。条約港（条約に基づき中国、日本、朝鮮にあった開港場）からの船、南海の椰子の茂る島々からの船。舞台の背景幕のように好奇心をそそる色彩豊かな一枚の絵。それが今や現実として目の前にあった。

彼は急に立ち上がった。当惑したような眼差しが、冷静な茶色の目に浮かんだ。「どう言うことだ。理解できない」とつぶやいた。

声に出すつもりはなかったから、その声の大きさに我ながら驚いた。おかしな人間だと思われないように、話相手がじっさいにいて、その人物に話しかけた振りができないかと、周りを見回した。周りにはひとりしかいなかった。若い女性で、紹介もされずに話しかけられるはずもない相手だった。

ジョン・クィンシーはその娘に目をやった。スペイン系かあるいはそんな血筋だ。藍色がかった黒髪、黒い瞳はこれからの楽しみへの期待を隠しきれず輝き、品のよい卵型の顔はすっかり日焼けしている。彼はまた港に視線を戻した。船の旅はすべてが優美で、船上にあるものも美しい。汽車の旅よりはずっといい。

娘も目をあげてジョン・クィンシーを見た。大柄で肩幅が広く、子供のような無邪気な顔つきの若い男だと思った。親しみやすそうだととっさに感じた。

「何かおっしゃいました？」娘が訊いた。

「いえ、その、す、すみません。そんなつもりでは、つい独りごとを。よく分からないと、つい」

「何が分からなかったのですか？」

「こんなことは今までありませんでした」ジョン・クィンシーはそう答え、腰を降ろして、港に向けて手を波のようにうねらせた。た。「ここへは前に来たことがあります」

娘はまごついたような顔をした。「ここに来たことのある人は、たくさんいますよ」

「でも、その、つまり、初めて来たのです」

娘はジョン・クィンシーから身を引いた。「初めての人もたくさんいます」

ジョン・クィンシーは大きく息を吸っいったい自分は何の話をしているんだ？　帽子をちちょっと持ち上げて慇懃に挨拶し、すべての話をここで打ち切って、そのまま立ち去ってしまいたい衝動にかられた。しかし、そうはいかない。彼は物事は最後まで見届ける家系の出だった。

「ボストンから来ました」

「あら」と娘は言って、すべてを理解した。

「そして、私がはっきりさせたいと思っていることは、もちろん、あなたには関係のないことですが……」

「ちっとも構いませんよ、聞かせてください」と娘は微笑んだ。「それで？」

「ニューヨークから西へは、数日前まで来たことがありませんでした、そうなんです。生まれてこの方、ニューイングランドの辺りにずっといました。外国へは何回か……、でも西へは」

「そうですか、興味がおありにならなかったんですね」

「そうではありません」ジョン・クィンシーは礼儀に外れないように慎重に言い返した。「いろいろありまして。西の方を調べるのは、将来性のない仕事のように思っていました。その後、家族の者たちは、私が行くべきだと考えて、そうなんです、だから、ずっと列車に乗り続けて、いささか、率直に言えば、うんざりしていました。それで、この港へ到着して、辺りを見回して、まったく奇妙な感覚に捕らわれているのです。前にここへ来たことがあるような感覚に」

　娘は共感するような顔つきになった。「そういう経験をする人は、あなただけじゃありません。選ばれたのです、その人たちは。あなたははるばるやって来て、ついに故郷にたどり着いたのです」娘は日に焼けたほっそりした手を差し出した。「故郷へようこそ」

　ジョン・クィンシーは気まじめにその手を握り返し、「いえ、違います」と穏やかに娘の言葉を訂正した。「ボストンが私の故郷です。とうぜんながら、そこの人間です。でも、ここには馴染みがあるのです」彼は北方のヴァレー・オブ・ザ・ムーン（十九世紀後半からのワイン及びブドウの産地）を懐に抱いている低い山並みに視線を向けて、またサンフランシスコの街並みに戻した。「ええ、かつてこの辺りをよく知っていたような気がするのです。びっくりするでしょう」

「きっと、ご先祖の何人かが……」

「その通りです。私の祖父は若いときにここへやってきました。そして、また故郷へ戻りました。でも、祖父の兄弟たちはそのまま留まりました。私がホノルルで訪問しようとしているのは、その息子のひとりです」

「まあ、ホノルルへ行くんですか？」

「明日の朝。行ったことありますか？」

「ええ、もちろんです」娘の黒い瞳は真剣だった。「ほら、水門がいくつも見えるでしょう。あそこから東洋が始まります、本物の東洋が。そして、テレグラフヒル（サンフランシスコの湾の展望スポットのひとつ）も」娘は指さした。ボストンでは何かを指さす娘はいない。だが、彼女の仕草はとても愛らしかったので、ジョン・クィンシーは大目に見た。「それから、ロシアンヒル（サンフランシスコの街の展望スポットのひとつ。急坂で有名）とノブヒル（十九世紀後半から開発されたサンフランシスコの高級高台住宅地）の上に建つフェアモント・ホテル」

「人生と同じですね、上がったり、下ったりして」ジョン・クィンシーはあえて軽く言った。

「ホノルルについて教えてくれませんか。ある意味でまだ未開なところだと思っていいですか？」

娘は声をあげて笑った。「どれほど未開か、ご自分の目で確かめてください。現実には、主要な家系は元々みんなあなたの大好きなニューイングランド出身です。〈陽に焼けたピューリタンたち〉って父は呼んでいます。とても頭のよい人です、私の父のことです」娘は懐かしげであると同時に挑むような、ある奇妙な子供じみた調子で言い足した。

「きっとそうなんでしょうね」ジョン・クィンシーは愛想よく言った。フェリーはフェリー・ターミナルビルの近くにやってきていて、二人の周りはおおぜいの船客たちで混み合っていた。

「そのスーツケースをもってあげたいのですが、この荷物をぜんぶ手押し車で運ばせなければならないんです。もし、ポーターを見つけられれば……」

「心配ご無用です。自分でできますから」娘はそう答えて、ジョン・クィンシーの帽子箱をじっと見て、「それって、シルクハットが入っているんですか?」と訊いた。

「もちろんです」とジョン・クィンシーは答えた。

娘は声をあげて笑った、心の底からの遠慮のない笑いだった。ジョン・クィンシーは体を硬くした。「あら、ごめんなさい。でも、ハワイでシルクハットなんて」と娘が言い足した。

ジョン・クィンシーは姿勢を正した。この娘はウィンタスリップ家の男を笑った。彼は広々とした太平洋の向こうの広大な世界、男が男でいる大きく開け放たれた世界から流れ込んでくる空気を、胸いっぱいに吸い込んだ。経験したことのない向う見ずな感情に襲われた。屈みこんで、帽子箱を持ち上げ、手摺越しにゆっくりと投げ上げた。帽子箱は揺れながら飛んでいった。人々が、これから始まるであろう馬鹿な振る舞いの一部始終を見逃すまいと駆け寄ってきた。

「まあ、こういうことで」とジョン・クィンシーは落ち着いた口調で言った。

「どうして?」と娘は息をのんで言った。「そんなこと、やってはいけなかったのに」

まさに、やってはいけないことだった。そのシルクハットは高価なもので、尊敬する母からのクリスマス・プレゼントだった。それを被ってチャールズ川沿いのビーコン・ストリートを夕暮れ時に散歩すれば、洗練された風景にさらなる上品な趣を付け加えるに違いなかった。

「どうしていけないんですか?」ジョン・クィンシーは聞き返した。「あの厄介な品物は、家を出たときからずっと邪魔だったんです。それに、あなたたちは、我々東部人を笑いの種にしたいときもあるでしょう?『熱帯でシルクハットなんて!』って。私は自分たちの生活スタイルが、どこまでも広がっているのと誤解していたのかもしれません」ジョン・クィンシーは荷物をまとめはじめ、「これでポーターは要らない」と陽気に宣言した。「それに、たいへんご親切にも、こんな風にお話しさせていただけて、楽しかったです」

「私も楽しかったです。ぜひ、私たちを好きになっていただけるように願っています。私たちは、他の人に嫌われないように一生懸命なのです。まるで哀れを誘うくらいです」

「でも」とジョン・クィンシーは微笑んだ。「カリフォルニア人には、今までひとりしか会ったことがありません。ひとりだけです。でも……」

「それで?」

「今のところ、カリフォルニアの人が好きです!」

「それは、ありがとうございます」娘はそう言って立ち去ろうとした。

「ちょっと、待ってください」ジョン・クィンシーは呼びかけた。「よろしければ、つまり、ぜひ……」

しかし、二人の間にはおおぜいの人が入り込んできた。娘の黒い目が自分に向かって微笑んでいるのが見えた。そして、シルクハットがもう取り返しようもなく海に見えなくなったように、娘も見えなくなった。

第三章　真夜中のロシアンヒル

間もなく、ジョン・クィンシーはサンフランシスコに上陸した。フェリー・ターミナルビルを四歩も歩かないうちに、ロジャー・ウィンタスリップお抱えの日本人運転手が軽い身のこなしで人ごみをかき分け、鋭い洞察力で東部人を見分け、ジョン・クィンシーの案内に立った。

運転手の話では、ロジャーは、自分は多忙につき出迎えに来られないが、自分の家に行って、まず荷物を片付け、昼食に招待したいのでダウンタウンに来てほしいと伝えるように、と言っているとのことだった。足元の揺れない固い地面の感触をありがたく思いながら、ジョン・クィンシーは、運転手の後について道路に出た。サンフランシスコは朝の日差しを受けて輝いていた。

「サンフランシスコは霧の街だとずっと思っていたよ」とジョン・クィンシーは言った。

運転手はニヤリと笑って答えた。「霧は出るかもしれません、出ないかもしれません。今はちょうど出ないときなのでしょう」そして、自動車のドアを開け、彼が乗り込むまで抑えていた。

日々の生活が心地よいリズムで流れている明るい通りを抜けて、自動車は順調に進んだ。道沿いには花を売る色鮮やかな屋台がいくつも並び、純白な生活を過剰と言えるくらい彩っている。ジョンは長旅にうんざりしていたが、一息ごとに、新鮮なエネルギーを体内に取り込んでいた。新たなやる気が体中に湧きあがっていた。これまでよりも大規模で、もっと大きな利益を生む債券を馬鹿馬鹿しいほど簡単に発行できそうだった。

ロジャーは、郊外の海沿いの住宅地で隠退生活を楽しむような人々の仲間ではなかった。ノブヒルの住居にひとりで暮らしていた。その家は外から見ると古色蒼然としてひどく傷んでいたが、内部はまったく違っていた。ジョンはすぐに気に入った。腰の曲がった中国人の男が部屋へ案内してくれた。ジョンは、やっと本物のバスタブに巡り合って心の底から嬉しかった。午後一時には、その親戚の男が経営し、土木建築業界での成功がはっきり分かる事務所を見つけ出していた。

ロジャー・ウィンタスリップは、小柄で血色のよい五十代後半の男だった。

「やあ、よく来たな、若いの」ロジャーは愛想よく声をかけてきた。「ボストンはどんな具合だい？」

「みんな元気です」とジョンが答えた。「今回はすっかりご厚意に甘えて……」

「気にすることはない。会えてうれしいよ。さあ、出かけるか」

ロジャーはジョンを有名な社交倶楽部の昼食に連れていった。グリル（焼き網）の据えられたレストランで、何人もの著名な作家たちを教えてもらったが、大して感銘は受けなかった。ロングフェロー（ヘンリー・ワーズワース・ロングフェロー、詩人、一八〇七～八二年）、ウィッティア（ジョン・グリーンリーフ・ウィッティア、詩人、ニューイングランド地方の郷愁的な詩で著名、一八〇七～九二年）、ローエル（ジェームズ・ラッセル・ローエル、詩人・批評家、一八一九～九一年）など馴染みの作家たちではなかったからだ。しかし、そこは居心地のよい場所で、サービスは完璧、料理も東部の鱈だらけの海ではお目にかかれない珍味だった。

「それで」ロジャーがやがて聞いてきた。「サンフランシスコの印象は？」

「好きです」ジョン・クィンシーはぶっきらぼうに答えた。

「ほんとうかい？　本心からそう思うかい？」ロジャーの表情が輝いた。「そうか、ニューイングランド人が魅力を感じてもおかしくはない。短いけれど歴史もある。そうさ、いいかい、きみ、サンフランシスコは人生で言えば、絢爛として波瀾万丈の時期だ。粋で、如才なく、油断できない街だ。他の街と比べてみたらいい、例えば、ロサンゼルスだ」ロジャーは得意の話題を饒舌に語った。

「作家たちは、いつも街を女性になぞらえる。サンフランシスコは、家ではぜったいに話題にでない女性だ。その女性が家庭にふさわしくないということじゃない、そういう意味ではない。みんなは誤解しがちだが、その女性の靴下がいくらか薄すぎて、笑い声が陽気すぎるって意味だ。それに、女性の思い出は大事にしまっておくもので、家で喋ったりするものじゃない」と言った。そして、「あれっ、やあ、ひさしぶり」と、帰ろうとグリルの横を通りかかった背が高く、ほっそりした、ハンサムな英国人に声をかけた。「コープ！　ちょっと待ってくれ、コープ！」ロジャーは急いで追いかけ、男を連れ戻した。「きみだってすぐ分かったよ」ロジャーは言った。「四十年以上会わなくっても忘れはしないさ」

英国人はドサッと椅子に腰をかけた。そして、苦笑して言った。「親愛なる老友よ、そんなに昔のことだって、はっきり言わなくともよかろうに」

「ナンセンス！」ロジャーは言い返した。「年月なんて問題じゃないだろう。これは、わしの若き親戚ジョン・クィンシー・ウィンタスリップだ。ボストンから来た。ええと、ああ、今の肩書は？」

「大佐だ、海軍省にいる」

「へえ、すごいな、アーサー・テンプル・コープ大佐殿ってわけだよ、ジョン・クィンシー」

ロジャーは英国人の方を向いた。「ホノルルで会ったときには、きみはたしか海軍兵学校の士官候補生だったよな。ダンときみのことを話していたんだ、まだ一年も経っていない最近のことだが……」

大佐の顔がいかにも話題にしたくない人物と言うように曇った。「ああ、そう、ダンね。無事に、金儲けに励んでいるんだろう？」

「ああ」ロジャーが答えた。

「腹が立たないか？　よこしまな者が栄えるなんて」大佐が言った。

ぎこちない沈黙が二人を覆った。ジョンは、英国人が思ったことをはっきり口に出すことは知っていたが、やがて自分が世話になる人物にたいするこのあからさまな非難に腹が立った。いろいろあっても、ダンも自分と同じウィンタスリップの一員なのだ。

「そうだ、煙草がある」ロジャーが勧めた。

「ありがとうよ、自分のをもっているから」コープはそう言って銀の煙草入れを取り出した。

「バージニア葉だ、ピカデリー（ロンドン中心部の繁華な広場）で売られている。どうですか、あなたは？」コープはジョン・クィンシーの前に煙草入れを差し出した。彼はいくらか体をこわばらせて断った。

大佐は気にもせずに自分で火をつけた。「ご親戚について、失礼なことを言ってすまなかった。でも、じっさいに、分かるだろう」

「ちっとも構わんよ」とロジャーは本心から言った。「ここにはどんな仕事で？」

「ハワイへ行く途中なんだ。今日の三時にオーストラリアの船で出発する。海軍省のちょっとした用事だ。ホノルルからさらに南に下って、ファニング環礁（ハワイの南に連なる珊瑚礁の島々）に向かう。我が国に属する小さな島の集まりだ」大佐は父親が子供に教えるように丁寧に付け加えた。

「石炭補給基地問題だな」ロジャーがニヤッとして言った。

「おい、きみきみ、私の重要任務の内容は、言うまでもなく、秘密さ」コープ大佐は不意にジョン・クィンシーに目を向けた。「それはそうと、ボストンから来たとても魅力的な娘を昔知っていた。きみの親戚だろう、きっと」

「若い女性、娘ですって？」ジョン・クィンシーはまごついて繰り返した。

「ミネルバ・ウィンタスリップだ」

「もちろんです」ジョン・クィンシーはびっくりして、「ミネルバおばさんのことですね」と付け加えた。

大佐は微笑んで、「当時は誰のおばさんでもなかった」と言った。「おばさん的なところはぜんぜんなかった。八十年代のハワイの話だ。古い木造船〈リライアンス号〉で入港したんだが、ついてない可哀そうな船で、南太平洋のサモアからの途中で動けなくなって、やっとのことでハワイにたどり着いた。きみのおばさんは港にやって来ていた。王宮でダンスパーティが開かれ、海辺での水着パーティもあった。いやあ、私も、また若くなりたいよ」

「ミネルバは、今ハワイにいるよ」ロジャーが教えた。

「えっ、ほんとうかい？」

「そうさ。ダンのところに滞在している」

「ダンのところだって」大佐はしばらく黙っていた。「ご主人は？」

「ミネルバは結婚したことはない」

「これは驚いた」大佐が言った。そして、パネル仕上げの天井に向けて煙の輪を吹いた。「ボストンの男たちにとって、それほどの不名誉はないな。自由にできる時間はあまりないが、ぜひちょっと会ってみたい」大佐は立ちあがった。「会えたのは運がよかった。じゃあ、またな。すぐに乗船しなければならないんだ。分かってくれるな」大佐は二人に会釈して、立ち去った。

「いい奴だ」ロジャーは大佐の姿を目で追って言った。「率直でいかにも英国紳士だ。経歴も輝かしい」

「私はあまりいい印象じゃありません」ジョン・クィンシーは正直に言った。「身内のダンについての言い方が……」

ロジャーは声をたてて笑った。「気にしない方がいい。ダンはあまり好かれていない。彼は、知っての通り、出世している。でも、自分が階段を昇る途中で、少なからぬ人たちを踏みにじってきた。ついでながら、彼は、きみがここサンフランシスコにいる間に、個人的な用事を頼みたいと言って来ている」

「私にですか？　個人的な用事を？」

「そうだ、光栄に思うべきだ。誰も信頼していないダンの頼みなんだから。だが、暗くなるまで待たなければならない用事だ」

「暗くなるまで……」とボストンからやってきた若者は、わけが分からず繰り返した。

「その通りだ。さしあたって、きみにはこの街を見物してもらえるようにする」

「でも、お忙しいんでしょう。案内していただくなんて……」

ロジャーはジョン・クィンシーの肩に手を置いた。「いいんだ、西部の男は、どんなに忙しくても、東部の男に自分の街を見物させる時間をひねり出すんだ。何週間もこの機会を待ちかねていた。きみは明日の十時にどうしても出発したいと言うから、時間を無駄にはできない」

ロジャーはサンフランシスコでの無駄のない時間利用に精通していることを証明した。昼食後を街や周囲の田園の気持よいドライブで過ごしてから、ジョン・クィンシーを連れて六時に家へ戻った。そして、夕飯のために急いで着替えるように促した。重要な何かを予定しているのが、はっきりと分かった。

荷物は部屋に入れてあった。ディナージャケットに着替え、ロジャーの案内で覗いてみるサンフランシスコの夜への期待で胸が躍った。ロジャーもディナー用に正装し、威厳ある姿で、階下に待っていた。二人は夕闇の迫る街へ陽気に出発した。

「きみに経験してもらいたい、ちょっとした場所だ」外見上はとくべつの看板もないレストランのテーブルに腰を降ろして、ロジャーが言った。「その後は、コロンビア劇場でミュージカル・

ショーを覗いてみよう」

　レストランはロジャーの触れ込みもとうぜんと思わせる店だった。ジョン・クィンシーは、世の中というもの、とりわけ西部への入り口であるこの街の温かで友好的な雰囲気に好意的な印象をもちはじめていた。ここでは、自分が〈よそ者〉という感じがしなかった。実際はどうあれ、彼は〈よそ者〉ではなかった。港に着いたときに最初に経験した感覚が戻ってきていた。前にここへ来たことがあり、昔、馴染んだ土地をふたたび踏みしめている。はるか昔のすでに忘れてしまった幸せな時代に、この街で暮らしたことがあるという、あり得ない、奇妙な感覚。ジョン・クィンシーはその感覚をロジャーに話した。

　ロジャーは笑顔になって、「やっぱり、ウィンタスリップの人間だ。みんなはきみについて、ある意味で、ピューリタンの生き残りだと教えてくれた。私の親父もきみが話した感覚をいつも感じていた。ただ親父の場合は初めての街に行くといつも必ずそうだった。言うならば、きみは親父の生まれ変わりのようなものかもしれない」

「そんな馬鹿な」とジョン・クィンシーは言った。

「たぶんな。きみの血管の中を巡っているウィンタスリップの血のせいだろう」ロジャーはテーブルに身を乗り出して言った。「サンフランシスコへ来て暮らすのはどうだい？」

「な、なんですって？」ジョン・クィンシーは驚いて聞き返した。

「わしは何年もの間うまくやって来ている。それに、わしはひとりだ。事務所には財務にかんする詳細な記録がある。ここへ来て、その面倒を見てもらいたい。相当のお礼はするよ」

「だめです、だめ、結構です。僕は東部の人間です。それに、アガサをここへ来るように説得するなんて、ぜったいできません」

「アガサって誰だい？」

「アガサ・パーカー、婚約者です、ある意味で。お互いに何年もそう了解しています。ぜったいだめです」ジョン・クィンシーは付け加えて言った。「自分の根っこのある土地にいる方がいいと思います」

ロジャーはがっかりした表情を隠さなかった。「きっと、そうだろうな」と認めた。「その女性がきみについてここへ来るとは思わない。でも、どこであろうと、男について来る女性こそ、一緒に暮らす価値がある。まあ、そんなことはどうでもいい」そしてジョン・クィンシーをしばらく、しげしげと見ていた。「いずれにしても、きみのことを誤解しているに違いない」

ジョン・クィンシーは不意に腹が立った。「どういう意味ですか？」

「昔は、ウィンタスリップと言えば、まさに開拓者を生みだす家系だった。文明に『おんぶ』されていたりはしなかった。晴れあがった朝に起きあがり、地平線の彼方に、ふだんと変わらず悠然と出かけて行った。そして、そこに根を生やした。だが、きみはちがう世代だ。分かるまい」

「そんなことはありませんよ」ジョン・クィンシーは厳しい口調で言い返した。

「なぜかと言えば、きみは、前車の轍を外れないようにしてさえいれば、それでまったく問題なしなんだ。きみはゾクゾクした体験はないだろう、ちがうかい？　何かひどく馬鹿馬鹿しい理由で、ベッドに入るのも忘れてしまったことがあるかい、たとえば、自分が若くて、南の大海原の波が打ち寄せる浜辺に月が輝いているからといった、そんな理由で？　嘘をついてまで守る値打もないほどの女のために、あえて嘘をついて、トラブルに巻き込まれたことがあるかい？　身元のあやしい女と寝たことあるかい？」

「あるはずがないでしょう」ジョン・クィンシーはこわばった口調で答えた。

「知らない町の胡散臭い地区の曲がりくねった通りを、命がけで逃げたことがあるかい？　船乗りと殴り合ったことがあるか、ハムみたいに太い腕のこぶしが飛んでくる昔ながらの素手の殴り合いだ？　男をひっ捕まえに行って、そいつを追い詰め、二つの手の他にはなんの武器も持たずに跳びかかったことがあるか？　きみはこれまでに……」

「あなたが例にあげるような人たちは、尊敬できるような類の人間じゃありません」

「たぶんそうだ」とロジャーも反論はしなかった。「だが、いいか、きみ、すべて私自身がこれまでにじっさいに経験した出来事だ」ロジャーは寂しそうにジョン・クィンシーに目をやった。「やっぱりきみを読み違っていたに違いない。きみは、結局のところ、お上品なピューリタンの生き残りなんだ」

ジョン・クィンシーは表情を変えず黙っていた。年長の男の目には奇妙な輝きがあり、頭の隅で軽蔑して笑っているように見えた。若い方の男は腹立たしかった。

しかし、彼はミュージカル・ショーに腹立たしさを忘れた。機智に富んだ、陽気なショーだった。そして、十一時に劇場を出たときには、二人はまた親友に戻っていた。自動車に乗り込んで、その年長の男は運転手にロシアンヒルのある住所を告げた。

「ダンのサンフランシスコの家だ」とジョン・クィンシーに続いて乗り込みながら、ロジャーが説明した。「彼は毎年二カ月ほどここに来る。だから滞在する場所をもっている。私よりもっと金持ちだ」

ダンのサンフランシスコの家だって？　「ところで、あなたが言っていた個人的な用事は？」

ロジャーはうなずいた。「そうそう」と言って、リムジンの天井の明かりのスイッチをひねった。そして、ポケットから封筒を一枚取り出した。「この手紙を読んでくれ。〈プレジデント・タイラー号〉の二等航海士が二日前に届けてきた」

ジョン・クィンシーは封筒から一枚のメモを取り出し、読みはじめた。大急ぎで手書きされたものらしかった。

　親愛なるロジャー。ぜひ手伝ってもらいたいことがある。きみとボストンからやって来て、ここへ来る途中でそちらに立ち寄ることになっている口の固い若者と二人で力を貸してほしい。まずは、ジョン・クィンシーに、この島に滞在している間は私の家を自分の家だと思うように、よろしく伝えてくれたまえ。会えるのを楽しみにしているとも。

　個人的な用事だが、きみはロシアンヒルの私の家の鍵をもっている。そこへ行ってくれ。管理人が辺りにいそうにない夜に行った方がいい。明かりは消えているが、食料庫に蠟燭がある。最上階の物置に古い茶色のトランクがある。おそらく、施錠されている。錠がかかっていたら壊してくれ。底の方に、オヒアの木（ハワイ固有のフトモモ科の常緑灌木）で作り、銅の針金で開かないように縛った古い頑丈な箱がある。イニシャルがついている。T・M・Bと。

包んで、持ち出してくれ。両腕で抱えられるくらいの大きさだから、問題なかろう。ジョン・クィンシーの手荷物に隠して、船が航程の半分くらいまで進んだ頃の暗い晩に、甲板に持ち出して、ひそかに海に投げ込ませてもらいたい。誰にも見られていないことをくれぐれも確認するように言ってほしい。それで全部だ。その箱が見つかったら親展電報で知らせてもらいたい。それから、太平洋が最終的にその箱を呑み込んだら、その旨、無線で知らせるように、彼に言ってくれ。その知らせをもらえば、私は枕を高くして眠れる。

黙っていてほしい。他言は無用に頼む。分かるだろう。死んだ過去を死んだままにしておくためには、手助けが必要な場合もある。

きみの従兄ダン

ジョン・クィンシーは厳粛な表情でそのメモをロジャーに返した。年長のその男は何かを考えているようにそのメモをビリビリと細かく破り、開けた窓から外にまき散らした。「ええと、ええと……」ジョン・クィンシーは適切な言葉が思いつかなかった。

「難しいことじゃない。もしあの可哀そうなダンが、そんな簡単なことでぐっすり眠れるなら、やってやらないわけにはゆくまい、そうだろう?」

「私は、私も、そう思います」ジョン・クィンシーも異論はなかった。自動車はロシアンヒルを上って、いかめしい大邸宅が立ち並ぶ人影の絶えた通りを、スピードをあげて走った。ロジャーは身を乗りだして前を見ていた。「そこの角で止まってくれ」と運転手に指示し「歩いて行こう」とジョン・クィンシーに言った。「自動車は家の前に止めない方がよかろう。怪しまれるかもしれん」

ジョン・クィンシーは相変わらず答える言葉が見つからなかった。二人は角で自動車から降り、ゆっくりと道に沿って戻った。大きな石造りの家の前で、ロジャーは立ちどまった。慎重に辺りを見回し、びっくりするような早足で階段を駆け上がった。「さあ、来い」と小声で呼びかけた。ジョン・クィンシーも後に続いた。ロジャーは玄関のカギを開け、暗い玄関ホールに足を踏み入れた。その奥のさらに暗い辺りに、広々したホールがあり、大きな階段があるらしいとぼんやりと分かった。あちこちに家具がある。白いカバーで覆われ、幽霊のように立っている。置き去りにされているが、じっと耐えている。ロジャーがマッチの箱を取り出した。

「懐中電灯をもってくるつもりだったが、すっかり忘れてしまった。ちょっと待ってくれ。食料庫から蠟燭を探してくる」

ロジャーは暗闇の奥に進んで行った。ジョン・クィンシーも慎重に数歩進んだ。椅子に座ろうとしたが、幽霊の膝に腰かけるような感じだったので、思い直してその場に立ったままで待った。物音ひとつしなかった。死んだようにひっそりしている。暗闇は何ごともなかったように、ロジャーを呑み込んでしまっていた。

かなり経ってから、火のついた蠟燭を二本もってロジャーは戻ってきた。ひとり一本だと言った。ジョン・クィンシーは一本を受け取り、高く掲げた。ちらちらする黄色の炎は影をいっそう目立たせ、あまり役に立たなかった。

ロジャーが先に立って大きな階段を上り、さらにもっと狭い梯子段を上った。その先には空気の淀んだ狭い通路があり、ロジャーは立ちどまった。

「ここだ。ここから屋根裏の物置に通じている。だが、クソッ、もう、わしときたら、すっかり老いぼれてしまった。錠を壊すためにノミをもってくるつもりだったのに。ノミのありかは分かっているから、ちょっと取りにいってくる。きみはこのまま進んで、トランクを確認しておいてくれ」

「分かりました」ジョン・クィンシーが応じた。

ロジャーは、またジョン・クィンシーを残していなくなった。ジョン・クィンシーはたじろいだ。真夜中の人けのない家に取りついた何かは、怖いもの知らずの豪胆な心さえもぐらつかせる。だが、そんなものを怖がるのは馬鹿げている。ジョン・クィンシーは立派な大人じゃないか。笑みを浮かべて、その先のさらに狭い梯子を上っていった。仕上げ塗装のしていない物置の茶色の垂木に、蠟燭が黄色い光を投げかけた。

梯子の最上段に達し、止まった。陰気だ、辺り一面、陰気だ。誰も歩いていないのに、床板がギシギシと軋む。どういうことだ。ギシギシいう音が背後に聞こえた。振り返ろうとした瞬間、後ろから伸びた手が、彼の手から蠟燭を叩き落とした。蠟燭は床を転がり、消えた。

なんと乱暴な！「何をするんだ！」とジョン・クィンシーは叫んだ。「だれ！　誰だ？」

遠くの硝子窓を通して、月の光がわずかに射しこんでいた。ジョン・クィンシーとその遠くの明かりの間に、不意に、聳えるような男の姿がぬっと現れた。身構えた方がいいと、何かが警告した。しかし、そうした警告も手遅れな場合がある。すでに間に合わなかった。こぶしが突きだされ、顔面に命中した。ボストンのジョン・クィンシー・ウィンタスリップは、サンフランシスコの屋根裏部屋のゴミの真ん中に倒れ込んだ。慌てふためいて何かに衝突する大きな音がして、梯子段をガタガタ踏む音がした。ジョン・クィンシーは、ガラクタの山の中にひとり倒れていた。

ひどく腹立たしかった。立ちあがり、出入りの洋服屋が特別に仕立てたディナージャケットの汚れを払った。ロジャーが戻ってきた。「誰だったんだ?」息をきらして、強い口調で聞いた。「裏階段を大慌てで台所へ降りていった奴がいた。あいつは誰だ?」

「知るはずないでしょう」怒りを抑えきれずに言い返した。怒るのも当然だった。「自己紹介はなかったですから」顎がズキズキしていた。ハンカチを押し当てると、ロジャーの蠟燭の光の中で、拭いたハンカチが赤くなっているのが分かった。「指輪をしていた。なんて悪趣味な奴だ!」と言い足した。

「殴られたのか?」ロジャーが尋ねた。

「答えは、ええ、です」

「見てみろ!」ロジャーが叫んで、指さした。「トランクの錠が壊されている」ロジャーは中を覗き込んだ。「箱もなくなっている。ダンが大事にしていた箱なのに」

ジョン・クィンシーは服の汚れを払い続けていた。箱を盗まれたダンも気の毒だが、そのダンの頼みのせいで自分はひどく痛い目にあった。ズキズキする顎とは別の種類の痛みだった。ダンがよく気の付く繊細な神経の持ち主なら、真夜中の埃だらけの屋根裏部屋で顎を殴られるような役目は、自分でなく他の誰かに頼むべきだった。とにかく、いったい、これはどういうことなんだ？

ロジャーは調べ続けていた。「だめだ。箱は無くなっている。間違いない。さあ、下に降りて、辺りを探して見よう。きみの蠟燭はそこの床の上だ」

ジョン・クィンシーは蠟燭を拾い上げ、ロジャーの火でまた点けた。黙ったまま、二人は下に降りた。台所の外に出るドアは開いたままだった。「あっちへ逃げたんだ。見てみろ」と硝子の割れた窓を指した。「あそこから入ったんだ」

「警察を呼んだらどうですか？」ジョン・クィンシーが提案した。

ロジャーはじろっと睨んだ。「警察だって？　やめておけ！　きみの思慮深さは、いったいどこに行ったんだ？　これは警察の問題じゃない。明日あの硝子を直させる。さあ、引きあげた方がよさそうだ。やられたよ」

自分を咎めるようなロジャーの声の調子に、ジョン・クィンシーはまた腹が立った。二人は消えた蠟燭を玄関ホールのテーブルにおいたまま、通りに戻った。

「さあ、ダンに電報せにゃならん」自動車を停めた角に向かって歩きながらロジャーが言った。

「知ったら、ひどく怒るだろうな。きみへの風当たりもきつくなるよ」

「ダンさんの世話にならなくても大丈夫です」

「せめて、私がゆくまでそいつを逃がさずにいてくれたら……」

「でも、不意打ちを食らったんです。あの物置でヘビー級チャンピオンと闘うことになっていたなんて、予想しているはずがないでしょう？　暗闇からとつぜんですから、それに僕の状態は……」

「すまん、悪気はなかった」

「自分でもまずかったと思います。今度の旅にあたっては、トレーニングを積んでおくべきだったんです。体育館で厳しい訓練を。でも、心配は要りません。次に僕に手を出してくる奴は、相手を間違えたと悟るでしょう。毎日三回体を鍛えて、ボクシングの訓練も受けます。今から家に帰るまで、もっと悪いことが起こりそうですから」

　ロジャーは声をたてて笑った。「頬にみごとな切り傷だ」とからかった。「薬局へ寄って、手当をしてもらった方がいい」

　薬局の気のきく店員はヨードチンキ、脱脂綿、絆創膏で傷の手当てをしてくれ、ジョン・クィンシーは、闘いの跡を派手につけたまま、もう一度リムジンに乗り込み、口数少なく重い気分でノブヒルへ戻った。

　ロジャーの家に入った途端に、派手なガウン姿が竜巻のように二人の前に現れた。「バーバラじゃないか！」ロジャーが叫んだ。「どこから来たんだ？」

「こんばんは、おじさま」竜巻が言って、ロジャーにキスした。「バーリンゲーム（サンフランシスコ湾西岸の町）から自動車で来たの。今晩はおじさまのところに泊めてもらって、明日の朝、〈プレジデント・タイラー号〉で出かけることになっているの。その方がジョン・クィンシーさん？」

「親戚のジョン・クィンシーだ。ジョンにもキスしてやってくれ。彼は今夜はついてなかったんだ」

娘は無防備のジョン・クィンシーの傍らにすばやく行った。今度も、不意打ちをくらった。不愉快ではなかったが、さっきとは逆側の頬をやられた。「ほんの歓迎のご挨拶よ」とバーバラが笑った。彼女は金髪でほっそりした身体つきだ。ジョン・クィンシーは、こんな強力なエネルギーを内に秘めた、か細い女性に会ったことがなかった。「あなたもハワイへ行くって聞いていましたよ」と娘は言った。

「明日、同じ船で」

「素晴らしい！」娘は叫んだ。「いつお見えになったの？」

「今朝だ」とロジャーが教えた。

「で、今夜はついてなかったの？　立ち寄ってよかった。おじさま、私たちをどこへ連れてってくれる？」

ジョン・クィンシーは目を見張った。私たちを？　この時間に？

「僕は上に行きます」ジョン・クィンシーはあえて言った。

「どうして？　まだ十二時をすぎたばかりよ。やってる店はたくさんあるわ。ダンスはするでしょう？　サンフランシスコを案内してあげる。おじさまはすっごく親切、お金を払わせてあげれば喜ぶわ」

「でも、ぼ、僕は……」ジョン・クィンシーは口ごもった。頬はズキズキしていて、上の部屋のベッドへ潜りこみたかった。西部ってのは、いったいどういうところなんだ！

「行きましょう！」娘は陽気なメロディーを口ずさんでいた。まったく陽気で、屈託ない人生。元気いっぱいだ。ジョン・クィンシーは帽子を手にした。

ロジャーの運転手は家の前にしばらく残って、エンジンの調子を調べていた。みんなが階段を降りてくるのを目にして、どちらかと言えば出かけたくないという表情をしたが、逃げ出すわけにはゆかず、しぶしぶ運転席に座った。

「どこへ、バーバラ？」ロジャーが聞いた。「〈テイツ〉（一八五〇年代から一九四〇年に焼失するまで続いたレストランなどが入った建物）かい？」

「〈テイツ〉はやめましょうよ。今そこから来たところですもの」

「なんだって！　バーリンゲームから自動車で来たんだろう？」

「ええ、そうよ、五時にね。それから、街をちょっとぶらついていたの。このボストンからの坊やに、中国料理のチャプスイなんか食べていただいたらどうかしら？」

おいおい、勘弁してくれよ、とジョン・クィンシーは思った。そんなものはぜったい口にしたくない。そんなことに構わず、バーバラは彼を中華街に連れていった。

ジョン・クィンシーは中国料理は嫌いではなかった。次にバーバラが興味を示したレストランのメキシコ料理もまあまあだった。今は、イタリア料理はやや敬遠したく、フランス料理についてもそうだった。馴染みのない料理に腹の虫はうんざりしていたが、我慢して、その世界料理巡りについて行き、ほっそりしたバーバラを抱いて延々とダンスを踊った。数千マイルにも達する距離を踊りまくったかと感じた。〈ピーツ・ファッション〉とかいう店でスクランブルエッグを食べ、バーバラはようやく、今夜はこれまで、に同意した。

ジョン・クィンシーがくたびれ果ててロジャーの家に戻ると、玄関ホールの大時計が三時を打っていた。バーバラはまだしっかりしていて、目はきらきらしている。ジョン・クィンシーは慌てて欠伸を噛み殺した。

「残念ね、こんなに早く帰って来るなんて。でも、船で二、三回ダンスしなければならないから、今夜はここまでにしましょう。ところで、聞きたいと思っているんだけれど、どうしたの？　その頬の傷は」

「えっ、ええと、僕は……」ジョン・クィンシーは口ごもった。バーバラの肩越しに、ロジャーが頭を大きく横に振っているのが見えた。「まあ、これは」さりげなく傷に触りながら言った。「西部の入り口の印ですよ。じゃあ、おやすみ。楽しかった」やっと寝室に行かせてもらえることになった。

しばらく寝室の窓際に立って、目を見張るような街を貫く大通りの、切れ目ない光の流れを見降ろし、ぼんやりしていた。自動車の中で、すぐ隣に感じたあの柔らかく温かい感触、心地よい、楽しい感触。西部の素晴らしい女性たち。まったく違うタイプだ！

輝く港の明かりの向こうには、もう一人の女性がいる。きれいな瞳の娘だった。彼女が笑ったばかりに、大事にしていたシルクハット入りの帽子箱は、今では目の前の暗い海に捨てられ漂っている。ジョン・クィンシーはまた欠伸をした。もっと慎重にしなければ。すぐに頭に来るようではだめだ。どういう結末になるかは、分からないのだから……。

第四章　ティムの友人

翌朝も霧のサンフランシスコとはならなかった。ロジャーと昨夜泊めてもらった二人も、またリムジンに乗っていた。ジョン・クィンシーは、ついさっきリムジンを降りたばかりのように感じていた。運転手もそう感じているに違いなかった。眠そうな目で乗客たちを埠頭に送り届けるところだった。

「ところで、ジョン・クィンシー」ロジャーが聞いた。「船が出る前に、両替が必要だな」

「ええ、そうですね」ジョン・クィンシーは、しばし迷ってから答えた。

「どの通貨に両替したいんだい？」ロジャーは真面目な顔で訊いた。

「なぜ……」ジョン・クィンシーは言いかけて、「だって、もちろん……」と言った。

「おじさまの言うことを真に受けない方がいいわ」バーバラが笑いながら言った。「からかってるのよ」バーバラはすっかり元気を取り戻し、若々しかった。午前三時に帰ったことなど、まったく影響していないようだった。「アメリカ合衆国じゃあ、ハワイが自分たちの国の一部だってことを千人に一人くらいしか理解していないし、ハワイの人々はそれでひどくイライラさせられているの。おじさまは、あなたをその九百九十九人の仲間に入れて、私があまりあなたと親しくならないようにさせようとしているの」

「もう少しで成功するところだったのにな」とロジャーは笑いながら言った。

「からかおうとしてもだめよ。ジョン・クィンシーはすごく頭がいいんだから。ホノルル駐在アメリカ合衆国領事宛に外国郵便で手紙を出したあの馬鹿な本土の議員とは違うわ」

「そんな馬鹿なことを？」ジョン・クィンシーが笑いながら聞いた。

「ええ、そうよ。それに、もっと馬鹿なことがあって、ハワイの人たちは、自分たちがアメリカ国民であることを分からせようとしてもほとんど無駄だと思い知ったわ。ある上院議員が視察旅行にやって来て、挨拶で言ったのよ。『我が国へ戻ったら……』って。聴衆の誰かが怒鳴ったわ。『ここもあんたの〈我が国〉だろう！　この馬鹿もの！』もちろん、上品な対応ではなかったけれど、私たちの気持ちを率直に表していた。私たちって、すごく繊細なのよ、ジョン・クィンシー」

「その対応を非難する気はないですよ。私も発言には注意します」

　自動車はエンバルカデロ（サンフランシスコの埠頭地域）に着き、桟橋のひとつで停まった。運転手が降り、荷物を降ろしはじめた。ロジャーとジョン・クィンシーも手伝い、三人は埠頭上屋を横切って、船客用タラップへ行った。

「このまま事務所へ行くの？　おじさま」バーバラが聞いた。

「いや、時間はあるから、船の中まで送ってゆくよ」

　ごった返す甲板で、若い娘の一団がバーバラ目指して駆け寄ってきた。可愛くて元気なカリフォルニア・ブランドの娘たちだ。彼女たちはバーバラの見送りに来ていた。ジョン・クィンシーはいくらか残念だった。白い服装のがっちりした大柄な男が人々をかき分けて来た。

「やあ、こんにちは」とバーバラに呼び掛けた。

「こんにちは、ハリー」バーバラが答え、続けた。「おじさまはもう会ったことがありますね。ジョン・クィンシー、この人は私の親友ハリー・ジェニスンです」

ジェニスンはたいへんな美男子で、顔は南の島の太陽にこんがりと焼かれていた。豊かな金髪が波打っている。灰色の目は好奇心にあふれ、皮肉っぽい。全体として、女性が振り返り、いつまでも忘れないでいるタイプの男だった。ジョン・クィンシーは、バーバラの友人たちの目からすれば、自分が脇役に追いやられていると知った。

ジェニスンはジョン・クィンシーの手を力を込めて握って言った。「同じ船で行きます、ウィンタスリップさんですね？　とても好都合です。二人ならこの若い女性を退屈させないようにできるでしょう」

見送り客の下船をうながす声がして、混乱はさらに強まった。甲板を小柄な老齢の女性がやって来た。中国人の女中が付き添っている。二人は足早にやって来て、人々は道を開けた。

「これは、これは。これは運がいい」とロジャーが言った。「マダム・メイナード。ちょっと失礼。ボストンから来た私の親戚を紹介させてください」とジョン・クィンシーを紹介した。「彼の面倒を見てやってください。ハワイ中を草の根分けて探しまわっても、彼にとって、あなたほどすばらしいいいガイド兼哲学者兼友人はいませんから」

老婦人はジョン・クィンシーをじろっと見た。黒い目がギラッと光った。「ウィンタスリップの一族かい？　今じゃあ、あの一族のお陰でハワイ全体が大混乱さ。まあ、仲間が多いほど、陽気になるってものだ。あんたのおばさんを知ってるよ」

「メイナードさんの言うことをよく聞くようにな、ジョン・クィンシー」ロジャーが忠告した。

マダム・メイナードは首を振った。「私は百万歳だよ。若い男はもう近寄って来ないね。連中は若い女が好みなのさ。でも、この人からは目を離さないようにしていよう。目はまだ丈夫なんだ。さて、ロジャー、いずれ寄るよ」そう言って婦人は立ち去った。

「すごい人だ」婦人の後ろ姿を目で追いながら、ロジャーは笑った。「彼女が好きになるよ。昔の宣教師の家系で、あちらでは彼女の言葉は法律だ」

「あのジェニスンって誰ですか？」ジョン・クィンシーが聞いた。

「彼か？」ロジャーはジェニスンが、うっとりした様子の女性たちに囲まれて立っている辺りに目をやった。「彼はダンの弁護士だ。たしかホノルルの名士のひとりだ。ジョン・J・アドニスって自称しているらしい」係の士官船員が名残りのつきない見送り客たちをタラップの方へ連れていった。「さあ、行かなければ、ジョン・クィンシー。よい旅を。家に戻る途中で、もう一度立ち寄ってくれ。提案したサンフランシスコでの仕事について、もう少し時間をかけて話をさせてほしい」

ジョン・クィンシーは笑顔になった。「ほんとうにご親切に、ありがとうございました」

「いや、いや、かえって恐縮だ。向こうでも体に気をつけてな。ハワイは安全という意味では、全体として少々楽園すぎるとも言えるから。じゃあな、気をつけて、またいずれ」

ロジャーは去って行った。ジョン・クィンシーは、彼がバーバラに心のこもったキスをし、バーバラの友人たちとゆっくりと船から降りるのを見ていた。

ボストン出身の若者は甲板の手摺に寄った。数百の声が忠告、約束、別れを叫んでいた。ジョン・クィンシーの経験からはまったく異質な、休暇のような華やいだはしゃぎぶりで、見送りの人たちは紙テープを投げていた。テープの数はどんどん増え、さまざまな色が絡み合い、船と陸とをはかなく結んでいた。タラップが引き上げられた。〈プレジデント・タイラー号〉はすこしずつ桟橋から引き離され始めた。最上階の甲板では楽団がアロハオエ、かつて創られた旋律の中で、もっとも甘く、切ない別れの歌、を演奏している。ジョン・クィンシーは熱いものが喉にこみあげてくるのを感じ、当惑した。

いずれは切れる色鮮やかな繋がりは、すでに切れ始めようとしていた。ジョン・クィンシーの横では、痩せて血管の浮き出た手がハンカチを振っている。振り返るとマダム・メイナードの姿があった。頬には涙があった。

「馬鹿な婆さんね。この街から船で出るのは一二八回目なのに。ほんとうの回数よ、私は日記をつけてるの。その都度涙が出る。どうなってるのかしら？　自分でも分からない」とマダムは言った。

船はすでに埠頭からかなり離れていた。バーバラが傍らにやって来た。ジェニスンがついて来ている。彼女の眼も濡れている。

「すごく感傷的なの、私たち、島の人間は」マダム・メイナードは言って、バーバラのほっそりした腰に腕をまわした。「ここにも仲間がひとりいるわ。どんな別れでも、別れるってことは、悲しいものね」マダム・メイナードとバーバラは甲板を降りていった。

ジェニスンは立ちどまった。彼の目は乾いていた。「ハワイへは初めてかい?」

「ええ」ジョン・クィンシーが答えた。

「ハワイ人を好きになってほしいよ」ジェニスンが応じた。「もちろん、マサチューセッツ人とは違う。だが、きみが気分よく過ごせるように力を貸すよ。それが我々の他国から来た人のもてなし方なんだ」

「楽しませてもらいます」ジョン・クィンシーはそう答えたものの、何となく気が重かった。ビーコン・ストリートからここまで、はるばる三千マイル。そして、さらに、遠ざかろうとしている。彼は埠頭にいるロジャーと思われる人物に手を振ってから、自分の船室を探そうとその場を離れた。

二人の宣教師と同室だと分かった。ひとりは背が高く暗い顔つきで、レモンのような顔色の老人だった。異教徒の土地での布教活動で知られているベテランで、名前はアプトンと言った。もうひとりは血色の良い頬の、布教にともなう苦労はまだ経験したことのない若者だった。ジョン・クィンシーはくじ引きで寝台を選ぶことを提案したが、こんな賭けともいえない賭けであっても、この神の使者たちは好まないようだった。

「若い人たちで寝台を選びなさい。わしは長椅子でいい。どうせ眠れないのだから」アプトン師のその口調には、あえて苦労を甘受したいという響きがあった。

ジョン・クィンシーは作法通りに断った。さらに話し合ってから、ジョン・クィンシーは上段、老人は下段、若者が長椅子ということになった。アプトン師はがっかりしたようだった。殉教者の役割を長らく演じてきた彼は、他人がその立場に立つのを見るのは良しとしなかった。

太平洋はひどく手荒く迎えてくれた。巨大な船を、漂う小さな木片のように翻弄した。ジョン・クィンシーは昼食は抜くことにし、午後は寝台で本を読んで過ごした。夕方には、気分は良くなってきた。二人の宣教師の監視するような、止めておいた方がいいと言うような視線のもとで、晩餐に向けて慎重に身なりを整えた。

ジョン・クィンシーの姓はウィンタスリップだったので、船長と同じテーブルの席が与えられていた。マダム・メイナードが、船長の右に穏やかに明るい笑顔で座っていた。バーバラは左側だった。ジェニスンがバーバラの隣にいた。太平洋の島の住人に上下の階級があるとはまったく奇妙な感じだった。だが、ジョン・クィンシーはハワイのような辺境の地での栄誉には古風な趣があると思いながら、当然のこととして割り当てられた席に着いた。

マダムは何回も行き来したこの旅路について楽しげに喋っていた。そして、不意にバーバラの方を向いて話しかけた。「ねえ、あなたはどうしてカレッジボートに乗らないの?」

「満員だったのです」バーバラが説明した。

「あらまあ!」とマダムはこともなげに言った。「乗ろうとすれば乗れたのに。でもね……」夫人は意味ありげにジェニスンの方に目を向けた。「この船には乗るだけの魅力があったってことね」

娘はわずかに頬を赤らめ、黙っていた。

「カレッジボートって何ですか？」とジョン・クィンシーが尋ねた。

「ハワイからはおおぜいの子供たちが、本土へ勉強に行っているの。ですから、毎年六月のこの頃は、船一艘がそういう子供たちで事実上満員になるわけ。そうした船をカレッジボートって呼んでいるんです。今年のその担当は〈マソニア号〉です。今日の十二時にサンフランシスコを出ました」

「その船には友だちがたくさん乗っているんです。私たちの方が先に着いたら嬉しいわ。どうでしょう、船長さん？」

船長は慎重に「まあ、それは状況次第です」と答えた。

「〈マソニア号〉の到着は早くても火曜日の朝です」バーバラはなおも続けた。「前の晩に私たちを上陸させてくださったら、感謝、感激です。私への好意として、船長さん、お願いします」

「そんなふうに言われても」船長が軽く笑いながら答えた。「できるだけ頑張ってみましょうと答えるだけです。私も、あなたと同じように、月曜日にはぜひ入港したいのです。そうすれば、それだけ早く東洋へ向けて出航できるってことです」

「じゃあ、決定ね」バーバラは顔を輝かせて言った。

「やってみましょう、ってことで決定です。もちろん、スピードをあげさえすれば、日没過ぎにホノルル沖に到着できる可能性はありますが、朝になるまでそこで待たざるを得ません。それでは、かえって辛いでしょう」

「我慢しますわ」バーバラは笑顔で応じた。「月曜日の晩に私がとつぜん現れたら、パパはすごく喜ぶと思いません？」

「お嬢さん」船長が慇懃に言った。「いつであろうとも、思いがけずあなたに会ったら、どんな男でも大喜びですよ」

その通りだ、とジョン・クィンシーも思った。ついこの瞬間まで、彼は若い娘たちにロマンチックな感情を覚えたことはなかった。いつも娘たちを、たんにテニスやゴルフのパートナー、あるいは、トランプのブリッジの四人目のプレーヤーとみなしてきた。バーバラにはそれとは違う分類基準が必要だった。彼女の青い瞳は魅力を湛えて輝き、彼女の一挙手一投足、ひと言ひと言には、永遠の女性らしさがほのかに感じられた。ジョン・クィンシーは木偶でもなかった。嬉しいことに、晩餐のテーブルを立つとき、彼女が一緒について来てくれた。

二人は甲板に出て、手摺の傍らに立った。すっかり日は暮れていた。月はなく、ジョン・クィンシーがこれまで目にした大海原の中で太平洋ほど暗く、怒り猛っている海はなかった。彼は憂鬱げに大海原を見つめていた。

「ホームシックかしら、ジョン・クィンシー？」バーバラが訊いた。ジョン・クィンシーの片手は手摺におかれていた。バーバラの手がそこに重ねられた。

ジョン・クィンシーはうなずいた。「なんだか妙なんです。外国には何回も行ったことがあるのに、こんな気持ちになったのは初めてです。今朝、船が出たときは泣きそうでした」

「そんなに妙ではないわ」とバーバラは優しく言った。「あなたが足を踏み入れようとしている世界は『異界』なの。いいこと、ボストンとは違う、古くから文明の光があたった他のどの場所とも違う。知性が支配する類の場所ではないのよ。ここから先、私たちを導いてくれるのは『心』。あなたの好きな人たちは、ひどく狂気じみて、まったく不合理なことをする。それは、ただ、その人たちの知性が眠り込んでいて、心の動きの方が速いからにすぎない。ぜひ、しっかり覚えておいてくださいね、ジョン・クィンシー」

バーバラの声には、物悲しく、それまで聞いたことのない響きがあった。不意に二人の傍らにハリー・ジェニスンの白い姿が現れた。「散歩しないかい、バーバラ?」ジェニスンが誘った。

バーバラはちょっと間をおいて、うなずいて言った。「ええ、そうしましょう」去って行きながら、バーバラは振り返って声をかけた。「元気を出すのよ、ジョン・クィンシー」

ジョン・クィンシーはしぶしぶバーバラを見送った。彼女は自分の寂しさを和らげるために一緒にいてくれたのかもしれない。だが、そのバーバラは、薄暗い甲板をジェニスンにぴったり寄り添って去ってゆく。

しばらくして、ジョン・クィンシーは喫煙室を見つけた。誰もいなかったが、ひとつのテーブルの上に〈ボストン・トランスクリプト〉紙が置いてあった。彼は、大喜びで、まるで故国からのニュースに飛びついたロビンソン・クルーソーのように、新聞をつかんだ。

十日前のものだったが、それでも構わない。彼はなつかしい友人の顔のように証券取引所の取引記録が掲載されている金融のページを、すぐにめくった。上の方の端に、英国バークシャー州のある紡織会社の優先株購入を勧誘する彼の銀行の広告があった。貪るように、だが奇妙に冷めた思いで記事を読んだ。今はそこから離れ、そうした世界を後にして、黒い大海原を絵本のような島々に向かっている。これから向かう島々ではかつて褐色肌の部族が闘い、褐色肌の王が統治していた。それも大して昔のことではない。あのはかなく千切れた華やかな色とりどりの紙テープが象徴しているように、今は故郷の世界とはなんの繋がりもない。ジョン・クィンシーは漂っていた。自分が最後にたどり着くのはどんな港だろうか？

アプトン師が入ってきた。彼はあわてて新聞を置いた。

「新聞を置き忘れました。ああ、それです。読みましたか？」

「ありがとうございます。もう読みました」

老人は新聞を骨ばった大きな手でつかんだ。「買えるときはいつも〈ボストン・トランスクリプト〉を買うことにしているんです。この新聞は私を故郷へ連れ帰ってくれます。じつは、私はセーレム生まれなのです。七十年以上昔ですが」

ジョン・クィンシーはアプトン師を見つめた。「そんなに長く故郷を離れておられるのですか？」

「故郷を出て五十年以上になります」と老人は答えた。「南太平洋に最初に出かけたひとりです。弱々しい明かりではありましたが、最初に松明を掲げたひとりでした。その後、中国に移動させられました」ジョン・クィンシーは新たな興味で老人を見つめた。「ところで、お尋ねしますが、むかし、ウィンタスリップという名のある紳士に会ったことがあります。ダニエル・ウィンタスリップさんです」

「ほんとうですか？」ジョン・クィンシーが聞き返した。「僕の親戚です。ホノルルの彼のところへ行く途中なんです」

「そうですか。あの人はハワイへ戻って成功していると聞きました。一度しか会ったことはありません。八十年代でした。ギルバート諸島（太平洋の環礁からなる諸島）のある孤島ででした。それが、あの人の人生の転換点で、私は忘れたことがありません」ジョン・クィンシーはその先を聞こうと待った。しかし、老宣教師は「あちらでこの新聞を読みます、教会のニュースが分かり易く書かれていますから」と笑顔で言って、そのまま立ち去った。

　ジョン・クィンシーも立ち上がり、ぶらぶらと喫煙室を出た。殺風景な景色だった。不穏な大海原はヒューヒューと音を立て、彼と同じように特別の目的もなくぶらついている船客の姿がぼんやり見えていた。ときどき船員が急ぎ足で通りすぎてゆく。彼の船室は甲板に直接面していた。自室のドアのすぐ外のデッキ・チェアに腰を降ろした。

　遠くの方に、自分の部屋担当の船室係が見えた。担当の船室を出たり入ったり、縫うように見回っている。水差しを満たし、タオルをきちんと配置し、さまざまな備品を整え、その日最後の仕事を忙しくこなしていた。

「こんばんは、お客さま」船室係は声をかけてジョン・クィンシーの部屋に入った。やがて、出てきて、船室の明かりを背に戸口に立った。小柄で黄金色のフレームの眼鏡をかけて、髪型はオールバックだ。

「ご用はありませんか、ウィンタスリップさん？」

「ああ、もういい、ボウカー」ジョン・クィンシーは笑顔で返した。「問題ない」

「ありがとうございます」とボウカーが言い、船室の電灯を消し、甲板へ出てきた。「あなたには特別のお世話を心がけるつもりでおります。ご出身地を船客名簿で拝見しました。私もボストン出身なのです」

「そうなのか？」ジョン・クィンシーは懐かしさを込めて言った。明らかに太平洋もボストン郊外であるかのように見なされていた。

「ボストンで生まれたわけではありませんが、あそこで新聞記者を十年やっておりました。大学を出てすぐのときです」

ジョン・クィンシーは暗闇をすかして船室係を見つめ、訊いた。「ハーバードかい？」

「ダブリン（アイルランド共和国の首都）です」と船室係は答え、「はい、その……」といささかきまり悪そうに笑った。「今となっては意外に思われるでしょうが、ダブリン大学です。一九〇一年卒業です。卒業後、十年間、ボストンの〈ガゼット新聞〉で働きました。記者、編集デスク、編集長もやりました。ボストンで、お目にかかっていたかもしれません。アダムス・ハウス（サミュエル・アダムス・ビール醸造所）のバーとかで、たとえば、フットボール試合の前夜などに」

「あり得るね」ジョン・クィンシーも異論はなかった。「そんなときには、すごく大勢の人に出くわすから」

「覚えていますよ」ボウカーは昔を懐かしむように手摺にもたれた。「素晴らしい時代でしたよ、ウィンタスリップさん。古き佳き時代でした。飲んだくれていない新聞記者は、偉大な職業にたいする冒瀆でした。〈ガゼット〉紙はアーチ・インと呼ばれる旅館でほとんど編集されていました。そこにいるローカル記事担当編集長に、記事をもってゆくのです。編集長はいつも決まったテーブルにいました。かなり散らかったテーブルでしたが、彼専用のテーブルです。よい記事を書けば、カクテルをおごってくれたりもしました」

ジョン・クィンシーは声をたてて笑った。

「よい時代でした」ダブリン大学の卒業生は、ふっと息を吐いて、続けた。「ボストンのバーテンダーなら、金を借りるくらい、全員をよく知っていました。トレモント劇場裏の路地の店へ行ったことがありますか?」

「ティムの店だろう」と大学時代の出来事を思い出しながら、ジョン・クィンシーは言った。

「その通りです、ご名答！　もう分かっていますな。ティムはどうしちまったのかと思うんです。そう、ボイルストンにもいい店があったんですが、もちろん、今ではみんな消えちまいました。フリスコで会った親友は、ビーンタウン（ボストンの別称）の鏡にクモの巣が張ってるのなんか見れば、胸がつぶれっちまうって言っていました。くたばっちまったんです、わたしの新聞記者稼業みたいに。新聞業界は合併が続いています。二紙がひとつになり、互いのいちばん得意なところを組み合わせるようになっています。そして、大勢の優秀な男たちが暮らしてゆけないようになっちまいました。連中は過ぎ去った時代を嘆き、わたしがやっているような仕事に落ちぶれるのです」彼はしばらく黙ったままでいた。「さて、ウィンタスリップさん、何かお役にたてることがあれば、ティムの共通の友人として……」

「ティムの友人として、何かあれば、遠慮なく頼みます」

ボウカーは寂しげに甲板の向こうへ去って行った。ジョン・クィンシーはまた独りぼっちで座っていた。男と女がぴったり体を寄せ合い、小声で話しながら通りすぎていった。ジェニスンと自分の親戚の娘の顔が分かった。「私とあなたで、この人を退屈させないようにしましょう」ジェニスンはそう言っていた。そうか、自分に割り当てられた役はあまり重要なものではなさそうだ、ジョン・クィンシーはそう悟った。

第五章　ウィンタスリップの血筋

　その後何日も、ジョン・クィンシーは自分の役割の理解が間違っていなかったことを思い知らされた。バーバラと二人きりになるチャンスはほとんどなかった。そんなチャンスがあると、ジェニスンがきまって近くをうろうろしていて、すぐに三人になってしまう。ジョン・クィンシーは、最初は腹が立ったが、だんだん大した問題ではないと思いはじめた。

　もう何事も問題ではないと思っていた。大海原にもジョン・クィンシーの心にも、ゆったりした静けさが訪れていた。太平洋は一枚の巨大な硝子のようで、時間とともに青みを強めていった。船客たちは、これまで何も起こらず、これからも何も起こるはずのなさそうな世界のぽっかり空いた空間に浮かんでいるようだった。静かで寛いだ日々は、連日の長い華やかな夜にとって代わられた。そぞろ歩き、何気ない会話、そんな生活が続いた。

　ジョン・クィンシーはマダム・メイナードと甲板で話をすることがあった。ハワイをずっと昔から知っているマダムは、興味深い物語や、ハワイ王国や宣教師たちにまつわる話を、いろいろ語ってくれた。ジョン・クィンシーはマダムがすっかり好きになった。彼女はハワイであでやかな人生を過ごしてきたが、心根はニューイングランド人だった。

ボウカーも話相手としてふさわしい人物だと分かった。彼は大学卒業者の中にもめったにいない知的な人物だった。どんな話題でも、詳細に、楽しげに語った。ジョン・クィンシーの船旅用トランクの中には、たくさんの分厚い本が入っていて、彼がずっと昔に読むつもりでいた本だったが、読んだのは、ボウカーだった。

何日も過ぎ、海の色は濃さを増して群青《ウルトラマリン》に変わり、空気は重く暖かくなっていった。足元では、エンジンが、バーバラのための予定より早い上陸を目指して、規則正しいリズムを刻み全力で働いていた。船長は、月曜日の午後遅くには入港できるだろうと予想し、心配はしていなかった。しかし、日曜日の夜に、突然の激しい嵐が襲いかかり、湿気を含んだ強い風雨が夜明けまで船を翻弄した。徹夜でブリッジにいてすっかり疲れた船長は、月曜日の昼食に姿を見せ、首を振った。「バーバラさん、賭けには負けました。ホノルル到着は、おそらく、深夜過ぎになるでしょう」

バーバラは眉をひそめた。「でも、船はずっと走り続けているんでしょう」と分かりきったことを言った。「よく分かりませんが、前もって無線で連絡しておけば……」

「無駄です」と船長は答えた。「検疫官は早寝早起きなんです。ですから、入港航路の入り口近くで、公式な夜明けの六時頃まで待機しなければなりません。朝は〈マソニア号〉より先に入港するつもりです。今はそれしか言えません」

「いずれにしても、ありがとうございます。あの嵐は船長さんのせいではありませんから。今夜はせいぜい派手にダンスをして、気を紛らわせましょう。そう、仮装パーティをやりましょうよ」バーバラはジェニスンの方を向いた。「すごくすてきなドレスを持ってきているの。大学で着た、マリー・アントワネット風のドレス。ハリー、どう思う？」

「素晴らしいじゃないか」ジェニスンが応じた。「みんな、何かふさわしい衣装を掘りだしてみよう。さあ、開始だ」

バーバラは仮装パーティの計画を船客たちに知らせようと走って行った。その夜、食事の後で、バーバラはフランス宮廷から抜け出てきたかのような、ダンスにご執心の金髪の美女となって現れた。ジェニスンは即席の海賊姿に仮装し、みんなの注目を集めていた。船客のほとんどは珍妙な格好をしていて、太平洋上の船の中で、おかしな仮装パーティは暖かく受け入れられ、笑い声とともに盛り上がった。

ジョン・クィンシーは、そのお祭り騒ぎの中でも大した役割は果たせなかった。彼はなおもニューイングランドの抑制心から抜け出せていなかった。十一時をいくらか過ぎた頃、彼はラウンジへぶらぶら入っていった。マダム・メイナードがぽつんとひとりで座っていた。

「あら、こんばんは。私に付き合ってくださらない。ダイヤモンドヘッドに朝の光を見るまで、起きていることにしたの」

「ご一緒しますよ」ジョン・クィンシーは笑顔で応じた。

「でも、あなたはダンスをしなければならないでしょう、それに仮装もしていないし」

「そうなんです」とジョン・クィンシーは答え、しばし口をつぐんで、なんと説明するか考えていた。「男は、男たる者は、見知らぬ人々の前で、道化を演じるわけにはゆきません」

「よく分かります。それは繊細で上品な振舞いでもあります。でも、もうめったに見られなくなってしまった心にくい配慮です。とくに、こんな場合には……」

バーバラが入って来た。顔を紅潮させ、活き活きしている。「ハリーは私の飲物をとりに行ったわ」息を弾ませていた。そして、マダムの傍らに座った。「マダム、あなたを探していましたのよ。ほんの子供のときに観ていただいて以来、手相を観ていただいていませんもの。マダムはとても素晴らしい、あっと思うようなことを教えてくださるの」と、最後の部分はジョン・クィンシーに向けて言った。

マダムは首を振った。「もう占いはやめ、もうやらないことにしたの。だんだん歳をとってきて、将来を見通すなんていかに馬鹿げたことなのか、分かるようになってきたから。今日、私にとっては今日だけでじゅうぶん。気にしているのは今日だけ」

「でも、お願いです」とバーバラは不満そうに言った。

マダムはバーバラのほっそりした片手を自分の両手にとり、手の平をしばらく見つめていた。ジョン・クィンシーはマダムの表情が曇るのを見た、と思った。マダムはまた首を振った。

「今を楽しめ《カルペ・ディエム》」と告げた。「私の甥はかつてこの言葉を『今日を逃すな』って言いかえたの。踊って、今夜を楽しみなさいな。そして、カーテンの陰を覗こうとはしないように。無駄なことです。年寄りの言葉を信じなさい」

ハリー・ジェニスンが戸口に姿を見せた。「やあ、ここにいたのか。きみの飲物が喫煙室で待っているよ」

「すぐ行くわ」バーバラはそう言って出て行った。マダムはその後ろ姿をじっと見ていた。

「可哀そうな娘ね、バーバラは」とつぶやいた。「あの娘の母親の人生も不幸そのものだったわ」

「あの人の手相に何か?」ジョン・クィンシーが聞いた。

「べつに」ぴしゃっとマダムが言った。「ずっと先を見れば、誰の将来にも問題が待ち受けています。さあ、甲板へ出ましょう。もうすぐ十二時ですよ」

マダムはジョン・クィンシーの先に立って右舷甲板の手摺に行った。星のような光がひとつ、遠くにぽつんと光っている。陸地だ、ついに陸地が見えた。「ダイヤモンドヘッドですか?」ジョン・クィンシーが訊いた。

「違います。マカプウ・ポイント（オアフ島最東端の岬）の灯台です。ホノルルを眼にするにはココ・ヘッド（オアフ島の標高一九二メートルの小山）を迂回しなければなりません」マダムはほっそりした片手を手摺に預けてしばらく立っていた。「でも、あそこはオアフ島です」と穏やかに言った。「あそこが我が家。いとしい場所。いとしすぎると思うときさえあります。好きになっていただきたいと思います」

「きっと、好きになります」ジョン・クィンシーは優しく言った。

「ここに座りましょう」二人はデッキ・チェアに腰を降ろし、「ええ、素晴らしい場所です」とマダムは続けた。「でも、ハワイにもさまざまな人間がいます。世界の他のところと同じように、正直者も悪人もいます。地球の津々浦々から人々がやってきます。故郷で邪魔にされてやって来る人も少なくありません。私たちはそうした人々に楽園を提供します。善良な市民になってそれに応えてくれる人たちもいますが、腐ってしまう人たちもいます。つくづく思うのですが、天国に行くために善行を積むにはたいへんな努力が必要です。ハワイでも同じです」

背の高くひどく痩せたアプトン師が二人の前に現れた。師は会釈して「こんばんは、マダム。もうすぐそこですね」と挨拶し、マダムは、「ええ、とても嬉しいですわ」と答えた。

アプトン師はジョン・クィンシーの方を向いた。「お若い方、明日の朝にはダン・ウィンタスリップに会いますね」

「はい、その予定です」

「アピアン島の八十年代のあの日や宣教師のフランク・アプトンのことをを覚えているか、聞いてみてください」

「いいですよ。でも、どういうことなのか話していただいていませんが……」

「ええ、そうですね」宣教師は椅子に体をうずめた。「ある人の過去についての秘密を明かすのは好みません。しかし、ダン・ウィンタスリップの若い頃の話は、ホノルルではもうよく知られていると思います」そう言って師はマダムに眼を向けた。

「ダンは聖人君子じゃありません。みんな知っていますよ」

アプトン師は痩せた脚を組んだ。「じっさいのところ、私はダン・ウィンタスリップに会ったことを誇りに思っています。私は、私なりのやり方で、彼を説得して、その生き方を変えさせたと思っているのです、善い方へ変えさせたと」

「本気ですか?」とマダムが言った。明らかにそうは思っていなかった。

ジョン・クィンシーは話の展開がまったく気に入らなかった。ウィンタスリップの名を、こんなふうに軽々しく口にしてほしくなかった。だが、ジョン・クィンシーの苛立ちにもかかわらず、アプトン師は話し続けた。

「お話ししたように、八十年代のことです。ギルバート諸島のアピアン島にたった独りで布教所を構えていました。ある朝のことでした。一隻のブリッグ船が珊瑚礁のすぐ沖合に錨を降ろし、ボートが海岸に向かってきました。もちろん、そのボートを迎えようと海岸へ駆けて行く現地の人々と一緒に、私も浜に向かいました。自分と同じ肌の色の男に会うことは、めったにありませんでした。

　ボートには人相の悪い水夫たちがいて、こざっぱりとして整った顔立ちの若い白人男が彼らを指揮していました。ボートがまだ岸に着かないうちに、私はボートの真ん中に松材の細長い箱が一個あるのに気づきました。

　白人の男は、ブリッグ船〈シロ（旧約聖書に登場するイスラエルの町）の乙女号〉の一等航海士ウィンタスリップと名乗りました。男がその船の名を口にしたとき、私はすぐに分かりました。その船のいかがわしい交易と経歴を思い出したのです。男は早口で説明しました。船長が前日に死に、陸に埋葬するために運んで来たと。それが船長の遺言だと」

「さて」とアプトン師は、はるかなオアフ島の海岸線をじっと見つめた。「私はにわか作りのその松材の箱に眼をやりました。四人のマレー人の水夫がそれを岸に運んで来ました。『トム・ブレードがその中に？』と私は尋ねました。若いウィンタスリップがうなずき、『その中だ、間違いなく』と答えました。私は、自分が南太平洋の有名な人物の最後に立ち会っていると分かりました。法律など気にしない無慈悲な暴れ者、海賊にして冒険家、悪名高き〈シロの乙女号〉の船長、奴隷手配師、トム・ブレードの最後に」

「奴隷手配師ですって？」ジョン・クィンシーが聞き返した。

宣教師は微笑んだ。「ええ、そうですよ。あなたはボストン出身でしたね。奴隷手配師というのは大農園《プランテーション》に一人いくらで労働者を提供する口入屋の親玉です。今ではほとんど駆逐されてしまいましたが、八十年代にはさかんに活動していました。じつに恐ろしい仕事です、神に呪われた生業です。労働者は自発的に来ることもありますが、それはごく稀です。ほとんどの場合、ナイフの切っ先や銃口に脅されてやってきます。残忍で野蛮な仕事です。

ウィンタスリップと水夫たちは上陸し、一本の椰子の木の下に墓穴を掘りはじめました。私もついてゆきました。お祈りを申し出ました。ウィンタスリップは大笑いして、無駄なことだと言いました。しかし、その晴れた朝、その椰子の木の下で、山ほどの懺悔をしなければならない男の魂を、神に委ねたのは私でした。ウィンタスリップは我が家で昼食をとることに同意しました。彼は、ブリッグ船に残っている奴隷集めの仲介人は別として、白人は自分しかいないと語りました。

昼食をとりながら、私はあなたはまだ若いのにと話しました。彼の初めての航海だとのことでした。『あなたがやるような仕事ではない』と言いました。やがて、彼も分かってくれました。船倉に二百人の黒人がいて、キングズミル諸島（ギルバート諸島の別称）のあるプランテーションへ引き渡さなければならず、それをすませてしまえばもう仕事はやめると言いました。『〈シロの乙女号〉をシドニーへ回航する、宣教師さん』と約束しました。『そして、船を譲ってパウだ《終わり》。ホノルルへ戻る』と」

宣教師のアプトン師はゆっくり立ち上がった。「後で、彼は約束を守ったと知りました」と言っていったん口をつぐんで、すぐに続けた。「ええ、ダン・ウィンタスリップは故郷へ帰り、もはや南太平洋で彼の姿を見ることはありませんでした。私は、彼のその決心を後押しした自分の役割を、いつもいささか誇りに思っています。見返りはありません。世俗的意味での宣教師の成功は、めったにないのです。ハワイでもそうです」アプトン師はマダムに眼をやった。「でも、満足しています。その満足のひとつがアピアン島の浜辺での出会いから生じたのです。さて、寝る時刻はとうに過ぎてしまいました。これで、お休みなさい」

アプトン師は戻って行った。ジョン・クィンシーは繰り返し、繰り返し先祖の悪行を考えて座っていた。ウィンタスリップの一員が奴隷商売に手を染めていたとは！　とんでもないことだった。ビーコン・ストリートへ戻りたいと思った。

「私への遠まわしな当て付けだわ」マダムは憤慨したようにつぶやいた。「あれがハワイの宣教師よ。あんなに自慢するほどのこともないでしょうに。ダン・ウィンタスリップが奴隷商売をやめたのは、もっとお金になることを見つけたからよ、私はそう思う」マダムは不意に立ち上がり「ああ、やっと……」と言った。

ジョン・クィンシーも立ち上がり、マダムの傍らに立った。はるか遠くに、かすかな黄色の瞳がウィンクしていた。マダムはしばらく黙ったままでいた。

「まあ、とにかく」とやがてつぶやき、「ダイヤモンドヘッドにまた会えたわ。じゃあ、お休みなさい」と言った。

「お休みなさい」とジョン・クィンシーも言った。

ジョン・クィンシーは手摺にひとりで立っていた。〈プレジデント・タイラー号〉の船足が遅くなっているのが分かった。月が雲の陰から姿を見せ、またいつの間にか隠れた。ひどく不快な静寂のようなものが暑い、風のない、濃い藍色の世界を覆いつつあった。彼は奇妙な不安を感じていた。

そよ風を求めて、ボートデッキに上って行った。人目に着かない場所にいるバーバラとジェニスンに気付き、驚いて立ちどまった。バーバラは男の腕の中にいた。二人の奇抜な衣装がその光景に無気味な感じを与えていた。二人はジョン・クィンシーに気づいていなかった。世界には、彼ら二人しかいなかった。二人の唇はしっかり重なっていた。

ジョン・クィンシーは逃げだした。なんということだ！　彼自身もひとりや二人の女の子とキスしたことはあった。だが、あの二人のキスはそれとはまったく違っていた。

船室の外の手摺にもたれた。いったい自分はどうしたというんだ？　バーバラは自分にとって何者でもないじゃないか。親戚、そう、しかも、異星人のようなものだ。ジェニスンと恋仲であることには気がついていた。だから、それは驚くようなことではない。それなのにどうしてこんなに悔しさと心の痛みを感じるのだろうか？　自分はアガサ・パーカーと結婚の約束をしているじゃないか。

彼は手摺をつかんだ手に力を入れ、アガサの貴族的な顔を思い出そうとした。しかし、その顔はぼやけて、はっきりしなかった。記憶の中のボストンは、すべてぼやけていた。故郷を離れて放浪するウィンタスリップ家の血、奴隷手配師や南国の夜の息の詰まるような熱い口づけに誘う血。それは自分の体にも流れているのだろうか？　ああ、何ということだ、私は、私にふさわしい場所に留まっているべきだった。

船室係のボウカーがやって来た。「やあ、ここでしたか」と言った。「十二尋《ファザム》の水深のところで投錨し、明朝のパイロットと検疫官を待ちます。コナの嵐が吹き荒れているそうですが、やがて止むと思います。間もなく月が出て、夜明けには、昔からの貿易風がまた任務に戻るでしょう。貿易風に神のご加護を」

ジョン・クィンシーは黙ったままだった。「アダムズ（ジェームズ・トラスロー・アダムズ）のニューイングランド革命についての一冊（『革命期のニューイングランド：一六九一～一七七六年』一九二三年刊）以外のお借りしていた本は全部返しました。アダムズの本はすごく面白いです。今晩中には読み切ってしまうつもりですから、上陸するまでにはお返しします」

「うん、それでいい」ジョン・クィンシーはそう言って、遠くのぼんやりした港の明かりを指さした。「あそこがホノルルだね」

「そうです、数マイル先です。今はひっそりしていますが、朝の九時ともなれば通りには人が溢れます。ひと言、お耳に入れておきますが『オコレハオ』には近づかないことです」

「それなに？」

「オコレハオです。ハワイで売られている飲物です」

「何から作るんだい？」

「そこです、そこに大きな秘密が隠されているんです。何から作られているのか？　匂いから判断すると、あまり大したものじゃありません。二、三杯ぐっとやれば、天国に昇ったような気持ちになれます。でも、いいですか、あなた、問題はそこから落っこちるときですよ！　近づいちゃあいけません。経験者として忠告しておきます」

「分かった、そうするよ」ジョン・クィンシーは約束した。

ボウカーは去って行った。ジョン・クィンシーはそのまま手摺にいた。一瞬、不安な気持ちが強まった。月はまだ隠れていた。船は蒸し暑い暗闇を縫って進んでいた。黒い海の向こうで自分を待っている未知の土地を見つめた。

その土地のどこかで、ダン・ウィンタスリップも彼を待っていた。ダン・ウィンタスリップは、ボストンのウィンタスリップ家の親戚であり、かつて奴隷売買に関係していた。サンフランシスコの暗い屋根裏で反撃し、あの頑丈な箱を奪われずに、夜にまぎれて船から海に投げ込んでおけばよかった、とジョン・クィンシーは初めて悔やんだ。もっと機敏に振る舞っていたら、ウィンタスリップの誉れ高い家名への新たな醜聞や新しい汚点が避けられるということだろうか？

船室に戻って、ジョン・クィンシーはこの旅の目的を完遂すると決心した。手早く済まし、数日ひと休みしたら、再びボストンに向けて出発する。本人がどう言おうが、ミネルバおばさんを連れて帰ると。

第六章　バンブーカーテンの向こう

そう決心したものの、今、おばのミネルバに会うことができたとして、自分の計画に従うように説得できるかどうか、自信はなかった。誠実で毅然としていると思っていた一族の実像に、彼は強い衝撃を受けていた。

ちょうどその頃、ミネルバは、ホノルルのハワイ人地区の花の香りに包まれた庭園で、草で編んだマットに座っていた。緋色の文字が描かれた淡い金色の提灯が、いくつも頭上にぶら下がっている。首にはマイレ（キョウチクトウ科の香りの高いつる植物）の花を編み込んだ淡黄色の生姜の花のレイが掛けられている。ウクレレとスチールギターの眠気を誘う官能的な調べが真夜中の空気に乗って流れ、目の前では、ナツメ椰子の下に設えられた空き地で、ハワイ人の少年と少女たちが、ビーコン・ストリートに戻って詳細に説明するのがはばかられるようなダンスを踊っていた。

ミネルバは、彼女なりの控え目な態度ながら、とても幸福だった。望んでいたことのひとつが今実現しているからだ。ルアウ、つまりハワイ式の宴会に出席していた。この親しい者たちだけの祝いの席に参加が許される白人はごく限られていたが、ハワイ人の友人がこの重要な行事に招待され、彼女も同行するように誘われていたのだ。最初は、辞退すると答えた。月曜日の午後は、ダンがバーバラとジョン・クィンシーを待ちわびている時間だったからだ。だが当日の夕方になって、ダンが〈プレジデント・タイラー号〉の船客の上陸は明日になると知らせてきたので、ミネルバは電話に走り、出席したいと急ぎ連絡した。

　出席できることになり満足だった。彼女の前のマットには、ほとんど食べたことのないハワイ式正餐の料理がいっぱいに広げられていた。ミネルバはダンに物おじしない女性と呼ばれたことがあり、今夜はその見方が間違っていないことが証明されていた。ためらうことなく、目の前の茶色の包みの馴染みのない料理と向き合い、すべての料理を口にしてみた。ひとつひとつ瓢箪の椀に入れて供されるポイ（焼いたタロイモを潰し、水を加えて発酵させたハワイの伝統的主食）、ココナッツミルクで煮た鶏のシチュー、烏賊と海老、赤いリムやその他の海藻、さらに生の魚まで味わった。今夜はそうした料理の夢を見るにちがいない！

　宴会に続いてダンスが始まった。月光が芝生をレース模様に照らしだし、哀調を帯びた調べはしだいに大きくなった。よそ者の前で最初は恥ずかしがっていたハワイ人の若者たちも、もはや照れることもなかった。ミネルバは眼を閉じて、大きな椰子の幹にもたれかかった。ハワイでは、恋歌の中にさえも、希望のない物哀しい響きがあった。その響きは、これまでのどんな交響曲よりも強くミネルバの心に沁みた。カーテンは引きあげられ、ミネルバは過去を覗き込んでいた。それは、白人の来航に先立つ時代の、素朴で、未開な過去だった。

　心に沁みる長いクライマックスで、曲は終わった。踊り手たちの揺れる体はしばし止まった。ミネルバの友人たちの辞すタイミングのようだった。友人たちは家の中に入り、蒸し暑く狭い居間で微笑みを湛えた茶色の肌の主人夫妻に別れの挨拶をした。今晩の宴会の主役である生まれて間もない赤ん坊も、ちょっと眼を開け、帰る客たちに微笑んだ。外の狭い通りには、自動車が待っていた。

人通りの絶えた静かなホノルルを抜けて、一行はワイキキに向けて自動車を走らせた。キング・ストリートの司法ビルを通過するとき、塔屋の時計が午前一時を打った。こんな遅くまで外出していたことは、来演した歌劇団の〈パルジファル（一八六五年にリヒャルト・ワグナーが作曲したオペラ）〉の公演をボストン・オペラハウスで聴いた夜以来だと、ミネルバは思い出した。

ダンの家では表の通りに繋がる私道を守っている鉄の門は閉じられていた。歩道の脇で自動車を降りて、ミネルバは「お休みなさい」と友人に挨拶し、玄関に向かって坂になった私道を上りはじめた。夜の闇はミネルバをワクワクさせ、彼女は若者のように自信に満ちた大きな足取りで歩いて行った。ダンの緋色の庭園は暗闇に包まれていた。日が落ちてからずっと、動きの速い雲から現れたり、また隠れたり、遊び戯れていた月は、再び見えなくなっていた。馴染みのない香りが鼻をくすぐり、辺り一面で熱帯の夜の柔らかで不思議な音が聞こえていた。もうほんとうにベッドに入らなければならない、そう分かっていたが、子供がずる休みをするようなうきうきした気分で、玄関への道からそれて、砕ける波をもう一度見ておこうと家の横手に回った。

ダンの居間に通じるドアの傍らのポインシアナの木の下に立った。ほぼ二週間にわたりコナの嵐が吹き続けていたが、今は穏やかな貿易風が吹き始める兆しを頻に感じていた。眠気はすっかり消えて、浜辺と珊瑚礁の間にしぶきを上げる白波の、ぼんやりした線を見つめていた。心はカラカウア国王時代に知っていたホノルル、ハワイの島々がまだ純朴で、色彩豊かな時代、古き佳き時代へと立ち帰っていた。『今はもうすっかり破壊されてしまった。忌まわしい機械文明に損なわれてしまった』、ダンはそう言っていた。『でも、ミネルバ、そのはるか下の深い底では、古き佳きハワイが今でも滔々と流れている』とも。

月が姿を見せた。太平洋の十字路の海に銀の色調を付け加え、羊毛のような雲の陰にふたたび消えた。失われた自分の若さと八十年代を思ってふっとため息を洩らし、ミネルバは大きな居間に通じる施錠されていないドアを押し開けた。そして、ダンの目を覚まさせないようにそっと閉めた。

彼女はまったくの闇に飲み込まれた。しかし、磨き上げた床をどう進めばよいかよく分かっていたので、爪先立ちで、迷うことなく足を踏み出した。玄関ホールのドアまで半分ほど進んだところで、ぎょっとして立ちどまった。心臓が飛び出そうだった。五フィートも離れていないところに、青白く光る時計の文字盤が見えた。息をのんで見つめているミネルバの目の前で、文字盤が動いた。

五十年以上にわたり冷静さを保つ術を身に着けてきただけのことはあった。ほとんどの女性なら悲鳴を上げ、失神してしまっていただろうが、彼女は動悸が激しくなっただけだった。じっと立ちどまったまま、燐光を発する文字盤を見つめていた。文字盤の動きはほんの僅かだった。今はまた動きを止めている。誰かの手首の時計。まさに動き出そうとしていた誰かが、立止まって用心深く身構えている。

ミネルバは冷静に自問した、どうしようか？　大声で問いただすべきだろうか？　『そこにいるのは誰？』ミネルバは怖いもの知らずな女性だったが、そんなやり方が無謀であることは分かっていた。文字盤が近づき、拳が飛んで来て、太い腕が喉を狙ってくるにちがいない。

彼女はとにかく一歩動いた。そして、もう一歩。文字盤はきっと追って来るだろう。しかし、文字盤はじっと動かずにいた。時計を着けた腕が侵入者の脇で固まってしまったようだった。

とつぜん、状況が分かった。時計の持ち主は文字盤がはっきり見えていることに気づかず、自分が暗闇に隠れていると思っている。ミネルバがそのまま部屋を通りすぎるのを待っているのだ。騒がず、警戒心を起こさせなければ、危険はなかろう。玄関ホールとの間のバンブーカーテンを通り抜けてしまえば、使用人たちを起こすことができる。

ミネルバは冷静だった。しかし、相手に警戒心を起こさせずに部屋を出るには、冷静さのすべてを動員しなければならなかった。唇を固く閉じ、恐ろしい文字盤に近づかず、文字盤から目を離さずに、肩越しに振り返りながら、居間を通り抜けた。永遠とも思える長い時間の後で、バンブーカーテンはミネルバを迎え入れた。それを通り抜け、階段に足をかけた。

しかし、文字盤の示す時刻だけは、今後どんな時計を見ても一時二十分過ぎに見えてしまいかねないほど、はっきりと目に焼きついた。

階段の半ばまで上がって、下のホールの電灯を点けようとしていたことを思い出したが、引き返したり、階段上でスイッチを探したりはしなかった。大急ぎで自室へ駆けこみ、女性なら誰でもするように、しっかりドアを閉め、震えながら椅子にへたり込んだ。

だが、彼女はありきたりの女性ではなかった。すぐに立ち上がり、ドアをもう一度開けた。先ほどの恐怖は消えつつあった。心臓は再び力強く、規則正しく打っている。今こそ行動すべきときだった。自信に満ちた冷静な行動のときだった。ミネルバはウィンタスリップの一員であり、気持ちは決まっていた。

　使用人の部屋は台所の向こう側の翼部分にあった。彼女はすぐにそこへ行き、いちばん手近なドアをノックした。ノックし、またノックした。やがて、半分寝ているような日本人の男の顔が現れた。

「ハク」とミネルバは声をかけた。「居間に誰かいるの。すぐに行って見てきて」

　ハクは彼女を見つめたが、事情がよくのみ込めていないようだった。

「私も一緒に行くわ」と彼女は言い足した。

　ハクは部屋にひっこみ、ミネルバはイライラしながら待った。私の度胸はどこに行ってしまったのだ？　どうしてひとりで対処しなかったのだ？　自分の家にいれば、もちろん、ひとりで対応できた。だが、ここには、不思議な恐ろしい雰囲気があった。傍らの小窓から月光が射し、足元を四角く照らしていた。ハクが現れた。海岸で度々目にした派手なキモノ姿だった。

　とつぜん、別のドアが開いて、ミネルバはビクッとした。なんと！　いったい、どうしたのか。カマイクイじゃないの、薄暗い戸口に立つ大柄な姿、ムームー《ホロク》（一八二〇年頃、宣教師の妻たちがハワイにもちこんだゆったりした丈長なワンピース）を着て青銅の像のように立っている。

「居間に誰かいる」と説明を繰り返した。「通って来るときに見たの」

カマイクイは黙ったまま、奇妙な探検隊に加わった。玄関ホールの階段の上で、ハクが階段の上下の電灯を点けたが、そこで一瞬のためらいを見せた。ミネルバが先頭に出た。彼女にいちばんふさわしい位置はそこだった。そして、しっかりした足取りで階段を降りた。後には、鮮やかな罌粟《ケシ》の花模様のキモノを着た小柄な日本人と宣教師の妻たちが日常着にしているムームーを礼服のように着たポリネシア人女性が従った。

階段を降りた玄関ホールで、ミネルバはためらわなかった。バンブーカーテンを左右に押し開けて通り抜け、いくらか震えている片手で電灯のスイッチを探り当て、居間全体にまばゆい光を溢れさせた。後についている奇妙な恰好の二人がバンブーカーテンを通るときのカラカラという音が背後で聞こえた。ミネルバは不思議そうに周りを見回した。

誰の姿も見えなかった。何かが起こった気配もなかった。彼女は、何かに脅えて、勝手に馬鹿馬鹿しい振舞いをしていたのかもしれないと思った。誰かの姿を見たわけではなく、誰かの立てる音を聞いたわけではなかったのだ。光を発する文字盤の動きは想像の産物ではなかったろうか？　今夜はとても気持ちが高ぶっていた。それに思い出してみれば、今夜はオコレハオの小さなグラスも口にした。強い飲物だ！

カマイクイとハクは子供がみせる問いかけるような眼差しで彼女を見ていた。無駄に二人を起こしてしまったのだろうか？　顔がいくらか赤くなった。地元産の銘木とたくさんのシダの鉢植えの緑で飾られた、この電灯に照らされた明るい大きな部屋はまったく異常なく、すべてが整然としているようだった。

「もしかしたら、もしかしたら、私の思い違いだったかも」ミス・ミネルバは小声でつぶやいた。「そんなことはないはずだけど、でも変わったところはないみたい。ダンは、この頃よく休んでいないようだから、寝ているところを邪魔したくない」

ミネルバはラナイへ出るドアに行き、カーテンを左右に押し開けた。外の明るい月の光が、ラナイの設えのほとんどをはっきり見せていた。そして、ここも異常はないようだった。「ダン」とミネルバは声をかけた。「ダン、起きている?」

答えはなかった。ミネルバは思った、自分がとんでもない思いちがいで大騒ぎをしているに違いないと。居間に戻ろうとしたとき、暗がりにしだいに慣れてきた目が、ぎょっとする現実を捉えた。

ラナイの隅のダンの簡易ベッドの上には、夜も昼も、白い蚊帳が下がっていたはずだった。だが、今は見えない。

「ハク、来て」と呼んだ。「ここの明かりをつけて」

ハクが来て、緑の傘の電気スタンドをつけた。ダンが、その晩、傍らで夕刊を読んでいて、とつぜん何かを思い出した様子で、サンフランシスコのロジャー宛に大急ぎで手紙をしたためた小さなスタンドだ。ミネルバはそのときのことを思い出しながら立っていた。他のことも思い出そうとした。隅の簡易ベッドに目を向けたくなかったからだ。カマイクイが横を擦りぬけて簡易ベッドに近づくのが分かった。押し殺したような恐怖と悲しみのうめき声が聞こえた。

ミネルバは簡易ベッドへ近づいた。蚊帳は激しい争いで引きちぎられたように破れ、そこに、蚊帳に絡まれたダン・ウィンタスリップが見えた。体の左を下にして倒れており、ミネルバが覗き込むと同時に、一匹の小さないたいけな蜥蜴が、白いパジャマに赤い線を残しながらダンの胸から肩に駆けあがった。

第七章　チャーリー・チャン登場

ミス・ミネルバは近づき、ダンの顔を見ようと覗き込んだ。ダンは壁の方に首をひねり、枕に半分顔をうずめていた。「ダン」と息を詰まらせたように呼びかけ、頬に触れた。夜気は暖かく、蒸し暑かった。しかし、身震いしながら、あわてて手を引っこめた。落ち着くのよ！　落ち着かなければ。

居間を抜けて玄関ホールへ急いだ。電話は正面階段の下の物入れにあった。指が震え、ダイヤルがうまく回せなかった。やっと番号を回し、相手の声が聞こえた。

「アモス？　アモスでしょう？　ミネルバよ。すぐにダンの家に来て」

アモスは不満げに何かブツブツ言った。ミネルバは構わずさらにぴしゃっと言った。「お願いよ、アモス。あなた方の馬鹿馬鹿しい仲違いなんか忘れて。あなたの弟が死んだの」

「死んだ？」アモスはぼんやりした口調で繰り返した。

「殺されたの、アモス。すぐ来てくれるわね？」

長い沈黙があった。あの厳格で頑固なピューリタンの心に何が去来しているのだろうとミネルバは思った。

「すぐ行く」やっと普段とは違うアモスの声が答え、すぐにミネルバが馴染んでいるいつもの声に戻った。「警察へ！　連絡してから、すぐ行く」

玄関ホールへ戻って、ミネルバは玄関ドアが閉まっているのに気づいた。アモスはここから入って来るだろうと思って、ドアへ行った。頑丈な錠がついていた。だが、鍵はずっと前に無くなり、忘れられてしまっていた。ダンの広壮な屋敷のどこかで、鍵を目にした記憶はなかった。こんな友好的で信頼できる島では、施錠したドアはかえって邪魔だった。

居間に入った。医者を呼ぶべきだろうか？　いや、要らない、手遅れだ。それははっきり分かっていた。警察は医者を連れて来ることになっているだろうか？　不意にミネルバは警察について考えはじめていた。ホノルルにいる間ずっと、警察について考えたことなどなかった。この遠隔の地の果てにも、警官はいるのだろうか？　警官を見た記憶はなかった。そうだ、ハンサムで小麦色の肌のハワイ人がいた。フォート・ストリートとキング・ストリートの交差点の隅の箱に立って、カメハメハ王（ハワイ王国初代国王。在位一七九五～一八一九年）自身になったかのような雰囲気で交通整理をしていた。

ミネルバはラナイで椅子を移動させる軋むような音を聞いてドアに行った。

「何にも触らないで。そのままにしておきなさい。二人とも上へ行って着替えなさい」

脅えた二人の使用人は居間に入って来て、ミネルバを見つめて立っていた。この恐ろしい状況について何かを話したがっているようだった。しかし、何を話そうって言うの？　たとえ殺人現場においてでも、ウィンタスリップの者は、使用人にたいして名家の人間の毅然とした態度を保たなければならない。ミネルバは二人に穏やかに向き合った。二人の隠しようもない悲しみに共感していたが、だからと言って、今、使用人と話し合うことは何もなかった。

「着替えたら、近くにいなさい。頼むことが出てくるでしょうから」と指示した。

ハクは奇妙な衣装で、カマイクイはミネルバの悲しみをいっそう強めるような悲嘆の言葉をつぶやきながら出て行った。彼女は独りで、ダンとともに、残された。何事にも冷静に対応できると思ってきたミネルバも、ラナイへ出てゆくのをためらっていた。

居間の大きな椅子に座り、ダンが残していった富と地位を象徴するさまざまなものを見わたした。可哀そうなダン。彼を誹謗するさまざまな噂にかかわらず、彼女はダン・ウィンタスリップが好きだった。生涯が一冊の興味深い本になると言われる人は大勢いるし、ダンについてもそう言われていた。しかし、言われるほど波瀾万丈であった人生は少ない。だが、ダンについては、かけ値なしで一冊の本にする価値があるにちがいない。彼の生涯はどんな本にまとめられただろうか？　興味深いものであっても、ダンのその本は、ボストン公共図書館の書棚に並べられることは永久にないだろう。なぜなら、ダンは自分を法律とし、情け容赦なく敵を打ちのめし、繁栄し、好きなように、充実した人生を送ったからだ。彼は、禁じられた道に足を踏み入れることも少なからずあったと言われるが、彼の笑顔はとても人懐っこく、声には元気が溢れていた。しかし、それも二週間前までだった。

ロジャーに手紙を送った夜から別人になったようだった。顔には初めて皺ができ、灰色の目には何かを気にしている疲れの色が現れた。先日の水曜日、ロジャーからの電報を受け取ったときの怒りようはかつて見たことのないものだった。電報に何が書いてあったのだろうか、ミネルバは知りたいと思った。ダンをあれほど怒らせ、虎のように部屋を行ったり来たりさせた、タイプで打たれたわずかな言葉は何だったのだろうか？

最後に会ったときのダンを思い出してみた。そのときは、やや感傷的なように見えた。〈プレジデント・タイラー号〉が翌朝まで着桟できず、バーバラの上陸は明朝になるとの知らせが来たときだった。

ミネルバは不意にバーバラを思った。それまで、バーバラは意識になかった。まだ父親の死を知らされていない陽気で、元気な娘と、彼女の帰宅を思った。涙が溢れてきた。その涙に霞んだ目に、玄関ホールに通じるバンブーカーテンが左右に引き開けられ、アモスの痩せた白い顔が現れるのが見えた。

アモスは二度と足を踏み入れまいと誓った場所に、一歩一歩確かめるような足取りで入って来て、ミネルバの前で立ちどまった。

「どうしたんだ？　何があったんだ？」

ミネルバはラナイに向かってうなずいた。アモスはそちらへ行った。ずいぶん時間が経ったようだった。アモスがまた現れた。がっくり肩を落とし、涙のにじんだ目はじっと前を見つめていた。

「心臓を刺されている」とポッと言った。そして、壁にかかった父親の肖像画を見つめながらしばらく立っていた。「罪の報いは死なり」と父親のジュディディア・ウィンタスリップに向かって語りかけるように付け加えた。

「そうよ、アモス」ミネルバが厳しい口調で言った。「あなたはそう言うに違いないと思っていた。『人を裁くな、あなたがたも裁かれないようにするためである（マタイによる福音書七の一、新共同訳より）』って言葉を聞いたことがあるでしょう。そんなことより、教訓を語っている時間はないの。ダンは死んだのよ、可哀そうに」

「可哀そうだって」アモスは陰気に繰り返した。「俺はどう言えばいいんだ？　俺の弟だ。あいつにここの浜での歩き方を教えてやったのはこの俺だ」

「そうよ」とミネルバは厳しい眼差しをアモスに向けた。「どうしたらいいの？　ダンは死んでしまった。誰かが殺した。ダンは私たちの一人、ウィンタスリップの一員。私たちはどうしたらいいの？」

「警察には知らせた」とアモスが言った。

「それなら、どうしてここにいないの？　ボストンなら今頃は……。ここがボストンじゃないことはじゅうぶん分かっているけど。刺されているって言ってたわね。凶器は？」

「何もなし、見た限りでは」

「あそこのテーブルの上のマレーの短剣《クリス》はどうなの？　ダンがペーパーナイフとして使っていたものは？」

「気がつかなかった。この家のことはよく知らないんだ、ミネルバ」

「それなら」とミネルバは立ち上がり、ラナイへ向かった。かつてのしっかりしたミネルバに戻っていた。そのときだった。玄関の網戸を荒々しくノックする音がした。やがて玄関ホールで人の声がし、ハクが三人の男を居間に案内してきた。紛れもない警官なのに、三人とも私服だった。その内の一人、船の航海長のような容貌の背が高く痩せた白人が進み出た。

「ハレットです。警部です。アモス・ウィンタスリップさんですね？」

「ええそうです」と言って、アモスはミネルバを紹介した。ハレット警部は軽く頭をさげた。顔は（これは男の仕事だ。女の出る幕はない）と言っていた。

「ダン・ウィンタスリップ氏って言っていましたね」アモスに向き直って警部が言った。「じつにお気の毒です。どちらに？」

アモスはラナイを示した。「先生こちらです」警部はそう声をかけて、バンブーカーテンを広げて入って行った。二人のうちの小柄な方が後にしたがった。

二人が出て行ってしまうと、三人目の男が部屋の奥に入って来た。ミネルバはその男を目にして、びっくりしてちょっと息をのんだ。こうした温暖な島では、男は痩せていると決まっている。だが、ここにいる男はまったくその基準から外れて、でっぷりと太っている。しかし、その足取りは女性のように軽く優美だった。頬は幼児のようにふっくらして、肌は薄い象牙色をしている。黒い髪は五分刈りで、目は琥珀色のあがり目。ミネルバの傍らを通るとき男は礼儀正しく会釈して、警部を追ってラナイに入って行った。ふだん出会うことはめったにない丁寧な物腰だった。

「アモス！」ミネルバが声をかけた。「あの男が、どうしてあの人が？」

「チャーリー・チャンです」アモスが答えた。「ありがたいことに、彼を連れてきてくれた。彼が来ればもう大丈夫です」

「でも、中国人よ」

「ええ、そうですよ」

ミネルバは椅子に倒れ込んだ。ああ、とにかく警官が来てくれたんだわ。

間もなくハレット警部が早足で居間に戻って来た。

「みなさん、検視官の話では、ウィンタスリップ氏は亡くなられてまだそれほど経っていないそうです。今はみなさんの証言は結構です。もし、犯行時刻について何か心当たりがあれば……」

「私はかなりはっきりしたことがお話しできます」とミネルバが落ち着いた口調で言った。「事件が起こったのは、一時二十分少し前です。そう、一時十五分頃です」

警部はびっくりしてミネルバを見た。「間違いありませんね?」

「ええ、そうです。殺人犯の腕時計を見たのです」

「何ですって！　犯人を見たんですか?」

「そうは言いませんでした。腕時計を見たって言ったんです」

警部は眉をしかめた。「すぐ戻ります。とりあえず、この辺りを虱潰しに調べさせます。電話はどこですか?」

ミネルバは電話のありかを教え、警部が警察本部のトムという人物と熱心に話しこむ声が聞こえた。トムの任務は、手の空いている警官をすべてかき集め、ホノルル、とくにワイキキ地区を捜索させ、不審な人物すべてを拘束させることのようだった。さらに、トムは、署長の戻りを待って、先週ホノルルに入港したすべての船舶の乗客名簿を手に入れることになった。

警部が居間に戻って来て、ミネルバにまっすぐ向き合った。「さて」と始めた。「殺人犯は見なかったけれど、犯人の腕時計は見たってことですね。私は物事は論理的に考えるべきだと信じています。あなたは当地の方じゃありませんね。たしかボストン出身ですね」

「ええ、そうですよ」

「このお宅に滞在している？」

「そうです」

「あなたとウィンタスリップ氏の他には？」

ミネルバの目が一瞬光った。「使用人たちです。それから、申し添えますが、私はダン・ウィンタスリップの実のいとこなんです」

「そうですか。怪しんでいるわけじゃありません。たしか、彼には娘さんがいましたね？」

「バーバラは大学からもうすぐ帰省する予定です。朝には乗っている船が到着するでしょう」

「そうですか。あなたとアモス・ウィンタスリップ氏には、重要証人になっていただくことになります」

「いずれにしても、そうした役割は今までやったことはありませんが……」

「分かります。さて、話を戻して……」ミネルバは、ケンブリッジの地下鉄警備員たちを震えあがらせた眼差しで警部をじろっと睨んだが、警部はそれを無視し、続けた。「お分かりのように時間がありませんから、ミス・ウィンタスリップ、単刀直入にお尋ねします。この家での昨夜のことを聞かせてください」

「ここには八時半までしかいませんでした。友人とのルアウに出席していました。その前には、ダンはいつもの時間に夕食をとり、私たちはラナイでしばらくよもやま話をしました」

「何か悩んでいる様子でしたか？」

「ええ、ここのところちょっと苛立っているようでした」

「ちょっと待ってください」と手帳を取り出した。「メモをしたいので。苛立っていたですって？　いつごろから？」

「ここ二週間。ええと、今夜からちょうど二週間前の夜、いや、昨夜から二週間前の夜と言った方が正確でしょう、私は彼とラナイに座っていました。彼は夕刊を読んでいました。何かの記事が気になったようでした。立ち上がって、サンフランシスコのロジャー宛に――従兄です――メモを書きました。そして、届けてもらうように〈プレジデント・タイラー号〉に乗る友人にそのメモを托しました。それいらい、彼は落ち着きがなくなり、浮かない様子でした。

「それで、どうしました。大事なことかもしれません」

「先週の水曜日の朝でした。彼はロジャーから一通の電報を受け取りました。それを読んで、ひどく腹を立てました」

「電報ですって、何が書いてあったんですか？」

「私宛じゃありませんから」とミネルバは、何を聞くの、と言うように答えた。

「そうですね、結構です。警察が調べます。さて、昨晩ですが、いつにもまして苛立っていましたか？」

「ええ、そうでした。でもそれは、昨日の午後、娘の船が入港してほしいと思っていたのに、今朝になるまで乗客は下船できないと知ったためかもしれません」

「そうですか。あなたは八時半までここにいたっておっしゃいましたね？」

「違います」ミネルバは素っ気なく言った。「八時半までしかいなかったと申し上げたのです」

「同じことでしょう」

「いいえ、同じではありません」

「文法の議論をする時間はありません。何か起こりましたか？　ふだんと違う何かが？　ここを出る前に？」

「ええ、その、ダンが食事しているときに誰かが電話してきました。話が聞こえてきてしまいました」

「それは大事な情報です。聞かせてください」ミネルバはまた警部をじろっと睨んだ。

「ダンは言っていました。『やあ、イーガン。なに？　来ない？　うん、そうか。会いたいんだ。ぜひ。十一時頃来てくれ。ぜひ会う必要があるんだ』話はこんな趣旨でした」

「興奮していた様子でしたか？」

「いくらか声が上ずっていました」

「そうですか」警部は手元のメモを見た。「ジム・イーガンだったに違いない。海岸でうらぶれた〈椰子が浜ホテル〉をやっている」警部はアモスの方を向いた。「イーガンはあなたの弟さんの友人でしたか？」

「知りません」とアモスが答えた。

「あの、アモスは弟と親しくないんです」とミネルバが説明した。「二人の間には昔からの確執があります。私は、ダンがイーガンの話をするのは聞いたことがありませんし、私の滞在中に、イーガンがこの家に来たことも間違いなくありません」

警部がうなずいた。「さて、あなたは八時半に外出したんですね。どこへ行って、いつ戻ったか教えてください。それと腕時計についても」

ミネルバはルアウの様子をざっと説明し、ダンの居間に戻ってきての、暗闇での出来事や自分が通りすぎるのを待っていた青白く光る時計の文字盤について語った。

「もっとよく見ておいてほしかったですね」とハレットは不満げに言った。「腕時計をしている人はすごくたくさんいますから」

「それほど多くないと思います」ミネルバが言い返した。「あんな腕時計をしている人は」

「では、なにか特徴が？」

「ええ。数字が光っていて、くっきり見えていました。ひとつの数字以外は。【2】がとてもぼやけていて、ほとんど見えないのです」

警部は感心したようにミス・ミネルバを見た。「じつに冷静に見ておられる」

「昔からそうしようと心がけてきましたし、古くからのやり方は簡単には変えられません」

警部は微笑んで、さらに質問した。ミネルバは二人の使用人を起こしたこと、そして、最後に、ラナイで恐ろしい発見をしたことを語った。

「しかし、アモスさんでしたね、警察へ通報したのは」

「ええ、彼にすぐに電話したんです。そして、アモスが自分が連絡すると」

警部はアモスの方を向いて訊いた。「ここへ来るまでどのくらい時間がかかりましたか、ウィンタスリップさん？」

「十分とかからなかったと思います」

「そんな短い時間で着替えて、ここへ来られましたか？」

アモスはやや口ごもった。「私は着替える必要はなかったのです。床につきませんでしたから」

あらためて興味をそそられたように、警部はアモスに目をやった。「夜中の一時半に、まだ起きておられた？」

「私は、あまりよく眠れないのです。ひと晩じゅう起きていまして」

「そうですか。弟さんとはあまりうまくいっていなかったんですね？　昔のトラブルで？」

「とくに何が問題だったと言うわけではありません。弟の生き方に賛成ではなかったし、私たちは別々の道を進んだのです」

「それで、口を利かなくなった、そういうことですね？」

「ええ。そんな状況でした」

「フーン」警部はしばらくアモスを見つめていた。ミネルバもじっとアモスを見ていた。アモス！　警察の到着まで、彼はずっとひとりでラナイにいたことが、ミネルバの頭をよぎった。

「ミネルバ・ウィンタスリップさん、あなたと一緒に降りてきた二人の使用人ですが、今すぐ会ってみます。他の人たちについては、朝になって話を聞きます」

　ハクとカマイクイが姿を見せた。脅えて、目を大きく開いている。ハクはとくに話すことはなく、自分は九時からミネルバがドアをノックするまでぐっすり寝ていたと断言した。しかし、カマイクイには警察に語ることがあった。

「果物もって来た」と彼女はテーブルの上の籠を指して言った。「話してラナイいます。ダンさま、男がひとり、女がひとり。すごく怒って」

「何時でしたか？」ハレットが訊いた。

「十時、思う」

「ご主人以外の誰かの声が分かりましたか？」

　ミネルバにはカマイクイが一瞬口ごもったように思えた。「いいえ、分からない」

「他には？」

「うん、十一時頃。私、二階の窓際すわってた。ラナイで話してた。ダンさまともう一人の男。そのときは、そんなに怒っていない」

「十一時ですって？　ジム・イーガンさんは知っていますか？」

「会ったことある」

「彼の声だったか分かりますか？」

「分からんです」

「よろしい。二人とももう引き取っていい」そう言うと、警部はミネルバとアモスの方を向いた。

「チャーリーが何か見つけたか見てみましょう」と先に立ってラナイへ行った。

大柄なでっぷりした中国人の男がテーブルの傍らに膝をついていた。三人が入ってゆくとよっこらしょと立ちあがった。

「凶器のナイフは見つかったかい、チャーリー?」

チャンは首を振った。「現場の周りにナイフはありません」

「あのテーブルの上にマレーのクリスがありました、ペーパーカッターに使っていたものです」

中国人はうなずき、テーブルからクリスをとりあげた。「そのままここにあります、手は触れられていませんし、血痕もついていません。殺人者は凶器を準備していたようです」

「指紋は?」

「見つかったものから考えると、指紋を調べても無駄のようです」チャンはそう答えて、ずんぐりした片手を差し出した。手の平には真珠のボタンがひとつ載っていた。「子山羊皮《キッド》の手袋からとれたものです」と説明した。「昔から犯罪者がよく使う手です。指紋が残りません」

「見つけたのはそれだけか?」

「隅から隅まで調べたんですが、大した成果はありませんでした。しかし、これは申し上げられます」そう言うとチャンはテーブルから革装の本をとりあげた。「この家で接待を受けた客の名を記した名簿です。『ゲストブック』というんだろうと思います。ご覧のとおり、前の方の一ページがびりびりと破り取られています。見つけたとき、その名簿は破られたところを開いた状態で、置かれていました」

ハレット警部はほっそりした手に名簿をとった。「分かった、チャーリー、君に担当してもらう」

目尻のあがった目を嬉しそうに瞬かせ、「喜んで」と呟いた。

警部はポケットに入れた手帳をぽんぽんと叩いた。「ここにいくつか手掛りになることが書いてある。後で見てみよう」警部はラナイを見つめてしばらく立っていた。「手掛りが足りないと言わざるをえないな。手袋から引きちぎられたボタンがひとつ、一ページ引きちぎられたゲストブック。夜光文字盤の【2】がダメになっている腕時計」その瞬間チャーリーの細い目が大きくなった。「それだけだよ、チャーリー、とりあえず」

「他にもきっと見つかるでしょう、たぶん……」とチャーリーがほのめかした

「さあ、取りかかろう」と警部が続けた。そして、ミネルバとアモスの方を向いた。「お二人はちょっと休んだ方がよろしいだろうと思います。明日また協力をいただかなければなりませんから」

ミネルバはチャンに顔を向けた。そして「犯人はぜったいに捕まえなければなりませんね」と強い口調で言った。

チャンは眠たげな目でミネルバを見て、「生ずべきことは、必ず生じます」と甲高い歌うような声で答えた。

「知ってるわ。お国の孔子の言葉ね」とミス・ミネルバがピシャッと言い返した。「でも、それは『成り行き任せ』って考えでしょう。私は賛成しかねるわ」

チャンの顔にかすかな笑いが浮かんだ。「心配ご無用です。運命は多忙ですから、人間が手伝ってやれることもいろいろあるでしょう。この事件で『成り行き任せ』ということはあり得ないと約束します」と言って、チャンはミネルバに歩み寄った。「あえてお尋ねしますが、あなたの目に、敵対心の炎がかすかに燃えているように思えます。その炎をぜひ消していただきたい。あなたとは友好的な協力関係が不可欠ですから」チャンは、でっぷりした腹を曲げて深々と頭を下げ、「では、お休みください」と言い足して警部の後を追った。

ミネルバは疲れたようにアモスと向き合った。「まあ、いろいろあるけれど……」

「チャーリーについては心配することはない。彼はいちばんの腕利きという評判だ。さあ、もう寝てください。私はここで連絡を、関係者に連絡するから」

「じゃあ、ちょっと横になる。港へ朝早く行かなければならないから。バーバラ、ほんとうに可哀そうだわ。それに、ジョン・クィンシーも一緒に来るというのに」ミネルバの顔がこわばった。

「ジョン・クィンシーはぜったい信じないでしょうね」

ミネルバは寝室の窓から夜が明けてゆくのを見ていた。斜めに伸びたココ椰子やハウの木は灰色の靄に包まれている。キモノに着替え、蚊帳を張ったベッドに横になった。しかし、うとうとしただけで、また窓際に行った。夜は明けていた。靄はあがり、薔薇色とエメラルド色の世界が、疲れた目の前には煌めいていた。

その鮮明な光景が彼女を元気づけた。今は貿易風が吹いていた。哀れなダン、貿易風が吹きはじめるのを今か今かと待ちわびていたダン。夜がハウの花に不思議な力を及ぼし、花は黄色から赤褐色のマホガニー色に変わっていた。その花は朝のうちに、ひとつまたひとつと砂の上に落ちるのだ。遠くのアルガロバの木には九官鳥の群れが新たな一日に向かって鳴き交わしている。早朝の泳ぎを楽しもうとする人々が、近くの別荘から現れ、歓声をあげて波に飛び込む。

ドアが軽くノックされ、カマイクイが入ってきた。そして、ミネルバの手に何か小さなものをひとつ載せた。

ミネルバはそれに目をやった。古風な趣のブローチだった。漆黒の縞瑪瑙《オニキス》の地に、一本の木が描かれている。葉はエメラルド、果実はルビー、全体に細かいダイヤが散りばめられている。

「これは何なの、カマイクイ?」

「何年、何年、ずっと昔から、ダンさま、それ持っている。ひと月前、浜辺の女に、渡した」

ミネルバは目を細めてそれを見た。「女って〈ワイキキの未亡人〉って呼ばれる人?」

「ええ、その人」

「でも、どうしてそれを持っているの、カマイクイ?」

「ラナイで拾った。警察が来る前に」

「まあ、そうなの」とミネルバはうなずいた。「誰にも言っちゃあ駄目よ、カマイクイ。私に任せて」

「はい、そうします」カマイクイは出て行った。

ミネルバはじっと座ったままでいた。手の中の奇妙な小さなブローチを見つめていた。少なくとも、八十年代にまで遡るものに違いない。

屋根のすぐ上で、飛行機の爆音が聞こえた。ミネルバはまた窓に目を向けた。空軍のある若い中尉が、浜に出ている恋人に向けて毎朝奏でる愛のセレナーデだった。その中尉の愛の表現は多くの事情を知らない人々からは顰蹙《ひんしゅく》をかっていたが、ミネルバは大得意で港をかすめるように飛んで行くその飛行機を、共感するような眼差しで見つめていた。

若さと恋。人生の始まり。向こうのラナイの簡易ベッドに横たわるダン。彼の人生の終わり。

第八章　入港の日

港の外、入港航路のすぐ側に〈プレジデント・タイラー号〉は、ダイアモンドヘッドのようにじっと停泊していた。ジョン・クィンシーは自分の船室前の手摺から、初めてのホノルルに目を向けていた。既視感はなかった。ここは未知の土地だった。数マイル先に、何本もの埠頭が並び、いく棟もの倉庫が陰鬱な感じで棟を連ねる港湾地域が見えた。さらに奥には、鮮やかな緑がどこまでも広がり、ところどころに控えめな高さのビルの頭が突き出ていた。街の後ろには、街を守るかのように山々が連なり、その頂が紺碧の空を背景に水晶のように輝いていた。

検疫官を乗せたほっそりした小型のランチが、威厳ありげに蒸気エンジンの音を響かせて大きな定期船の舷側に近づき、カーキ色の制服を着た医師がジョン・クィンシーのいる場所からさほど離れていない甲板へ、舷梯をきびきびと上ってきた。ジョン・クィンシーは検疫官の元気の良さに目を見張った。自分は疲れきっていると感じた。空気は湿気を含み、重かった。船の進行がもたらしていた微かな風もすっかり消えてしまっている。サンフランシスコで感じた湧きあがる活力も、今ではたんなる心地よい記憶になってしまっている。力なく手摺にもたれかかり、目の前に広がるまぶしい南国の風景に目をやった。しかし、それを見ているわけではなかった。

見えていたのは、家具や調度が整然と並ぶボストンの落ち着いた事務所だった。今この瞬間にも、タイプライターがカタカタと心地よい音を立て、ティッカー・テープ機が新しい日の最新の株価を打ちだしている。かなりの時差があるが、もう数時間すれば株式市場は閉じ、ジョン・クィンシーの友人たちは自動車に乗り込み、最寄りのカントリー倶楽部へ向かう。ゴルフをワンラウンド楽しみ、正式な晩餐をゆったりととり、その後は静かな夜を読書で過ごす。生活はあるべきように進行し、無作法な邪魔も心配するような出来事もない。オヒア材で作られた箱、サンフランシスコの屋根裏での突然の対決、不本意なラブシーンの目撃、奴隷売買に携わった過去をもつ親戚、そんなもののない生活。ジョン・クィンシーは、今日はダン・ウィンタスリップに直接会い、遺憾ながら拳での対決にやや遅れを取ってしまったと告げなければならないことを不意に思い出した。腹を決めてはっきり言おう、早く片付けてしまった方がよい。

ハリー・ジェニスンが、笑顔で、元気いっぱい、近づいてきた。頭から足元まで染みひとつない白ずくめだ。「やっと到着した、パラダイスの門口に」と声をかけてきた。

「そう思いますか?」ジョン・クィンシーが訊き返した。

「そうです。世界でここだけ、ここの島々だけです。マーク・トウェインがそう言っていましたが、覚えていますか?」

「ボストンには来たことがありますか?」ジョン・クィンシーが話を変えた。

「一度だけ」ジェニスンはぶっきらぼうに答えた。「あれがパンチボウル・ヒル（ホノルル郊外の住宅地。現在は国立戦没者墓地がある）で、そのさらに向こうがタンタラスの山並みです。そのうちにあの頂上へ案内しましょう。

素晴らしい眺めです。いちばん背の高いビルが見えるでしょう？　ヴァン・パットン信託会社です。私の事務所はあの最上階です。帰って来るのはどうも気が進みません。また仕事ですから」

「こんな環境では働く気にならないでしょう」

「ええ、まあ、我々はゆっくりやっています。本土のあなた方のようなペースではやれません。ときどき本土から張り切った人が来て、我々の尻を叩こうとします」ジェニスンはそう言って声をあげて笑い、続けた。「そんな連中はうんざりして死んでしまいますから、我々はその遺体をのんびり埋めてやります。朝食に下へ降りませんか？」

ジョン・クィンシーはジェニスンについて食堂へ行った。マダム・メイナードとバーバラが席についていた。マダムの頰には赤味がさし、目は輝いていた。バーバラも元気いっぱいだった。故郷へ帰ってきた喜びが溢れていた。だが、それだけが喜びの源だろうか？　ジョン・クィンシーは、彼女がにっこり笑ってジェニスンに挨拶するのに気づいた。気づかなければよかったと悔んだ。

「ジョン・クィンシー、いよいよ、準備はできた？　ハワイへの上陸は、世界のよその土地への上陸とはぜんぜん違うの。もちろん、この船はもっと先まで行くし、マトソン汽船の〈マソニア号〉ほどの盛大な出迎えはないわ。でも、今朝はマトソンの船を出迎える人たちが大勢いるでしょうから、先回りしてその人たちのアロハをいくらかつまみ食いするの」

「何をつまみ食いするんだって？」ジョン・クィンシーが訊いた。

「アロハ、心からの歓迎って気持ち。私のためのレイをあげる。あなたがとうとう来てくれて、ホノルルが大喜びしているってことを分かってもらえるように」

ジョン・クィンシーはマダム・メイナードの方を向いて言った。「いつもこんなふうに言うんですね」

「無事着きました。いつ到着しても新鮮な気分ですよ。一二八回目だって言うのに。大学から帰ってきたときみたいに、いつもドキドキします」とため息混じりに言った。「一二八回目。かつて私にレイをかけてくれた人たちも、もういなくなってしまいました。私を待ってくれている人はいません、この埠頭には」

「そんなことはないでしょう」とバーバラが慰めた。「今朝は楽しいことだけを考えましょう。上陸の日ですもの」

みんな空腹ではなさそうで、朝食は形だけだった。ジョン・クィンシーが船室に戻ると、船室係のボウカーが荷物をまとめてくれていた。

「準備ができました。昨夜でお借りしていた本を読み終えましたから、スーツケースに入れておきました。間もなく着桟します。どうぞ、お気をつけて。オコレハオにご注意を！」

「頭に刻んだよ」ジョン・クィンシーは笑顔で続けた。「さあ、取っておいてくれ」

ボウカーはその紙幣にちらっと目をやってポケットに入れた。「ご親切に、たいへんありがとうございます」と本心からの礼を言った。「あの二人の宣教師を中国まで連れて行っても、着いたときに私が貰えるのはせいぜい一ドルずつでしょう。それも運がよければです。もちろん、私にしてみれば、何であれ、あなたからいただくのは心苦しいものがあります。とくにティムの友人である方から貰うのは」

「ああ、でもそれだけ世話になったから」ジョン・クィンシーはそう答えて、ボウカーについて甲板に出た。

「あそこがホノルルです」手摺で立ちどまり、ボウカーが大きな声で言った。「ホノルル。首輪を嵌められて、フォード車を走らせる南太平洋の島。白人文明のさまざまな恩恵を享受しながら、心の内にはなおもポリネシアが残されている場所。ありがたいことに、私たちは今晩八時に出航します」

「パラダイスもそれほど魅力的じゃないってこと?」ジョン・クィンシーは訊き返した。

「ええ。この色鮮やかな土地は、私のような年寄りが足を踏み入れてはいけない場所なのです。もううんざりですよ」そう言って、ボウカーはさらに声をひそめた。「船から降りて、どこかに腰を落ち着けたいのです。どこかの田舎町で小新聞社を買って、その経営に命をかけてみたいのです。幸福な晩年！　ええ、遠からず、きっと実現させられると思います」

「そうなるように祈ってるよ」とジョン・クィンシーは応じた。

「私もです。どうぞ、ホノルルを楽しんでください。もうひと言、注意しておきますが、ここに長居してはいけません」

「そんなつもりはないよ」ジョン・クィンシーはきっぱりと言った。

「言わずもがなのご注意でした。よろしいですか、ホノルルはこの世の危険な場所のひとつです。ひと口食べれば現世の憂さを忘れることができる〈ロトスの実〉が、毎日供されるところです。

気がつくと、自分がどこに旅行鞄を置いたか忘れてしまっているのです。ではこれで、お気をつけて、ご機嫌よう」

手を振りながら、ティムの友人は甲板の向こうに姿を消した。人々で混雑する中で、ジョン・クィンシーも検疫を受ける列に並び、それからボストンが合衆国の中にあるらしいと長く考えた末に最終的に納得した入国審査官の審査を通過した。

〈プレジデント・タイラー号〉は、ゆっくり港に向かっていた。乗客たちは上陸を待ちわびて甲板を慌ただしく動き回り、ときどき足を止めては双眼鏡をとりあげ陸地を眺めていた。まだ早朝にもかかわらず、船が向かっている桟橋は大勢の人々で活気にあふれていた。バーバラが来て、並んで立った。

「パパは寂しかったでしょうね。私がいない間、九カ月も、ひとりで暮らしていたんですもの。今朝は、パパにとって忘れられない朝になるわ。ジョン・クィンシー、あなたもきっとパパが好きになるわ」

「きっとそうですとも」とジョン・クィンシーは本心から答えた。

「パパはとてもよい人で……」ジェニスンがまたそこに現れた。「ハリー、着いたら私の荷物を陸にもって行くように船室係に言ってください」

「もう指示したよ。それにチップも渡しておいた」

「ありがとう。すっかり興奮して、チップのことは忘れてたわ」

バーバラは待ちきれないように手摺から身を乗り出し、埠頭に目を走らせた。目が輝いている。「パパはまだ見えないわ」船はすでに出迎えの人々の声が聞こえるまで、埠頭に近づいていた。くだけた挨拶が陽気に飛び交っていた。巨大な船は慎重に徐々に近づいていた。

「あそこにミネルバおばさんが」とジョン・クィンシーが不意に叫んだ。人ごみの中に見つけた故郷のちょっとした気配は、心地よいものだった。「一緒にいるのがきみのパパかい？」彼はミネルバと並んでいる背が高く色白の男を指して言った。

「見えないわ。どこ？　あら、あれは、どうしてなの？　アモスおじさんじゃないこと」

「あの人がアモスって人か」とジョン・クィンシーは興味なさそうに言った。だが、バーバラは彼の腕をつかんでいた。バーバラの方を振り向くと、彼女の目にはひどく不安げな光があった。

「いったいどういうことなの。パパが見えないなんて。どこにもいない」

「あの人ごみのどこかにいるよ」

「ちがう、そうじゃない。あなたは分かっていない！　アモスおじさん！　なんだか怖い！」

ジョン・クィンシーには事態がさっぱり分からなかったし、それを解明する時間もなかった。ジェニスンが先頭に立って人々をかき分け、バーバラのために道を開けた。ジョン・クィンシーもその後をついて行き、最初に乗降タラップを降りる人々に混じって上陸した。ミネルバとアモスが降りたところに待っていた。

「お帰りなさい」ミネルバがバーバラを抱き、優しく口づけをした。そして、ジョン・クィンシーを向いて「ついに来たわね」と言った。

この歓迎には何かが欠けている。ジョン・クィンシーはただちにそう気づいた。

「パパはどこ?」バーバラが大きな声で聞いた。

「自動車の中で話すわ」とミネルバが答えた。

「だめ、いま話して! すぐに! いま知りたいの!」

大勢の人々が下船客の方に殺到していた。歓迎の言葉を叫び、ロイヤル・ハワイアン・バンドが陽気な調べを奏でていた。お祭り騒ぎだった。

「あなたのパパは亡くなったの」とミネルバが告げた。

ジョン・クィンシーの目に、バーバラの細い体がゆっくり揺れるのが見えた。だが、その体を抱きとめたのはハリー・ジェニスンのがっしりした腕だった。

ジェニスンの腕の中で、ちょっとの間、バーバラは立っていた。「分かった。さあ、家へ帰る」と言って、正統なウィンタスリップの人間らしくしっかりした足取りで、通りに向かって歩き出した。

アモスの姿は群衆の中に溶け込んでしまって、ジェニスンが一行を自動車に案内した。「一緒に行くよ」ジェニスンがバーバラに言った。バーバラには聞こえなかったようだった。一行四人はリムジンに乗り込み、入港日の陽気なお祭り騒ぎはすぐに置いてきぼりにされた。

口を開く者はいなかった。自動車のカーテンはひかれていたが、陽光の温かな筋がジョン・クィンシーの膝に当たっていた。ジョン・クィンシーは呆然としていた。ダンについてのこの知らせは、ひどいショックだった。急死だったに違いない。でも、重大なことは不意に起こると決まっている。横に座っている娘の青ざめて打ちひしがれた表情に目をやった。この娘と同じように、彼の気持ちも重く沈んでいた。

バーバラの冷たい手がジョン・クィンシーの手に重ねられた。「ジョン・クィンシー、約束したような歓迎でなくてごめんなさい」バーバラがそっと言った。

「そんなことは、バーバラ、気にしていないよ」

会話はそれだけだった。ダンの家に着くと、バーバラとミネルバはそのまま二階へ上がった。ジェニスンは左手のドアから見えなくなった。勝手を知っているらしかった。ハクが部屋に案内すると申し出て、ジョン・クィンシーはハクについて二階へ上がった。

荷物を開けて、ジョン・クィンシーはまた下へ降りた。ミネルバが居間で待っていた。ラナイに通じるバンブーカーテンの向こうから、内容は分からないが、男たちの話声が聞こえてきた。

「それで、お元気でしたか?」とジョン・クィンシーが聞いた。

「ええ、まったく問題なし」ミネルバは安心させるように言った。

「母がかなり心配しています。もう帰って来ないんじゃないかと思い始めています」

「自分でもそう思い始めていますよ」

ジョン・クィンシーはおばを見つめた。「私に預けていかれた債券のいくつかが満期になっています。それをどうするのか、ご指示いただいていません」

「債券て何のこと?」

そうしたまったく無関心な語り口は、ジョン・クィンシーには気に入らなかった。「誰かがここへ来て、おばさんの目を覚まさせるときだってことです」ジョン・クィンシーは説明した。

「あなたもそう思う?」とミネルバが訊き返した。

二階の物音がジョン・クィンシーに状況を思い出させた。「突然だったんですか、ダンの死は?」

「なんとも突然だったわ」

「私たちが今ここにいると、かなり邪魔かとも思います。早いうちに家に帰るべきだと思うのです。船の予約を調べてみます」

「そんな必要はないわよ」とミネルバがぴしゃっと言った。「こんなことをやった人物が当然の裁きを受けるのを見るまで、ここを動くつもりはないわ」

「何をやった人物ですって?」

「ダンを殺した人物よ」

ジョン・クィンシーの口が驚きのあまりあんぐり開いた。顔にはさまざまな感情が一度に浮かんだ。「そんな!」ジョン・クィンシーは息をのんだ。

「そんなに驚くこともなくてよ。ウィンタスリップ家の血が絶えたわけじゃあないんですから」とおばが言った。

「ええ、驚いたわけじゃありません。ただ、頭が回らないんです。ダンについて聞いたいろいろなことが、理解できなくて……」

「そうでしょうね。あなたもアモスみたいな言い方をするけど、それってダンを褒めてることにはならないの。あなたはダンをよく知らない。私はよく知っている。しかも、よい人だと思っています。私はここに残って、殺人犯を突き止めるためにできることは、何でもやるつもり。あなたもそうなさい」

「何ですって、私はそんなつもりは……」

「つべこべ言わないでよ。あなたにも積極的に捜査に関わってもらうつもりなの。ホノルルみたいな狭い場所では、警察は形式にはあまりこだわらないから、手を貸してやればきっと喜ぶわ」

「僕が手伝うですって！　僕は探偵じゃありません。おばさんはいったいどうしたんですか？どうして僕が警察に協力して捜査に参加しなければならないんですか？」

「理由は簡単。私たちが見ていなければ、この事件について迷惑な噂を立てられる心配があるからよ。あなたが現場にいれば、ウィンタスリップが不必要に世間の目に曝されないようにできるでしょう。バーバラのためにもなるわ」

「いえいえ、勘弁してください」とジョン・クィンシーは言い返した。「僕は三日のうちにはボストンに向けて出発します。おばさんもです。荷造りにかかってください」

ミネルバは声をあげて笑った。「あなたのお父さんがそんなふうに言うのを聞いたことがある。でも、あなたのお父さんがそれで最終的に得をしたとは聞いていないわ。さあ、ラナイへ来て。警察の人たちに紹介するから」

ジョン・クィンシーは、不本意であることを隠そうともせずに、黙ってラナイに行こうとしたとき、バンブーカーテンが開いて、警官たちが出てきた。ジェニスンもその中にいた。

「おはようございます。ハレット警部」ミネルバが明るい口調で挨拶した。「甥のジョン・クィンシー・ウィンタスリップを紹介します。ボストンから来たんです」

「ウィンタスリップさん、お会いしたいと思っていました」と警部は答えた。

「はじめまして」ジョン・クィンシーが挨拶を返した。重い気分だった。この連中が自分をこの事件に引きずり込むのだ。

「そして、ジョン・クィンシー、この人は」とミネルバは続けた。「チャールズ・チャンさん。ホノルル警察の」

自分は何事にも驚かないと思っていたジョン・クィンシーは、「ええと、あのう、チャ、チャンさん」と口ごもりながら言った。

「ボストンという由緒ある文明社会を代表する名門の方にお目にかかり、どれほど私が喜んでいるか、言葉だけではとてもお伝えできません」

ハリー・ジェニスンが口を挟んだ。「ウィンタスリップさん、自慢できるような仕事ではありませんが、ご存知のように、私はあなたのご親戚、ダンさんの弁護士です。また、友人でもありますす」とミネルバに名乗り、さらに続けた。「ですから、ここで起こっていることに私が強い関心を示しても、邪魔しているなどとは思わないでいただきたい」

「邪魔だなんて」とミネルバは答えた。「力を貸していただけるなら大歓迎です」

警部はポケットから一枚の紙を取り出し、ジョン・クィンシーの方を向いた。

「お若い方、先ほどお目にかかりたかったと言いました。昨夜、ミネルバ・ウィンタスリップさんが故人が一週間くらい前に受け取った電報の話をしてくれました。それで、故人はひどく怒ったとも。電報局から提出されたその電報のコピーを手に入れましたので、読みます」

ジョン・クィンシーは〈プレジデント・タイラー号〉で出発。残念な出来事のため、持参品はなし。

ロジャー・ウィンタスリップ

「それで?」とジョン・クィンシーは高飛車に言い返した。

「よろしければ、どういうことか説明を」

ジョン・クィンシーは背筋を伸ばした。「まったく私的なことです。家族内の問題です」

警部はジョン・クィンシーをじろっと睨んだ。「お分かりでないようですね。今や、ダン・ウィンタスリップ氏に関して私的なことはあり得ません。電報の意味を、ここですぐに、話してください。今朝はいろいろ忙しいのです」

相手が誰なのか分かっていないかのように、ジョン・クィンシーは睨みかえした。「話したように……」と言い足そうとした。

「ジョン・クィンシー」とミネルバが厳しい口調で言った。「言われたようにしなさい」

そうか、そういうことか、彼女は一族の秘密を世間の耳に吹き込もうとしている! 気が進まないまま、ジョン・クィンシーは、ダン・ウィンタスリップの手紙とサンフランシスコのダンの家の屋根裏での思いがけない出来事を説明した。

「オヒア材の木箱で銅の針金で縛ってある」警部が繰り返した。「T・M・Bという頭文字がついている。分かったかい、チャーリー?」

「手帳に書き留めてあります」とチャンが答えた。

「箱の中味について何か考えは?」と警部が訊いた。

「まったくありません」とジョン・クィンシーが答えた。

警部はミネルバに聞いた。「何かお考えは?」ミネルバは自分もまったく知らないと断言した。

「それでは、もうひとつ確認して、我々は失礼することにしましょう。我々は、この辺りを昼の日射しのもとで徹底的に捜索しました。残念ながら、大した成果はなかったと認めます。しかし、あのドアのすぐ外のコンクリートの歩道の近くで」と警部は居間から庭へ通じる網戸を指し示した。「チャーリーがある発見をしました」

チャンが前に進み出た。手の平に白い小さなものを載せている。

「巻き煙草の半分の切れっぱしです。吸いかけです」とみんなに向かって言った。「ごく最近のものです、雨風に曝されていません。コルシカ名前の銘柄のひとつで、ロンドンで巻き煙草にされ、英国人がふつうに吸うものです」

警部はまたミネルバに向かって言った。「ダン・ウィンタスリップは巻き煙草を吸いましたか?」

「いいえ。葉巻かパイプでした。巻き煙草はやりません」

「ここで暮らしていたのは、ダン・ウィンタスリップさんとあなただけですか?」

「私は煙草を吸う習慣はありません。今から、吸い始めるかもしれませんが」

「使用人たちはどうでしょう?」警部はさらに訊いた。

「吸う者もいるかもしれませんが、この銘柄ではないと思います。この銘柄はホノルルでは売られていないと思います」

「その通りです。しかし、チャーリーの話では、密閉した缶に詰めて、世界中の英国人に出荷されているそうです。さて、それは大切に保存しておこう、チャーリー」中国人の警官は、その吸いかけの短い煙草を慎重に自分の紙入れにしまった。警部は「俺はこれから浜に行って、ジム・イーガンさんとちょっと話をしてくる」と言った。

「ご一緒しましょう。手掛りのひとつか二つを提供できるかもしれません」ジェニスンが申し出た。

「よろしくお願いします」と警部は愛想よく答えた。

「ハレット警部」とミネルバが口を挟んだ。「お願いがあります。私たちの身内の誰かに、あなたのお仕事の手伝いをさせたいのです。できるだけお力になりたいのです。甥が協力したいと申しておりますので」

「何ですって」とジョン・クィンシーは素っ気なく言い返した。「おばさんはぜんぜん間違っていますよ。僕は警察と一緒に活動しようなんて気はさらさらありません」

「まあ、お好きなように」と警部も言った。そしてミネルバに向かって付け加えた。「いずれにしても、あなたの協力に期待しています。あなたの判断力は頼りになります。誰もそう思っています」

「ありがとう」ミネルバが答えた。

「男にひけをとりません」と警部は言い足した。

「あら、お上手なことを言って、喜ばせてくれますね」

三人の男たちは網戸を抜けて日射しの明るい庭に出て行った。ジョン・クィンシーは、自分がおばのせっかくの配慮を無にしたことに気がついていた。

「上で着替えてきます」ジョン・クィンシーは落ち着かない気分で言った。「後で話し合いましょう」

ジョン・クィンシーは玄関ホールへ行ったが、階段の下で立ちどまった。階上から、胸も潰れるような押し殺したうめき声が聞こえてきていた。バーバラ。可哀そうに、ほんの一時間前まではあれほど幸福そうだったのに。

ジョン・クィンシーは頭がかっと熱くなった。こめかみがズキズキと脈打っていた。いったい誰だ！　ウィンタスリップの一員にこんなひどい打撃を与えたのは、いったい誰だ！　いとこのバーバラにこんな悲しみを負わせたのは、いったい誰だ！　ジョン・クィンシーは拳を固く握って、しばらくそのまま立っていた。できるものならば、自分も敵を打ってやりたかった。

行動だ、行動するんだ！　あっけに取られるミネルバを残して、全速力で居間を駆け抜けた。通りに繋がる私道には自動車が停まっていて、三人の男たちがもう乗り込んでいた。

「待ってください」ジョン・クィンシーは怒鳴った。「一緒に行きます」

「飛び乗れ」とハレット警部が言った。

自動車は車回しの私道を回って、熱く焼けたアスファルトのカリア・ロードに出た。ジョン・クィンシーは、かすかに笑みを浮かべた、でっぷりした中国人の男の横で背筋を伸ばし、目を輝かせて座っていた。

第九章　〈椰子が浜ホテル〉

カラカウア・アベニューに出て、右に急カーブを切り、ハレット警部はアクセルを踏み込んだ。自動車はオープンカーだったから、ジョン・クィンシーは旅の終点に当たるこの土地の様子を、思う存分見わたすことができた。ファースト・ユニテリアン・チャーチの固い信者席をよちよちと歩き回る幼い子供のときに説明され、若者になって思い描いていた天国が、今まさに目の前に広がっていた。それは暖かく、やや物憂く、手に入るいちばん鮮やかな色を塗り立てたばかりの場所だった。

クリームのような白い雲が遠くの山並みの頂を覆っている。頂上へいたる稜線は熱帯の緑の葉で明るい。海岸に打ち寄せ砕ける波の音が手の届きそうなすぐ近くに聞こえた。青林檎色の海とまぶしい白砂の広がりが目に入ることもあった。『おう、ワイキキ！　安らぎの世界よ！』ミネルバおばがいちばん最近の手紙に引用していたこの詩の続きは何だっただろう。自分はいつまでもここを離れないつもりだと宣言していた手紙だ。『タムタムの太鼓が響く空から眺めれば、天使たちがワイキキに微笑みかけている』感傷的すぎる、だが、感傷はハワイの主要輸出品目のひとつだ。それを理解し、受け入れるためには、ハワイを見さえすればよい。

ジョン・クィンシーは帽子をとって来る余裕がなかったので、茶色の髪の毛に太陽がじりじりと照りつけていた。チャーリー・チャンが眼を向けた。

「あえて申し上げますが、被り物なしで外へ出るのは止めた方がよろしいかと存じます。とくに、あなたはマリヒニですから」

「何ですって?」

「悪い意味の言葉ではありません。マリヒニ、つまり、よそから来た方、新たに到着した方です」

「そうですか」ジョン・クィンシーは怪訝な顔でチャンを見た。「あなたもマリヒニですか?」

「いや、違います」苦笑いしながらチャンは答えた。「私はカマアイナ。つまり、現地人です。付け加えれば、この地に二十五年暮らしています」

一行は大規模なホテルを通過した。やがて優美に湾曲する海岸のはるか先端に、守護神のように印象深く屹立するダイアモンドヘッドが見えた。さらにしばらく行ってから、警部は歩道の縁石に自動車を寄せ、四人は降りた。荒廃した柵の内側には、しっかり手入れされていたときにはエデンの園そのものだったであろう庭が広がっていた。

痛ましくもひとつの蝶番だけで支えられている門扉を抜けて、土がむき出しの通路を進むと、すぐに、今にも崩れ落ちそうな古い建物が見えてきた。一行はその建物に斜めに近づきつつあり、建物の当初見えた部分よりもっと大きな部分が、海に張り出していることが分かった。崩れ落ちそうな建物は二階建てで、両翼と裏に二層式のバルコニーがついていた。雰囲気がある建物だった。かつて、この建物も周囲の風景にふさわしいものであったことは明らかだった。花の咲いた蔓植物が絡みつき、荒れた建物を世間の目からたくみに隠していた。

「いずれ」とチャーリー・チャンがみんなに聞こえるように重々しく言った。「下の階の垂木は崩れて、〈椰子が浜ホテル〉は恐ろしい音とともに海へ沈むことでしょう」

さらに建物に近づくと、ジョン・クィンシーにはチャンの予言がいつ現実になってもおかしくないと分かった。一行は正面玄関に通じる崩れ落ちた階段の上り口で立ちどまった。そのとき、ひとりの男がホテルから急ぎ足で現れた。男の着ているものはかつては白かったであろうが、今は黄ばんで、顔にはいくつもの皺が刻まれ、眼は生気がなく、がっかりしているようだった。しかし、その男にも、ホテルについてと同じように、並々ならぬ立派な過去を暗示する雰囲気があった。

「イーガンさん」と警部がすぐに声をかけた。

「やあ、こんちわ」男が返事をした。ジョン・クィンシーにアーサー・テンプル・コープ大佐との出会いを思い起こさせる訛りがあった。

「ちょっとお話ししたくて」と警部はみんなに聞こえるように事務的に言った。

イーガンの表情が曇った。「たいへん申し訳ないが、大切な先約があって、もうすでに遅刻しそうなのです。また改めて」

「今すぐだ！」警部は鋭く切り返した。その言葉はロケットのように朝の空気を貫き、警部は階段を上りかけた。

「困ります」と落ち着いた声でイーガンは叫んだ。「今朝はどうしても港に行かなければならないのです」

警部はイーガンの腕をつかんで、「戻るんだ」と命じた。

イーガンの顔が紅潮した。「手を離せ、失礼な！　いったいどういう権利で」

「言葉に気をつけるんだ、イーガン」と警部が怒って言った。「なぜ私が来たか、分かってるだろう」

「分からん」

警部はイーガンの顔を覗き込んだ。そして告げた。「ダン・ウィンタスリップが昨夜殺された」

ジム・イーガンは帽子をとり、カラカウア・アベニューに頼りなく目を向けた。「朝刊で読んだ。わしがそれと何の関係が？」

「最後に彼に会ったのはあんただった」と警部が答えた。「さあ、強がりはやめて中へ入ろう」

イーガンは困ったような目を大通りに向けた。三マイル離れた市街地に向かう路面電車がガタガタと通過して行った。そして、うなだれて、一行をホテルへ案内した。

わずかに家具が設えられた広々としたロビーに入った。テーブルで絵葉書を書いている女性がひとりいるだけで、がらんとしている。風采の上がらない日本人のフロント係が、フロントデスクの後ろにだらしなく立っていた。「こっちへ」とイーガンが言い、一行は後についてフロントを通り、狭い事務室に入った。混乱の極みだった。埃を被った雑誌や新聞がそこいらじゅうに積み上げられ、ぼろぼろの古い帳簿が床に置かれたままだった。壁にはビクトリア女王の肖像が一枚かかっている。ロンドンの挿絵入り週刊誌から切り抜かれたたくさんの絵が、壁に無秩序に鋲で留められていた。ジェニスンは一枚の新聞紙を用心深く窓敷居に敷いて、そこに座った。イーガンはハレット、チャン、ジョン・クィンシー用に椅子の埃を払い、自分は畳みこみ式の蓋がついた古風な机の前に腰を降ろした。

「手短に願いますよ、警部。まだ間に合うかも」とほのめかし、机の上の時計に目をやった。

「先約は忘れろ」警部はするどく言い返した。その態度は、ダン・ウィンタスリップのような有力者の家で見せるものとはひどく違っていた。「さて、本題に入ろう。メモの用意はいいか、チャーリー？」

「できています」チャンはそう答えて、鉛筆を持ち上げてみせた。

「では」と警部は自分の椅子をイーガンの机に近づけた。「さて、イーガン、隠さずに、何もかも話すんだ。昨夜、七時半頃、あんたはダン・ウィンタスリップに電話して、彼に会う約束をキャンセルしようとしたことは分かっている。ウィンタスリップ氏はそれを断り、ぜひとも十一時に会いたいと言ったことも分かっている。その時刻頃、あんたは彼の家に行った。あんたとウィンタスリップ氏はかなり激しく言い争った。ウィンタスリップ氏が死んで見つかったのは、一時二十五分だ。殺されていたんだ、イーガン！　さあ、どう説明する」

ジム・イーガンは短く刈った巻き毛を指で梳いた。麦藁色だった髪も、今ではほとんど白髪になっていた。そして「その通りだ」と答え、「煙草を、煙草を吸ってもいいか？」と言い足した。銀色の煙草ケースを取り出し、巻き煙草を一本ケースから取った。マッチを点けようとする手がいくらか震えていた。「わしは、昨夜、ウィンタスリップに会う約束をした。だが、時間が経つにつれて、気が、気が変わった。そう言おうと電話をすると、彼はぜひとも会いたいと言った。十一時に来るようにと言って譲らず、わしはそれにしたがった」

「誰が家に入れてくれた？」と警部が訊いた。

「わしが行くと、ウィンタスリップは庭で待っていた。一緒に家に入った」

警部はイーガンの手の煙草に目を向け、続けた。「居間に直接通じるドアを通ってか？」

「いや、違う。正面玄関の大きなドアを通ってだ。ウィンタスリップはわしをラナイへ案内した。我々はビジネスについてちょっと話を、わしを呼びだしたビジネスについて話をした。三十分くらいして、わしは帰った。わしが帰るときには、ウィンタスリップに何の問題もなかった。精神的にも問題なしだった。事実として、微笑んでさえいた」

「どのドアから帰った？」

「正面のドアだ。入ったのと同じドアだ」

「なるほど」と警部は考え込むように、しばらくイーガンを見ていた。「あんたは後でまた戻ってきた」

「そんなことはしない」折り返すようにイーガンは否定した。「まっすぐここに戻ってきて、ベッドに入った」

「誰かに会ったか？」

「誰にも。事務員の勤務は十一時で終わる。ホテルは開けてあるが、係の人間はいない。客は多くはない」

「十一時半に帰ってきて、そのまま寝た。だが、それを見た者はいない。あんたとウィンタスリップは、うまくいってたのかい？」

イーガンは首を振った。「ホノルルには二十三年間いるが、昨日の朝、電話するまで彼と口を利いたことはなかった」

「フーン」ハレットは背もたれに体を預け、今までより柔らかい口調で言った。「若い頃、たくさん旅行したんだな？」

「あちこちをふらふらと。英国を出たのは十八のときだった」

「家族に勧められてかい？」警部は笑顔になった。

「それがどうした？」イーガンは怒ったように聞き返した。

「どこへ行ったんだい？」

「オーストラリア。しばらく牧場にいた。その後メルボルンで働いた」

「どんな仕事を？」警部がさらに訊いた。

「ぎん、銀行だ」

「銀行？　それから」

「南太平洋だ。ただ、彷徨い歩いていた。あちこち落ち着かずに」

「ビーチコマー《浜のホームレス》だった？」

イーガンの顔が赤くなった。「ときにはひどく金に困っていたこともあった。だが、そんなことは」

「待ってくれ。俺が知りたいのは、あんたがあちこちを彷徨っていた当時、どこかでダン・ウィンタスリップと出くわしたことがあったかどうかだ」

「もしか、もしかしたら」

「どういう意味なんだ！　イエスなのかノーなのか？」

「うん、事実として、出くわした」とイーガンは認めた。「一回だけ、メルボルンで。だが、とくに意味がある出会いじゃなかった。大したことじゃなかったから、ウィンタスリップはまったく忘れてしまっていた」

「だが、あんたはそうじゃなかった。それで、昨日の朝、二十三年間の沈黙を破って電話をした。急にビジネスを思い立って」

「そうだ」

警部は体を寄せた。「分かった、イーガン。あんたの話の核心にやっと到達した。どんなビジネスだったんだ？」

イーガンの返事を待つ間、狭い事務所には緊張した沈黙が広がっていた。英国人のイーガンは警部の顔を冷静にじっと見て、言った。「その話はできない」

警部の顔が紅潮した。「なんだって、許さん、話すんだ。黙ってるわけにはゆかないんだ」

「ダメだ」落ち着いた声でイーガンが答えた。

警部はイーガンを睨んだ。「自分の立場が分かっていないようだな」

「完全に分かっているさ」

「あんたと俺が二人きりならば、聞かせてくれるか？」

「どんな状況でも、話す気はない、警部」

「検事に黙っているわけにはゆかんぞ」

「いいか、おい」とイーガンはうんざりしたように叫んだ。「どうして何回も言わせるんだ。ウインタスリップとのビジネスについて、誰にたいしても話す気はない。誰にたいしてもだ、分かるか！」イーガンは、吸っていた煙草を横にある灰皿に力いっぱい押しつけた。

警部がチャンに向かってうなずくのが、ジョン・クィンシーに見えた。チャンはずんぐりした小さな手を伸ばし、もみ消された煙草の残骸をぱっと取った。東洋人の丸々した顔に満足げな笑いが浮かんだ。そして、その吸殻を警部に渡した。

「コルシカ銘柄です！」チャンは勝ち誇ったように叫んだ。

「まちがいない」と警部が応じた。「あんたはいつもこの銘柄かい？」

イーガンのうんざりした顔に驚きが走った。「いや、違う、そうじゃない」

「ハワイじゃ売られていない銘柄だ、そうだろう？」

「ああ、その通りだ」

警部は手を差し出した。「あんたの煙草ケースを見せてくれ、イーガン」イーガンは煙草ケースを渡し、警部はそれを開けた。「ふん、あんたは何本かをもっていたってわけだ、そうだな？」

「ああ、それは、もらったものだ」

「ほんとうか？　誰から？」

イーガンはちょっと迷った。「それも言えない」

警部の目が怒りで光った。「いくつか思い出させてやろう。あんたは昨夜ダン・ウィンタスリップの家に行った。玄関から入り、出た。そして戻らなかった。だが、我々は居間に直接通じるドアのすぐ外で、このあまり目にしない銘柄の煙草の吸いさしを見つけた。さあ、誰にこのコルシカ煙草をもらったか教えてくれないか？」

「ダメだ。教えない」

警部はその銀の煙草ケースを自分のポケットに入れ、立ち上がった。「結構だ。ここで費やした時間は全部無駄になってしまった。地方検事があんたとしっかり話したがるだろう」

「いいよ」とイーガンが言い返した。「会ってくるさ、午後にでも」

警部は怒りの目で睨んだ。「舐めるなよ。さあ、帽子を被れ」と怒鳴った。

イーガンも立ち上がった。「あのなあ、あんたのそんなやり方が気に入らん。ウィンタスリップとの関係について、話せないことがいくつかあるのは嘘じゃない。わしもそれは遺憾に思う。だが、わしが殺ったと思ったら大間違いだ。わしにどんな動機が……」

ジェニスンが腰かけていた窓敷居からさっと立ちあがり、進み出た。そして「ハレット警部」と呼びかけた。「話したいことがある。二、三年前のことだが、私とウィンタスリップはキング・ストリートを歩いていた。そして、ここにいるイーガン氏とすれちがった。ウィンタスリップは彼を顔で示して『俺はあの男が怖いんだ、ハリー』と言った。私はその続きを聞こうと黙っていたが、彼もそれ以上は言わなかった。それにウィンタスリップは、その先を話せと要求できるような依頼人じゃあなかった。『俺はあの男が怖いんだ、ハリー』とそれだけだ」

「それでじゅうぶんだ」と警部は険しい顔で言った。「イーガン、さあ、一緒に来るんだ」

イーガンの目が光った。「分かってる」と苦々しげに言った。「もちろん一緒に行く。あんたたちは何についてもわしを馬鹿にする。町全体がそうだ。わしは二十年間ずっと無視され、軽蔑されてきた。わしが貧乏だからだ。娘はみんなの前で恥をかかされた。落後者のくせに、ニューイングランドの名門、栄光に輝く、きりっとした顔立ちのピューリタンと仲間付き合いするなんて身のほど知らずにもほどがあるって言われた」

「そんなことは気にするな。これが最後だ。わしが訊きたいことを話してくれるのか？」と警部が言った。

「ダメだ！」とイーガンは大声で言い返した。

「分かった。さあ、行こう」

「逮捕されるのか？」

「そうは言ってない」不意に慎重になって警部が答えた。「捜査は始まったばかりだ。あんたは重要な情報を明かそうとしない。警察に数時間もいれば、気持ちも変わって、話す気になるだろうよ。きっとそうなる。令状は持っていないが、令状なしでも協力してくれるなら、あんたの立場にももっと配慮してやろう」

イーガンはしばし考え込んだ。「あんたの言うとおりだろう。もしよければ、いくつか使用人に指示しておきたいことがある」

警部はうなずいた。「手短にすませてくれ。チャーリー、ついて行ってくれ」

イーガンとチャーリーが出て行った。警部、ジョン・クィンシー、ジェニスンも部屋から出て、ロビーに腰を降ろした。五分、十分、十五分と時間が過ぎた。

ジェニスンは腕時計に目をやった。「警部、あんたはからかわれているんだ」

ハレット警部は顔を紅潮させ、立ち上がった。ちょうどそのとき、イーガンとチャーリーがロビーの一方の側の大きな吹き抜け階段を降りてきた。警部が英国人に歩み寄った。

「おい、イーガン。何してるんだ？　時間稼ぎか？」

イーガンは薄笑いを浮かべた。「その通りだ。今朝、娘が〈マソニア号〉で帰って来ることになっている。今頃はもう港に着いているだろう。本土の学校に行ってるんだ。九カ月ぶりに会うんだ。あんたはわしの娘に会う喜びを台無しにしてくれた。だが、あと数分すれば」

「ダメだ」と警部はまた怒鳴った。「帽子を被れ、これで終わり《バウ》だ」

イーガンはしばしためらっていたが、型の崩れた古いカンカン帽を机からゆっくり取り上げた。

五人の男たちは花の咲いた庭を抜けて警部の自動車に向かった。通りに出ると、一台のタクシーが縁石に乗り上げて停まった。イーガンが駆けより、ジョン・クィンシーがサンフランシスコで会った娘がイーガンの腕に飛び込んだ。

「パパ、どこにいたの？」娘は大声で聞いた。

「キャリー、お帰り。すまなかった。港へ出迎えに行くつもりだったが、問題が起こって。元気かい、お前?」

「元気よ、パパ。でも、どこへ行くの?」キャリーは警部を見た。ジョン・クィンシーはそっと後ろに立っていた。

「街で、街でちょっと用事があるんだ。すぐに帰って来る、つもりだ。もし、もしそうならなかったら、あとの面倒を頼むよ」

「どういうこと、パパ?」

「心配は要らない」イーガンは分かってくれと言うように答えた。「いま言えるのはそれだけだ、キャリー。心配しなくてもいい」そして、警部に向かって、「さあ、行こうか、警部」と言った。

警官二人、ジェニスン、イーガンは自動車に乗り込んだ。ジョン・クィンシーが前に出た。娘の当惑したように大きく開いた目がジョン・クィンシーを見つめた。

「あなたは?」娘は大声で言った。

「行くのかい? ウィンタスリップさん」警部が声をかけた。

ジョン・クィンシーは、娘に微笑みかけた。「あなたの言うとおり、シルクハットは要りませんでした」

キャリーは目をあげてジョン・クィンシーを見た。「でも何も被っておられない。それはちょっと問題が」

「ウィンタスリップさん!」と警部が怒鳴った。

ジョン・クィンシーは声の方を向き返事をした。「ああ、すみません、警部。言い忘れていましたが、ここでお別れします。ではこれで」

警部はブツブツ言い、自動車をスタートさせた。キャリーが小さなハンドバッグからタクシー料金を払っている間に、ジョン・クィンシーは彼女のスーツケースを手にした。

「今度こそ、ぜひ持たせてもらいますよ」と言って、門を抜けて、もっと繁盛していたときにはエデンの園であったであろう庭に入った。「僕たちがホノルルで出会うかもしれないなんて、きみは教えてくれなかった」

「会えるかどうか、はっきりしなかったので」と傷んだ古いホテルを見やりながら言った。「私は、どちらかと言えば、ここではあんまり他の人と付き合いたくないんです」ジョン・クィンシーはどう答えたらよいのか思いつかなかった。二人は崩れそうな階段を上った。ロビーに人けはなかった。「それに、会う理由もなかったでしょう?」とキャリーは続けた。「なんだかぜんぜん分からないのです。パパの仕事があの男の人たちとどう関係するんでしょう? ひとりはハレット警部でしたよね。警察の」

ジョン・クィンシーは眉をひそめて言った。「あなたのパパも知ってほしくないみたいです」

そして、スーツケースを置いて、椅子を引き寄せた。キャリーが座った。

「こういうことです」とジョン・クィンシーは話し始めた。「僕の親戚のダン・ウィンタスリップが夜中に殺されました」

キャリーの目に憐みの色が浮かんだ。「ええっ、バーバラ、可哀そう!」と叫んだ。その通りだ、バーバラを忘れてはいけない。「でも、パパが、それで、どうしたの?」

「彼は昨夜十一時にダンの家に行った。でも、その理由を言おうとしない。他にも彼が言おうとしないことがいくつかあるんだ」

キャリーはジョン・ウィンタスリップを見上げた。不意にその眼に涙が溢れた。「船では幸せだった。でも、幸せはいつまでも続くものじゃないって、分かっていた」

ジョン・クィンシーも座った。「そんな馬鹿な。すべて問題ないことがはっきりするよ。パパはきっと誰かを庇っているんだ」

キャリーがうなずいた。「きっとそうよ。でも、いったん話さないって決心したら、ぜったいに話さないわ。パパはちょっと変わっているの。警察はずっと捕まえておくでしょうし、その間、私は独りぼっちだわ」

「独りぼっちじゃないよ」ジョン・クィンシーは言いきった。

「いいえ、そうよ。あなたに話したでしょう、私たちはお偉い人たちから関心をもたれるような者じゃないんです」

「そんな奴らは放っておくがいい」とジョン・クィンシーはきっぱりと言った。「僕はジョン・クィンシー・ウィンタスリップ、ボストンの。で、きみは」

「カーロタ・マリア・イーガン。母の片親はポルトガル人だった。もう半分はスコットランド系アイルランド人の血が。パパはイングランド人。ここは人種の坩堝みたいなところ」キャリーはしばらく黙っていて、「母はとてもきれいな人だった」と憧れるように付け加えた。「そういう話よ。私は会ったことないけど」

ジョン・クィンシーの胸は熱くなった。「きっときれいな人だったんだろうと思った、きみにフェリーで会った日に」と優しく言い添えた。

キャリーはいかにも小さいハンカチを目にそっと当て、立ち上がった。「さて、逃げるわけにはゆかないわ。勇気をふるって頑張らなきゃ。負けてはいられない」キャリーは笑顔になった。「私は〈椰子が浜ホテル〉の女支配人です。部屋にご案内しましょうか?」

「かなりたいへんな仕事だろうね」ジョン・クィンシーも立ち上がった。

「でも、気にしない。前からパパを手伝っていたし。厄介なのはひとつだけ、請求書つくり。計算は苦手なの」

「心配ない、僕ができる」とジョン・クィンシーが言って、口をつぐんだ。すこし踏み込み過ぎていないだろうか?

「助かるわ」

「どういたしまして。それが仕事でした、向こうでは」

向こうでは! そう、自分には帰るところがある、とジョン・クィンシーは思い出した。「債券や金利、その他いろいろやっていた。きみがどうやっているか見に、夜に寄ってみることにしよう」うろたえ気味に話題を変えた。「そろそろ行かなくちゃあ」

「そうね」と言いながらキャリーは入り口までついて来た。「ほんとうにご親切にありがとう。ホノルルにはいつまで?」

「それは……。僕は決心したんです。ダンをめぐる謎が解明されるまで、ここにいるって。そして、事件解決の助けになるなら、何でもやるつもりです」

「あなたは頭もすごくいいと思うわ」

ジョン・クィンシーは首を振った。「そんなことはない。でも、一生懸命生きようとは思っています。それに、いろいろな理由もあって、この事件を見届けたいと思っているんです」何かがジョン・クィンシーの舌をいくらかもつれさせたようだった。その何かは、口にしない方がよかっただろうが、なんと！　彼はそれを口にしてしまった。「その理由のひとつは、あなたです」

そう言って、階段を踏みならして駆け降りた。

「気をつけて」とキャリーが声をかけた。「階段は私が出かけたときより傷んでいるみたいだから。そこも修理しなければならない場所よ、そのうちに、お金ができたら」

ジョン・クィンシーはロビーの入り口で別れ難いように微笑むキャリーを残して、庭を抜けて、カラカウア・アベニューへ出た。ぎらつく太陽が彼の無帽の頭に照りつけた。道に沿って、木々が緋色の垂れ幕のように華やかな枝を伸ばし、頭の上では、穏やかな貿易風に吹かれて背の高いココ椰子の木が揺れていた。それほど離れていない白砂の浜には、虹色に彩られた波が打ち寄せていた。魅惑の地、辺り全体がそうだった。

アガサ・パーカーがここにいてほしい、一緒にこの魅惑の地を見ていたい。ジョン・クィンシーはほんとうにそう願っているだろうか？　彼は、チャーリー・チャンが言うであろう〈真実の徹底的追求〉は避けていた。

第十章　引き裂かれた新聞

ジョン・クィンシーが居間に戻ると、ミネルバが闘志をみなぎらせた目つきで、部屋の中を歩き回っていた。彼は大きな座り心地よさそうな椅子を選んで、深々と体を沈めた。

「何か問題でも？」ジョン・クィンシーが訊いた。「心配事がおありみたいですが」

「ピリキアだらけよ」とミネルバは大きな声で言った。

「それって何ですか？　飲物だったら、私にも一杯飲ませてもらえますか？」

「ピリキアって厄介事って意味よ」ミネルバがハワイ語を説明した。「新聞記者が何人も来たの。あの人たちの質問に、あなただってまともに付き合っていられないでしょうよ」

「ダンの件で、でしょう。分かります」

「でも、あの人たちは私から何も聞き出せなかった。私はとても慎重だったから」

「あまり心配しないようにしましょう。家族に離婚問題が生じたあるボストンの友人から聞いた話ですが、新聞記者に丁寧に応対しないと、あの人たちはまったくひどいことを書くっていう話です」

「心配ご無用よ。私は人扱いが上手なの。この状況のもとで、かなり巧く応対したと思う。新聞記者に会ったのは初めてだけど、〈トランスクリプト新聞〉の記者たちは紳士的だったわ。〈椰子が浜ホテル〉はどうだった?」

ジョン・クィンシーはミネルバに説明したが、全部は言わなかった。

「イーガンが犯人だと分かっても、驚いちゃあだめね」ミネルバはそう言ってさらに続けた。「今朝、彼についていくらか調べてみたの。大した人物には見えなかった。まあ、恰好つけたビーチコマーってところ」

「そんな馬鹿な。イーガンは紳士です。たまたま貧乏しているからというだけで、話も聞かずに悪く言うのはおかしいですよ」

「彼は警察で話を聞かれたことがあった。厳密に言って、あまり自慢できないことに手を染めてきていたみたい。だから、私はそう判断して、終わりってことにしたの。きっと、私は自覚している以上に、あれやこれやで苛立っているんだわ」

ジョン・クィンシーは微笑んで「ダンおじさんも、胸を張って振り返れないようなことに、関係していたみたいです。ハレット警部の進もうとする方向は間違っていると思います。イーガンの娘が言っていましたが……」

ミネルバはジョン・クィンシーにちらっと目をやった。「あら、イーガンには娘がいるのね?」

「ええ、しかもすごく魅力的な。こんな話で彼女に迷惑をかけるのはまったくもって可哀そうです」

「フーン」

ジョン・クィンシーは腕時計に目をやった。「あれっ、まだ十時じゃないか！」家はまったくの静寂に包まれていた。聞こえるのは浜に打ち寄せる波の穏やかな音だけだった。「おばさん、ここでいったい何を？」

「ええ、あんたもすぐにそうなるけど、最初は、座って考えている。しばらくすると、考えなくなり、ただ座っているだけになる」

「面白そうですね」とジョン・クィンシーは皮肉を込めて言った。

「すごく奇妙だけれど、ここで座って考えているとそういうことになるの。ほんとうに妙なの。あんたが考える課題のひとつは、最初は、家に帰ること。やがて考えなくなると、帰るという課題は自然に頭から抜け落ちる」

「僕たちも、おばさんは帰ることを考えなくなっているのではないかと思っていました」

「浜辺でひとりの男に会うとする。男は、航海の途中で、洗濯をさせるために立ち寄った。それは二十年も前のこと。でもその男はいまだにここにいる」

「たぶん、洗濯がまだ終わっていないんでしょう」ジョン・クィンシーは隠そうともせず大欠伸をした。「僕は部屋へ戻って着替えます。その後、手紙を何通か書きたいのです」ジョン・クィンシーは思いきったように立ち上がり、ドアへ行きながら、「バーバラはどうしています？」と訊いた。

　ミネルバは首を振った。「ダンは自分の娘をすっかり悲しませてしまった。彼女にはひどくこたえたみたい。しばらくは誰にも会わないでしょうね。今度会っても、事件については何も言わない方がいいわ」

「もちろんですよ」ジョン・クィンシーはそう言って二階へ上がって行った。

風呂をすませ、いちばん薄手でいちばん白いものに着替え、ベッドの傍らにある机の中を調べ、便箋がきちんと入れてあるのを見つけ、一枚を取り出し、気乗りしない様子で書き始めた。


愛するアガサへ。今、僕はホノルルにいる。窓の外では、あの有名な浜辺に打ち寄せる波の、のんびりした音が聞こえる。


のんびりした、ほんとうにそうだ。ジョン・クィンシーはその言葉通りに感じていた。手紙を書く手を止めて、大空を足早に流れてゆく軽やかな小さな雲を眺め、椅子から立ち上がり、その雲がダイアモンドヘッドの向こうに消えてゆくまで見送っていた。机に戻るためには、ベッドの脇を通る必要があった。いかにも魅力的なベッドだった。人を誘い込むかのようだった。彼は蚊帳をめくり上げ、横になった。

ハクがドアをドンドンとノックしたのは一時で、昼食の時間だった。彼がぼんやりした頭で着いたテーブルには、ミネルバおばがすでに待っていた。

「さあ、さあ、しっかりして。昼寝の誘惑にもすぐに慣れる。でも慣れても、毎日お昼を食べた後で、眠くなるわ」

「そんなふうにはなりません」ジョン・クィンシーは言い返したが、自信はなさそうな口調だった。

「あんたの世話ができなくて申し訳ないって、バーバラが言ってましたよ。優しい娘ね、そう思うでしょう」

「本当にそう思います。愛してるって伝えてください」

「愛してるって？」おばは甥を見つめながら言った。「本気なの？　バーバラは、また、いとこよ」

ジョン・クィンシーは声を立てて笑った。「おばさん、縁結びをしようとしても時間の無駄です。バーバラにはもう決まった人がいるんです」

「ほんとう？　誰？」

「ジェニスンですよ。いい奴だと思います」

「とにかく、ハンサムね」ミネルバもそう言い、二人はしばらく黙ったまま食事をした。やがて、ミネルバが言った。「検視官と関係者が、今朝、ここにいたわ」

「そうでしたか。死因についての結論が出たんですか？」

「それはまだ。後で結論を出すことになってると思うわ。とにかく、私は食事がすんだらすぐに、バーバラのために買い物に行くつもり。一緒に行く？」

「遠慮しときましょう。二階で手紙を書かなければなりませんから」

そう言ったものの、食卓を離れるときに、手紙は後回しにしても構わないと思った。ダンの書斎から南太平洋に関する分厚い本を取り出し、ラナイへもって行った。やがて、ミネルバが白い麻に服装を整えて姿を見せた。

「パウしたら、すぐ戻ります」と告げた。

「パウって何ですか？」

「全部が終わったらって意味ですよ」

「なんだ、そういうことですか。我々の言葉にはそれに見合った言葉はないんですか？」

「知らないわ。ハワイ語をいくらか混ぜると、望ましい変化を起こせるの。私の年齢になれば、ジョン・クィンシー、変化に憧れるものよ。じゃあね」

ミネルバはジョン・クィンシーを分厚い本とダンのラナイの眠気を誘うゆったりした雰囲気に委ねて出て行った。ジョン・クィンシーは、ハワイよりもっと南の島々の色彩豊かな物語を読んだり、じっと考え込んだり、あるいは、何も考えずにぼんやり座っていたりした。焼けつくような午後が続いていた。ダン邸の庭の向こうに広がる浜は、海水浴客、日焼けした男や若い娘、人の目を引き付ける短い水着の可愛い娘たちで賑わっていた。サーフィンに挑む彼らのにぎやかな声は喜びに溢れ、幸せそうだった。ジョン・クィンシーもこの有名な浜を楽しんでみたいと思った。だが、二階にダン・ウィンタスリップが横たわっている今は、それどころではなく、控えた方がよさそうだった。

五時頃、ミネルバが上気した顔で、夕刊を手に戻ってきた。ボストンのバック・ベイに暮らしているときの自分からすればまったく似つかわしくないと、ミネルバ自身もよく分かっていながら、息を弾ませていた。

「何かニュースですか？」

ミネルバは腰を降ろした。「検視官の所見よ。いつものことだけど、事情も知らない人たちの意見が載っている。でも、自動車の中で読んでいて、ふと閃いたの」

「すごいじゃないですか。どんなことを？」

執事のハクが居間との境のドアに姿を見せた。「お呼びになりましたか？」

「ええ。この家では、古い新聞はどうしているの？」

「まとめて台所横の戸棚に入れてあります」

「探してみて……。いえ、いいわ、結構よ、自分で探す」

彼女はハクについて居間に行った。数分の後、ひとりで戻ってきた。新聞を手にしていた。

「見つけたわ」と勝ち誇ったように告げた。「六月十六日、月曜日の夕刊。ダンがロジャーにあの手紙を書いた夜に読んでいた新聞。見てごらんなさい。船の入出港予定のページの隅が破り取られている！」

「偶然かも」ジョン・クィンシーは興味がないように言った。

「そんな！」ミス・ミネルバは鋭く言い返した。「重要手掛り、まさにそうよ。ダンが心配していた問題が、この破り取られたところに書いてあったのよ」

「そうかも、もしかしたら。で、どうしようと？」

「どうかするのはあんたよ。気を取り直して、街へ行くの。夕飯までにはまだ二時間ある。この新聞をハレット警部に渡し、いえ、それよりチャーリー・チャンの方がいいわ。チャンの頭の良さには、私も感心しているから」

ジョン・クィンシーは声高に笑って「あの中国人が、そんなに頭が良いんですか?」と決め付けた。「おばさんは騙されてるんじゃないでしょうね。あの連中は他と違うから賢く見えるんですよ」

「いずれ分かるわ。運転手はバーバラの使いで出かけたけど、車庫にオープンカーのロードスターがあります」

「僕は路面電車で充分ですよ。さあ、その新聞をください」

ミネルバは街への行き方を説明し、ジョン・クィンシーは帽子を被って出かけて行った。間もなく、彼は、さまざまな人種を代表する人たちに囲まれて路面電車の乗客になっていた。太平洋の人種の坩堝、カーロタ・イーガンはホノルルをそう呼んでいた。その呼び方は当たっているようだった。ジョン・クィンシーは新たな活力、人生への新しい興味が湧くような気がした。

路面電車はワイキキとホノルルの間の湿地帯を通過し、農夫が膝まで水に浸かって、腰を曲げ、ひたすら厳しい労働に励む水田を過ぎ、タロイモ畑を過ぎ、やっとキング・ストリートに曲がった。電車はしばらく行ってはすぐに、移民たちを乗せるためにまた停車した。日本人、中国人、ハワイ諸島の人、ポルトガル人、フィリピン人、朝鮮人、あらゆる肌の色とあらゆる宗教の持ち主がいた。電車が進むと、満開の花をつけた樹木に囲まれた邸宅の連なりやフォード自動車のサービス工場近くの奇妙なポスターを何枚も誇らしげに貼りだした日本人向けの劇場が現れ、やがて、巨大な建物が見えてきた。かつてのハワイ王国の宮殿だった。最終的に、電車は近代的なオフィスビルの並ぶ地域に入った。

英国の小説家・詩人ラドヤード・キプリング（一八六五〜一九三六年）は間違っている。東と西は出会うことができる。現にここで出会っているとジョン・クィンシーは思った。

フォート・ストリートで電車を降り、見知らぬ土地をよそ者として、しばらく歩き回っているうちに、自分の印象は正しいことが確認された。浅黒い肌の警官が道の角で交通整理をしている。染みひとつないキャンバス地の制服を着たアメリカ合衆国陸軍と海軍の将校たちがぶらぶら歩いている。道の日陰の側には、洗濯したてのズボンと上着で身なりを整えたほっそりした中国人の少女たちが夕方の涼しさの中でウィンドウ・ショッピングを楽しんでいる。

「警察はどこでしょう」ジョン・クィンシーは親切そうな顔つきの大柄なアメリカ人に尋ねた。

「キング・ストリートへ戻って、ベゼル・ストリートに出るまで右に行きなさい。それからマカイに曲がって」

「どこへ曲がるんですか?」

男はかすかに笑った。「マリヒニの方ですね。マカイは海に向かってって意味です。その反対方向はマウカって言います。山側へってことです。警察はベゼル・ストリートの入り口、カラカウア・ハレという建物の中にあります」

ジョン・クィンシーは礼を言って、教えられた道を進んだ。郵便局を過ぎ、私書箱がすべて通りに面して並んでいるのを見て感心した。しばらくして警察に着いた。のんびりと受付で勤務している巡査部長が、チャーリー・チャンは夕食に出ていると教えてくれた。〈アレキサンダー・ヤング・ホテル〉かキング・ストリートの〈オール・アメリカン・レストラン〉だろうと言った。

ホテルの方が見つけやすそうだったので、まずそこへ行ってみた。明かりを落としたロビーには、箒と塵取りをもった中国人の雑用係がぶらぶらしていて、何人かの宿泊客が儀礼的に出す絵葉書を書き、フロントには中国人の男が勤務していた。しかし、ロビーにも左手の食堂にも、チャンの姿はなかった。ジョン・クィンシーが食堂を覗いて戻って来ると、エレベーターの扉が開き、平服の英国人が慌ただしく出てきた。その後ろには、ロンドン下町出身らしい兵士が荷物をもってついてきていた。

「コープ大佐」とジョン・クィンシーは声をかけた。

大佐は立ちどまって「やあ」と答えた。「ああ、ウィンタスリップさん、こんにちは」大佐は当番兵に向かって「夕刊と面白そうな雑誌を腕にかかえるくらい買ってきてくれ」と指示した。兵士は急ぎ足で命じられたものを買いに行き、大佐はまたジョン・クィンシーに向かって話しかけた。「お目にかかれてたいへん嬉しいが、急いでいるので。あと二十分でファニング諸島へ発たなければならないんです」

「いつ到着されたんですか?」ジョン・クィンシーは話のついでに聞いた。

「昨日の昼です。それ以来、大忙しで飛び回っています。ホノルル滞在を楽しんでいますね。そうそう、忘れていました。ダン・ウィンタスリップはお気の毒なことでした」

「たいへんな事件でした」ジョン・クィンシーは冷静な口調で応じた。サンフランシスコの倶楽部での会話から考えると、コープ大佐にとってはそれほどショックではなかっただろう。当番兵が戻ってきて、大佐が言った。

「申し訳ないが時間がないので、もう出かけなければ。海軍はとても人使いが荒いのです。おばさんによろしくお伝えください。あなたもお元気で」

大佐は、当番兵をしたがえて、大きく開いたドアを抜けて出て行った。ジョン・クィンシーが外へ出ると、大佐はちょうど大型自動車で港に向けて走りだしたところだった。

近くに電報局を見つけて、ジョン・クィンシーは二通の電報を打った。一通は母親、もう一通はアガサ・パーカー宛だった。宛先に〈ボストン、マサチューセッツ州、アメリカ合衆国〉と書いたが、窓口の若い女性は厳しい目でそれを見て、宛先の最後の部分を線を引いて消した。電文は二語だけだったが、これから先しばらくは返事を待っていればよいと、肩の荷を降ろしたような気分で、通りに戻った。

すぐに〈オール・アメリカン・レストラン〉が見つかり、中に入った。店内のアメリカ人は自分だけだった。チャーリー・チャンはひとりでテーブルについていた。ジョン・クィンシーが歩み寄ると、立ち上がり、頭をさげた。

「これは、これは。こんな店のつまらぬ料理をお勧めして、受けていただけるでしょうか?」と言った。

「いや、結構です。後で家で食事をしますから。ちょっと座ってよろしいですか?」

「どうぞ、どうぞ」とチャンはうなずき、もういちど腰を降ろし、目の前の皿の上のものを睨みつけた。そして、「おい、給仕。経営者を呼んでくれないか」と言った。

店の経営者の小柄で温厚な日本人が、足音も立てずにやって来て、深々と頭を下げた。

「あんたの店ではこんな不衛生な料理を客に出すのかい？」とチャンが言った。

「何か問題が？　どうぞおっしゃってください」

「このパイには指の跡がいくつもついてるじゃないか」とチャンは厳しい口調で言った。

「これはひどい。それはやめていただいて、もっと衛生的なものを召し上がっていただきましょう」

日本人の経営者は客を怒らせた菓子をとりあげ、もち去った。

「日本人ときたら……」とすくめた肩に強い思いを込めて、チャンは言った。そして「あの殺人事件の関連でお出でになったと思っても、よろしゅうございますね？」と続けた。

ジョン・クィンシーは笑顔で「その通りです」と答え、ポケットから新聞を取り出し、日付と破り取られた部分を指し示した。「おばは重要な手掛りだと思っています」

「あの方は頭のよい方です。破られていないものを手に入れて、比べてみましょう。重要な手掛りかもしれません」

「あのう、もしよければ、僕も一緒にやらせてもらいたいのです」

「それはじつにありがたい。あなたはボストンからお出でになった。あそこはとても洗練された街で、当地よりはるかに多様な英語が用いられております。あなたの話す言葉を聞いて、感動しています。私にとり、たいへん名誉なことです」

「事件について何か考えがまとまりましたか？」

チャンは首を振った。「まだそこまでは」

「捜査のために指紋は取らなかった、そう言ってましたよね?」

チャンは肩をすくめた。「問題はありません。本の中では指紋やその他の科学的方法は役に立ちますが、現実の捜査ではそうでもありません。私の経験は、人々を人間として深い考察の対象にすべしと命じます。人間の激しい心の動きを。殺人の背後にあるもの、それは何か? 憎悪、復讐、口封じ、あるいは金銭。人々を人間としてつねに研究するのです」

「おっしゃる通りです」

「基本的にそう考えるべきです。考慮しなければならない手掛りを、一緒に整理してみましょう。一ページが失われたゲストブック。手袋のボタン。サンフランシスコのロジャーから来た電報。全部は語られていないがイーガンの話。コルシカ煙草の吸いさし。怒りにまかせて破り取られたらしい新聞。誰かがつけていた文字盤の【2】がぼやけている腕時計」

「かなりありますね」

「興味津々です。ひとつ、ひとつ調べます。何も語ってくれないものもあります。ひとつか二つは、それほど冷淡ではないかもしれません。私は、基本的な手掛りだけを追いかけるスコットランド・ヤードのやり方の信奉者です。しかし、ここでは、それはふさわしいやり方ではありません。すべての手掛り、全部を追いかけなければなりません」

「基本的な手掛りですね」

「そうです」チャンは給仕を睨みつけた。衛生に配慮した菓子はまだ現れなかった。「まだ、時期尚早かもしれませんが、ページが破り取られたゲストブックが臭います。腕時計も無視するわけにはゆきません。おかしなことに、今朝、手掛りを数えたときに、恥ずかしながら、たいへん素性がよさそうな手掛りなのに、時計を見落しました。一回の大きな過ちで、重要手掛りを失います。でも、私の目はそれを見逃しません」

「あなたが捜査官として成功してきている理由が分かります」

チャンはにやっと笑った。「あなたはよくお分かりだ。ご存知だと思いますが、中国人は世界でもっとも感受性が鋭い人種なのです。カメラのフィルムのように鋭敏なのです。表情、笑い、動作。そうしたことから何かをピンと感じるのです」

ジョン・クィンシーは〈オール・アメリカン・レストラン〉の入り口が急に騒がしくなったのに気づいた。船室係のボウカーが、へべれけに酔って、大声をあげながら入って来ようとしていた。その後に心配げな表情の浅黒い肌の若者がついて来ていた。

当惑して、ジョン・クィンシーは顔をそむけたが、手遅れだった。ボウカーは両腕を大きく振りながら、まっすぐ彼の方に向かってきた。

「やあ、やあ、これは、これは！」とボウカーは怒鳴った。「お懐かしや、学友じゃないか。窓から姿が見えたものだから」とテーブルにドサッともたれかかった。「いやあ、元気だったかい？」

「ああ、元気だ。ありがとう」

浅黒い若者がやって来た。若者とは、服装から考えると、海岸で知り合ったらしかった。「さあ、テッド。もう出ようぜ」

「ちょっと待て。ボストンからのジョン・クィンシーさんを紹介しよう。神が創りたもうた最高の友だ。ティムのところの飲み友達さ。ティムについては話したよな」

「ああ聞いたよ。さあ、行くぞ」と若者がせき立てた。

「まだ、まだ。シシ・カバブ屋の小僧に飲物をちょっと買ってくんだ。何を飲んでるんだい、あんた、ジョン・クィンシー？」

「何も飲んでいないさ。この島の飲物には注意しろって、あんた自身が教えてくれただろう」

「誰が？　俺がか？」ボウカーは不機嫌になった。「あんた、それは違うぜ。言い返し、言い返したくはないが、それはきっと他の野郎だ。俺じゃない。そんなことはひと言だって……」

若者がボウカーの腕をつかんだ。「さあ、船が出ちまうぜ」

ボウカーはそれを振りほどいた。「俺に触るな。手を離せ。俺にかまうな。昔なじみと話したいんだ、いいだろう？　さあ、ジョン・クィンシー、あんた、なに飲んでるんだ？」

「また今度にしよう」とジョン・クィンシーは言った。

ボウカーの連れはさらに力を込めて腕をつかんだ。「ここじゃ、酒は買えない。ここはレストランだ。一緒に行くんだ。俺が酒を買えるところを知っている」

「りょうかい！　そう来なくちゃ。ジョン・クィンシー、あんた、一緒に行こう」

「また今度な」ジョン・クィンシーは繰り返した。

ボウカーは面子を潰されたような表情をし、寂しそうに言った。「あんたの言うとおり、また今度にしよう。ボストンで、いいな？　ティムの店で。だが、あの店は無くなっちまった。ティムはいっちまった。消えちまった。大地にのみ込まれちまったみたいに」

「そうか、そうか」若者がなだめるように言った。「ほんとうに気の毒だ。だが、一緒に来るんだ」

やっと、ボウカーは連れの若者に引っ張られて表に出て行った。ジョン・クィンシーはテーブルの向こうのチャンを見た。

「〈プレジデント・タイラー号〉の船室係です。ひどく酔っていて」

給仕が新しいパイをチャンの前に置いた。

「これは見たところよさそうだ」と言って口に入れ、しかめっ面で言い足した。「『見た目よければ、中もよし』とはゆかないようだ。よろしければ出ましょうか」

通りに出て、チャンは立ちどまった。「バタバタと出てこさせて、すみませんでした。ご一緒に仕事ができる名誉に過ぎるものはありません。きっと、素晴らしい結果が得られるでしょう。とりあえず、今晩はこれで」

ジョン・クィンシーは、馴染みのない街でまたひとりになった。不意にホームシックに捕らわれた。歩いてゆくと、新聞売りの屋台に出会った。新聞だけでなく、ボストンの倶楽部の読書室で読んでいる雑誌なども売っている。縁なし帽を被ったてきぱきした少年が店番をしている。

「最新の〈アトランティック〉誌はあるかい？」と訊いた。

若者は焦げ茶色の雑誌を手にとった。「いや、それじゃあない。それは六月号だろう、もう読んだよ」

「七月号はまだ来ていません。もし予約してもらえれば、一冊取りのけておきますが」

「そうしてほしいな。僕の名前はウィンタスリップだ」

店番の少年は屋台の端に行ったが、七月号はやはりまだだった。一冊の〈アトランティック〉誌は故郷との絆、ボストンがいまだ健在であることを思い出させる雑誌だった。彼はボストンとの繋がり、ボストンを思い出させるものが欲しいと思った。

ワイキキと表示した路面電車が近づいて来ていた。ジョン・クィンシーはその電車を止め、飛び乗った。くすくす笑っていた鮮やかなキモノを着た三人の日本人の少女が草履をはいた足を引っこめ、ジョン・クィンシーは少女たちの脇をすり抜けて座席に座った。

第十一章　ブローチ

二時間後、ジョン・クィンシーはミネルバおばと一緒にいた夕食のテーブルから立ち上がった。

「僕の新しい言語習得力がどんなに素晴らしいか、お聞かせしましょう。『僕はすっかり〈パウ〉しました。今から〈ラナイ〉に座って、今日の〈ピリキア〉を忘れるために〈マカイ〉の方へ行きます』」

ミネルバは笑い顔で、自分も立ち上がった。玄関ホールを歩きながら「すぐにアモスが来ますよ」と言った。「家族会議が必要だと思ったから、来てほしいって頼んだの」

「彼を呼ぶなんて妙ですね」巻き煙草に火をつけながらジョン・クィンシーが言った。

「そんなことはありませんよ」ミネルバはそう答えて、兄弟間の長年の確執について説明した。

「あのアモスが、それほどの憎しみの火を燃やし続けていたとは思いませんでした」ラナイの椅子に座りながら、ジョン・クィンシーは思ったままを口にした。「今朝会ったときの様子からすると、覇気のない人物の見本でした。しかし、ウィンタスリップ一族はずっと憎み合ってもきたってことですね」

しばらく、二人は黙ったまま座っていた。外の暗闇は急速に深まりつつあった。昨夜、悲劇をもたらした熱帯の夜だった。ジョン・クィンシーは網戸につかまっている蜥蜴を指さした。

「可愛い生き物ですね」

「ええ、まったく悪さはしません。蚊を食べてくれます」

「そうですか?」ジョン・クィンシーは足首をピシャと手の平で叩いて、言った。「まあ、好みはさまざまですから」

やがて、アモスがやって来た。薄明かりの中でいつになく青白いように見えた。「呼んだかい、ミネルバ」座面が籐編みのダン・ウィンタスリップのホンコン・チェアにゆっくりと腰を降ろしながら訊いた。

「ええ呼んだわ。煙草を吸ってもいいわよ」アモスは煙草に火をつけ、薄い唇に咥えられたその煙草は妙に場違いな感じがした。「この恐ろしい犯行をしでかした人物に裁きを受けさせたい、あなたもそう願っているわよね」

「もちろんさ」

ミネルバは続けた。「ただひとつの問題は、捜査の途中で、ダンの過去について表沙汰にしたくない事実が明らかにされそうだってこと」

「とうぜんそういうことになる」アモスは素っ気なく言った。

「バーバラのために、犯人を捕まえるために絶対必要なこと以外は、いっさい表に出ないようにさせたいの。だから、私は警察を完全には信頼していない」

「なんだって!」とアモスが叫んだ。

ジョン・クィンシーも立ちあがった。「そんなことを言っても、おばさん」

「座りなさい」ミネルバがピシャリと言った。「アモス、あなたの家での私たちの話に戻れば、ダンは海岸にいるアーリン・コンプトンって自称しているあの女性と何らかの形で関わっていた」

アモスはうなずいた。「その通りだし、彼女はろくでもない女だ。でも、友人たちも忠告していたと思うんだが、ダンは聞く耳をもたなかった。彼は結婚についてさえ話していた」

ミネルバが言った。「ダンとはろくに話したことがないのに、あなたはいろいろ知っているわね。殺されたとき、この女性にたいするダンの立場はどうだったのかしら？　まだ昨夜のことなのに、ずっと前に起こったみたいに感じる」

「全部は知らないが、俺が知る限りでは、このひと月、レザービーって名前のマリヒニが、フィラデルフィアの名家の鼻つまみ者だって話だが、このコンプトンっていう女を追いかけまわしていて、ダンはそいつを苦々しく思っていた」

「そうだったの」ミネルバは、オニキスの地に宝石を散りばめた樹を象眼した、珍しい由緒ありげなブローチを手渡して訊いた。「これ見たことある？」

アモスは手にとって、うなずいた。「これは八十年代にダンが南太平洋からもち帰った、ちょっとした宝石のコレクションに入っていたものだ。イヤリングとブレスレットもあった。彼のこうした装身具の扱い方はやや変わっていた。バーバラの母親にせよ他の誰にせよ、けっして身に着けさせようとしなかった。しかし、俺がこれを見たのはほんの数週間前だったから、最近になってきっと何か思いついたんだろう」

「どこで見たの？」

「俺の事務所でさ。俺は、海岸の別荘の賃貸しもやっていて、今はそこにあのコンプトンっていう女が住んでいる。彼女は先日その家賃を払いにやって来た。そのとき、このブローチを着けていた」アモスは、不意にミネルバに目を向けた。「どこで手に入れたんだい？」と厳しい口調で訊いた。

「今朝、カマイクイがくれたの。警察が来る前に、ラナイの床で拾ったんですって」

ジョン・クィンシーが急に立ち上がった。「あなたは間違ってます、おばさん。そんなことをやってはダメです。警察の力を借りようとしているのに、彼らにほんとうのことを話していないじゃないですか。そんな捜査の足を引っ張るようなことはやるべきではありません」

「ちょっと待ちなさい」ミネルバが言い返した。

「待てませんよ。そのブローチを僕にください。すぐにチャンに渡します。そうでなけりゃ、チャンの顔をまともに見られません」

「もし必要ならば、私たちから渡します。でも、その前にあの女が論理的な説明をきちんとできるかどうか、自分たちで調べちゃいけないって理屈はないでしょう」

「ナンセンス！」ジョン・クィンシーが口を挟んだ。「おばさん、困ったことに、あなたは自分をシャーロック・ホームズだと思っている」

「あなたはどう思う、アモス？」

「俺もジョン・クィンシーの意見に近いな。あんたはハレット警部に偏見がある。バーバラのために、あるいは、他の誰かのために、すべてを秘密にしておこうとしても、それはできなかろう。人の口に戸は立てられないよ、ミネルバ。ダンの無分別な行為は、最後にはきっと明るみに出てしまう」

ミネルバはアモスの自信満々な口調に苛立ちを覚えた。「たぶんね。そうは言っても、警察に相談する前に、一族の誰かがその女性と話し合っても、悪くはないでしょう。もし彼女がほんとうに誠実で嘘のない説明をするなら」

「そうですとも」とジョン・クィンシーが口を挟んだ。「彼女は我々が心配するようなことは知っていないかもしれません」

「話の中身は大した意味がないかもしれないわ。肝心なのは彼女の話し方よ。こっちがしっかりしていれば、ごまかしや嘘は見抜けるもの。問題は、私たちが彼女の話を吟味するのに最適かどうかってことだけ」

「俺はご免こうむるよ」アモスが即座に言った。

「ジョン・クィンシー、あんたは?」

ジョン・クィンシーは考えてみた。チャンには自分も手伝わせてもらいたいと頼んであった。そして、これはチャンの尊敬を勝ち取る好機かもしれない。しかし、その女性は彼の手に負えそうになかった。

「僕もやめておきます」

「そうなの、結構。ひとりでやるわ」

「ダメ、そんなのダメですよ」びっくりして、ジョン・クィンシーは叫んだ。

「どうして？　一族の男たちの誰もその度胸がないなら、私が喜んで……」

アモスが首を振って、予言するように言った。「あんたは小指で捻り潰されちまうよ」

ミネルバはニヤッと笑った。「捻り潰してもらおうじゃないの。ここで待っててちょうだいね」

ジョン・クィンシーは立ち上がり、アモスの手からブローチを取った。

「おばさん、座ってください。僕がその女性に会います。でも、そのすぐ後で、チャンを呼びたいと思います」

「そのことは、別に話し合いましょう。でも、あなたがほんとうに適任かどうか、確信がもてないのよ。いろいろ言っても、あなたは、こういう類の女をどの程度知ってるの？」

ジョン・クィンシーはムッとした。自分は一人前の男であり、どんな類の女であろうと会えるし、騙されることはないと思っている。ジョン・クィンシーはそのようなことを言った。

アモスは彼女の住まいは海岸を数百ヤード行ったところの小さな別荘だと説明し、行き方をジョン・クィンシーに教え、ジョン・クィンシーは出かけて行った。

カリア・ロードに着いたときには、夜の帳が島を覆っていた。コナの嵐も止み、雲のない空に月が昇ろうとしていて、夜は明るい銀色だった。燃え立つように赤いハイビスカスの生け垣を通してプルメリアとジンジャーがかすかに匂った。温かい大海原を数千マイルも吹き渡って来た貿易風が、ここでは心地よい涼風となってジョン・クィンシーの頬にあたった。その女性の住まいの近くと思われる辺りに来ると、大きく枝を張ったアルガロバの木の中のインド九官鳥の群れが大きな声で鳴き騒ぎ、その耳障りな声だけが周囲の静穏な光景にそぐわなかった。

　小別荘を見つけるのにいくらか手こずった。建物は、月光の中でたくさんの薄黄色の花を付けたアラマンダ（熱帯アメリカ産のキヨウチクトウの仲間）の陰にほぼ完全に隠れていた。強い芳香を放つ色濃い花が一面に絡みついた格子のアーチを抜けた玄関ドアの前で、彼はいくらかためらうように立ちどまった。細心の注意を要する任務だった。しかし、ジョン・クィンシーは勇を振るって、ノックした。

　反応したのはインド九官鳥たちだけだった。〈ワイキキの未亡人〉にたいする反感をますます募らせながら、彼はそこに立っていた。下品で尊大な人間、紛れもない男たらしの女、パーティの妖花、そんな類に違いない。そのときだった。ドアが開き、ジョン・クィンシーは思わず息をのんだ。背後からの明かりに陰となって浮かびあがった姿は、若くほっそりしていた。ぼんやりと見える顔は繊細で愛くるしそうだった。

「コンプトン夫人のお宅ですか？」

「ええ、私よ。何の用？」ジョン・クィンシーは、彼女と口をきくのではなかったと内心で思った。当世流行りの美女であることに疑いはなかったが、その口調はまったく姿にそぐわなかったからだ。彼女の声は九官鳥のそれを思い出させた。

「ジョン・クィンシー・ウィンタスリップと言います」夫人はびっくりした様子だった。「ちょっとお話しさせていただけますか？」

「いいわよ。さあどうぞ」夫人は薄暗く狭い廊下を通って小さな居間に案内した。青白い顔の猫背の若者がカクテル・シェーカーを撫でまわしながらテーブルの横に立っていた。

「スティーブ、この人、ウィンタスリップさん。この人はレザービーさん」

レザービー氏は唸るような声で言った。「ちょうど一杯やろうと思ってたところさ」

「いいえ、遠慮しときます」とジョン・クィンシーは答えた。コンプトン夫人が灰皿から吸いかけの煙草を取り上げ、咥えようとして、考え直し、また灰皿でもみ消すのが見えた。

「おい、あんたの毒薬ができたぜ、アーリン」レザービーはそう言ってグラスを差し出した。

彼女は「要らない」と軽く首を振った。

「飲まないのか?」レザービーが薄笑いを浮かべた。「じゃあ、哀れなスティーブのために」そう言ってグラスを上げ、続けて言った。「ウィンタスリップさん、あんたは見たところ……」

「そう、ボストンから来たダンの親戚でしょう。ダンから聞いたことがあるわ」そこで声を潜めた。「あなたに会いに行こうかと一日中考えていたのよ、まじよ。でも、もうびっくりして、どうしたらいいかと」

「そうでしょう」とジョン・クィンシーが答え、レザービーに目を向けた。レザービーは禁酒法（一九二〇年から三三年までアメリカで施行されたアルコール飲料の製造、販売、輸送を禁止する法律）について聞いたことがないかのようだった。「コンプトンさん、二人だけで話を」

レザービーは挑みかかるように体を固くした。だが、夫人が言った。「ええ、かまわないわ。スティーブはすぐ出て行くから」

レザービーは一瞬ためらってから出て行った。夫人も一緒について行った。離れたところで二人がぼそぼそ話す低い声が聞こえた。部屋にはジンと安手の香水の混じり合った匂いが漂っていた。今の自分の様子を見たら、母は何と言うかとジョン・クィンシーは思った。ドアの軋む音がして、夫人が戻って来た。

「それで?」と夫人が口を開いた。声と同じように、その目は険しく、彼が来た理由は分かっているいると言いたげだった。ジョン・クィンシーは夫人が座るのを待ち、向き合う形で腰を降ろした。

「ダンとはかなり親しかったですね」

「結婚の約束をしていたわ」ジョン・クィンシーは夫人の左手に目をやった。「彼は呉れなかったの、指輪をね。でも、二人の間では了解していた」

「では、ダンの死にはずいぶんびっくりしたでしょう?」

夫人は悲しみをいっぱいに湛えた幼子のように、目を開いて見つめた。「ええ、もちろんよ。ウィンタスリップさんはとても親切だった。私のことを信じ、信頼してた。こんなところにいる孤独な女にとても温かく、しかも、親切だった」

「最後に会ったのは?」

「三、四日まえ。この前の金曜日の夜だったと思う」

ジョン・クィンシーは眉をひそめた。「かなり前ですね?」

夫人はうなずいた。「実を言えば、私たち、ちょっとした、そう、誤解があって。まあ、恋人同士の諍いってこと。ダンはスティーブがうろうろしているのが気に入らなかった。そんなふうに心配する理由なんかないのに。スティーブは私にとって何でもない人。私が巡業していたときから知っていた、たんなる意気地なしの坊や。聞いたことあるでしょうけど、私、舞台に出ていたことがあって」

「ええ、聞いています。前の金曜日を最後に、ウィンタスリップさんに会っていない。昨夜、彼の家に行きませんでしたか？」

「とんでもないわよ。私だって自分についての噂ってものを気にするわ。あんたは、こういう場所で、みんながどんなことを言うか分からないの？」

ジョン・クィンシーはブローチをテーブルに置いた。部屋の様子は読書とはまったく関係なさそうだったが、ブローチは読書用スタンドの明かりを受けてきらきらと輝いた。幼子のように見開いた目は驚きに変わった。「これ、見覚えありますよね？」ジョン・クィンシーが訊いた。

「ええ、はい、それって、わたし……」

「事実を聞かせてください」ジョン・クィンシーは素っ気なく言った。「あなたが、ウィンタスリップさんから前に貰ったものだと思いますが」

「それは……」

「あなたが着けているのを見た人がいます」

「ええ、彼から貰ったわ。彼がくれたただ一つのプレゼント。模様から見てノアの奥さんが方舟で着けていたものよ。可愛いブローチね」

「昨夜、ウィンタスリップさんのところには行かなかったんですね」ジョン・クィンシーはなおも訊いた。「でも、不思議なことに、このブローチは彼の遺体からそんなに離れていない床で見つかったんです」

夫人は大きく息を吸い込んだ。「なによ、あんたは？　警官？」

「ちがいます。できれば、手から、ええ、警察の手から、あなたを助けようとここにいるんです。このブローチについてきちんと話してもらえれば、警察に言う必要もないかもしれないのです」

「まあ！　それは、それは、心の広い方ね。じゃあ、ほんとうのことを言うわ。金曜日に会ったきりでダン・ウィンタスリップに会っていないと言うのは嘘。昨夜会ったわ」

「なんですって？　やっぱりそうだったんですね。どこで？」

「ここでよ。ウィンタスリップさんはそのブローチをひと月くらい前にくれたわ。二週間前に、興奮したようにやって来て、言ったのよ、返してもらいたいって。私が貰ったのはそれだけだったし、気に入っていて、そのエメラルドは素晴らしいものだったから、ごまかしたの。新しい留め金に付け換えているって。それでも、彼は返してくれって言い続けていた。昨夜、ここへやって来て、どうしても返してもらわなければならないって。その代わりに何でも買ってやるなんて言ったわ。かなり頭に血が上っていたみたい。だから、結局は返して、彼はそれをもって行った」

「何時でしたか？」

「九時半頃。彼ったらすっかり喜んで、ご機嫌で、ちょうど今日の朝に、よかったら宝石屋に行って、好きなものを選びなさいって」夫人は訴えかけるようにジョン・クィンシーを見つめた。

「それが最後よ。嘘じゃない。信じてくださいな」

「まあ……」とジョン・クィンシーは考えながら言った。

夫人が寄って来た。「ほんとうに、あなたってすてきな人。ボストンで舞台に出ていたときにいつも会っていたような人だわ。女に思いやりのある男。私をこの事件の巻き添えにしたりしないわよね。どういうことなのか考えてみてよ、私にとって」

ジョン・クィンシーは黙ったままだった。夫人の目に涙が見えた。「たぶん、私についていろいろ聞いているでしょう。でも、それはほんとうのことじゃないわ。私がここでどんなに苦労しているか知らないでしょう。助けてくれる人のいない女は、どこにいても運には恵まれない。でも、世界中から男たちが流れ着いてくるここの海岸は、私には居心地が良いけれど、それがかえって私にとってたったひとつの問題になってしまったの。私もホームシックになったことがあった、ほんとうよ。私だってホームシックに罹った。本土ではいいときもあった。そんなときに、ビル・コンプトンと良い仲になって、一緒にここへ来た。そして、ときどき夜中に目覚めて、ブロードウェイは遥か五千マイル向こうだって思い出したわ。私はさめざめと泣いて、彼の目を覚まさせた。そのことで彼は感情を害して……」

夫人はそこで口をつぐんだ。夫人の嘘でない望郷の念に、ジョン・クィンシーは心を打たれた。とつぜん、彼女が気の毒になった。

「そして、ビルの飛行機がダイアモンドヘッドにぶつかって」と夫人は続けた。「それで、まったくのひとりになってしまった。そしたら、海岸の悪《わる》たちが、それを知って、急にちょっかいを出し始めた。私は四二番街が、昔暮らした下宿が、昔の仲間たちが、自動販売機が、チューインガムの広告が、ニューヘイブン（コネチカット州の港湾都市）の試験興行なんかがすっかり懐かしくなってしまったの。だから、それを忘れようと何回もパーティをやったりした。そしたら、みんなが陰口をたたき始めた」

「帰ることだってできたでしょうに」とジョン・クィンシーがほのめかした。

「なぜそうしなかったか、自分でも分かってる。ずっと帰ろうと思っていたわ。でも、ここでの毎日はいつも同じようで、どういうわけか、『この日こそ』って決心することなく、私って成り行き任せで。でも、神かけて言うけど、もし、私がこの事件に巻き込まれないようにしてくれれば、次の船ですぐ本土へ帰るわよ。私の人生をぶっ壊そうと思えば、あんたは今それができるの。あんた次第なのよ。でも分かってるけど、あんたはそんなひどいことをやるはずがない」

　夫人はジョン・クィンシーの手を両手で包み、涙を浮かべた目をすがるように向けた。ジョン・クィンシーの人生でこれほどどぎまぎした瞬間はなかった。彼は、ビーコン・ストリートの家のどの部屋ともまったく違うその狭い部屋をやみくもに見わたした。そして、手を引いた。

「わ、分かりました。考えてみます」慌ただしく立ち上がりながら、ジョン・クィンシーは言った。

「でも、返事をもらえるまで、今晩は、眠れないわ」

「考えなけりゃあ、なりませんから」とジョン・クィンシーは繰り返した。テーブルの方を振り向くと、夫人がほっそりした手を伸ばし、まさにブローチをつかんだ瞬間だった。「このブローチは私が」とジョン・クィンシーは言い足した。

夫人はジョン・クインシーを見上げた。不意に、この女性はこれまで芝居をしていた、自分の気持ちにもっともらしく付け入ろうとしていると気づいた。ジョン・クインシーの頭にはまたカッと血が上り、さっきダン・ウィンタスリップ邸の広間で感じた激しい怒りが湧きあがった。あなたにはあの類の女は手に負えないと、ミネルバおばは見透かしていた。そうか、見ていろよ。俺を見直させてやるぞ。「ブローチを渡しなさい」と冷たく命じた。

「私のよ」女はひるむことなく言い返した。

ジョン・クインシーはもはや無駄な言葉のやり取りはしなかった。女の手首をつかんだ。女が悲鳴をあげた。二人の背後のドアが開いた。

「どうしたんだ?」レザービーが現れた。

「あれっ、帰ったんじゃなかったのか」ジョン・クインシーが応じた。

「スティーブ、こいつに渡しちゃダメ」女が叫んだ。スティーブが挑むように近づいたが、警戒している様子はほとんどなかった。

ジョン・クインシーは声をあげて笑って、言った。「しゃしゃり出るんじゃない、スティーブ。さもないと、そのなまっちろい面に一発喰らわせるぞ」ウィンタスリップ家の者が口にすることのない言葉だった。「ここにいるあんたの知り合いは、海岸で起こった殺人事件の重要な証拠を渡そうとしないんだ。やりたくはないけど、僕も力に頼らざるを得ない」ブローチが床に落ちた。ジョン・クインシーは屈んで、それを拾い上げた。「さあ、これで終わりだ。コンプトンさん、あんたのホームシックには同情するけど、ボストン人としては、ブロードウェイはあんたが考えているほど華やかだとは思わないよ。『離れるほど思いが募る』って言うだろう。じゃあ、これで」

ジョン・クィンシーは表に出て、カラカウア・アベニューに向かった。自分で問題をひとつ片付け、満足だった。チャンにブローチのことをすぐに知らせなければならない。夫人の話の真偽については、権限ある者のさらなる捜査が必要だ。

ジョン・クィンシーはカリア・ロードを通って夫人の住む別荘に来たが、ダンの家へはもっと明るい大通りを通って戻るつもりだった。しかし、アスファルト舗装の広い通りに近づき、〈椰子が浜ホテル〉はすぐそこだと思い出した。今日また様子を見に立ち寄ると、カーロタ・イーガンとは約束していた。チャンにはホテルから電話すればいい。〈椰子が浜ホテル〉の方角に曲がった。

暗い庭をつまずきながら進み、古びたホテルの建物がやっと見えてきた。二層になったベランダに、低燭光の明かりがぽつぽつと灯っている。大きなロビーでは、二、三人のいくらかみすぼらしい宿泊客が寛いでいた。フロントデスクの後ろには日本人の係がひとりいるだけだった。ジョン・クィンシーは公衆電話ブースの在りかを教えられたが、彼のボストン人としての明敏な頭脳も、ホノルル電話会社好みのダイヤルシステムを使いこなすには、フロント係の日本人に教えを請わなければならなかった。やっとのことで、ホノルル警察に繋がった。チャンは外出中だったが、電話の相手は、戻り次第ウィンタスリップさんに連絡するように伝えると約束した。

「電話代、いくらだい？」フロントの男に聞いた。

「要りません」と声があり、振り向くとカーロタ・イーガンがすぐ後ろにいた。ジョン・クィンシーは笑顔になった。まさに好都合だった。

「でも、電話を使いましたよ」

「無料です」とカーロタは答えた。「ここでは、あれもこれも、無料がいろいろあるんです。だからお金が残らないんです。来ていただいて、とても嬉しいです」

「どういたしまして」とジョン・クィンシーは答え、ロビーを見わたした。「お父さんは?」

カーロタはフロント係をちらっと見やって、先に立って横手にあるラナイへ行き、ダイアモンドヘッドの明かりを望むいちばん奥に座った。そこからは、太平洋の銀色の波が打ち寄せ、古びた〈椰子が浜ホテル〉の下で最後に長い旅を終わらせる様子も見ることができた。

「可哀そうに、パパが、苦労しているんじゃないかと、心配です」その声はいくらか途切れ途切れだった。「面会できないんです。警察はパパを証人として留置したままです。保釈金という話もありましたが、応じませんでした。お金がないんです。少なくとも、私が知っている限りでは」

「知っている限りでは?」ジヨン・クィンシーはわけが分からず、聞いた。

カーロタは一枚の紙を取り出し、ジョン・クィンシーの手に載せた。「あなたの意見を聞きたいんです。パパの事務室を整理していたら、あなたが来る直前に、それを机の中に見つけたんです」

ジョン・クィンシーはカーロタから渡された薄赤色の小さな紙片に目をやった。小さな電灯の明かりのひとつで見ると、五千ドルの小切手だった。〈持参人払い〉でダン・ウィンタスリップがサインしていた。日付は一昨日だった。

ふと思った。「これは、大事なものでしょう?」ジョン・クィンシーはそう言って小切手をカーロタに返し、ふと思った。「これは、すごく重要です。あなたのお父さんの無実の決定的証拠のように見えます。もしそれがお父さんのものなら、ダンとのビジネスはきっとうまくいっていたに違いありません。そして、お父さんは、小切手にサインした相手を、ええと、そのう、〈片付けて、〉現金化をわざわざ難しくしたりすることはないでしょう」

カーロタの目が輝いた。「私もそう思います。でも、その小切手をどうしたらいいのか分かりません」

「契約している弁護士がいますよね」

「ええ、でもあまり頼りにならない人で。お金がないのでその程度の人しか頼めないのです。これをその弁護士に渡すべきでしょうか?」

「いや、ちょっと待ってください。近いうちに、お父さんに会うチャンスはありませんか?」

「明日の朝、面会に行くことになっています」

ジョン・クィンシーはうなずいた。「何かする前に、お父さんと話し合った方がいいでしょう」と言った。ダン・ウィンタスリップとのビジネスについての説明を拒んだときのイーガンの表情が、ふと蘇った。「この小切手をもって行って、どうしたいのかお父さんに聞いてごらんなさい。お父さんに有利なひじょうに重要な証拠だと、はっきり言ってください」

「分かりました。それがいちばんいいと思います。今日は、もうしばらくいてくださいますか?」

「ええ、まあ」ミネルバがじりじりしながら報告を待っていると思いながら、ジョン・クィンシーは返事をした。「ちょっと待ってくださいよ、あなたの仕事はうまくいってますか? 帳簿について特段の問題はありませんか?」

カーロタはうなずいた。「まだ大丈夫です。まあまあ、うまくいっています。お客も多くはありませんし、パパのことさえなければ、幸福です」とため息をついた。「覚えている限り、私の幸福はいつも『もし、ならば』って条件が付いていました」

ジョン・クィンシーはカーロタ自身について聞かせてほしいと言った。ロマンチックな浜辺の静かな夜だった。カーロタの話を通じて、彼女のこれまでについていくらか具体的な姿が見えてきた。本土とは違うこの海辺での母親のいない子供時代、身を削るような貧しさとの闘い、世間的に恥ずかしくない社会的地位を与えるために娘を本土の学校へ送ろうとする父親の必死の努力。ここにいるのは、ジョン・クィンシーがビーコン・ストリートで出会ったどの娘ともまったく違う娘だった。彼はカーロタの話に心が躍った。

聞き終って、ジョン・クィンシーはしぶしぶながら帰ることにした。二人がバルコニーを歩いていると、宿泊客のひとりに出会った。小柄で猫背のおとなしそうな男だ。もう夜も更けているのに、まだ水着を着ている。

「どうでした、サラディンさん?」カーロタが声をかけた。

「まっちゅくダメでしゅた」男は舌足らずな言い方で返事をして、急ぎ足で通りすぎていった。

カーロタはくすくす笑った。「訊くんじゃなかった」と後悔するように言って付け加えた。「ついてない人なんです」

「あの人、どうしたんですか?」

「旅行者、ビジネスマンです。デモイン（アイオワ州の州都）かどこかからの。とんだことになってしまって、歯を失くしてしまったんです」

「歯ですって!」

「ええ。この世のいろいろなものと同じように、偽物ですけれど。沖の水泳者用の二号浮き桟橋の側で大波に巻き込まれて、歯が外れてしまったんですって。それ以来、時間があれば浮き桟橋のところで、昼間は海中を覗き込んで、夜は潜って足で探っているんです。史上もっとも気の毒な人のひとりなんです」

ジョン・クィンシーは声をあげて笑った。

「ほんとうにお気の毒。浜辺じゃみんなの笑い者。でも、めげずに、大真面目で探し続けているんです。もちろん、本人にとっては大問題ですけれど」

二人はロビーを通って玄関に行った。ジョン・クィンシーの頭から、サラディン氏の悲劇はたちまち抜け落ちた。

「じゃあ、おやすみ。明日お父さんに会うときに、小切手を忘れないように。明日昼間に様子を見にきます」

「そうしていただけると助かります」カーロタはジョン・クィンシーの手を握っていた。「助かりましたわ、とても」

「心配は要りません。近いうちに良いこともあります。『もし』なんて条件なしの良い日が。希望を捨てないで！」

「ええ、そうします」

「僕たち二人、希望を持ちましょう」そう言いながら、ジョン・クィンシーは自分がカーロタの手を握っていると気がつき、あわてて離し「おやすみ」と繰り返し、逃げるように庭を横切っていった。

ダンの家の居間で、ジョン・クィンシーはあれっと思った。ミネルバとチャーリー・チャンが座っていたからだ。ただならぬ雰囲気で向かい合っている。ジョン・クィンシーが入って行くとチャンがさっと立ちあがった。

「ただいま。お客さんですね」とジョン・クィンシーが声をかけた。

「いったい、どこにいたの？」ミネルバが厳しい口調で言った。チャンと二人だけでいて、イライラしていたことが見て取れた。

「ええ、その……」ジョン・クィンシーは口ごもった。

「はっきり言いなさいよ。チャンさんは全部お見通しなんですから」

「褒めていただいて恐縮です」チャンはにやりと笑った。「全部分かってるなんてことはありませんよ。でも、〈ワイキキの未亡人〉のところへいらっしゃったことは、家の中に入られてすぐに分かりました」

「千里眼なんですね」

「簡単なことですよ。お話ししたように、人間を研究すればいいんです。コンプトン夫人はダン・ウィンタスリップの友人でした。レザービー氏はライバルでした。嫉妬心の存在が考えられます。あの二人は、朝からホノルル警察の監視下にあります。ちょうどその中に、あなたが登場したってわけです。すぐに報告が来て、私は大急ぎで海岸へ行きました」

「じゃあ、あなたは、知っていて……」とジョン・クィンシーが言いかけた。

「ブローチの件でしょう」ミネルバが引き取った。「そうよ、私は何もかもお話ししたわ。でもチャンさんは分かってくださった」

「しかし、喜んでってわけじゃありません。言わせていただけるなら、いいですか、警察が要請したら、手持ちのカードはすべてテーブルに出していただきたかった」

「ええ、チャンさんは分かってくださった。でも、叱られましたよ。チャンさんが言うように、私ってほんとうに馬鹿なことをやってしまったんですもの」

「失礼しました」とチャンは頭を下げた。

「でも、僕としては、チャンさんにはすぐにすべて報告するつもりでいました。あの夫人の家を出たときに、報告しようと警察へ電話したんですが――」チャンの方を向いてジョン・クィンシーは言った。

「警察はあまり連絡手順に気を使わないものですから」とチャンはその言葉をさえぎって続けた。

「もしよろしければ、最初から聞かせてください」

「いいですよ。ええと、あの女の人は自分でドアを開けて、小さな居間に招じ入れてくれました。そこへ行くと、あのレザービーって男がテーブルの側でカクテルを作っていたんです」

執事のハクが戸口に姿を見せた。「チャーリー・チャンさんに電話が」と告げた。

チャンはちょっと失礼と言って、急いで出ていった。

「僕は全部話すつもりですよ」ジョン・クィンシーはミネルバに言った。

「邪魔するつもりはないですよ。チャンさんはここにいる間ずっと、私のことを怒っていると言うよりは、憐れむように見ていたの。だから私は決心したわ、警察にはもう隠し事はしないって」

チャンが戻って来た。「お話ししていたように」とジョン・クィンシーが話を再開した。「このレザービーって男がテーブルのところに立っていて……」

「すみませんが」とチャンが口を挟んだ。「お話の続きは警察で聞かせていただきたいのです」

「警察で!」ジョン・クィンシーが声をあげた。

「そうです。お手数ながら、一緒に警察においでいただけるものと信じております。レザービーなる人物は、オーストラリアに出発する寸前に〈ナイアガラ号〉の船上で身柄を確保されました。女の方も、涙ながら男を見送っているときに同じく身柄を確保されました。二人とも今は警察で寛いでいます」

「そうですか」とジョン・クィンシーが言った。

「もうひとつ、驚くようなことが明らかになっています」とチャンが言った。「レザービーのポケットに、ゲストブックから引きちぎられたページがあったのです。さあ、帽子を被ってください。フォードを外に待たせてありますから」

第十二章　奴隷商人トム・ブレード

警察のハレット警部の部屋では、部屋の主が渋い顔で机に座り、不機嫌な顔の二人の客を見つめていた。客のひとりであるスティーブ・レザービー氏はぶすっとした反抗的態度で警部を見返していた。かつてはブロードウェイと〈オートマット（いろいろな食べ物の自動販売機を並べたセルフサービスの食堂）〉の常連だったアーリン・コンプトン夫人は、小さなハンカチを目に押し当てていた。涙がせっかくの化粧を台無しにしていると、ジョン・クィンシーは思った。

「やあ、お帰り、チャーリー」と警部が声をかけた。「ウィンタスリップさん、ご足労おかけしました。聞かれたと思いますが、この若い人に〈ナイアガラ号〉からちょっと降りてもらいました。この地から離れようとしていたようでした。彼のポケットから、これが出てきました」

警部は、ダン・ウィンタスリップの来客名簿の一部であったに違いない古びて黄ばんだ紙片を、チャンの手に載せた。ジョン・クィンシーとチャンは身を屈めてそれを覗きこんだ。古風な筆跡で記されていて、インキはすでに薄くなりかけている。次のように書かれていた。

ハワイは、すべてが申し分ない。この家で受けたもてなしは最高だ。ジョゼフ・E・グリースン。

ビクトリア州、メルボルン、リトル・バーク・ストリート、一二四番

ジョン・クィンシーはハッとした。これが引きちぎられたページであることは明らかだ。グリースン氏はA・S・ヒル（アメリカの修辞学者、外交官。一八五〇～一九三二年）の修辞学の原則を学ぶチャンスがなかったにちがいない。あるものが他のあらゆるものよりも優れているなんてことは、あり得ないのだ。

「後からこの人たちの供述を取りますが、ブローチはどうしました？」警部が訊いた。

ジョン・クィンシーはブローチを警部の机に置いた。そして、ダン・ウィンタスリップがコンプトン夫人にプレゼントしたもので、ラナイの床で見つかったと言われていると説明した。

「いつ見つかったんだ？」気に食わないという目付きを隠そうとせず、警部が強い口調で訊いた。

「遺憾ながら誤解があるようです。誤解は完全に払拭されています。『論ずる暇あらば、ただちに改めよ』です。ウィンタスリップさんは、今夜すでにこの女性の話を聞きました」とチャンが慌てて口を挟んだ。

「何だって、彼が、彼がもう？」警部は腹立たしげに、ジョン・クィンシーに目を向けた。「この事件の責任者は誰だか分かっているんでしょうな？」

「ええ」とジョン・クィンシーはもじもじと言いかけた。「家族にとって、そうするのがいちばんよかろうと……」

「家族だって！」警部の怒りが爆発した。「この事件の責任者は俺だ！」

「まあ、まあ」とチャンがなだめるようにまた口を挟んだ。「それはひとまず置いておいてください。私がもう厳しく注意しておきましたから」

「じゃあ、あんたはこの女と話したんだな。何を聞き出したんだ？」

「まあ、聞いてください」とコンプトン夫人が言った。「このお利口な坊やに話したことを、すべて取り消したいと思います」

「彼に嘘をついたってことか？」と警部が訊いた。

「当り前でしょう。この坊やには私を尋問するどんな権限があるって言うの？」夫人は機嫌を取るように言い足した。「でも、警察に嘘は言いません」

「絶対だな。自分に都合の悪いこともだな。だが、あんたがこの素人探偵に話したことも知りたい。嘘が重要な意味をもつ場合もある。さあ、ウィンタスリップ、聞かせてくれ」

ジョン・クィンシーはまったく不愉快だった。自分が巻き込まれたこのドタバタは、いったい何のためだったんだ？　立ち上がって、形だけ頭を下げて、出て行こうかと思った。しかし、逃げ出すわけにはゆかないと、何かが言っていた。

精一杯の威厳を保って、夫人から聞いた話を警部に語った。殺される前の晩に、ブローチをぜひ返して欲しいとダン・ウィンタスリップが夫人の別荘へ来た。ダンは代わりに他の宝石を買ってくれると約束したので、夫人はブローチを返すことにした。ダンはブローチを受け取って、九時半に帰って行った。

「ダン・ウィンタスリップを見たのはそれが最後だったそうです」そう言って、ジョン・クィンシーは話を終えた。

警部はにやりと笑った。「とにかく、夫人はきみにそう言ったんだな。だが、夫人は自分は嘘をついたと言った。きみにはこの事件をしかるべき専門家に任せておく良識がほしかった」警部は夫人を振り向いた。「あんたは嘘をついた、そうだな?」

夫人は気にするでもなくうなずいた。「まあ、ある意味ではそうです。ダンは私の家を九時半に出たわ。あるいは、もう少し後だったかも。でも、私も一緒に行ったの、彼の家へ。それがほんとうのこと。スティーブも一緒だった」

「間違いないか、スティーブ?」と警部はレザービー氏に目を向けたが、彼は、我関せずと思っているようだった。「さて、コンプトンさん、初めに戻りましょう。ほんとうのことだけを、頼みます」

「そうしますから、信じてくださいね」と夫人が言い、にっこりと笑おうとした。「警部さん、あなたには嘘は言いません、あなただけにはね。あなたは警察の偉い方でいらっしゃるし」

「聞かせてください」警部は素っ気なく促した。

「はい。昨夜九時頃、ダンがお喋りしに私の家に来ました。そして、レザービーさんがいるのに気づきました。彼はひどいやきもち焼きでした。ダンのことです、嘘じゃありません。理由は分かりません。私とスティーブは単なる友達ですから、そうでしょう、スティーブ」

「友達、それだけさ」スティーブが答えた。

「とにかく、ダンは急に怒り出して、私たちは大喧嘩をしました。スティーブはオーストラリアへの途中で、立ち寄っただけだと説明しました。ダンは何のために立ち寄ったか言えと言いました。そこで、スティーブは、ここへ来る途中に船中のブリッジ勝負ですってんてんになってしまったからだと言いました。『俺が船賃を払えば、すぐ出てゆくんだな』とダンは言い、スティーブは『もちろんさ、鉄砲弾みたいにまっしぐらに』と答えました。そういうことよね、スティーブ？」

「その通りだ。彼女が言った通りさ、警部。ウィンタスリップはくれる、いや、船賃を貸してくれると言った。貸してくれるだけだ。それで、俺は今夜の〈ナイアガラ号〉で出かける約束をした。ウィンタスリップは、家の金庫にいくらか現金があるから、アーリンと俺に付いて来るように言った」

「だから、付いて行ったわ」とアーリン・コンプトンが引き取った。「ダンは金庫を開けて、丸めた札束を取り出した。そして、三百ドルを抜きだした。ダンがそんなふうにするなんて思いもしなかった。でも、話しているように、彼はスティーブに現金を渡したの。スティーブはちょっと元気になって、そうだったわね、スティーブ、さらにオーストラリアで何をやったらいいだろうかと訊いた。あちらには知り合いはひとりもいないし、ただ飢え死にするだけだとこぼした。ダンは、最初は渋い顔をしていたけれど、ちょっと意地悪く笑って、ゲストブックのところへ行って、そのページを破り取って、スティーブに渡したの。『この男を訪問して、私の知り合いだと言いなさい』って。『彼が何か仕事をくれるだろう。名前はグリースンだ。俺は二十年も前からそいつが気に入らないんだが、彼はそう思っていないから！』ですって」

「俺に当てつけやがって」レザービーが解説した。「俺は金を借りて、このグリースンの住所を貰って、帰ろうとした。ウィンタスリップはアーリンと話がしたいというんで、俺はひとりで帰って来た。それが十時頃だった」

「どこへ帰ったんだ?」警部が聞いた。

「ダウンタウンのホテルへさ。荷造りしなきゃならんかったから」

「ホテルへだって? 証明できるか?」

レザービーは考え込んだ。「分からないな。俺は鍵は持ち歩いているから、フロントで鍵は受け取らなかったけれど、入っていったときのフロントの若い男が覚えているかもしれない。いずれにしても、その後ウィンタスリップには会っていない。警部さんの気には入らんかもしれんが、〈ナイヤガラ号〉で発つために準備に取り掛かった」

「余計なお世話だ!」と怒鳴って、警部は夫人の方を向いた。「レザービーが帰った後、どうしましたか?」

「そう、ダンはまたブローチの話を蒸し返しました。私も腹が立ちました。ケチは嫌いなんです。それに神経がピリピリしていました。自分でもわけが分からなくなって、すっかり取り乱して言い争いました。私は楽しい人が好きなんです。あの人はぐだぐだ言い続けました。とうとう私はブローチをもぎ取って、投げつけてやりました。それはテーブルの下のどこかへ転がってゆきました。彼は『すまない』と謝りました。もっと現代風の代わりのものをと言ったのはその時です。お金で買える最高のものを、彼はそう約束しました。じきに仲直りしました。私が帰るときには昔通りの仲良しになっていました。十時十五分頃だったでしょう。明日の朝二人で宝石屋めぐりをしよう。それが彼の最後の言葉でした。警部さん、お訊きしたいんですが、そんなふうに買い物をするつもりになっている人の殺人に、私が関係しているとまじに思いますか?」

　警部は声を立てて笑った。「つまり、十時十五分に別れて、ひとりで家に帰った?」

「そうです。最後に見たときには、あの人は元気そのものでした。ニューヨーク・タイムズ・ビル（ニューヨーク市マンハッタンにあったニューヨーク・タイムズ紙のビル。十八階、八十一メートル。一九一三年から二〇〇七年まで使われた）ほども積み上げた聖書に誓ってもいいですよ。ああ、今夜なんか、ブロードウェイで楽しく過ごしていたかったわ」

　警部は一瞬考えて言った。「まあ、すべて裏を取ってみる。あんたたち二人は帰ってもよろしい。とりあえず、引き留めておくつもりはない。だが、この事件がすっかり解決するまでは、二人ともホノルルにいるようにしてもらいたい。それから、妙なことはやらない方がいいと忠告しておく。今夜は、逃げ出せるチャンスがどの程度か分かっただろう」

「ええ、分かっています」ほっとしたように、夫人は立ちあがった。「私たち、そんなことをする理由はありませんから。そうでしょう、スティーブ?」

「ああ、まったくその通り」とスティーブが答えた。ひょうきんな態度が戻って来ていた。「ついでに言えば、俺のミドルネームは無実《イノセント》って言うんだ」

「それでは、みなさん」と夫人が言って、二人は出て行った。

　警部はブローチを見つめて座っていた。「かなり筋の通った話だな」チャンを見ながら言った。

「分かりやすい」と中国人の刑事はにやりと笑って付け加えた。

「もしほんとうなら」と警部は肩をすくめた。「とりあえずは、信じておこう」それからジョン・クィンシーに向かって厳しい口調で言った。「ウィンタスリップさん、分かっていてもらいたいが、あなた方が見つけるすべての証拠は……」

「分かっています。すぐに提出します。ダンがロジャー・ウィンタスリップに手紙を書いた晩に読んでいた新聞は、もうチャンさんに渡してあります」と慌てて答えた。

チャンはポケットから新聞を取り出して言った。「忙しい夜だったので、新聞のことは忘れていました。思い出させてくれて、ありがとう」そして、切り取られた隅をハレット警部に見せた。

「調べてみてくれ」

「寝る前にかならずやります」とチャンは約束した。「ウィンタスリップさん、私もあなたも同じような道を進んでいます。私のぼろ車に一緒に乗っていただければ、大変ありがたいのです」

自動車が人けの絶えた通りに出ると、チャンはまた口を開いた。「ゲストブックから引きちぎられたページ、床にひっそりと転がっていたブローチ。両方とも今は動かせない石の壁の向こう側にいってしまいました。迂回して、壁の後ろに回る道を探しましょう」

「それでは、あの二人はほんとうのことを話していたと思いますか？」

「それについての意見は控えておきます」

「あなたの鋭い感受性はなんて言っていますか？」

チャンは微笑んだ。「感受性も今はやや眠そうです。しっかり目覚めさせてやる必要があります」

「そうだ、僕をワイキキまで送ってくれる必要はありません。キング・ストリートで降ろしてください。路面電車に乗りますから」

「お願いがありますが、一緒に新聞社まで行っていただくわけにはゆかないですか？　そこから新たな道に踏み出せるでしょうから」

ジョン・クィンシーは腕時計に目をやった。十一時十分過ぎ。「一緒に行きますよ、チャーリー」と応じた。

チャンの顔が嬉しそうに輝いた。「ご配慮、ありがとうございます」チャンは脇道へ曲がった。「新聞社というものは、夕方が大忙しなんです、今はひっそりしていますが。運がよければ、誰かがうろうろしているかもしれません」

その通りだった。夕刊専門の新聞社の建物は開いていて、ローカル・ニュース編集室には緑のバイザーを額に着けた年配の男がタイプライターをガンガン打っていた。

「やあ、チャーリー」男は親しげに声をかけた。

「やあ、ピート。ボストンのウィンタスリップさんだ。ウィンタスリップさん、ピート・メイベリーを紹介します。彼は長年にわたり、何かニュースが隠れていないかと、波止場の辺りを嗅ぎまわっているんです」

年輩の男は立ち上がりバイザーを外した。人の良さそうな目が現れた。明らかに、ウィンタスリップ家の一員に会うことに興味をもっていた。「探しているんだが」とチャンは続けた。「今年の六月十六日の新聞だ。もし良ければ……」

メイベリーは声を立てて笑った。「どうぞ、見てくれ、チャーリー。ファイルの在りかは知ってるだろう」

チャンは軽く頭を下げて、見えなくなった。「当地へは初めてですか、ウィンタスリップさん?」新聞記者が聞いた。

「来たばかりですが、なかなか面白いところだと分かりました」うなずきながらジョン・クィンシーは答えた。

「そうなんですよ。私が親戚を訪ねてニューハンプシャー州のポーツマスから来たのは四十六年前ですが、それからずっとここで新聞屋をやっています。ほとんど港の辺りで。あなたのライフワークもきっと見つかりますよ!」

「きっと、いろいろ変化を目にしてこられたんでしょうね」ジョン・クィンシーは何となく訊いた。

メイベリーはうなずいた。「悪い方向への変化でした。魅惑的な輝きを発する孤高のホノルルを知っていますが、それがアメリカ合衆国のバビット村（バビットはシンクレア・ルイスの同名の小説（一九二二年刊）に登場するアメリカ中産階級に属する物欲に凝り固まった白人の名前）の手垢まみれのコピーになって消えてゆくのも見てきました。今では波止場もたんなる港です、でも、あなた、かつては!　かつては、そこかしこからロマンが滲み出た場所なのです」

チャンが新聞を手に戻って来て言った。「いやあ、たいへんありがとうございました。ご親切には、お礼の申しようもありません」

「何か手伝うことは?」メイベリーが興味津々の気持ちをかろうじて抑えて訊いた。

チャンは首を振った。「とりあえずで言えば『ノー』です。私たちの動きは、今のところは、秘密として黒雲に隠しておく必要があります」

「そうか」と新聞記者は言った。「いずれその雲を吹き飛ばすときがきたら、俺のことを忘れなさんなよ」

「忘れるなんて、あり得ませんよ。では、お休み」

背を丸めて、またタイプライターに向かったメイベリーを残して、二人は、チャンの提案により〈オール・アメリカン・レストラン〉へ向かった。チャンはその店自慢の【えも言われぬコーヒー】を二杯注文した。コーヒーが来るのを待ちながら、チャンは欠けたところのない新聞をテーブルに広げ、破り取られた部分がある同じ日の新聞を重ねた。そして、慎重に右上隅が合うように移動させた。

「無くなっていた部分です」と説明した。しばらくの間、チャンはその部分を丁寧に調べ、やがて首を振った。「驚くようなことは見つかりません」そしてテーブル越しに新聞を渡し、「ご意見をお聞かせいただければ」と言った。

ジョン・クィンシーは新聞を手に取った。その面は日本人商人による布地の広告だった。その宣伝文は商人が自分で書いたもので、五ヤード分の価格で六ヤードの生地をものにしても許されると宣言していた。ジョン・クィンシーは吹き出した。

「そうなんです。あなたが吹き出すのも、もっともです。布地屋のキクチは、重々しい英語を見つけて、それを軽い言葉とごちゃごちゃに並べたのです。そちらの面は私たちには無関係です。

でも、裏を見ていただきたい」

ジョン・クィンシーは裏返した。裏面は船舶欄の一部だった。入出港のニュースに注意深く目を通した。水曜日出航予定の東洋方面行き〈新洋丸〉の空き船室は五名分。〈ウィルヘルミナ号〉はオアフ島マカプウ岬の六四〇マイル東を航行中。条約港からのブリッグ船の〈メアリー・ジェーン号〉は――。

ジョン・クィンシーはハッとして、息を飲んだ。小さな活字の小さな記事が目にとまった。


土曜日から一週間停泊予定の〈ソノマ号〉でオーストラリアから到着予定の船客は次の通り。

トーマス・メイカン・ブレード夫妻（カルカッタ）――

ジョン・クィンシーは〈オール・アメリカン・レストラン〉の汚れたままの窓に目をやって座っていた。彼の心は〈プレジデント・タイラー号〉の甲板に、アピアン島の光溢れる朝の話をしている痩せた老齢の宣教師に、椰子の木の下の墓に、戻っていた。トーマス・メイカン・ブレード夫妻（カルカッタ）。彼の耳には宣教師の甲高い声がまた聞こえていた。『無慈悲な人でなし。海賊にして野心家。奴隷商人のトム・ブレード』
だがブレードは、細長い松材の箱に入れられてアピアン島に埋葬されてしまっている。いくら太平洋の交差点と言っても、ブレードとダン・ウィンタスリップの進路が、ふたたび交わることはあり得ない。

給仕がコーヒーをもってきた。チャンは黙ったまま、ジョン・クィンシーを見つめていた。やがて口を開いた。「いろいろ話していただかなくては……」

ジョン・クィンシーは周囲に素早く目を走らせた。チャンのいることを忘れていた。

ジョン・クィンシーは板挟みになっていた。こんな遠隔の街のこんな薄汚れたレストランで、この男にウィンタスリップの家名に付いた昔の汚れを明かさなければならないのだろうか？　ミネルバおばさんはどう言うだろうか？　もう警察に隠し事をしないと決めた、と彼女が言ったのは、ついさっきのことだった。そうは言っても、家門の誇りもあった。

ジョン・クィンシーは日本人の給仕に目をやった。オペレッタ『ミカド』のせりふは言っていた。『家門の誇りなどと言うものは否定され、踏みにじられ、無視されなければなるまい』

ジョン・クィンシーは微笑んで、言った。「分かりました、チャーリー。お話しすることがいろいろあります」〈オール・アメリカン・レストラン〉の【えも言われぬコーヒー】を飲みながら、ジョン・クィンシーは〈プレジデント・タイラー号〉で宣教師のフランク・アプトン師から聞いたことを繰り返した。

チャンの顔が輝いた。「さて、私たちも重要な何かの近くに到達したようです！　奴隷商人のブレードは〈シロの乙女号〉の船長、ダン・ウィンタスリップさんはその船の一等航海士」

「でもブレードはアピアン島に埋葬されてしまったんですよ」とジョン・クィンシーが繰り返した。

「そうです、その通り。でも言わせていただければ、彼を見た人がいますか？　箱も封印されていなかったでしょう？　ああ、よく分からない！」チャンの視線は踊っていた。「もっと思い出してください。オヒア材の頑丈な箱、Ｔ・Ｍ・Ｂとイニシャルが付いていました。謎です。でも進まなければなりません。前進あるのみです！」

「やりましょう」とジョン・クィンシーも言った。

「分かっているのは、『ダン・ウィンタスリップは、ラナイでゆったりと寛いで新聞を読んでいた、この記事が彼の目に突き刺さった、びっくりして跳び上がり、部屋中を歩き回り、オヒア材の木箱を、太平洋の底深く沈めて欲しいと依頼する手紙を届けるために、埠頭へ駆けつけた』、それだけです。なぜでしょう？」ポケットをまさぐって、チャンは束ねた紙を取り出した。汽船の到着予定であることは明白だった。「つい先日の土曜日、〈ソノマ号〉がホノルルへ入港しました。船客の中に、カルカッタのトーマス・メイカン・ブレードと同夫人。ここにはっきり書いてありますが、夫妻は下船しましたが〈ソノマ号〉がふたたび出航するときには、またここを離れることになっています。月曜日の晩、ダン・ウィンタスリップ氏が無惨にも殺害されました」

「だから、ブレード氏の所在を突き止めることがひじょうに重要になるわけです」とジョン・クインシーが言った。

「まさに、その通りです。でも慌てることはありません。これから出航する予定の船はありません。床に就く前に、ダウンタウンのホテルを調べてみます。ワイキキは明日調べます。ブレードさん、あなたはいったいどこにいるんですか？」チャンは勘定を手にした。「いや、結構です。この【えも言われぬ】味の飲物の代金は私に払わせてください」

通りに出て、近づいてくる路面電車を指さした。「行き先はあなたの方向です。寝たほうがいい。明日またお目に掛かりましょう。実り多い夜でした」

ジョン・クィンシーはまたワイキキ行き路面電車の車中にいた。疲れたが刺激的だった。パイプを取り出し、煙草を詰め、火を付けた。なんという一日だったのだろう。上陸した日の朝から一生を生きてしまったような気がした。パイプの煙が、横にいる疲れたような小柄な日本婦人の顔に流れてゆくのに気づいた。「失礼しました」と言うと、パイプを手摺に軽く当てて煙草を落とし、ポケットにしまった。婦人はちょっと驚いたようにジョン・クィンシーを見つめた。これまで「失礼しました」などと言われたことはなかったからだ。

ジョン・クィンシーの席の後ろには、首に黄色のレイをかけたハワイの若者たちのグループが、スチール・ギターをかき鳴らし、哀調を帯びたラブソングを歌っていた。路面電車は心地よい香りのする夜をガタガタと進んで行った。車輪の音に重なって、恋の歌が甘く激しく流れていた。ジョン・クィンシーは背もたれに体を預け、目を閉じた。

時計が十二時を打った。次の日、水曜日、になった。ボストンの事務所ではリン（マサチューセッツ州東端の都市。十七世紀から革なめし、製靴産業で栄えた）の靴業者向けの優先株発行が行われる日だ。順調に引き受けられるだろうか？　いやいや、そんなことはどうでもいい。

自分は今ここに、ボストンからはるか離れた太平洋の真ん中で路面電車に乗っている。背後では、褐色の肌の若者たちが哀愁を秘めた昔のラブソングを歌っている。月は深紅色のポインシアナの木の上に輝いている。そして、この狭い島のどこかに、トーマス・メイカン・ブレードという名の男が蚊帳の下で寝ている。あるいは、ダン・ウィンタスリップを思って、寝られぬまま横になっている。

第十三章　十九号室の荷物

翌朝、ジョン・クィンシーはやっとのことで目を覚まし、枕の下から腕時計を引っ張り出した。八時半だ！　いかん、九時には出勤していなければならないのに！　大急ぎでシャワーをすませ、髭を剃り、朝食のテーブルにちょっと座って、ボストン・パブリック・ガーデンとコモンを駆け抜け、スクール・ストリートを走る。

彼はベッドで体を起こした。どうして蚊帳に入っているのか？　どうして衣類の上で小さな蜥蜴がごそごそ動いているんだ？　ああ、そうか、ホノルルだ。ハワイにいるんだ。九時に出勤できるはずがない。五千マイルかなただ。

海岸で砕ける波のかすかな音で、彼はそのことを再確認し、窓辺に行き、外のきらきら光る静かな朝を見つめた。そうだ、ホノルルで謎の殺人事件に巻き込まれ、中国人の刑事や〈ワイキキの未亡人〉と知り合いになり、手掛りを追っているのだ。新たな日は新たな進展を期待させる。前進させる手掛りを急いで見つけなければならない。

ハクがミネルバおばとバーバラはもう朝食をすませたと言い、ジョン・クィンシーの前に赤いマスクメロンのようなものを置き、質問に答え、パパイアという果物だと教えてくれた。それを食べ終わって、彼はラナイへ出て行った。バーバラは浜を見つめていた。別人のようなバーバラだった。かつての元気、かつての生きる喜びはうかがえなかった。目に悲しみを湛えた青白い顔色の娘だった。

ジョン・クィンシーはその肩に腕をまわした。彼女もウィンタスリップの一員であり、身内だった。彼の心に、彼女にこの悲しみをもたらした誰かは分からない『犯人や犯人たち』への激しい怒りがまた燃えあがった。罪は償われなければならない。イーガンであろうと誰であろうと、ブレードであろうとレザービーやあのかつてのコーラスガールであろうと。償いをさせる、しかも厳しく。彼は心を決めた。

「バーバラ、なんと慰めてよいか」ジョン・クィンシーが言った。

「言葉はなくとも、お気持ちは充分いただいたわ。ねえ、ジョン・クィンシー、ご覧なさい。これは私の海辺。まだ五歳のとき、ひとりであの浮き桟橋まで泳いだわ。パパはとても自慢していた」

「すてきな場所だね、バーバラ」

「あなたもきっとそう言うと思った。そのうちにあの岩礁まで一緒に泳ぎましょう。サーフボードの乗り方も教えてあげる。ハワイを楽しんでいただきたいの」

ジョン・クィンシーは首を振った。「きみのことを考えると、そうもできなさそうだ。でもきみがいるから、来てよかったと本心から思う」

バーバラは力を込めてジョン・クィンシーの手を握った。「水際へ行って座りたいわ。一緒に行きません？」

バンブーカーテンが左右に開いて、ミネルバが入ってきた。「あら、ジョン・クィンシー。ずいぶんゆっくりのお出ましじゃない」と彼女は皮肉っぽく言った。「私をこの桃源郷から救出するつもりなら、あなた自身がこの居心地の良さに免疫にならなければダメよ」

ジョン・クィンシーは微笑んで「もう、だいぶそうなってきましたよ」と答え、「すぐ追いつくからね、バーバラ」と付け加え、ドアが閉まらないように抑えておいてやった。

バーバラが行ってしまうと「遅くまで待っていたのよ」とミネルバが話し始めた。「十一時半まで。でも、一昨日の晩はほとんど寝ていなかったから、そこまでが限界だった。率直に言って、警察で何があったのか、すごく知りたいの」

ジョン・クィンシーはコンプトン夫人とレザービーが語った話を繰り返した。「私も立ち会いたかった。キリスト教世界の男はみんな可愛い女には騙されちゃうのよ。きっと嘘ね」

「たぶんね。でも、待ってください。その後で、僕はチャンと一緒におばさんが見つけた新聞を調べました。そして、驚くべき発見にたどり着きました」

「とうぜんでしょう。で、何だったの？」

「第一に、僕は船で宣教師に会いました」とアピアン島の朝についてのフランク・アプトン師の話を伝え、トーマス・メイカン・ブレードという名の男が現在ホノルルにいるというニュースを付け加えた。

ミネルバはしばし黙っていた。「ということは、ダンは奴隷商人だったたってことね」とやがて言った。「やるものね！　あんなすてきな男が。でも、そういう教訓は若い頃に学んだわ。『明るい笑いに暗い過去あり』って。これは、ジョン・クィンシー、ボストンの新聞がきっとおもしろおかしく書きたてるにちがいない」

「いえ、新聞には知られません」

「それは自分に都合のいい見方でしょう。新聞は面白い獲物なら地の果てまでも追いかけてゆくものよ。前にボストンの編集者みんなに、殺人事件の細かい報道はもうやめてくださいって手紙を書いたことがあったわ。でも、ぜんぜん効き目はなかった。〈ヘラルド〉紙だけは味方になってくれたけれど」

ジョン・クィンシーは腕時計に目をやった。「もう警察に行かなければなりません。何か面白いことが朝刊にありましたか？」

「ハレット警部への曖昧模糊としたインタービューが載ってる。警察は重要な手掛りを見つけたから、早期の解決を約束できるですって。でも、殺人事件直後の警察発表は、決まってそんなものよ」

ジョン・クィンシーはミネルバをきつい眼差しで見た。「あれっ、そう言うってことは、おばさんも報道を控えさせようとした殺人の記事を、読むんですね？」

「もちろんですよ。私の人生にとってはちょっとした刺激ですもの。でもポートワインを飲むのは自発的にやめたわ。庶民にとってお酒みたいに酔っぱらわせるものは良くないという話だし、それに……」

ハクが、ジョン・クィンシーに電話だと告げて、ミネルバの話はそこまでになった。ラナイへ戻って来たジョン・クィンシーには、きびきびした雰囲気が漂っていた。

「チャーリーからでした。今日の仕事がまさに始まりました。警察はブレード夫妻を見つけました。〈椰子が浜ホテル〉です。十五分後にそこでチャーリーと落ち合います」

「〈椰子が浜ホテル〉と言うことは、イーガンのところにいつも話が戻るってことね。今、殺《や》ったのは彼だという記事が発表されれば、私は当たり！　って言うわ。ブラウニング夫妻（十九世紀アメリカの夫婦作家）の著作全集を賭けてもいい」

「ブラウニング全集を取られちゃうかもしれませんよ。そんなことになったら、教養講座が始まったときに困るでしょう？」ジョン・クィンシーは笑いながら言った。「前は、おばさんはもっと慎重だったのに」と言いながら、彼は真剣な顔をした。「すみませんが、海岸には行けないって、バーバラに伝えてくれませんか？」

ミネルバはうなずいて「さあ、行きなさい。あなたが羨ましい。生まれて初めて、自分が男だったらよかったって思っている」

ジョン・クィンシーは海沿いの道を通って〈椰子が浜ホテル〉へ行った。辺りは明るく静謐だった。二、三人の旅行者が気だるそうに砂浜で横になり、もっと元気の良い人々は波が砕ける辺りで、絵葉書で見るハワイでの海水浴を実体験しようと、はしゃいでいる。白い大型汽船が黒い煙を吐きながら港に入って行った。首まで水に浸かった何人かのハワイ女性が、昼食のおかず採りを一時中断して、しばしの四方山話を楽しんでいる。

アーリン・コンプトンの海辺の小別荘を過ぎて、〈椰子が浜ホテル〉の敷地に入った。ホテルにほど近い海岸には、イーゼルとカンバスを前に年配の英国女性がキャンプ用スツールに座っていた。異国的な風景を描こうとしていたが、成功していなかった。女性の肩越しにちらっと見て、ジョン・クィンシーはまったく酷いと思った。女性は振り返り、彼を見た。断りもなく覗き込まれたことに抗議する、厳しい目付きだった。下手な絵をくすりと笑ったのを見咎められて、ジョン・クィンシーはしまったと思った。

チャンはまだホテルに来ていなかった。フロント係によればミス・カーロタは街へ出かけているとのことだった。父親との面会のために違いなかった。イーガンの釈放に小切手が証拠として役立つように願った。いずれにせよ、イーガンは脆弱な根拠で留置されているように思えた。

外の通りから入って来る小道と太平洋の静まることのない海原の両方が見わたせる脇のラナイに、腰を降ろした。近くの浜では、紫色の水着の男がしょんぼりと座っている。ジョン・クィンシーは、サラディン氏だと思い当たって、こっそり笑った。たったひとりで不運に向き合って、潮が奪い去ったものを返してくれるのを期待して、海の中を覗き込んでいるのだ。

十五分か二十分して、庭で声が聞こえた。ハレット警部とチャンがやって来るのを見て、ジョン・クィンシーは正面ドアへ向かった。

「おはようございます。重要な発見に繫がるに違いない新たな道に踏み出すには、うってつけの日です」とチャンが挨拶した。

ジョン・クィンシーは二人についてフロントへ行った。前日のイーガン拘束を忘れていない日本人のフロント係は、無愛想な顔を向けた。少しずつ情報を聞き出さなければならなかった。

「はい、ブレードご夫妻という方は泊まっておられます。先週の土曜に〈ソノマ号〉でお着きになりました。ブレード氏は現在おいでになりません。奥さまは絵を描きに浜へ出ておられます」

「よろしい。話を聞く前に、二人の部屋を見てみよう。案内してくれ」と警部が言った。

フロント係はためらったが、「おい、ボーイ！」と叫んだ。〈椰子が浜ホテル〉にはベルボーイはいなかったから、恰好をつけただけだった。居るはずのないベルボーイに面子を傷つけられた様子で、フロント係はやっと事務所と同じフロアの長い廊下を先に立って歩き、十九号室の錠を開けた。右側のいちばん奥の部屋だった。警部は部屋に入り、窓辺に行った。

「おい、ちょっと」とフロント係に声をかけ、海岸で絵を描いている年配女性を指した。「彼女がブレード夫人か？」

「ええ、はい」とフロント係はしぶしぶ教えた。

「うん、分かった。もういい」フロント係は出て行った。「ウィンタスリップさん、窓のところで、あのご婦人を見張っていてください。戻って来るようだったら、教えてください」警部はたいした家具もない部屋を待ちきれないように見わたして言った。「さて、ブレードさん、あなたの持ち物を拝見させていただきますよ」

ジョン・クィンシーは指示された場所に陣取った。いい気分ではなかった。名誉ある役割とは思えなかった。しかし、捜査そのものに加わるように頼まれることはまずなかろうと思っていた。警察官も気の進まない任務を強いられることもあるだろうが、彼らは警察官になる前からそういう状況はきっと覚悟しているのだ。警部もチャンも目の前の任務に戸惑っているようではない。

部屋には大量の荷物があった。英国人の荷物はたいていい大きくて目立つ。ジョン・クィンシーは、トランク一個、二つの大きなバッグ、小型の鞄一個に注目した。どれにも〈ソノマ号〉のシールが貼ってあり、その下にはかつてのシールの残片が残っていて、他の船や遠方のホテルをそれぞれに物語っていた。

警部とチャンはこの手の仕事には慣れていた。手早く、徹底的にトランクを調べたが、興味を引くものは何も見つからなかった。警部は次に小型の旅行鞄に注意を向けた。そして満面に笑みを浮かべ、手紙の包みを引っ張り出し、それを手にしてテーブルに座った。ジョン・クィンシーはびっくりした。他人の手紙を読むことは、彼の考えでは、理由を問わずやってはいけないことなのだ。

しかし、警部はかまわずすでに読んでいた。「カルカッタで英国の公務員だったみたいだが、もう退職している。チャン、この一通はロンドンの彼の上役からのもので、ブレードの三十六年間の精勤を称え、彼の退職は残念であると書いてある」別の一通を取り上げ、読むにつれ警部の顔は明るくなった。「おい、このほうがもっと参考になる」と言ってタイプで打たれた手紙をチャンに手渡した。それを見たチャンの目も輝いた。「これは面白い」とチャンは声をあげ、それをジョン・クィンシーに渡した。

ジョン・クィンシーはためらった。自分が信じている道徳規範は簡単には放棄できない。だが、警部とチャンはすでに読んでしまっている。彼は罪の意識を脇に置いておくことにした。手紙は数カ月前のもので、カルカッタのブレード宛だった。

拝復、今月六日のお問い合わせに回答いたします。ダニエル・ウィンタスリップ氏は亡くなっておらず、この街に住んでいます。住所はホノルル、ワイキキ、カリア・ロード、三九四七番です。

T. H.

署名はホノルル駐在英国領事だった。ジョン・クィンシーはその公文書を警部に返した。警部はそれをポケットにしまった。ちょうどそのとき、大きな袋のひとつを調べていたチャンが、見つけた！　と言うように低い声を漏らした。

「どうした、チャーリー？」警部が聞いた。

チャンは上司の前のテーブルに小さなブリキの箱を置き、蓋をとった。巻きタバコがいっぱいに詰まっていた。「コルシカ煙草です」と嬉しそうに告げた。

「よくやった。トーマス・メイカン・ブレード氏にはいろいろ説明してもらわねばならん」

二人は捜査を続け、ジョン・クィンシーは黙って窓際に座っていた。やがて、カーロタ・イーガンの姿が向こうに見えた。彼女はラナイの椅子にゆっくり歩み寄り、腰を降ろした。しばらく、砕ける波に目をやっていた。そしてむせび泣き始めた。

ジョン・クィンシーはどぎまぎして目をそらした。哀しみは、この楽園と言われる地でも辺り一面に広がっていた。彼が知っているいちばん素敵な娘は、いま涙にかきくれている。だが、それもとうぜんだった。

「ちょっと持ち場を離れます」ジョン・クィンシーは警部とチャンに声をかけた。捜査に夢中の二人から返事はなかったが、彼は窓敷居によじ登り、ラナイへ入った。近づくと娘は目をあげた。

「あら、誰もいないと思っていた」

「ひとりになりたかったんでしょう。でも、何があったか話してくれれば、力になれるかも。小切手についてお父さんと話したかい?」

カーロタはうなずいた。「ええ、パパに見せた。パパはどうしたと思う? 私の手からひったくると、ビリビリに裂いてしまった。その破いた紙切れをくれて、処分しなさいって。誰にもそのことを言っちゃいけないとも」

「よく分からないな」とジョン・クィンシーは考え込むように眉をひそめて言った。

「私もよ。パパはひどく怒っていた。いつものパパとはぜんぜん違っていた。私があなたもこのことを知っているって言ったら、また怒ったわ」

「でも、きみは僕を信用していい。誰にも言うつもりはない」

「それは分かっている。でも、パパはあなたを、私ほど、信用していない。可哀そうなパパ、すごく恐ろしい目に会っているの。ぜんぜん休ませてくれなくて、ずっとしつこく迫って、自供させようとしている。でも、世界中の警察官がかかっても、ぜったいに……。ああ、パパが可哀そう!」

カーロタはまたさめざめと泣いた。ジョン・クィンシーは、かつてバーバラに抱いたのと同じ感情をカーロタに感じた。慰め、元気づけるだけのために、抱いてやりたいと思った。だが、カーロタ・マリア・イーガンはウィンタスリップ家の人間ではなかった。

「さあ、さあ、泣いていても仕方がない」

カーロタは涙の目でジョン・クィンシーを見上げた。「そうかしら？　私には分からない。泣けば、いくらかは助けになるような気がする。でも、こんなことをしている時間はないの。なかに入って、ランチの準備をしなければ」と涙を拭いた。

カーロタは立ちあがり、ジョン・クィンシーも一緒にバルコニーへ行った。「僕が君の立場だったら、心配はしない。警察は、今朝からまったく新しく追跡を開始したんだ」

「ほんとうなの？」カーロタは興奮したように聞き返した。

「ああ、ブレードという男がきみのホテルに泊まっていることは、知ってるだろう？」

「いいえ」

「何だって！　どうして、ここの客だよ」

「客だったわ。でも今はいない」

「待ってくれよ！」ジョン・クィンシーはカーロタの腕を捕まえ、二人は立ちどまった。「ほんとうかい！　ブレードは出発したってこと？」

「ええ、フロント係から聞いた話では、ブレード夫妻は先週の土曜日に到着して、火曜日の朝早く、私の船がまだ着く前に、ご主人のブレードさんの姿は見えなくなり、それ以来、いなくなったって」

「ブレード氏にはいつもうまくやられる。警部とチャンは、今、ブレードの部屋にいる。二人はかなり面白い事実をいくつか見つけたんだ。部屋へ行って、僕に話してくれたことを警部たちに話した方がいい」

二人は通用口からロビーに入った。二人がロビーに入ったちょうどそのとき、ほっそりしたハワイ人の少年が正面の大きなドアから入って来た。少年の行動の何かが、ジョン・クィンシーの注意を引き、彼は立ちどまった。その瞬間、紫色の水着姿のサラディン氏がジョン・クィンシーの横を通り、フロントへ近づいた。カーロタ・イーガンは十九号室に向かって廊下を歩いていたが、ジョン・クィンシーはロビーに留まった。

ハワイ人の少年はおずおずとフロントに行き、声をかけた。「すみません。ブレードさんに会いたいんですが。トーマス・ブレードさんに」

「ブレードさんはいないよ」フロント係が答えた。

「戻るまで待ちます」

係は顔をしかめた。「だめだ。ブレードさんはもうホノルルにはいない」

「ホノルルにいないですって!」少年はびっくりしたようだった。

「ブレード夫人は海岸だ」と係が教えた。

「じゃあ、ブレードさんは戻るでしょう」少年はホッとしたように言った。「また来ます」

少年は向き直って、今度は足早に出て行った。フロント係は葉巻ケースの近くにいるサラディン氏に声をかけた。「お待たせしました」

「スガレトを」青白い顔のサラディン氏が言った。

サラディン氏の好みの銘柄を知っているフロント係は、一箱を渡した。

「宿代にすけておいとくれ」サラディン氏はそう言って、正面ドアから出てゆくハワイ人の少年を目で追いながら、しばらく立っていた。振り向くと、今度はジョン・クィンシーと目が会ったが、慌ててそらし、足早に去って行った。

二人の警官と娘が廊下をやって来た。「やあ、ウィンタスリップさん、鳥は飛び去ってしまった」と警部は言った。

「そのようですね」とジョン・クィンシーが応じた。

「しかし、ぜったい見つけてやる。この辺りの島々を、底引き網でさらうように徹底的に調べてやる。まず、奥さんと話をしたい」ハレットはカーロタ・イーガンに言った。「奥さんを呼んで来てくれ」カーロタは警部をジロッと見た。彼は慌てて付け足した。「お願いします」

カーロタはフロント係に合図し、フロントの男が出て行った。

「ところで、ブレードに会いたいって訪ねて来た者がいました」ジョン・クィンシーが言った。

「なんだって！」警部が興味を示した。

「若いハワイ人です、二十歳くらいだったと思います。背が高くてほっそりしていて。ドアに行けば、まだ姿が見えるかもしれません」

警部は急いでドアに行き、庭を眺めて、すぐに戻って来た。「フゥ、奴なら知っている。また来るって言ってたかい？」

「ええ」

ハレットは考え込んだ。「考えを変えた」とみんなに告げた。「ブレード夫人の話を聞くのは見合わせる。とりあえずは、彼女に我々が亭主を探していると知られたくない。フロントにもよく言い含めておいてください」とカーロタに言い、彼女はうなずいた。警部はさらに続けた。「十九号室をそのままにしておいてよかった。夫人が手紙と煙草のないことに気づかなければだが、気づくことはなさそうだ。さて、イーガンさん、我々三人は、フロントの後ろの父上の事務室へ入って、ドアは開けたままにしておきます。ブレード夫人が来たら、彼女に亭主がいないことについて訊いてください。訊き出せるだけ訊き出してください。私たちは耳をそばだてていますから」

「分かりました」とカーロタは応じた。

警部、チャン、ジョン・クィンシーはジム・イーガン専用の部屋へ入った。「十九号室では、他に何も見つからなかったんですか？」ジョン・クィンシーはチャンに聞いた。

チャンは首を振った。「そうであっても、運命の三女神は微笑んでいます。今手にしているものだけで不足はありません」

「シィー」と警部が注意した。

「奥さま、若い男性がさっきここでご主人を探していました」カーロタ・イーガンの声だった。

「あら、さいですか？」明らかに英国風な言い方だった。

「どこでお目にかかれるかと知りたがっていました。私どもには分かりかねまして」

「もちろんそうでしょう」

「街を出られたんでしょうか、奥さま?」

「ええ、そうだと思います」

「お帰りはいつ頃か、大体でも、ご存知ですか?」

「私も存じません。郵便は来ておりますか?」

「まだです。一時頃だと思います」

「ありがとう」

「ドアに行け」と警部はジョン・クィンシーに指示した。

「夫人は部屋へ行きました」ジョン・クィンシーが告げた。

イーガンの事務室から三人が出てきた。

「ああ、警部、すみません、あまりうまくゆかなくて」とカーロタは言った。

「問題ありません。うまくやるのは難しいですから」

フロント係はまたデスクの後ろの持ち場に戻っていた。警部が言った。「おい、ついさっきブレードを訪ねて来た奴がいただろう。そいつはディック・カオーラだな」

「ええ、さようで」

「前にもブレードに会いに来たことがあったか?」

「ええ、さようで。日曜日の晩に。ブレードさんと海岸でずっと話しこんでいました」

警部は険しい顔でうなずいた。「さあ、チャーリー。仕事だ、仕事だ。ブレードがどこにいようと、見つけ出してやる」

ジョン・クィンシーが進み出た。「すみません、警部。よろしければ教えてください。ディック・カオーラって何者ですか?」

警部はためらった。「カオーラの親父は、もう死んだが、ダン・ウィンタスリップの腹心の部下だった。あの若者はまったくの悪《わる》だ。そうそう、奴はあんたが今いる家で働いている女の孫だ。カマイクイ、そんな名前だったかな?」

第十四章　カオーラが持って来たもの

あっという間に数日がすぎ、ジョン・クィンシーは、ほとんどそのことに気づかないほどだった。ダン・ウィンタスリップは、今は、生まれ故郷の美しい島のロイヤル椰子の下に眠っている。太陽と月とが交互に彼の永遠の住まいに明るい光を投げかけているが、彼があの月曜日の夜にラナイで会った人物を探している人々は、相変わらず暗闇で手探りをしていた。

ハレット警部は宣言した通り、ブレードを探して島々を虱潰しに捜索していた。だが、彼の行方は杳として知れなかった。たくさんの船が太平洋の交差点で停まり、また旅立っていった。トーマス・メイカン・ブレードの名はどの船客名簿にもなかった。日本人の小屋のような粗末な家が集まっている村と呼ばれる隔絶した開拓地から、打ち寄せる波がうめき声のように陰気に響く孤絶した洞窟の中、パイナップルや砂糖黍の大農場まで、警部の部下たちは捜索を続けた。だが、その努力が報われることはなかった。

ジョン・クィンシーは、その間、ぶらぶらと過ごしていた。今ではワイキキの海の魔力とその温かな抱擁を感じていた。午後には、毎日、マリヒニ《旅行者》向きの波でサーフィンを試みた。そして、もっと大きな波に乗って、はるか沖まで出てゆけるときを待ち焦がれていた。ボストンは物語の中で語られる場所となり、活気に満ちたステート・ストリートやビーコン・ストリートの記憶はもはや薄れていた。おばのミネルバがこの心地よい海辺を離れたがらないのも、今となってはよく理解できた。

金曜日の午後早く、ミネルバはラナイで本を読んでいるジョン・クィンシーを見つけた。彼ののんびりした様子が彼女を苛立たせた。ミネルバはいつも行動的だったし、ハワイにおいても活動する意欲を失っていなかった。

「最近チャンさんに会った?」と彼女は声をかけた。

「今朝、話しましたよ。ブレードを見つけようと頑張っています」

「ふぅ」とミネルバは軽蔑したように息を漏らした。「あの連中の頑張りなんて、役に立たないわ。ボストンからこの事件のために刑事を何人か連れて来たいものよ」

「あの人たちに時間を与えてやってください」ジョン・クィンシーは欠伸をした。

「もう、三日も経ってるじゃない。時間は充分だったはずでしょう。ブレードはここオアフ島を出ていないわ、間違いない。この島は、自動車なら横断に二時間、一周したって六時間程度だってことを考えれば、ハレット警部さんの有能ぶりもたいしたことないわ。私は自分で解決して、この事件を一件落着とするつもり」

ジョン・クィンシーは笑った。「ええ、おばさんならできそうですね」

「だって、警察にはいちばん確かな手掛りを二つも提供してあるのよ。あの人たちが、私と同じようにしっかり目を開けていさえすれば……」

「チャーリーの目はしっかり開かれています」

「そう思う？　私には眠そうにみえるけど」

　バーバラがラナイに姿を見せた。自動車で出かける服装で、まなざしもそれまでより幸せそうになっていた。頰には赤味もいくらか戻っていた。

「ジョン・クインシー、何を読んでるの？」と声をかけた。

　ジョン・クインシーは本を持ち上げて見せた。「『金門海峡の街《ザ・シティ・バイ・ザ・ゴールデンゲート》』って本さ」

「まあ、そうなの？　もし興味があれば、パパの蔵書にはサンフランシスコに関するものがたくさんあるはずよ。私の記憶では、サンフランシスコ株式市場の歴史についての本もあったわ。パパは読みなさいって言ったけれど、読めなかった」

「それはもったいなかった、いい本なのに。その本は、今朝、読み終えたよ。ここへ来てから、サンフランシスコに関する本は五冊も読み終えた」

　ミネルバはジョン・クインシーに目をやって、訊いた。「何のため？」

「うん、まあ」と彼はちょっと口ごもった。「あの街には少々興味があるんです。決めたわけじゃあないけれど、いつか、あそこで暮らしたくなるかもしれません」

　ミネルバは苦笑いした。「そんなあなたを、私をボストンへ連れ戻すために派遣したってこと」

「ボストンは放っておいて構わないんです。あそこはウィンタスリップの本拠地です。でもその力は、一族の者がときに旅に出るのを思い留まらせるほどには、強くありません。サンフランシスコの港に着いたとき、僕はすごく妙な感じにとらわれました」そう言って、ジョン・クインシーは説明した。「そして、あの街について知れば知るほど、好きになりました。空気に活気と輝きがあります。しかも、人々は人生を最高に楽しむ術を知っているように見えます」

自分もそう思っていることを示すように、バーバラはジョン・クィンシーに笑顔を向け、「そうした思いを失くさないようにしてね、ジョン・クィンシー」と言った。

「そうしますよ。こんな話をしているうちに、手紙を書かなけりゃならないことを、思い出しました」ジョン・クィンシーは立ち上がり、ラナイを出て行った。

「ほんとうにボストンから出る気なのかしら?」バーバラが聞いた。

ミネルバは首を振った。「ほんの一時的な気まぐれよ。でも、そう思ったってことは、彼にとっていいことだわ。将来もっと人間が分かるようになる。ジョン・クィンシーったら、ボストンを出るなんて言っちゃってほんとうにおかしい！　バンカーヒル記念塔（ボストン郊外に独立戦争を記念して一八二五年から十七年かけて建てられたオベリスク、高さ六十七メートル）を英国へ移設するようなものよ」

しかし、二階の自室で、ジョン・クィンシーの気まぐれは続いていた。アガサ・パーカーへの手紙は完成しなかったが、熱を込めてそれに没頭していた。手紙の話題はサンフランシスコだった。彼は活き活きした言葉でサンフランシスコを美しく語り、アガサ・パーカーもきっとそこで暮らしたいと思うだろうと、それとなく、ほのめかした。

アガサは今はワイオミングの牧場にいることを思い出した。彼女にとって初めての西部との出会いであり、まさに天の配剤だった。アガサは自分でも広大な開けた空間の魅力を感じているだろう。そうさ、西部は行けば行くほど、より広く、より開放的だ。カリフォルニアでは生活は豊かな色彩と光に溢れている。もちろん、ひとつの提案だが……。

封筒に封をしながら、ジョン・クィンシーはアガサのほっそりした育ちの良い顔が見えたような気がした。彼の気持ちは重くなった。アガサの灰色の目は冷静で、バーバラのそれとも、カーロタ・マリア・イーガンのそれとももまったく違っていた。

土曜日の午後、ジョン・クィンシーはダンの弁護士ハリー・ジェニスンとゴルフをする約束があった。バーバラのロードスターでヌアヌ峡谷へ向かった。ダン・ウィンタスリップの遺言があり、彼の物は今はすべてバーバラの所有になっていた。街の喧騒から離れたその場所には、太陽は明るく輝いていたが、いつものように心地よい冷たい雨が降っていた。ジョン・クィンシーはこの自然現象に次第に慣れつつあった。地元の人たちは〈陽光の水〉とそれを呼んで、まったく気にしていなかった。何本もの鮮やかな虹がゴルフコースの美しさにさらに色どりを添えていた。

ジェニスンはベランダで待っていた。よく目立つ白いゴルフウェアだった。ジョン・クィンシーを迎えて、本心から喜んでいるようで、二人は、ジョン・クィンシーの記憶に消えることなく残るプレーを開始した。彼はこれほど美しいコースでゴルフをしたことはなかった。なだらかなマウンドがグリーンの周囲を守り、その傾斜した裾は南国のさまざまな色に飾られていた。ククイの木の黄色、シダのねずみ色、オヒアとバナナの木のエメラルド色、ところどころに赤レンガ色の土が顔を出している。足元は緑のビロードの絨毯。にわか雨が降っては止んだ。ジェニスンのドライバーショットは素晴らしかった。しかし、アプローチについてはジョン・クィンシーが上手だった。最後はジョン・クィンシーが四打差で勝った。虹をくぐるようにパットを打ち、ロッカー室へ戻った。

帰りのロードスターの車中で、ジェニスンはダン・ウィンタスリップ事件を話題にした。ジョン・クィンシーは、証拠にたいする彼の反応に興味をもった。

「私も、多かれ少なかれ、事件に関心を持っています。イーガンがどうも臭い」と弁護士は言った。

ジョン・クィンシーはこの見方に憮然とし、カーロタ・イーガンの愛らしく悲しげな表情が、一瞬心をよぎった。「レザービーとコンプトン夫人はどう思いますか?」と訊いた。

「まあ、お分かりのように、二人が語ったとき、私はいませんでした。でも、ハレット警部は二人の話はもっともらしく聞こえるって言っています。レザービーが事件に何か関係しているとすれば、彼もゲストブックから破り取ったページをもち続けているほど、馬鹿じゃないでしょう」

「ブレードもいます」ジョン・クィンシーは促した。

「ええ、ブレードの存在は事件をややこしくしています。でも、仮に警察が彼を見つけ出したとしても、得られるものは何もないでしょう」

「カマイクイの孫がブレードと何か関係あるのは知ってますか?」

「そうだそうですね。調べてみたい問題です。でも覚えておいてくださいよ、すべての手掛りが行きつく先はジム・イーガンです」

「どうしてイーガンが嫌いなんですか」他の自動車を避けて急ハンドルを切りながら、ジョン・クィンシーが訊いた。

「そんなことはありません。でも、『あの男が怖い』と言ったときのダン・ウィンタスリップの表情が、忘れられないのです。それから、コルシカ煙草の吸殻があります。何より問題なのは、イーガンがウィンタスリップとの関係に口を閉ざしていることです。殺人の嫌疑をかけられた男たちは、ふつうは、自分から喋るものです。しかも、早口で。話せば、さらなる罪の疑いをもたらす場合は別ですが」

二人は黙ったまま街の中心部へ自動車を走らせた。「警部に聞いたんですが、あなたも探偵の役をしておられるそうですね」弁護士は笑みを浮かべて言った。

「やってみましたが、僕には能力がありません。目下のところ、ミネルバおばが殺人者が着けているのを見たという腕時計を探すのに集中しています。僕は腕時計を見るたびに、できるだけ近くで観察することにしていますが、僕の調査はほとんど日中に行われますから、数字の【2】がはっきりしているかどうかを見極めるのも、簡単ではありません」

「やめてはいけません。良き探偵の秘訣は、粘り強く続けることです。続ければ、いずれ良い結果が得られます」弁護士が言った。

弁護士はウィンタスリップ家の関係者たちとワイキキで会食する予定になっていたので、ジョン・クィンシーは、サインしなければならない手紙が何通か残っていると言う彼を事務所でいったん降ろし、また乗せて、海岸へ自動車を走らせた。バーバラは白いドレスを着ていた。ほっそりとして、悲しげで、美しかった。つい先日の出来事を考えると、食事は明るく楽しかった。

一同はラナイでコーヒーを飲んだ。やがてジェニスンが立ちあがり、バーバラの傍らに立った。

「みなさんにお話ししたいことがあります」とみんなに聞こえるように言った。

彼はバーバラを見降ろした。「いいかな、バーバラ?」

バーバラはうなずいた。

「みなさんのご親戚のこの女性と私は」、弁護士はボストンから来た二人に目をやった、「長らく互いに好意をもっていました。私たちは一週間くらいのうちに目立たぬように結婚します」

「まあ、ハリーったら。一週間なんて」とバーバラが言った。

「ああ、きみが好きなように。でも、すぐにだよ」

「ええ、できるだけすぐに」バーバラが繰り返した。

「そして、しばらくホノルルを離れます」と弁護士は続けた。「とうぜんですが、バーバラは差し当たってここに居たくないと思っています。お二人とも分かっていただけますね。バーバラはこの家の売却について、私を代理人にしました」

「でも、ハリー」とバーバラはためらいがちに言った。「家は売りに出して、ここを離れるなんてみなさんに言えば、私がとても思いやりのない女みたいに聞こえるわ」

「そんなことはありませんよ」とおばのミネルバが言った。「ジョン・クィンシーも私も、すごくよく分かります。あなたがここを離れたいって思うのはとうぜんだと思います」そして、立ち上がった。

「あまりに唐突な話に聞こえたでしょうが、今すぐにでも彼女の力になってやりたいのです」

「僕もそうです」とジョン・クィンシーも言った。

ミネルバは身を屈めて、バーバラに口づけした。「もしあなたのお母さんが生きておられたら、きっと私に負けないくらいあなたの幸せを祈っているわ」バーバラは立ちあがり、おばを抱きかかえた。

ジョン・クィンシーはジェニスンの手を握った。「なんて運の良い男なんだ」

「私もそう思うよ」とジェニスンは答えた。

ジョン・クィンシーはバーバラの側へ行った。「心から、おめでとう」バーバラはうなずいたが、返事はしなかった。彼女の目には涙があった。

やがてミネルバは居間に辞し、ジョン・クィンシーも自分が邪魔をしているように感じて、二人を残して急いでラナイを出て、海岸に行った。黄金色に輝く星空高く、青白い月が昇っていた。ロマンスがココ椰子の林を通してささやいていた。彼は〈プレジデント・タイラー号〉で目撃した息詰まるような夜の情景を思い出していた。二人だけのこの世界、機敏で抗し難い恋。これはそうした恋のための舞台装置なのだ。この浜を、恋人たちは二人で歩いていた。世の初めからずっと二人だったように。肌の色や信条がどうであれ、誰も同じ誓いをささやき、同じ約束を取り交わした。ジョン・クィンシーはとつぜん孤独を感じた。

バーバラはウィンタスリップ家の一員だったし、ジョン・クィンシーの恋の対象になる女性ではなかった。それなのに、どうして彼の心は切なく感じるのだろうか？　バーバラは自分自身で選び、その選択は適切だった。自分に何の関わりがあるのだ？

気がつくと、ジョン・クィンシーはゆっくり〈椰子が浜ホテル〉へ向かっていた。カーロタ・

イーガンと軽い話をするためか？　だがどうしてこの娘と話がしたいのか？　彼女の将来は自分が進もうとしている道とはまったく違っているのに。故郷の娘たちの頭の働きは男のそれと遜色ない。むしろ上回っていて、はるか高みから男を見降ろしているように見える。彼らは『アトランティク』誌（アメリカの老舗月刊誌）最新号の記事、ショー（ジョージ・バーナード・ショー。一八五六〜一九五〇年。英国の劇作家、評論家。一九二五年ノーベル文学賞受賞）の断固とした哲学、ボストン美術館のサージェント（アメリカの画家。一八五六〜一九二五年）の新作を論じる。ジョン・クインシーがここで求めているお喋りとはそうした種類のものではない。ダイアモンドヘッドの上に月が輝く、このロマンチックな浜辺の椰子のもとでそんな話をしたいとは思っていない。

　カーロタ・イーガンは、〈椰子が浜ホテル〉のがらんとしたロビーのフロントに座っていた。心配事があるように難しい顔をしていた。

「ちょうどいいときに来てくれたわ」と呼びかけて、笑顔になった。「もう何が何だか分からなくて」

「計算？」とジョン・クインシーが訊き返した。

「私には複分数みたいに見える。ブレードの請求書をまとめているところ」

ジョン・クインシーはフロントデスクを回って、カーロタの横に立った。「手伝ってあげるよ」

「すっごく複雑なの」カーロタはジョン・クインシーを見上げた。彼は海岸でこの計算をやりたいと思った。「ブレードさんのご主人は火曜日の朝から出かけたまま。ここでは、不在期間の料金は三日分しか請求しないことにしているの。だから、その分を引いて。あなたは分かるわね、私はダメだけど」

「いずれにしても、彼の分も請求すべきだよ」

「私だってそうしたい。そうすればすべて簡単になるわ。でもそれはパパの考え方とは違う」

ジョン・クィンシーは鉛筆を取り上げた。そして「宿泊代はいくらなの？」と聞いて、カーロタが教えた額で計算を始めた。債券の専門家にとっても簡単ではなかった。ジョン・クィンシーも難しい顔をした。

ホテルの玄関から誰かが入って来た。目をあげて、ジョン・クィンシーはあのハワイの若者ディック・カオーラだと分かった。彼は新聞紙に包んだ嵩張る何かをもっていた。

「ブレードさんは、もう戻りましたか？」と若者が聞いた。

カーロタ・イーガンは首を振った。「いいえ、まだです」

「待たしてもらいます」若者が言った。

「でも、私たちにもブレードさんの居場所も、戻る時間も分からないんです」

「すぐ戻りますよ」ハワイ人の若者は言い返した。「ラナイで待ちます」と言って、不格好な荷物を抱えたまま脇のドアから出て行った。ジョン・クィンシーとカーロタは顔を見合わせた。

「前進あるのみ、先へ進むんだ！」ジョン・クィンシーは声を潜めてチャンの言った言葉を繰り返した。「ブレードはすぐ戻るってさ！　ラナイへ行って、カオーラは今どこにいるか見てきてくれないか？」

カーロタはすぐに言われたとおりにして、戻って来た。「いちばん奥の椅子に座っている」

「声は聞かれないね？」

「ええ、電話するの?」

ジョン・クィンシーはもう電話ボックスにいた。チャーリー・チャンの声が電話線を通じて聞こえた。

「やあ、大手柄です。あなたは一流の探偵だ。私の自動車のエンジンが頑固な発作を起こさなければ、すぐにそちらへ参ります」

ジョン・クィンシーは笑顔でフロントへ戻った。「チャーリーは自分のフォードで飛んでくるそうだ。僕たちは今や一歩前に踏み出したような感じだね。でも、この請求書については、ブレード夫人の食事込み部屋代は十六ドルになる。ブレード氏にたいする請求は、一週間分の食事込み部屋代マイナス四日分の食事代、合計九ドル六十二セント」

「手伝っていただいたお礼は、どうしたらいいのかしら?」

「この海岸での子供時代の話をまた聞かせてくれればいいよ」カーロタの表情が暗くなった。

「ごめん、気分を害したかな」とジョン・クィンシーは言った。

「いいえ、とんでもない、そんなことは。私ってあまり幸せじゃなかった。前に話したように、いつでも『もし、だったら』って思ってきた。あの朝、フェリーの船上で、ほんとうの幸福のいちばん近くにいるように感じた。現実の生活から、一瞬、逃げ出したように思った」

「僕の帽子を笑ったのを覚えているよ」

「まあ、もう許してください」

「気にすることは、ぜんぜんない。きみをあんなふうに笑わせられて、すごく嬉しかった」カーロタの魅力溢れる眼差しは将来を見ていた。ジョン・クィンシーはカーロタに同情した。彼はカーロタのような娘を何人も知っていた。父親を愛し、父親のために高い志を持ち、その志が歳を重ねるにつれ、砕け散る娘を目にしてきた。机に置かれたカーロタの小麦色のほっそりした片手に、ジョン・クィンシーは手を重ねた。「嫌なことは忘れよう。こんなに素晴らしい晩なんだから。きみはきみたちの言葉でいう、この地の人《カマアイナ》だってことは知っている、でも、これまで、こんな素晴らしい月を見たことはあったかい？　まるで千ドルもする黄金の塊みたいだ。おぼろだけれども、どんな望みでも叶えてくれそうだ。さあ、外へ出て、あの月の力を試してみるのはどうだろうか？」

　カーロタはそっと手をひっこめた。「部屋へ有料の飲料水を七本を届けたわ。一本三十五セントで」

「何？　そうかブレードの勘定か？　と言うことは、二ドル四十五セント追加だ。それより、星についても話したいな。南国では星がすごく近くに見える、不思議だね」

　カーロタはほほ笑んだ。「トランクや旅行鞄も忘れてはいけないわ。港からここまで運んだ代金が三ドル」

「そうか、ちょっと高いな。まあ、それも請求書に入れておこう。ところで、きみの美しい顔には、ここの美しい自然がそっくりそのまま表れていると思うって、言ったかな？　こんな素晴らしい世界の真ん中にいれば、否が応でもすばらしく……」

「ブレード夫人のルームサービス三回分。追加で七十五セント」

「贅沢な女性だな！　ブレードが戻ってきたら、あれやこれやで、びっくりするだろうね。うん、入れておこう。他には？」

「あと、クリーニング代、九十七セント」

「分かった。全部合計して、三十二ドル六十九セントだ。ちょうど三十三ドルにしておこう」

カーロタは笑った。「ダメ、そんなのダメです」

ブレード夫人がラナイからロビーにゆっくり入って来た。そして、フロントで立ちどまった。

「何か伝言はありませんこと？」

「いいえ、奥さま」カーロタが答えて、伝票を渡した。「お勘定です」

「あら、はい。主人が戻ったら、彼が支払いますわ」

「近いうちにお戻りと？」

「私にも、分かりかねます」夫人はそう言うと、そのまま十九号室への廊下を歩み去った。

「やれやれ、いつもと同じだ」とジョン・クィンシーは言って、続けた。「やあ、チャーリーが来た」

チャンが足早にフロントへやって来た。後には私服の警官が従っている。

「フォードは立派に役目を果たしてくれました。夜気が気に入っているようです」そして、連れの警官を向いた。「スペンサーさんです。さて、どんな状況ですか？　手短かに聞かせてください」

ジョン・クィンシーは、カオーラがラナイで待っていること、彼はかさばる荷物を抱えていることを話した。チャンがうなずいた。

「事態は急速に前進していますね」とチャンは言って、さらにカーロタに向かって、「このカオーラなる男に、ブレードが戻って、ここで会いたいと言っていると伝えてください」と続けた。カーロタがためらったので、チャンは言った。「失礼しました。繊細な信心深いお気持ちをすっかり忘れておりました。お美しい唇から嘘をまき散らせなんて、お願いする私がどうかしていました。どうかご勘弁を。でも、あの男をここへ来させる、とりあえずの方便ですからご理解願います」

カーロタはクスッと笑って、出て行った。「スペンサーさん、このハワイの若者の事情聴取はあなたにお任せします。私の会話力で果てもない広大な英語の世界をむやみに彷徨っても、奥深いところのほんとうの意味まで到達できないこともありますから」

スペンサーはうなずいて、脇のドアへ行き、入って来る者に気づかれないところに立った。すぐに、カオーラがカーロタと一緒に姿を見せた。若者は足早に来て、チャンに気づくと、立ちどまった。脅えが顔をよぎった。スペンサーが若者の腕をつかんだ。若者はさらにギクッとした。

「こっちへ来い。ちょっと聞きたいことがある」とスペンサーは、若者をロビーのいちばん奥へ連れて行った。チャンとジョン・クィンシーもついて行った。「座れ。これは、俺が預かっておく」と若者の抱えた大きな荷物を取り上げた。若者は一瞬、抗う様子を見せたが、すぐに考え直した。スペンサーは荷物をテーブルに置き、若者を見下ろすように立った。

「ブレードに会いたいのか、おい？」スペンサーは脅すような調子で始めた。

「ええ」

「何のために?」

「個人的ビジネスです」

「そうか、分かりやすく言うが、お前はやばい立場だ。考え直して、吐いちまった方がいい」

「いやだ」

「そうか、どうなるか、後で考えよう。この荷物は何だ?」若者はテーブルに目をやった。だが、答えなかった。

チャンがポケットナイフを取り出し、「すぐに分かる」と言った。けば立った太い紐を切り、包んでいた何枚もの新聞紙をはぎ取った。ジョン・クィンシーは側に寄った。重要な何かがまさに姿を見せようとしている予感がした。

最後の新聞紙がはぎ取られた。「ホットドッグ《やったあ》!」チャンが叫んだ。チャンはさっとジョン・クィンシーを向いた。「ああ、これは失礼しました。従兄の品のない口癖が伝染しました。従兄はウイリー・チャンと言ってホノルル中国人野球チームのキャプテンなんです」

だが、ジョン・クィンシーの耳には入らなかった。彼の目はテーブルに載せられた物に釘付けになっていた。オヒアの木箱。銅の針金で封印されている『T・M・B』の頭文字もある。

「開けてみよう」チャンが言って、その箱を調べた。「だめだ、かんぜんに封がされている。警察で封を叩き壊そう。さあ、急いで警察へ行く、そこの口の重い若い人、きみも行くんだ。スペンサーさん、あなたはここにいてください、ブレードが姿を見せたら、お分かりですね」

「ああ」とスペンサーが答えた。

「カオーラさん、ついて来てください。あなたには警察でもっといろいろ聞きたいことがありますから」

みんなは正面入り口に向かった。そのとき、カーロタ・イーガンが近づいて来て、「ちょっとお話が」とジョン・クィンシーに言った。

「いいですよ」二人はフロントへ行った。

「さっき、ラナイへ行ったんです」とカーロタが息を弾ませてささやいた。あなたたちが話している窓の外に、しゃがんでいる人がいたんです。近づいてみると、それは、サラディンさんでした」

「何ですって、サラディンさんはそんなことをやるべきでない。さもないと、面倒に巻き込まれる」

「チャンさんに話した方がいいかしら?」

「後にしよう。まず、二人ですこし調べてみよう。チャンさんは他に考えることがいろいろある。それと、どうしても必要でない限り、宿泊客には警察に引っ越さずに、できるだけここに滞在し続けてもらいたいし」

「もちろんそうよ。あなたがホテルのことを心配してくれて、ありがたいわ」

「それは、僕があの人たちを……」ジョン・クィンシーが言いかけたところに、チャンが近づいて来た。

「お邪魔しますが、急ぎましょう。ハレット警部がこのカオーラにすぐにでも会いたがっていますから。それにオヒア材の木箱にも」

玄関でカオーラがジョン・クィンシーに近づいた。ジョン・クィンシーは、カオーラの目の激しい敵意にひるんだ。若者は小声でささやいた。「お前が仕組んだんだな。覚えていろよ」

第十五章　インドから来た男

一行は、チャンの自動車で、騒々しくカラカウア・アベニューを走った。ジョン・クィンシーは後部座席にぽつんと座っていた。チャンに頼まれて、オヒア材の木箱を膝に抱えている。

　両手で抑えているその箱は、一度失って、また取り戻したものだった。思いは、二千マイル離れたサンフランシスコの屋根裏の夜、月に照らされた窓の影、頬を切りつけた指輪の痛みに戻っていた。「ダン、可哀そうに！」ロジャーの悲痛な叫びも蘇った。このオヒア材の木箱に、ダンの死の謎への最終的な答えが、納められているのだろうか？　警部は自室で待ち受けていた。一緒に三十代後半の、目つきの鋭い、頭の良さそうな男がいた。

「やあ、来たな」とハレット警部が声をかけた。「ウィンタスリップさん、グリーンさんを紹介するよ。地方検事だ」

　グリーンは親しげに握手をした。「お目に掛かりたかったです。あなたのご出身の街には馴染みがあるんです。三年間、ハーバード法科大学院にいましたから」

「そうですか、それはそれは」ジョン・クィンシーは懐かしそうに答えた。

「ええ、ニューヘイブン（コネチカット州の街。イェール大学の所在地）からハーバードへ行きました。イェール大学を出たんです」

「そうですか」とジョン・クィンシーは特別の感情も込めずに答えた。ハーバードを出ていないにしても、グリーンは好人物のようだった。

ハレットの前のテーブルに箱を置いていたチャンは、どうやって見つけたかを説明していた。警部の痩せた顔ははっきり分かるほど紅潮していた。彼は自分たちの大切な宝を調べた。「施錠されているんだな？　カオーラ、鍵をもっているか？」

ハワイ人の若者はふてくされた様子で「ない！」と言った。

「足元が明るいときばかりじゃないぞ、言葉に気をつけろ。身体検査しろ、チャーリー」チャンは若者のところへ行き、手早く全身を調べた。キーリングが一つ見つかったが、そこについているどの鍵も箱の錠には合わなかった。チャンはさらに、丸めた分厚い紙幣の束も見つけた。

「どこで手に入れたんだ、ディック？」警部が聞いた。

「貰ったのさ」と若者は警部を睨みつけて言った。

だが、警部の関心は箱の方にあり、いとおしむように軽く叩いた。

「これは重要な品だ、グリーン検事。我々のパズルを解くものが中にあるかも知れん」警部は机から小さな鑿を取り出し、しばらくいろいろやって、蓋をこじ開けた。

ジョン・クィンシー、チャン、検事が側に集まり、警部が蓋を持ち上げるのを待ちかねて中を覗き込んだ。箱は空だった。

「カラ振りか。期待も石の壁にぶつかって粉々だ」とチャンがつぶやいた。

警部もがっかりして怒りだした。「おい、カオーラ、お前の説明を聞こうじゃないか。お前はずっとブレードと連絡があり、先週の日曜日の夜に話をして、奴が今夜戻って来る予定だと知った。お前は奴と何か取引をした。早いとこ思い出して、吐いちまえ」

「話すことなんか、何もない」若者はしらっと答えた。

警部は立ちあがった。「いや、お前にはあるはずだ。ぜったい話すようになるさ。今夜の俺は気が短いんだ。お前が喋らなければ、しかもすぐに喋らなければ、俺はどうするか分からんぞ」

警部は不意に口をつぐみ、チャンを振り向いた。「チャーリー、島々を巡る周航船は、マウイ島からもうすぐに到着する予定だ。港へ行って、ブレードが降りて来ないか見張ってくれ。人相は知ってるな?」

「大丈夫です。瘦せぎすの青白い顔。片方の肩が一方より落ちている。情けない感じの白髪まじりの口髭」

「よし、そうだ。油断なく見張れよ。この若い奴は俺たちに任せろ。すっかり吐いちまうまで、洗いざらい話してもらう、なあ、グリーン検事、そうだろう?」

検事はもうすこし慎重で、無言のまま微笑んだ。

「ウィンタスリップさん」とチャンが呼びかけた。「じつに気持ちの良い夜です。月を見ながら港へぶらぶらと」

「ご一緒します」ジョン・クィンシーは応じた。出かけるときに肩越しに振り返り、カオーラについては警部たちに任せようと思った。

埠頭上屋にはぼんやりと明かりがつき、人々が小さなグループとなって、あちこちで入港船を待っていた。チャンとジョン・クィンシーは埠頭の突端まで歩いてゆき、そこで、貨物の箱に腰かけていた港担当の夕刊紙記者に気づいた。

「やあ、チャーリー」メイベリー記者が声をかけた。「何をしているんだい？」

「友人が到着するかもしれないんで」チャンはニヤッと笑った。

「へえ、そうか。本署にいるあんたの仲間は急に口が堅くなっちまった。どうなってるんだ、チャーリー？」

「発表はすべて警部がやる」

「ああ、警部の発表はもう聞いたよ」と新聞記者は鼻で笑った。「『警察は手掛りを見つけ、それを調べている。今は発表すべきことはない』だとさ。まったく馬鹿馬鹿しい。さあ、座れよ、チャーリー。ああ、ウィンタスリップさん、こんばんは。気がつきませんでした」

「こんばんは」とジョン・クィンシーも応じた。ジョン・クィンシーもチャンも手近かな貨物の箱を見つけた。鼻を突くような砂糖の臭いが漂っていた。大きく開け放たれた埠頭上屋を通して、三人は向こう側の海面と月に照らされた港を見つめていた。あまり馴染みのない、不思議な光景だとジョン・クィンシーは思い、そう言った。

「そう思いますか？」とメイベリーは言った。「私はそうは思いません。私にとってはシアトル（ワシントン州の港湾都市）とかガルベストン（テキサス州のメキシコ湾岸都市）、あるいはどっかのありふれた港にしか見えません。でも、私が知っているのは……」

「前にもそう言ってらしたように思います」とジョン・クィンシーは笑いながら言った。

「いつもそう言っているんです。私に言わせれば、ホノルル港の浪漫は消えてしまいました。かつてここは、世界でいちばん美しい港だったんです。でも、今は、ひどいことに……」新聞記者はパイプにまた火を点けた。「チャーリーに聞いてください、彼は覚えていますよ。身を潜めたような古いおんぼろの何本もの埠頭。大型帆船が並ぶオールド・ナーバル・ロウ通り。神さまの思し召しの追い風も利用させていただくために一、二本の帆柱も備えた木造蒸気船。色鮮やかな小型の手漕ぎボート。〈アロハ号〉、〈マヌ号〉、〈エマ号〉、そうだろう、チャン？」

「みんな、いなくなってしまった」チャンもうなずいた。

「その当時は、『ロータリークラブ（一九〇五年、シカゴで始められた実業家たちの社会奉仕団体）』のメンバーたちだって、もっともっと賑やかに桟橋に集まって来ていた。ハワイ人の沖仲仕たちでさえレイを帽子に飾り、ウクレレを手にしていたし、漁師たちは手にした網で魚を取っていた。それに、船の昔気質の陽気な事務長は、役目柄なんかじゃなくて、心から歓迎の握手をしてくれた」新聞記者は寂しそうにため息をついて、続けた。「ウィンタスリップさん、昔はそうだったんですよ。ハワイが自立し、魅力を湛えていた時代です。海底電線も無線も、いわゆる本土の文明に我々を縛り付けてはいなかった。船が入港するたびに、駆けつけ、外の世界の最新ニュースを載せた新聞を漁ったものです。チャーリーよ、そんな蒸気船の時代を思い出すなあ。誰も彼もが昔からの古びた貸し馬車で波止場に来て、女たちはホロクで正装し、ラウハラ（ハラの葉）で編んだ帽子を被り、ヘンリー・バーガー（ドイツから招聘され一八七一～一九一五年までハワイの音楽指導を行った）も『ロイヤル・ハワイアンバンド』（一八三六年創設のハワイ王室専属バンド）を率いて波止場にやって来た。おそらく王子の一人や二人も歓迎に姿を見せていただろう。そんな時代ですよ」

「そして、夜にもいろいろあったよな」チャーリーが促した。

「そうだ、さすがに古顔、よく思い出させてくれた。夜も忘れられない。穏やかな夜には、歌い手たちがセレナーデを唄いながら手漕ぎボートで港を巡り、ランタンの光が水面に槍のように細長い光跡を引いた」

メイベリーは今にも泣きだしそうだった。ジョン・クィンシーは、子供の頃に読んだ本を思い出して、「ときには、無理やりに船に乗せられる人もいたんでしょう?」と言った。

「そういうこともあった」メイベリー記者はその思い出に目を輝かした。「そうさ、つい九十年代のことだった。ある晩、わしはこのすぐ近くの埠頭に座っていた。荷揚げ場の近くでもみ合いが起こっているのが見え、男がわしに向かって叫んだ。『さらば、ピート!』って。わしはすぐに立ち上がって走って行った。彼はわしの親友で、わしはその男を一団の男たちの手から救い出した。当時はわしも若かった。その親友は気のいい奴で、船乗りだったが、男たちが計画していた航海に付き合う気はなかった。連中は彼を酒場に連れ込んで、薬を飲ませたが、彼は間一髪で薬から回復した。まあ、そんな時代は今となっては永久に失われてしまった。ガルベストンやシアトルと同じように。そうなんだ、このホノルルの港もロマンチックな抒情を失ってしまった」

島々を周航する小型の船が桟橋に近づいて来ていた。三人はそれを見つめていた。乗降タラップが降りるとチャンは立ち上がった。

「誰を待ってるんだ、チャーリー?」メイベリーが訊いた。

「探しているんだ。この船には、たぶん、ブレード氏が乗っている」

「ブレードだって!」メイベリーが跳びあがった。

「間違いなく、とは言わないが」とチャンが予告した。「そう期待しているだけだ。もし期待通りなら、警察へついて来たらいい。特ダネになるかもしれない」

船客が下船し始めると、チャンとジョン・クィンシーはタラップに近づいた。船客は多くはなかった。島巡りのビジネスマンが二、三人。数人の旅行者。洋装の日本人の団体は、陸にいる友人知人らに儀式ばって迎えられ、一風変わったその集団は全員が深々と腰を曲げ挨拶した。ジョン・クィンシーが物珍しそうにそれを見ていると、チャンが腕を引っ張った。

背の高い猫背の英国人がタラップを降りてきていた。どんな人混みでもトーマス・メイカン・ブレードを見落とすことはない。彼の口髭はポータケット伯爵（アメリカの劇作家アウグストゥス・トーマス（一八五七～一九三四年）のコメディ『アール・オブ・ポータケット』（一九〇三年作）に登場する人物）のそれを真似たもので、白い探検用ヘルメット《ピス・ヘルメット》を被っているから、いっそう簡単に見つけ出せる。ピス・ヘルメットはハワイの優しい天候のもとでは必要ないが、これは明らかにインド時代の名残りだ。

チャンが前に出た。「ブレードさん?」

男の目には疲労が浮かんでいた。彼はびくっとした。「えっ、ええ」と口ごもった。

「私は巡査部長のチャンと申します。ホノルル警察の。恐れ入りますが、本署まで同行願えませんでしょうか?」

ブレードはチャンを見つめ、それから首を振った。「いやダメです」

「申し訳ありませんが、ぜひ同行していただかなければ」

「私は、旅行から戻ったばかりです。妻が心配しているでしょう。妻とちょっと話をしなければなりませんし、その後は……」

チャンが小声で言った。「我ながら、じつに申し訳なく思います。しかし、任務は任務でして。上役の言葉は法律です。たいへん恐縮ですが、お忙しい時間を少々いただきたく」

「俺は逮捕されたってことか?」ブレードはとつぜん怒りだした。

「そうではありません」チャンがなだめるように言った。「しかし、警部がぜひお話を聞きたいと待っております。こちらへお願いいたします。ちょっと待ってください。素晴らしい友人、ジョン・クィンシー・ウィンタスリップを紹介します。ボストンから来ました」

その名を聞いて、ブレードは振り返り、ジョン・クィンシーに興味深げに目を向けた。「分かった。一緒に行くよ」

一行は通りに出た。ブレードは小型の手提げ鞄を持っていた。入港船の騒ぎは急速に収まりつつあった。ホノルルはまもなくいつもの夜の静寂に戻るはずだった。

警察に到着すると、ハレット警部とグリーン検事は上機嫌だった。カオーラは部屋の隅に座っていた。心細そうで、打ちひしがれている。ジョン・クィンシーはちらっと見やり、彼の秘密はもう秘密でなくなったと知った。

「ブレードさんです」とチャンが紹介した。

「おお、ブレードさん。お目に掛かりたいと思っていました。あなたのことを心配していました」と警部が挨拶した。

「それはそれは。私にはさっぱり分かりませんが」

「お座りください」と警部が命令するように言い、ブレード氏は深々と座った。彼も心細そうで、打ちひしがれた様子だった。世の中で英国の役人ほど疲弊して意気消沈して見える人間はいないだろう。この男は、インドの灼熱の日射しに三十六年間曝されてきたということだ。軍人からは見くだされ、誰からも敬意を払ってもらえない。口髭だけでなく、ブレード氏の体全体が、悲しげに、うなだれていた。しかし、ときどき、彼は不意に生気を取り戻した。それは自己主張と抵抗の瞬間だった。

「ブレードさん、今までどこにいましたか?」警部が聞いた。

「他の島に行っていました。マウイ島に」

「火曜日の朝に行ったんですね?」

「ええ、同じ船で戻ってきました」

「船客名簿にありませんでしたが?」

「ええ、別の名前で乗っていましたから。ちょっと訳があって」

「どんな?」

　生気が戻った。「どうして、私はこんな目に?」ブレード氏は検事に目をやった。「教えてもらえますか?」

グリーン検事が警部に向かってうなずいて言った。「ハレット警部が分からせてくれます」

「私から説明しましょう。ご存知と思いますが、ブレードさん、ダン・ウィンタスリップ氏が殺されました」

ブレードの生気のない目がジョン・クィンシーに向けられた。「そうだそうですね。ヒロ（ハワイ島東岸の町）の新聞で読みました」

「火曜日の朝に発ったときには知らなかった？」ハレットが聞いた。

「ええ、新聞を読まずに出てしまいましたから」

「そうですか。ダン・ウィンタスリップさんに最後に会ったのはいつでしたか？」

「会ったことはありません」

「何ですって！　よく考えてくださいよ」

「今までダン・ウィンタスリップには会ったことはありません」

「分かりました。火曜日の夜中、一時二十分にどこにいましたか？」

「〈椰子が浜ホテル〉の自室で寝ていました。翌日の船が早いので、九時三十分には部屋に引っこみました。家内が証明できます」

「奥さんの証言は、ブレードさん、あまり信用性がありません」

ブレードがぱっと立ちあがった。「いいかい、あんた！　あんたは何を言いたいんだ」

「まあ、落ち着きなさい」警部がなだめるように言った。「考えていただきたいことがいくつかあります、ブレードさん。ダン・ウィンタスリップさんは火曜日の午前一時二十分か、その頃、殺されました。ウィンタスリップさんは、若い頃、奴隷船〈シロの乙女号〉に一等航海士として乗っていたことが分かりました。その船の船長はあなたと同名でした。〈椰子が浜ホテル〉のあなたの部屋の捜索で……」

「そんな！」とブレードが怒鳴った。「どんな権限で？」

「私はダン・ウィンタスリップ殺しの犯人を追っています」と警部は冷たく言い放った。「ですから、どこであろうと、あらゆる可能性に踏み込みます。あなたの部屋で、当地の英国領事からあなたに宛てた手紙を見つけました。ウィンタスリップは生きていて、ホノルルにいる、とあなたに伝えていました。それから、このコルシカ煙草の缶も見つけました。ウィンタスリップ邸の居間のドアのすぐ外で、我々はコルシカ煙草の吸いさしを見つけています。ホノルルでは販売されていない銘柄です」

ブレードは椅子に崩れ落ち、ハレットの手にある缶を放心したように見つめていた。警部は部屋の隅にいるハワイ人の若者を示し、「ブレードさん、この若い男に会ったことは？」と訊いた。ブレードはうなずいた。

「日曜日の夜、海岸で話しましたね？」

「ええ」

「この若者が全部話しました。彼はあなたがホノルルへの途上だと新聞で読んだ。彼の父親はダン・ウィンタスリップの腹心の部下として雇われ、彼自身もウィンタスリップ邸内で育った。彼は賢明にもウィンタスリップとあなたの繋がりにピンときて、あなたがこのオヒアの木箱を手に入れたいと思うだろうと考えた。子供の時に、サンフランシスコのウィンタスリップ家の屋根裏で、トランクにしまってあるその木箱を見たことがあった。彼は〈プレジデント・タイラー号〉へ行き、それに乗務している友人の操舵係をそそのかして、サンフランシスコのウィンタスリップ家に忍び込んで、その木箱を盗ませることにした。日曜日の夜にあなたに会ったとき、〈プレジデント・タイラー号〉が入港次第、木箱が手に入ると言って、相当な金額であなたに売ることにした。ここまでは当たっているかな、ブレードさん？」

「その通りだ」とブレードは答えた。

「木箱にはＴ・Ｍ・Ｂの頭文字があった」ハレットは続けた。「それは、あなたの頭文字だ、違うかな？」

「偶然だ」とブレードは言った。「それは、私の親父の頭文字でもある。父は、何年も前に、南太平洋の船中で死んだ。そして、その箱は、父の死んだ後、船室から盗まれた。盗んだのは〈シロの乙女号〉のダン・ウィンタスリップ一等航海士だった」

しばらくは、口を開く者はいなかった。ジョン・クィンシー・ウィンタスリップの背筋に悪寒が走り、頬にカッと血がのぼった。なぜ、いったいどうして、自分はこんなにはるばると故郷から迷い出て来たのだ？　ボストンでは、自分は決まり切ったように行動してきた。型通りの行動は安全で、安心していられる。あちらでは、ウィンタスリップ家の者にたいして、誰もこんな中傷をしたことはなかったし、家名を汚すような恥ずべき噂を流すこともなかった。だが、ここでは、ウィンタスリップの名前にはそうした不名誉な噂を抑え込む力はなく、次にどんなおぞましい事実が白日の下に明らかにされるのか見当もつかないのだ。

「ブレードさん」と検事がゆっくりと言った。「洗いざらい話した方がいいと思います」

ブレードはうなずいた。「そうするつもりです。ウィンタスリップと私の問題はまだ決着がついていませんから、当分は黙っていた方が良かろうと思っていました。しかし、この状況では、黙っているわけにはゆきますまい。よろしければ一服させてもらいます」ブレードは煙草入れから巻き煙草を一本取り出し、火をつけた。「どう始めるべきか迷っています。私の父は、母と私を放り出したまま、七十年代に英国から姿を消しました。しばらくの間、音沙汰はありませんでした。やがて、オーストラリアや南太平洋のあちこちから手紙が来始めました。手紙には金が、我々が喉から手が出そうなくらいほしかった金が入っていました。その後、私は父が奴隷売買に手を染めたと知りました。もちろん、自慢することではなかったでしょうが、彼は妻や息子をまったく捨ててしまったのではなかったのだと、父の名誉のために思っています。

父の死の噂を耳にしたのは、八十年代になってでした。彼は〈シロの乙女号〉の船上で死に、ギルバート諸島のアピアン島に葬られました。埋葬したのは一等航海士だったダン・ウィンタスリップです。私たちは父の死、送金通知の同封された手紙はもう来ないという事実を受け入れ、生きるための闘いをまた始めました。六カ月後のことでした。同業の船長でシドニーにいる父の友人から驚くべき手紙をもらいました。

その手紙の差出人によれば、父は〈シロの乙女号〉の船室に多額の金を持っていたはずだと言うのです。父は銀行取引は行っておらず、このオヒア材の頑丈な木箱を持っていたとのことでした。手紙の主は、その箱の中を見たことがあり、中には宝石と大量の金《きん》があったと言っていました。それだけでなく、父は生皮の袋をいくつか持っていて、見せてくれたその袋には、さまざまな国の金貨が入っていたそうです。全部で二万ポンド近くはあったに違いないとのことです。ダン・ウィンタスリップは〈シロの乙女号〉をシドニーに回航し、父の衣服や所持品、十ポンドにも足りない現金を官憲に引き渡したと手紙にありました。ダン・ウィンタスリップはそれ以上は何も言わなかったそうです。彼とその船に乗っていたもうひとりの白人、ハーギンという名のアイルランド人は、すぐにハワイへ向けて発ちました。父の友人はすぐに調べるべきだと言ってくれました」

「さて、みなさん」とブレードは自分を興味津々で囲んでいる顔を見まわした。「私たちに何ができたでしょう？　私たち、母と私の暮らしは惨めなものでした。数千マイル離れたところでの事件を扱ってもらうために、弁護士を頼む金などはありません。シドニーにいる親戚の伝《つて》で若干の調査をしましたが、何も出てきませんでした。しばらくは話題になりましたが、しだいに忘れられ、その問題は消えました。しかし、私は、私はけっして忘れていません。

ダン・ウィンタスリップはここに戻り、事業家として成功しました。彼は父の船室で見つけた金を元手に、ホノルルを驚嘆させる巨富を築きました。ダン・ウィンタスリップの繁栄の陰で、私たちは日々の食べ物にも不自由していました。母は亡くなりましたが、私は生き延びました。彼に代償を払わせる、それが長年の私の夢でした。とくに大成功とは言いませんが、私は節約し、生活を切り詰め、今では、この事件を争うための資金があります。

四カ月前に、私はインドでの職を辞し、ホノルルへ出発しました。シドニーに立ち寄りました。父の友人は亡くなっていましたが、私は彼の手紙を持っています。その金《かね》について、あのオヒア材の木箱について、知っている別の人の宣誓供述書も持っています。私は、ダン・ウィンタスリップと最終的に対決する準備を整えて、ホノルルにやって来ました。しかし、私が彼と対決することはありませんでした。ご存知のように」、煙草を置くブレードの手はいくらか震えていた、「誰かが私の先を越したのです。正体不明の誰かの手が、私が四十年以上も憎んできた男を殺してしまったのです」

「あなたは先週の土曜日に来たんだね、一週間前だ」しばらくして、警部が言った。「日曜日の晩に、ここにいるカオーラがあなたのところへ行った。こいつが、あなたにあの箱を引き取らせようとしたのか？」

「ええ、そうでした。彼は友人から電報を受け取っていて、火曜日までにはその箱が手に入ると期待していました。私は五千ドルを払うと約束しました。ウィンタスリップに払わせようと思っていた金額です。カオーラは、ハーギンがマウイ島のひなびた牧場で生きているとも言いました。それが、私が偽名を使ってマウイ島へ行った理由です。私の動きをウィンタスリップに察知されたくなかったからです。彼は私を監視しているに違いないと思っていました」

「カオーラにも、マウイ島へ行くことを話さなかったんだな？」

「ええ、彼は秘密をすべて打ち明けるに値しないと思いました。ハーギンを見つけました。しかし、彼からは何も得られませんでした。ウィンタスリップが、ずっと前に、金で彼を黙らせたことは明らかでした。あの箱が私にとってひじょうに重要だと分かりました。そして、カオーラに電報で、私が帰り次第すぐにその箱を持ってくるようにと指示しました。ウィンタスリップが殺されたニュースが伝わって来たのはそのときです。とてもがっかりしましたが、それで私は挫けたりはしません」そこまで話して、ブレードはジョン・クィンシーを向いた。「ウィンタスリップの相続人に払わせてやる。彼らには私の老後の心配を払拭してもらう、そう決めたんだ」

ジョン・クィンシーの顔がまた紅潮した。反抗精神と家門の誉れへの思いがむらむらと起こり、体中がかっと熱くなった。そして言った。「調べてみますよ、ブレードさん。あなたは木箱は見つけましたが、価値あるもの、金については何の証拠も……」

「ちょっと待ってくれ」と検事が口を挟んだ。「ブレードさん、あなたの父親から盗まれた貴重な品々がどんなものだったか、何か分かっていますか？」

ブレードはうなずいた。「ええ、父からの最後の手紙に、私はそれを後になって読んだのですが、シドニーで買ったブローチについて書かれていました。オニキスの地にエメラルド、ルビー、ダイアモンドを散りばめた一本の樹が象嵌されたものです。それを母宛に送ると言っていました。しかし、届きませんでした」

検事はジョン・クィンシーを見た。ジョン・クィンシーは目をそらした。「私はダン・ウィンタスリップの相続人ではありません、ブレードさん。実際問題として、彼は私にとってはかなり遠縁の親戚ですから、彼の娘に代わって語るほど出しゃばることはできません。彼女があなたの話を知ったら、問題は法廷に持ち出すまでもなく解決できると思います。それまで、待ちますね、いいですね？」

「結構です、待ちましょう。ところで、警部」ハレット警部は手をあげて制した。「ちょっと待ちなさい。あなたはウィンタスリップの家へは行かなかった？　近づきもしなかった？」

「ええ、そうです」とブレードは答えた。

「だが、ウィンタスリップ邸の居間から外へ出るドアのすぐ外側で、話したように、短くなったコルシカ煙草を見つけた。それは、まだ未解明の問題だ」

ブレードはしばし考え、口を開いた。「誰も面倒事に巻き込みたくはないが、あいつは私にとってどうでもいい男だし、私も自分の嫌疑は晴らさなければならないから話すことにしよう。〈椰子が浜ホテル〉の経営者と四方山話をしている途中で、私はその男に巻き煙草をすすめた。彼はその銘柄を知ってとても喜び、この煙草に出会ったのは何年か振りだと言った。だから、私は何本かをやり、彼は自分の煙草ケースに入れた」

「ジム・イーガンのことだな？」と警部は嬉しそうに訊いた。

「ジェイムズ・イーガン、そうだ」ブレードは答えた。

「それで充分だ」と警部は言って、グリーン検事を促した。「では、検事」

検事はブレードに言った。「差し当たって、あなたはホノルルから出られません。しかし、ホテルへは帰っても結構です。この木箱は最終処置が決まるまでここで預かります」

「分かりました」とブレードは応じた。

ジョン・クィンシーはブレードと向き合い、「近いうちに訪ねます」と告げた。

「何ですか？　ええ、ああ、もちろん結構ですよ」ブレードはそわそわした様子でジョン・クィンシーを見た。「みなさん、もしよろしければ、私は急いで帰らなければ、文字通り、大急ぎで」

ブレードは出て行った。検事は腕時計を見た。「さて、とりあえずここまでだ。ハレット警部、明朝、打ち合わせよう。女房がカントリー倶楽部で待っているんでね。じゃあ、これで、ウィンタスリップさん」検事はジョン・クィンシーの顔つきを見て、微笑んだ。「あなたの親戚のことがいろいろ明るみに出ても、あまり重く考えなさんな。八十年代はもうずっと昔の歴史の世界だから」

検事の姿が消えると、警部がジョン・クィンシーに言った。「このカオーラはどうしたものか？　この若者と家宅侵入をやった〈プレジデント・タイラー号〉に乗り組んでいる彼の仲間を起訴するのは、かなり面倒な仕事になるだろうが、そのつもりになれば……」

制服姿の警官が戸口に現れ、チャンを外に呼びだした。

「いや、ダメですよ。彼は釈放です。この話が世間に広まるのは望ましくありません。警部、お願いしますが、ブレードの話は新聞に出ないようにしてください」

「やってみましょう」と答え、警部はハワイ人の若者に向き直って言った。「さあ、来い！」若者は立ちあがった。「この紳士が言ったことは聞いたな。お前をぶち込まなけりゃいけないが、今はもっと重要なことに取り組まなければならない。もう行け、さっさとうせろ」

最後の言葉が消えるか、消えないところでチャンが戻って来た。そのすぐ後に、ひょうきんな小柄な日本人の男と中国人の若者がついてきた。中国人の若者は典型的なアメリカ人大学生の服装をしていて、自分がアメリカ国民であることを周囲に誇示していた。

「ちょっと待ってください」とチャンが呼びかけた。「新たな面白い事実が判明しました。みなさん、紹介します。私の親戚ウィリー・チャン、ホノルル中国人野球チームのキャプテンにして、太平洋地域きっての名キャッチャーです」

「こんちは」ウィリー・チャンが挨拶した。

「それから、こちらのオカモトはタクシー運転手で、カラカウア・アベニューのウィンタスリップ邸にほど近いところで客待ちをしています」

「オカモトは知ってる。道端でオコレハオを密売してるだろう」警部が言った。

「いや、違いますよ」オカモトが言い返した。「タクシーの客待ちです、やっているのは」

「ウィリーは忙しい中でちょっと捜査に手を貸してくれました」チャンは続けた。「彼は、ここにいるオカモトから妙なことを聞き出しました。火曜日の早朝、七月一日ですが、オカモトは激しいドアのノックで目を覚ましました。ドアへ行くと……」

「オカモトに話させよう。何時だったんだ？」警部が聞いた。

「夜中の二時です。ノックは話があった通りです。起きあがって、時計を見て、ドアへ行きました。ここにいるディック・カオーラさんがいました。イワイレイ地区の家までということだったので、乗せて行きました」

「分かった」警部が言った。「他には？　それだけか？　チャーリー、二人を連れて行け、礼をやってくれ。礼はきみに任せる」警部は二人が部屋を出て行くのを待って、カオーラに厳しい顔を向けた。「さて、またあんたの出番だ。さあ、思い出すんだ。殺人のあった晩に、ウィンタスリップの家の近くで何をやっていたんだ？」

「別に、何も」とハワイ人の若者は答えた。

「何もだと！　何もやらずに起きている時間としては、いささか遅すぎないか？　おい、お前、いいか、分かりかけて来たぞ。ダン・ウィンタスリップは何年にもわたりお前に金を握らせ、援助してきた。だが、ついに、お前はもう役に立たないと思った。そこで、金を渡すのをやめ、お前たちは大喧嘩した。さあ、そうじゃなかったか？」

「ああ、そうだった」とカオーラは答えた。

「日曜日の夜、ブレードがあの木箱を五千ドルで買いたいと言ってきた。安すぎるとお前は思った。ダン・ウィンタスリップならもっと払うかもしれないと思いついた。ダン・ウィンタスリップはいささか近寄り難たかったが、勇を振るって、彼の家へ行った」

「ちがう、違う。奴の家には行っていない」若者が大声で否定した。

「俺がそう言っているんだ。お前はブレードを裏切ることに決めていた。お前とダン・ウィンタスリップは、また大喧嘩になった。お前はナイフを取り出した」

「嘘だ、みんな嘘だ」若者は叫んだ。脅えていた。

「俺を嘘つき呼ばわりするな！　お前はウィンタスリップを殺した。口を割らせてやる！　他の証言もある。吐いた方が身のためだ」警部は脅かすように立ち上がった。

不意に、チャンがまた入って来て、ハレットに封筒を渡した。「特別便で今届きました」と説明した。

ハレットは封を切り、読んだ。表情が変わった。いまいましそうにカオーラのほうを向いた。「失せろ！」と睨みつけた。

若者は大喜びで逃げ去った。ジョン・クィンシーとチャンは合点が行かないように警部を見た。警部は机の奥の自席に座った。「また、イーガンへ逆戻りだ。最初から分かっていた通りだ」

「ちょっと待ってください」とジョン・クィンシーが叫んだ。「あの若者はどうしたんですか？」

警部はメモを手の中でくしゃくしゃに丸めた。「カオーラか？　ああ、あいつは無関係だ」

「どうして？」

「それしか言えない。とにかく、無関係だ」

「よく分かりませんが」ジョン・クィンシーが言った。「説明してください」

警部はジョン・クィンシーをじろっと睨んで、言い返した。「あんたは自分が言っていることが分かっているのか。言っただろう、カオーラは無関係だって。それで終わり。ウィンタスリップを殺ったのはイーガンだ。奴に認めさせる前に……」

「言わせてもらいたい」とジョン・クィンシーが言い返した。「あなたみたいなお人好しには会ったことがない。誰に聞いてもそう言ってる。コンプトンという女性とあのレザービーとかいう糞ったれが現れて、作り話をしても、あなたは二人に丁重にお引き取り願った。それに、ブレードだ！　ブレードについてはどうなんだ！　先週の火曜日、夜の一時二十分にはベッドにいただって？　誰がそう言っているんだ？　あいつ本人だ。誰が証明できる？　あいつの女房だ。〈椰子が浜ホテル〉のバルコニーへ出て、海岸に沿ってダンの家へ歩いてゆく、そんなことは誰にも邪魔されずにできただろう？　どうなんだ、答えてくれ！」

ハレットは首を振った。「殺ったのはイーガンだ。あの煙草が……」

「そうだ、あの煙草だ。ブレードがあの煙草をわざとイーガンにやったかもしれないって、考えないのか」

「下手人はイーガンだ」警部は断言した。「今、俺に必要なのはイーガンの自供だ。きっと吐かせて見せる。手段はあるんだ」

「あんたの間抜けさ加減にお祝い申し上げるよ」ジョン・クィンシーはそう言って「みなさんお休み」と出て行った。

彼はベゼル・ストリートを歩いていた。チャンが一緒だった。

「ひどく感情的になっていましたね」チャンが言った。「冷ました方がよろしいでしょう。必要なのは冷静な頭脳です」

「でも、さっきの手紙には何が書いてあったんですか？　なぜ警部は言わないんでしょう？」

「いずれは、分かります。警部は嘘のつけない男です。待ちましょう」

「しかし、僕らはまた途方にくれています。ダンを殺したのは誰ですか？　さっぱり分かっていません」

「その通りです。手掛りが増えても、さらなる動かし難い石壁にぶつかることになります。別の道を探しに迂回しましょう」

「そうしましょう。僕が乗る路面電車が来ました。じゃあ、これで、お休みなさい！」

路面電車が終点ワイキキまでの半分も進まないうちに、ジョン・クィンシーはサラディン氏を思い出した。サラディンは〈椰子が浜ホテル〉の窓の外にうずくまっていた。それは何を意味するのか？　サラディンは滑稽な人物だった。入れ歯を失くして【サ行】がうまく発音できず、ワイキキの澄み切った海でそれを探している人物だ。そうだとしても、彼の馬鹿馬鹿しい行動も洗ってみなければならない。

第十六章　コープ大佐の帰還

日曜日の朝、朝食後、ジョン・クィンシーはミネルバについてラナイへ出た。そこは網戸の外に設えられたこざっぱりした空間で、芝生は、ダン・ウィンタスリップ家の庭師の若者によって、家庭の主婦が貴重な東洋の絨毯を掃き清めるように前夜遅くまでかかって念入りに掃除されていた。

バーバラは朝食に顔を見せなかった。この機会を捉えてジョン・クィンシーは、ブレードが帰ってきたことをおばに話し、ブレードが明かしたダン・ウィンタスリップの〈シロの乙女号〉での盗みの話も繰り返した。ジョン・クィンシーは紙巻き煙草に火をつけ、遠くの海を眉間にしわを寄せて見つめ、座っていた。

「元気を出しなさい。まるで裁判官みたいだわ。気の毒なダンのことを考えているのね」

「ええ」

「許して、忘れなさい。あなただけでなく、みんな、若い頃のダンは聖人君子だったって思っていたんですもの」

「聖人君子ですって！　まったく違う！　彼は明らかに……」

「気にしなさんな」とミネルバがピシャッと言った。「いいこと、ジョン・クィンシー。男は環境の生き物よ。それに、誘惑の力も強かったに違いない。こんな風にゆったりのんびりした海の上で、船に乗っているダンを想像してごらんなさい。足元には莫大な富があり、しかもそれを自分のものだと言う人間は誰も見当たらない。そのうえ、それは汚れた富よ。あんただって……」

「僕だって、ですって」とジョン・クィンシーは厳しい口調で言った。「僕なら、自分はウィンタスリップの一員であることを思い出したでしょう。おばさんからそんな所業の弁解を聞くことになろうとは、夢にも思いませんでした」

ミネルバは声をあげて笑った。「熱帯へ行く白人女について、世間が何て言うか知っているかしら。まず白い肌を失くし、それから歯をうしない、最後はモラルも失くすって」彼女はちょっと口ごもった。「この頃、歯医者に行くことが多くなってしまったわ」と付け加えた。

「はやく故郷へ帰った方がいいですよ」とジョン・クィンシーはあきれて言った。

「あなたはいつ帰るつもり？」

「ええ、じきに、すぐにでも」

「誰でもそう言うわ。あなたはボストンへでしょう？」

「もちろんです」

「サンフランシスコはどうなの？」

「ああ、その話はなくなりました。アガサにほのめかしたんですが、彼女はまったく聞く耳を持ちませんでした。そして、僕も彼女の言う通りだって思い始めています」ミネルバが立ち上がった。「おばさんは、教会へ許しを請いに行くべきです」とジョン・クィンシーは厳しく言った。「これから、ちょうど行こうとしていたところよ」ミネルバは言い返した。「ところで、今晩アモスがご飯を食べに来るの。ブレードの話は、私たちから聞かせるのがいちばんいいわ、歪められた形で耳に入るよりは。バーバラも聞いていた方がいい。もしほんとうだと分かれば、一族としてはブレード氏のために何かしなければならないでしょう」

「ええ、あの人が望むと望まないとにかかわらず、一族として何かしてやる。いいじゃないですか」ジョン・クィンシーは賛成した。

「ブレード氏のことをバーバラに話すのは、あなたに任せる」ミネルバは、自分は口を出さないことを約束した。

「それは、たいへんありがたいことで」ジョン・クィンシーは皮肉を込めて答えた。

「どういたしまして。あなたも教会へ行かない?」

「いや、僕は、おばさんと違って、必要ありませんから」

ミネルバはジョン・クィンシーをそこに残し、気だるい、いつもの日常に向き合うままにさせておいた。夕方の五時には、ワイキキはいつもの日曜日の人出で混雑していた。本土の海辺で見られる健康問題を抱えている人たちではなく、熱心な身体鍛錬主義者が大喜びしそうな日焼けし、引き締まった体の恰好よい人々があちらこちらに出ていた。ジョン・クィンシーも元気を出して、水着に着替え、海水浴客の中に跳び込んでいった。

あたたかい海水の感触には気持ちを落ち着かせる何かがあり、彼もゆったりした気分を毎日海で楽しむようになってきていた。力強い大きなストロークで、観光客が喜ぶ浜に崩れる波から離れて、もっと沖の大きな波を目指した。サーフボードに乗った人たちが、流れるように脇をすぎて行き、アウトリガー・カヌーを避けるため、ときどき泳ぐ方向を変えなければならなかった。

もっとも沖にある浮き桟橋にカーロタ・イーガンの姿があった。彼女は浮き桟橋に腰かけていた。ほっそりした愛らしい姿態は潑剌とした活気に満ちていた。そして、彼が泳ぎ着くのを待っていた。ジョン・クィンシーはカーロタの傍らに上がり、水中での頑張りのためにハアハアと息を切らせて、彼女の目を覗き込んだ。

「ここで会いたいと思っていた」ジョン・クィンシーは弾む息の下で言った。

「ほんとうに？」カーロタはかすかに笑った。「私もよ。私はね、気持ちを奮いたたせたいの」

「こんなに素晴らしい日だというのに？」

「ブレードさんに期待していたわ。あの人が戻っているのは知っているわね。私に分かったことは、あの人が戻っても、パパにはまったくなんの関係もなかったってこと」

「うん、残念ながらそうだった。でも、がっかりしちゃあいけない。チャンさんが言うように、僕たちは新たな道を探して迂回してみる。きみと僕もちょっと迂回してみよう。サラディンさんはどうなっている？」

「サラディンさんについても気にしている。でも、あの人について考えるのは、どうも、気乗りがしないの。あの人はまともじゃないもの」

「だからと言って、彼を外すわけにはゆかないよ」とジョン・クィンシーは注意を促した。岸にいちばん近い浮き桟橋に紫色の水着が見えた。「さあ、何食わぬ顔で、彼のところへ行くんだ。競争しよう」

　カーロタはまたかすかに笑って、立ち上がった。一瞬そのままでいて、ジョン・クィンシーにはどう頑張っても真似ることはできないみごとな飛び込みを見せた。ジョン・クィンシーも後を追って水に滑り込んだ。懸命に頑張ったが、カーロタは五秒早くサラディンのところへ泳ぎ着いた。

「サラディンさん、こんにちは。こちらはボストンから来た、ウィンタスリップさんです」カーロタが声をかけた。

「やあ、すうですか」サラディンはむっつりと応じたが「ウィンタシリップしぇんだって」と興味を覚えたようにジョン・クィンシーを見た。

「成果はありましたか？」ジョン・クィンシーが同情しているように訊いた。

「おや、わたっすの事件について聞いていましゅか？」

「ええ、お気の毒です」

「わたっすもすう思っていましゅでしゅ」サラディン氏はしみじみと言った。「今のところ、跡形もありましぇん。あと、しゅうじゅつで帰らなければならないのでしゅが」

「イーガンさんからデモインにお住まいと聞きました」

「ええ。デミュ、デミュイン、うまく発音できましぇん」

「ここへはお仕事で？」ジョン・クィンシーはさりげなく訊いた。

「ええ、すくりょうすん卸すのしゅごとでしゅ」サラディン氏は答えた。ゆっくりとだが、意味はじゅうぶん通じた。

ジョン・クィンシーは笑いをこらえようと横を向いた。「さあ、行こうか」とカーロタに声をかけ、「では、幸運を祈ります」と言って、飛び込み、海岸へと向かった。泳ぎながら、間違った道に踏み込んだと思った。サラディン氏を疑うのは、彼の入れ歯が本物の歯とはまったく違うように、真犯人とはまったく関係ない人物を見当外れに怪しむことになる。ダン・ウィンタスリップ殺しに係わる人物としては、彼はあまりに似つかわしくない。しかし、ジョン・クィンシーは、その感想を自分の胸だけにしまっておいた。

海岸まで、あと半分くらいのところで、気だるそうに水に浮いている丸々とした体に出会った。大きく膨らんだ腹の向こうに、チャーリー・チャンの穏やかな顔が見えた。

「やあ、チャーリー」とジョン・クィンシーは声をかけた。「海なんて、広いと言っても、狭いですね！　フォードで来たんですか？」

チャンは言い訳がましく笑った。「いや、ちょっとした息抜きです。流れに漂う木の葉のように、ぼんやり浮かんで、捜査のいろいろを忘れるんです」

「浜に上がってひと休みしませんか。お話があるんです」

「そうしましょう」

チャンはカーロタとジョン・クィンシーの後について水から上がり、三人組は白砂に座った。

ジョン・クィンシーは、前の晩、サラディンが窓の下で何かやっていたとチャンに語り、中西部出身のその男とついさっき話したことを繰り返した。「言うまでもなく、何か関係すると考えるには、あの男はちょっとぼんやりし過ぎているように思います」と付け加えた。

チャンは首を振った。「たいへん失礼ながら、その見方はまったく間違っています。捜査という仕事は無意味な、ささいなことの積み重ねです。手掛りという手掛りが、我々の目の前で壊れてゆく今となっては、サラディン氏のことも追及の手を緩めない方がよろしいでしょう」

「どうしろとおっしゃるんですか?」

「今晩、私は山積みの仕事を片付けるために夜勤になります。夕飯が終わったら、電報局で会いましょう。このデモインという町の郵便局長に、食料品卸し業のサラディン氏の現在の所在を電報で問い合わせます。警察の名前を出さない方がいいでしょうから、電報はあなたの名前にしてください」

「分かりました。八時半に電報局で会いましょう」

カーロタ・イーガンが立ちあがった。「私は〈椰子が浜ホテル〉へ戻ります。私が何をやらなければならないか、お分かりでしょう」

ジョン・クインシーも立ち上がった。「手伝えることがあれば……」

「そうね、あなたを副支配人にしようかと考えているところ。ボストンの一族のみなさんは、あなたのことを大いに自慢するでしょうね」

カーロタは水に飛び込み、ホテルに帰るために泳ぎだした。ジョン・クインシーはチャンの横にドサッと座った。チャンの琥珀色の目はカーロタを追っていた。そして「英語を、奴隷のように思うがまま使いこなそうと頑張っています。詩の勉強にはまっているんです。『彼女は歩む、夜のように美しく』と書いた偉大な詩人はどなたでしたかな?（詩の作者は英国の詩人ジョージ・ゴードン・バイロン〔一七八八～一八二四年〕）」

「ええ、それは、エート、誰でしたっけ?」ジョン・クィンシーは自分も思い出そうとした。

「名前は覚えにくいです」と言って、チャンは続けた。「でも、そんなことは問題ではありません、このミス・イーガンを見ると、いつでも詩の一節が頭に浮かぶのです。夜のような美しさ、きっとハワイの夜でしょう。曇りなき翡翠のように愛らしい。とりわけこの浜辺のように。この浜辺は、心が張り裂けるような魅惑を秘めた場所です」

「ほんとうにそうですね」チャンの感傷的な様子に興味をそそられて、ジョン・クィンシーはうなずいた。

「ここのキラキラ光る砂浜で、私は初めて将来妻になる女性に会うのです。竹のようにすらっとしていて、杏の花のように美しい」

「あなたの奥さんですか?」とジョン・クィンシーは聞き返した。これまで考えたことがない話題だった。

「ええ、そうです」と言ってチャンは腰をあげた。「そうだ、急いで家に帰らなければなりません。妻が子供たちの世話をしているんですが、今、あらためて数えてみれば、九人もいるんです」チャンは考え込むように座ったままのジョン・クィンシーを見おろした。「あなたは覚悟という甲冑をしっかり心につけていますか? 想像してみてください。月が輝くある夜、椰子の木もうなだれて、見ていない振りをして顔を背けます。そのとき、白人の男は、とつぜんの衝動にかられて、思わず口づけをします」

「いや、私については心配ご無用です。僕はボストンの人間ですし、免疫がありますから」

「免疫ですって」とチャンは繰り返した。「ああ、そうか、何となく分かります。私の家には中国から持ってきたお守りの石像があります。その神さまは腹の中まで硬い石でできていて、自分は一時的な感情の高ぶりには免疫があって、そんなものには動かされないと思っているでしょう。でも、この浜辺では、私はその神さまの免疫も信用していません。親戚のウィリー・チャンのように、不謹慎にも『免疫よ、しばしさようなら』ってその神さまも言うでしょう」

ジョン・クィンシーはしばらく砂に座っていた。やがて立ち上がり、家の方にぶらぶらと歩いて行った。その道はアーリン・コンプトンの家のラナイの側を通っていて、ジョン・クィンシーは網戸の陰から自分の名前を呼ばれ、びっくりした。

ドアに行き、覗き込むと、女がひとりで座っていた。

「ちょっとお寄りになって、ウィンタスリップさん」

ジョン・クィンシーはためらった。この女性のところに寄る気はなかったが、失礼になってはいけないという気持ちもあり、家に入って、すぐ逃げ出せるように用心深く座った。「急いで夕飯に戻らなければなりませんので」

「晩ご飯？　カクテルを飲みなさいよ」

「いや、遠慮します。禁酒中ですから」

「ここで、ずっと飲まないでいるなんてよくないわ」コンプトン夫人は非難がましく言った。

「引き留める気はないけど、ちょっと訊きたかったの。警察のボンクラたちがどこまで進んだか、進歩なしなのか?」

「警察は」とジョン・クィンシーは笑いながら言った。「進んでいるみたいですよ。ゆっくりですけど。少しずつ、少しずつ」

「のんびりしすぎてるって、言いふらしてやるわ。警察が犯人を突きとめるまで、私はここを離れられないのよ。先の見通しはどうなの、うまくゆきそう?」

「レザービーさんは、まだ一緒ですか?」

「『まだ一緒』って何を言いたいの?」夫人は声を荒げた。

「失礼しました。まだホノルルにいますか?」

「もちろんよ。彼も警察が出発させてくれないんですから。でも、彼については気にしていない。自分の問題で手いっぱいよ。故郷へ帰りたいわ」夫人はテーブルの上の新聞に向かってうなずいた。「やっと古い〈バラエティ〉紙（一九〇五年創刊の週刊芸能紙）を手に入れて、アトランティックシティー（ニュージャージー州の都市）で幕が開くショーの記事を読んだわ。おおぜいの仲間が関わっていて、せっせと働いていて、夜も昼もリハーサル。この目の回るようなドタバタ準備がいつまで続くのか、みんな心配しているですって。もう、まったく、私が羨ましがっていないように見える? あなたが通りかかったとき、今にも泣きだしそうだったの」

「すぐ元気になりますよ」

「そうよ、本土へ帰りさえすれば! ブロードウェイで会う人、会う人をみんな捕まえて、もうどこにも行かないって約束する」ジョン・クィンシーが立ち上がるのを見て、夫人は言った。「あのハレットっていう警部に、ぐずぐずしないで、早いとこ犯人を捕まえなさいって言っておいてくださいね」

「分かりました。言っておきます」

「それから、ときどき寄ってくださいな」ともっと話したそうに付け加えた。「私たち東部人は、ここでは協力し合わなければね」

「その通りです。そうしましょう」ジョン・クィンシーはそう応じて「ではこれで」と出ていった。

浜辺を歩きながら、コンプトン夫人も気の毒だと思った。彼女とレザービーの話は、まったくの作り話だったかもしれない。たとえそうだとしても、彼女も人間臭い、魅力的人物であり、故郷を懐かしむ気持ちは、ジョン・クィンシーにもよく分かった。

その晩、ジョン・クィンシーが夕食のために着替えて階下に降りて行くと、居間にアモス・ウィンタスリップの姿があった。アモスの痩せた顔はふだんよりも青ざめ、動作も物憂げだった。憎しみの対象を失ってしまって、毎晩アルガロバの木の下にたたずむ意味も無くなってしまっていた。人生のスパイスが失われてしまっていた。

夕食はとくに楽しいものではなかった。バーバラは警察の捜査の進捗だけに関心があるようで、彼女に状況を説明するのはジョン・クィンシーの役割になった。気が進まないままに、最後にブレードの話になった。バーバラは黙って聞いていた。食事の後で、バーバラはジョン・クィンシーと一緒に庭に出て、ハウの木の下のベンチに海を前にして座った。

「ブレードの話を聞かせることになってしまって、すまなかった。でも、言わないでおくわけにはゆかなかったから」

「もちろんよ。パパったら可哀そうに！　意気地がなくて、意志が弱くて」

「許して、忘れた方がいい。男は環境の生き物なんだ」前にこの言葉を聞いたのはどこでだったろうかと、ジョン・クィンシーはぼんやり思った。「きみのパパにすべての責任があるわけじゃあない」

「あなたって、ジョン・クィンシー、なんて優しい方なの」

「いや、そう言うことじゃなくて。状況を想像してごらん。広漠とした海、足元には手を伸ばしさえすれば自分の物になる富、誰も見ていないし、誰も気づかない」

バーバラは首を振った。「でも、だって、悪いことよ、善くないこと。ブレードさんが気の毒。できるようになったらすぐに、できる限りのことをしてあげなくては。明日ブレードさんに話すように、弁護士のハリーに頼んでみる」

「僕の考えですが、ブレードのために何をやるにしても、犯人が分かってからにすべきですよ」

バーバラが見返した。「何ですって！　まさか、ブレードさんがって思ってるんじゃないでしょうね」

「分かりません。神のみぞ知るです。ブレードは、火曜日の朝早くどこにいたのか、説明できません」

二人はしばらく黙って座っていた。とつぜん、バーバラは崩れるように両手で顔を覆った。ほっそりした肩が痙攣したように震え、ジョン・クィンシーは、胸がいっぱいになって、体を寄せ、バーバラの体に腕をまわした。バーバラの艶やかな髪が月の光に輝き、貿易風がハウの木にささやきかけ、砕ける波は浜で何かをつぶやいていた。バーバラは顔をあげた。ジョン・クィンシーが口づけした。親戚同士の口づけのつもりだった。しかし、そうではなかった。ビーコン・ストリートでは考えたこともない口づけだった。

「ここにおられるだろうと、ミス・ミネルバから聞いたものですから」と背後で声がした。

ジョン・クィンシーは驚いて、パッと立ちあがった。振り返った目の先に、ハリー・ジェニスンの冷めた目があった。たとえ親戚であっても、男が自分の婚約者に口づけするのを目撃するのは、かなり不愉快なことだ。しかも、その口づけが儀礼的なものでないとすれば――。ジェニスンは気づいただろうか、とジョン・クィンシーは思った。

「や、やあ、座ってくれ。僕はちょうど帰るところだ」

「さよなら」ジェニスンは冷たく言い放った。

ジョン・クィンシーは、大急ぎで、ミネルバとアモスがいる居間を通り抜け、「ダウンタウンで約束がありますので」と玄関ホールで帽子をとり、夜の闇に逃げ出した。

ロードスターを運転して行くつもりだったが、車庫へ行くためにはハウの木の下のベンチの側を通らなければならなかった。それより、路面電車の活き活きとした雰囲気の方が気楽だった。〈アレキサンダー・ヤング・ホテル〉一階の電報局では、チャンが待っていた。二人は、ジョン・クィンシーの名前と住所で、デモインの郵便局長宛に照会電報を申し込んだ。電報を受け付けてもらい、通りに戻った。道の反対側にある公園では、姿は見えないが、若者のグループがスチールギターをかき鳴らし、心に残る柔らかな声で歌っていた。ホノルル生活のただひとつの証しだった。

「ホテルのロビーへ一緒に行ってもらえませんか」とチャンが提案した。「ときどき、宿泊客名簿をチェックすることにしているんです」

ドアを入ってすぐの煙草売場で、ジョン・クィンシーは足を止めてパイプに火をつけた。チャンはそのままフロントへ行った。ジョン・クィンシーが振り向くと、さっそうとした、威厳のある男がひとりでロビーに座っていた。ボンドストリート（ロンドンの高級ショッピング街）仕立てと一目で分かる、染みひとつない晩餐用の正装だ。前に会ったことのあるアーサー・テンプル・コープ大佐だった。

ジョン・クィンシーを認めて、コープ大佐は立ち上がり、近づいてきた。「やあ、こんにちは」と前に会ったときには見られなかった気さくな感じで呼びかけた。「こっちへ来て、座りませんか」

ジョン・クィンシーは誘われるままについて行った。「早く戻って来られたんですね」

「予定より早かったので。残念ということでもありませんが……」

「と言うことは、島があまり気に入らなかったのですか？」

「とんでもない、あなたも行ってみたらいい。白人が三十五人、現地の人が二百五十人。それに海底ケーブルの基地局。夜を過ごすにはいいところです」

チャンがやって来て、ジョン・クィンシーがコープ大佐に紹介した。大佐はもてなし役として完璧だった。「お二人とも、お座りください。煙草はいかがですか」と言って銀の煙草入れを差し出した。

「ありがとうございます。私はパイプをやりますので」とジョン・クィンシーは言い、チャンはうやうやしく一本を受け取り、火をつけた。

「ところで、ウィンタスリップ事件について何か進展は？」腰を降ろすと、大佐が訊いた。「もしかして、犯人は……まだですか？」

「ええ、まだです」ジョン・クィンシーは答えた。

「それはいけませんね。警察はイーガンとかいう男を調べていると耳にしましたが」

「ええ、ジム・イーガンという男です。〈椰子が浜ホテル〉の」

「どんな証拠で、イーガンを臭いと思うんでしょう、ウィンタスリップさん？」

ジョン・クィンシーは、とつぜん、チャンがいつもとは違う目を自分に向けていると気づいた。

「ええ、いくつかありまして……」とあいまいに答えた。

「チャンさん、あなたは警察の方ですね。聞かせていただけますか？」とコープ大佐は続けた。

チャンの小さな目が細くなった。「まだお話しするわけにはゆきません」

「そうですか、そうでしょうね」コープ大佐はがっかりしたような口調で言った。

「この事件に関心がおありのようですね」とチャンは言った。

「ええ、まあ、この辺りにいる人なら、誰でもあれこれ推測していると思います。物事にはいろいろ見方があります」

「ダン・ウィンタスリップさんとは、もしかして、お知り合いでしたか?」チャンはさらに訊いた。

「ちょっと知っています。でも、ずっと昔のことです」

チャンは立ちあがった。「まったく唐突でたいへん申し訳ありません」とジョン・クィンシーを促して、言った。「別件の約束がありまして」

「ああ、そうでした。ではまた、大佐」ジョン・クィンシーも挨拶し、戸惑いながら、チャンの後について通りに出て、「約束って何ですか?」と立ちどまった。ホテルの石壁にこすりつけて、チャンは煙草の火を慎重に消した。火を消してから、吸いさしを自分のポケットにしまった。

「まず警察へ行きます。その道すがら、このコープ大佐について知っていることを聞かせてください」

ジョン・クィンシーはサンフランシスコの倶楽部で初めて会ったことを語り、思い出せるその折の会話を繰り返した。

「ダン・ウィンタスリップを嫌っている様子は見えませんでしたか?」

「ええ、それは、はっきりしていました、チャーリー。ダンに良い感じをもっていないことは明らかでした。でも、何が?」

「急いで、ハワイを出ようとしています。話の腰を折ってすみませんが、大佐がここへ到着した日は、もしかしたら、ご存知でしょうか?」

「ええ、知ってますよ。先週の火曜日の晩に〈アレキサンダー・ヤング・ホテル〉のロビーで、見掛けました。あなたを探しているときでした。彼はファニング諸島へ急いで出発するところで、そのときに、前日の昼に到着したと」

「要するに、月曜日の昼ってことですね」

「そうです、月曜の昼です。でも、チャーリー、何を言おうとしているんですか?」

「この手で真実を捉えようと、あちこち手探りしているところです」

二人は黙って警察へ向かい、チャンが先に立って誰もいないハレット警部の部屋へ行った。そして、まっすぐ金庫へ行き、開けた。引き出しから、小さなものをいくつか取り出し、部屋のテーブルにもってきた。

「ジム・イーガンの所持品です」と言って、ジョン・クィンシーの目の前に色あせた銀色のケースを置いた。「開けてみてください。何が入っていますか? コルシカ煙草ですよ」それから、もうひとつの証拠品を置いた。「ブレード氏の部屋で見つかった缶です。それも、開けてみてください。そこにもコルシカ煙草があります」

チャンはポケットから封筒を取り出し、中に入っていた焦げた煙草の吸いさしをテーブルに置いた。「ダン・ウィンタスリップ邸のドアの外の通路で見つかったものです。これもコルシカ煙草です」

深刻に顔をしかめて、チャンはポケットから二つ目の吸いさしを取り出し、他の証拠品とはいくらか離して置いた。「アーサー・テンプル・コープ大佐が、先ほどくれた煙草です。近寄って、よく見てください。これもコルシカ煙草です」

「なんですって」ジョン・クィンシーが声をあげた。

「コルシカ煙草については知識がありますか?」

「いや、まったくありません」

「私はうまいことに探り当てました。今日の午後、泳ぎに行く前に、本でも読もうかと公共図書館に立ち寄りました。オーストラリアの新聞でぐうぜんコルシカ・ブランドの煙草の宣伝を見つけました。コルシカ・ブランドにははっきり違う二種類があります。缶に【222】とラベルが貼ってあるのはトルコ葉の煙草です。ブレードの缶も【222】です。【444】のラベルのもうひとつは、バージニア葉のものです。トルコ葉とバージニア葉の違いはお分かりですね?」

「ええ、そのつもりですが」

「私もそうです。しかし、もう少し考えてみる必要があります。重要なところです。専門家の意見を聞きに、煙草専門店に行ってみましょう」

チャンはブレードの煙草缶から一本を抜き出し、封筒に入れ、外側に何かを書きつけた。それから、イーガンの煙草缶から取り出したものについても同じことをした。二つの吸いさしにも同じように目印がつけられた。

黙って通りに出た。ジョン・クィンシーは、この新たな事態の展開にびっくりしながらも、内心ではこんなことは馬鹿馬鹿しいと思っていた。しかし、チャンは真剣で、細い目は大きく開かれ、熱意があふれていた。

煙草屋の若者とのてきぱきとした話し合いをすませて通りに出て来たときには、ジョン・クィンシーは前にもまして信じられない気持だった。チャンは嬉しそうな顔をしていた。

「また、前進しました。煙草屋の話を聞いたでしょう。ブレードの缶の煙草とイーガンの煙草入れからのものは同種で、両方ともトルコ葉だそうです。通路の横で見つかった吸いさしは、バージニア葉です。アーサー・テンプル・コープ大佐から私が貰った煙草もバージニア葉です」

「僕の理解を超えています。とにかく、イーガンは釈放されるってことですね。カーロタは大喜びでしょう。〈椰子が浜ホテル〉へ急いで行って、教えてやります」

「いや、いや、待ってください。その嬉しい知らせはもう少し後にしてください。今は、黙っていることにしましょう。コープ大佐の話を聞く前に、彼の動向をこっそり見ていましょう。思いもよらないことから、何かがもっと明らかになるかもしれません。準備のために警察へ行きます」

「でも、あの人は立派な紳士ですよ」ジョン・クィンシーはきっぱり言った。「いやしくも英国海軍省の大佐です。あなたが考えていることは、できるはずがありませんよ」

チャンは首を振った。「ボストンのリア・ベイではできないでしょう。しかし、月が輝き、旅人の行きかう太平洋のこの十字路では、そうではないのです。私は人生の二十五年をハワイで過ごしてきました。そして、あり得ないはずのことが起こり、それが現実になるのを何度も見てきました」

第十七章　ホノルルの夜

月曜日は新たな進展がなく、ジョン・クィンシーは落ち着かない一日を過ごした。警察のチャンに何回か電話をしたが、彼はいつも席を外していた。

夕刊によれば、ホノルルは大いに湧いていた。それはウィンタスリップ事件を巡ってではなく、アメリカの艦隊が、ちょうどサンペドロ（ロサンゼルス近郊の港）を出航しハワイに向かっていたからで、ジョン・クィンシーほっとした。それはメリーランド州にあるアナポリス海軍兵学校の新卒業生による毎年恒例の航海で、何隻もの戦艦には将来の艦長や提督が大勢乗り組んでいた。艦隊はホノルル港に数日停泊し、晩餐会、ダンスパーティ、夜の海辺でのパーティなどの賑やかな歓迎行事が目前に迫っていた。

バーバラとも丸一日、会わなかった。バーバラは朝食に現れず、昼食も海岸で友人と取っていた。しかし、夕食では顔を合わせた。彼女はいっそう疲れているようで、顔色もふだんより悪かったが、艦隊の来航を話題にした。

「毎年、わくわくする時期よ。ホノルル中が制服姿のすてきな若者で花が咲いたようになるの。ジョン・クィンシー、あなたもいろいろなパーティに出席したらいいわ。ホノルルのいちばんすばらしいときを、まだ見ていないんですから」と待ち遠しそうに語った。

「もちろんそうします」

バーバラは首を振った。「同伴者は私じゃなくてよ。だって、私たちは、そうした催し物に縛られているわけにはゆかないの。もし、いくつか招待を受けられるように私が手配した方が良ければ……、ミネルバおばさんいかがかしら？」

「私はもう年寄りですよ。あなた方の年代にとっては、きっとすごいことなんでしょうね。でも、私からすれば、そんなに大騒ぎするほどのことじゃあないわ。今の私には……」

「心配は要りませんよ、バーバラ」ジョン・クィンシーが言った。「僕もパーティには興味はありませんから。年齢について言えば、僕だって年寄りです。今度の誕生日で三十歳ですから。暖炉のそばで、いや、ここでは扇風機の傍らで、パイプを咥えて、室内履きで寛いでいる、今の私の願いはそんなところです」

バーバラは笑って、話題を変えた。食事を終えて、バーバラはジョン・クィンシーについてラナイへ出た。彼女は「ちょっとお願いがあるんですが」と話し始めた。

「何でも言ってください」

「ブレードさんと話して、彼が何を望んでいるのか訊いてほしいのです」

「どうしてですか、ジェニスンが、と思いますけど」

「ダメよ、彼に頼むつもりはないんですから」そう言って、しばらく黙っていた。「あなたには言っておきますが、ジェニスンさんと結婚するつもりはないんです」

ジョン・クィンシーはびくっとした。ああ、やっぱり、あの口づけだ！　バーバラは思い違いをしているのか？　そんなつもりじゃなかった。元気づけてやろうとした親戚同士の口づけ、ともかく、そういうつもりだったのだ。バーバラはすてきな娘だ、それに間違いはない、だが、親戚のひとり、ウィンタスリップ一族のひとりだ。親戚同士の結婚なんて、どんなに遠縁の親戚であっても、あり得ない。それに、アガサもいる。アガサには誠実でなければならない。いったいどうして、こんなことに？

「おどろきました、いったいなぜ。私に何か責任が……」

「そんなことはありません。ジェニスンさんは、もちろんよく分かっています。あの方は私たちが親戚だってことを知っていますし、昨夜目にしたことも、深い意味はないと思っています」ジョン・クィンシーはいくらか安心し、懸念はきちんと払拭されたと思った。

「もしよろしければ、この話はここまでにしましょう。ハリーと私は結婚しません、現在のところ、ぜったいに。そして、私の代わりに、ブレードさんに会ってください」

「分かりました。すぐに会いましょう」とジョン・クィンシーは約束した。月はあの『心が張り裂けるような魅惑を秘めた場所』に昇ろうとしていたから、彼はその場を離れる理由ができ、ほっとした。

海岸を歩きながら、ジョン・クィンシーは、男たるもの、もっと慎重でなければならないと思った。チャンが言っていたように、心をしっかり甲冑でつつんでおかなければならない。本土から遥かに離れたこの南国では、思いがけない衝動が襲ってくる。そうした衝動に負けるのは意気地なしだ。夜が昼に続くように、その後には間違いなく紛糾した事態が続く。今ここにも紛糾した事態があった。バーバラとジェニスンは疎遠になった。その原因ははっきりしていた。これから先は、もっと注意深く足元を見ながら進まなければならない。

〈椰子が浜ホテル〉の二階のバルコニーのいちばん端で、ブレード夫妻が夕闇の中に座っていた。ジョン・クィンシーは二人のところに行った。

「ブレードさん、ちょっとお話が」と声をかけた。

考え事に没頭していたブレードは目をあげた。「えっ、ああ、構いませんよ」

「ジョン・クィンシー・ウィンタスリップと申します。前にお目に掛かりました」

「ああ、そう、そうでしたね」ブレードは立ちあがり握手した。そして「これは」と夫人の方を向いたが、夫人はジョン・クィンシーに鋭い視線をチラッと向けただけで、席を外した。ジョン・クィンシーの心はチクチク痛んだ。ボストンでは、ウィンタスリップと言えば、鼻であしらわれることはけっしてなかった。そうか、ハワイでは、ダン・ウィンタスリップのせいでこんな風に扱われるのだ。

「お座りください」と夫人の振舞いにいくらか戸惑ったブレードが言った。「ウィンタスリップ家の方がお見えになると、思っていました」

「そうでしょう。煙草はいかがですか?」ジョン・クィンシーは煙草ケースを差し出した。二人の煙草に火がつくと、ブレードの傍らに座った。「お分かりのように、土曜日の夜にあなたからうかがった話の関連で来ました」

「話ですって?」ブレードの顔が紅潮した。ジョン・クィンシーは笑みを浮かべた。「誤解しないでいただきたいのですが、私はあなたの話の真偽を確認しようというのではありません。しかし、ブレードさん、これは申し上げておきたいのですが、あなたのおっしゃったことを法廷で認めさせるのは、そう簡単ではないと認識しておかれた方がいいでしょう。八十年代といえば、ずっと昔です」

「おっしゃる通りかもしれません。私が頼りにしているのは、裁判は、ウィンタスリップ一族にとって好ましからざる評判をまき散らすだろうということです」

「その通りです。私はバーバラ・ウィンタスリップに頼まれて来ました。彼女はダン・ウィンタスリップのただひとりの相続人です。とても洗練された娘さんです」

「そんなことはどうでもよろしい」と、いらついたように、ブレードは口を挟んだ。

「そして、もしあなたの要求が理不尽なものでなければ」ジョン・クィンシーはいったん口をつぐみ、顔を寄せ小声で聞いた。「何をお望みですか、ブレードさん?」

ブレードは悲しげにうなだれている口髭を撫でた。「ダン・ウィンタスリップの犯した悪事は、金をもってしては償えません。しかし、私も老齢です。余生を金の心配なく過ごせればとも思います。欲深くする気はありません、とくに、ダン・ウィンタスリップはもう手の届かないところへ行ってしまったのですから。二万ポンドが関係していました。四十年を超える期間の金利については目をつぶります。十万ドルなら手を打ちます」

「親戚に代わって確定的なことは言えません。しかし、妥当なところと思えます。バーバラもその金額を差し上げることに、異議はないと思います」ブレードの疲れた老いた目が暗闇でキラッと光るのが見えた。「ダン・ウィンタスリップ殺しの犯人が見つかり次第ですが」とジョン・クインシーは急いで付け加えた。

「どう言う意味ですか?」ブレードは立ちあがった。

「この事件が解決したら支払うでしょう、と言う意味です。あなたも、彼女がそれより前に払うとは思っていないでしょう?」ジョン・クィンシーも立ち上がった。

「解決前に貰いたい!」ブレードが怒鳴った。「いいか、考えてみてくれ、この事件はいつ解決するか見当がつかない。わしは、もう一度、イングランドに帰りたいんだ。ザ・ストランド(ロンドン中西部の繁華街)、ピカデリー、ロンドンを離れて二十五年になる。待てだと! 馬鹿な、どうして待たなければならないんだ! わしにとって、いったいぜんたい、この殺人は何の関係があるんだ」ブレードが身を寄せてきた。背筋をぴんと伸ばし、目はギラギラしている。今や、奴隷商人トム・ブレードの息子になっていた。

「あんたは、わしが……」

ジョン・クィンシーは冷静にブレードと向き合った。「あなたは、先週火曜日の早朝にどこにいたか証明できていませんが、あなたが怪しいとは言っていません。でも、バーバラには待つように言うつもりです。彼女も、父親を殺した男が報いを受けるのを見届けてからと思うでしょう」

「訴えてやる。法廷に持ち出してやる」とブレードが叫んだ。

「どうぞ、お好きなように。でも、あなたは貯めた金をすべて注ぎ込んだうえに、最後は負けますよ。それでは、これで」

「とっとと失せろ！」ブレードも言い返した。〈シロの乙女号〉の甲板に立っていた父親のように、仁王立ちになっていた。

バルコニーを半分ほど戻ったところで、ジョン・クィンシーは急いで追いかけてくる足音を背後に聞いた。振り返るとブレードだった。公務員ブレード、灼熱のインドで三十六年間懸命に働いてきた男、打ちひしがれ、無力な男がいた。

「分かったよ」ジョン・クィンシーの腕に手を添えて言った。「争うのはやめだ。もうくたくただ。歳でもある。死に物狂いで働いてきた。あんたの親戚がくれるものを、何でも貰う。いつ貰えるだろうか？」

「それこそ賢明な決断です」ジョン・クィンシーは、不意に憐みの情に捕らわれた。アーリン・コンプトンに抱いたのと同じ思いだった。二人とも故郷を失った放浪者なのだ。「じきにロンドンへ戻れるよう祈っています」といって、握手の手を差し出した。

ブレードもその手を握り返した。「ありがとう。名前はウィンタスリップでも、あなたは紳士だ」

〈椰子が浜ホテル〉のロビーに入りながら、ジョン・クィンシーは、その言葉は額面通りには受け取れないお世辞だったと思った。

しかし、カーロタ・イーガンがフロントにいたので、すぐにその懸念は忘れた。彼女は目をあげて微笑み、彼女の目はオークランドのフェリーで見たとき以来もっとも幸せそうだった。

「こんにちは。優秀な帳簿係にご用はありませんか?」

カーロタは首を振った。「今のところ間に合っています。ちょうど給料計算をしていたところ。ワイキキには引き波がないように、ここでは〈経費控除〉がないから、いつもいつも、経費のことを心配していなければならないのよ」

ジョン・クィンシーは明るい声で笑った。「〈キワニス・クラブ（一九一五年にデトロイトで設立された実業家の交流、奉仕活動を目的とする組織）〉の会員みたいな言い方をしますね。ところで、何かあったんですか? 元気になったみたいだから」

「ええ、そうなの。今朝、可哀そうなパパの面会にあのおぞましいところに行って来たんです。私が帰るときに、知らない人がパパに会いに入って行ったの」

「知らない人だって?」

「そうなの。しかも、すごく素敵な人。背がすらっと高く、白髪まじりの髪で、頭がよさそうな、とても親しみやすい感じの人だった。その人を見たとたんに元気が出てきて」

「誰だったの?」不意に強い興味を覚えて、ジョン・クィンシーは聞いた。

「会ったことはなかったんだけど、ある人が英国海軍のコープ大佐だって教えてくれた」

「コープ大佐はどうしてきみのパパに会いたがったんだろう?」

「分からない。大佐を知っているの?」

「うん、会ったことがある」

「とても素敵な人だと思わない？」カーロタの黒い瞳が輝いた。

「うん、あの人はたしかに立派な人だ」ジョン・クィンシーはぶっきらぼうに答えた。「嬉しいことに、状況は、よい方向に進んでいるね」

「私もそんなふうに思う」

「お祝いをしないかい？　出かけて、夜の雰囲気をちょっと楽しもうよ。僕も警察にはいささかうんざりなんだ。ホノルルの人たちは、夜はどう楽しんでいるんだい？　映画？」

「この時期には、夜に咲くケレウス（熱帯アメリカ産のハシラサボテン）の花を見に、みんなプナホウ・スクール（ハワイの名門私立学校）のカーニバルへ行くの。ちょうど今はまっ盛りなの」

「すごいお祭りみたいだね」ジョン・クィンシーは声をあげて笑った。「その花を見に行こうよ。うん、行ってみたい。一緒にどうだい？」

「もちろん、ご一緒するわ」そう答えてから、カーロタはフロント係にいくつか指示をし、入り口で待つジョン・クィンシーのところへ来た。「急いで行って、ロードスターを取って来るよ」とジョン・クィンシーが言った。

「いいの、いいのよ」とカーロタは笑顔で言った。「私は自動車を持つつもりはないし、自動車に乗るのは好きでないの。私の愛車は路面電車。その方がずっと楽しいわ。面白い人たちにたくさん会えるから」

　オアフ・カレッジ（一八五九年から一九三四年までのプナホウ・スクールの別称）のキャンパスを取り囲む石壁の上には、夏の夜だけに咲く珍しい花が雪のように白く輝いて盛り上がっていた。わざわざ花見に出かけることにはいくらか気乗り薄だったジョン・クィンシーも、今はそれは思い違いだったと悟った。息をのむような、稀有な美しさだった。壁の前は花見の人々が行列を作って往来していた。二人もその流れに加わった。カーロタは楽しい話相手だった。明るさを取り戻し、快活に喋った。確かにバーナード・ショウや美術館についてではなかったが、ジョン・クィンシーの耳に心地よい、頭の回転の速い、人間味ある会話だった。

カーロタを説得して、若い娘の好きなアイスクリーム・ソーダを飲みに行き、二人がワイキキに戻ったのは十時だった。〈椰子が浜ホテル〉からいくらか離れた停留所で路面電車を降り、ホテルに向かってぶらぶらと歩いていった。右手に続く歩道には豊かに葉をつけた街路樹がつらなり、その奥はほとんど見通せなかった。静かな夜だった。街灯が明るくついていた。歩道は月光で白く輝いていた。ジョン・クィンシーはボストンの話をした。

「きみもボストンが気に入ると思うよ。歴史があり、落ち着いている」

横の植え込みが鋭く光った。ジョン・クィンシーは頭のすぐ横で、ビュンというピストルの弾の音を聞いた。また光った。またビュンという音。カーロタが小さな悲鳴をあげた。

車道側にいたジョン・クィンシーはカーロタと体を入れ替え、植え込みに飛び込んだ。枝が頬を引っ搔いた。そこで立ちどまった。カーロタをひとりにしておくわけにはいかなかった。カーロタの横に戻った。

「いったいなぜ？」とジョン・クィンシーがつぶやいた。あっけに取られていた。きょとんとして、目の前の平和な景色を見つめていた。

「私、私も分からない」カーロタがジョン・クィンシーの腕をつかんだ。「さあ、急いで！」

「怖がらなくともいい」ジョン・クィンシーは安心させるように言った。

「私は大丈夫」とカーロタが答えた。

二人は、何が何だか分からないまま、ホテルに向かった。だが、ロビーに入ると、予想していなかった事態が生じていた。アーサー・テンプル・コープ大佐がフロントに立っていた。コープは二人を見ると、すぐにやって来た。

「イーガンさんですね。やあ、ウィンタスリップ、こんばんは」

そう挨拶して、またカーロタの方を向いた。「ここに部屋を取りました、よろしいですね」

「どうして、ええ、構いませんが」

「今朝、父上と話をしました。ファニング諸島（中部太平洋のキリバス領の諸島）への船に乗るまで、あなたの父上の問題は知りませんでした。で、大急ぎで戻って来た次第です」

「戻って来たですって」カーロタはコープを見つめた。

「ええ、父上を助けようと」

「それは、とてもありがたいことです。でも、よく分からないのですが」

「いや、いや、お分かりにならないのは、とうぜんです」コープ大佐は笑顔でカーロタを見降ろした。「いいですか、ジムは私の弟です。あなたは私の姪にあたります。ですから、あなたの名前は、カーロタ・マリア・コープです。私は弟を説得して、やっと話を聞き出しました」

カーロタの黒い目がいっぱいに開いた。「あなたは、あなたのような立派な伯父さんが……」

とやっと言った。

「ほんとうにそう思ってくれるかい？　立派な伯父さんでありたいと思っているんだ」

ジョン・クィンシーが進み出た。「すみません、お話し中ですが。今夜はこれで、大佐」

「ああ、お休み」コープが答えた。

カーロタはジョン・クィンシーについてバルコニーに来た。「私どうしたらいいのか分からない」

「うん、事態はどんどん進んでいる」ジョン・クィンシーも認めた。そして、コルシカ煙草を思い出した。「僕は半信半疑だ」と自らに言い聞かせた。

「でも、とても素敵な方」

「うん、たぶん信用できるだろう。でも、見掛けはあてにならないことが多い。僕はこれで帰るから、彼と話をしたらいい」

カーロタは日に焼けたほっそりした手をジョン・クィンシーの焼けていない腕に添えた。「気をつけてね！」

「うん、僕は大丈夫だ」

「でも誰かが撃ったわ」

「ああ、でも、ひどい腕前だった。僕のことは大丈夫だ」

カーロタはすぐ間近にいた。その眼は暗闇で輝いていた。「自分のことは心配していない、そう言ったね。それは……」とジョン・クィンシーは言いかけた。

「私は心配なの、あなたのことが」

もちろん、月は輝いていた。ココ椰子は貿易風の忠告にしたがい頭を垂れていた。ワイキキのあたたかい海はすぐ近くでささやきかけていた。ボストン出身で免疫をもっているはずのジョン・クィンシー・ウィンタスリップは、カーロタを引き寄せ、口づけをした。親戚同士の口づけではなかった。カーロタは親戚ではなかったから、親戚同士の口づけであるはずはなかった。

「ありがとう」とジョン・クィンシーが言った。ふらふらと宙に漂っているようだった。手を伸ばして、カーロタのために両手いっぱいに星をつかみ取れそうだった。

しかし、そのすぐ後で、固く決心していたのに、またやってしまったとの思いが浮かんだ。また違う女性と口づけしてしまった。

三人だ、これで三人目だ。三人がもつれていた。

「お休み」ジョン・クィンシーはかすれ声で言った。手摺を飛び越え、大急ぎで庭を抜けて走った。

すでに三人目だ。だが、少しも後悔はしていなかった。ジョン・クィンシーも結局は生身の人間だった。海岸に沿って暗闇の中を走りながら、心は軽かった。誰かにつけられているような気がした。しかし、まったく気にしなかった。つけられている、それがどうしたと言うのか？

自室の書き物机の上に封筒が置かれていた。宛名がタイプで打たれていた。中のメモもタイプで打たれていた。

お前はおせっかいが過ぎる。事件はよそ者《マリヒニ》に口出しされなくても、ハワイが解決する。船はほぼ毎日出る。この手紙を見て四十八時間たってもまだここにいるようなら、気をつけろ！今夜はわざと外した。次は手心は加えない！

笑いながらメモを放り投げた。

俺を脅すつもりか？　ジョン・クィンシーの捜査は実りつつあった。「お前のせいだ。忘れないぞ」と言ったカオーラの怒った顔を思い出した。そして、ミネルバおばが引用した、ダン・ウィンタスリップの言葉を思い出した。「文明化されている。だがそのずっと底には、なおも、古き佳きハワイが滔々と流れ続けている」

ほぼ毎日船は出ている、だってさ。まあ、勝手に出航させたらいい。そのうちの一隻にいずれ乗ることになるだろう。しかし、それはダン・ウィンタスリップ殺しの犯人を裁きの場に立たせてからだ。

今や人生は新たな魅力を帯びていた。気をつけろ！　だと？　じゅうぶん気をつけている。そして、楽しんでもいる。ジョン・クィンシーは上着を脱ぎながら、愉快そうに微笑んだ。ボストンで債券を売るよりは、この方がはるかに魅力的だった。

第十八章　本土からの返電

翌朝、ジョン・クィンシーは九時に目覚め、今日も犯人探しに早く取りかかりたいと、張り切って蚊帳から出た。書き物机の傍らに、ここから立ち去るように脅迫する昨夜のメモが落ちていた。それを拾い上げ、面白がってまた目を通した。

食堂へ行くと、ハクが、ミネルバとバーバラは先に朝食をすませ、買い物に街へ出かけたと教えてくれた。

「おい、ハク。昨夜遅く、僕に手紙が来ただろう？」

「はい」と返事があった。

「持ってきたのは誰だった？」

「分かりません。玄関ホールのドアの側の床に落ちていました」

「見つけたのは誰だった？」

「カマイクイです」

「ああ、そうか、カマイクイか」

「カマイクイに、あなたのお部屋に入れておくように申しました」

「カマイクイは届けて来た人を見ただろうか?」

「見ておりません。その場を見た者はいません」

「そうか、ありがとう」

ジョン・クィンシーはパイプと新聞を手にラナイでのんびり時間を潰した。十時半すぎ頃、ロードスターをガレージから出し、警察へ向かった。

ハレット警部とチャンはグリーン検事と会議中とのことだった。会議の終わるのを待っていると、ほどなく会議に参加するようにとの伝言があった。検事の部屋に入ると、三人の男が検事の机の周りに浮かぬ顔で座っているのが見えた。

「あのう、ちょっと探偵の真似ごとをしたものですから」とみんなに聞こえるように言った。

検事がちらっと目をあげ訊いた。「何か新しいことでも見つけたかい?」

「いや、必ずしもそうではありませんが、昨夜、カラカウア・アベニューを若い女性と歩いていたら、植え込みから誰かが、ピストルを二発、撃ちかけてきました。そして、家に帰ると、この手紙が待っていました」

ジョン・クィンシーは手紙を警部に渡した。警部は不愉快さを隠そうとせずそれを読んで、検事に回した。そして「たいした役には立たんな」と言った。

「たとえ私がやや慎重さに欠けているとしても、多少の役には立つでしょう。私は自分の働きをかなり自負しています。私の探偵の真似ごとが的を射ている証明みたいなものですから」

「まあな」と警部は素っ気なく言った。

検事はその手紙を自分の机に置いた。「あなたにはピストルを持つようにお勧めします。もちろん、公式な忠告ではありませんが……」

「私は大丈夫です」ジョン・クィンシーは答えた。「この手紙を誰が送って来たか、見当がついているんです」

「ほんとうか?」と検事が訊き返した。

「ええ、警部の友達、ディック・カオーラですよ」

「俺の友達だって? どういう意味だ」警部が顔を真っ赤にして怒鳴った。

「だって、先日の夜、彼の扱いは丁寧だったじゃないですか」

「分かったうえでやっていることだ」

「そうであってほしいものです。でも、ロマンチックな夜に、あの男が私にピストルの弾を撃ち込めば、あなたは恨まれることになりますよ」

「ああ、あんたに危険はない。臆病者が名前を隠して手紙を書いただけだ」

「ええ、そうでしょう。臆病者が待ち伏せてピストルを撃っただけでしょう。でも、だからと言って、弾が当たらないわけではありませんよ」

警部は手紙を取り上げた。「これは預かっておく。証拠として使えるだろう」

「ええ、どうぞ。見たところ、証拠があまりないようですから」ジョン・クィンシーは言った。

「なんだって?」と警部は怒鳴った。「コルシカ煙草について重要な発見をしたじゃないか」

「いや、チャーリーの働きが悪いなんて言っているわけじゃあ、ありません。チャーリーが煙草の件を解明したときに、私も一緒だったんですから」

制服の男がドアのところに現れた。「イーガンと娘さん、それとコープ大佐です」と検事に知らせた。「すぐに会いますか？」

「入ってもらってくれ」と検事が指示した。

「よければ、一緒に話を聞きたいのですが、いいですか？」ジョン・クィンシーが尋ねた。

「ええ、もちろんいいですよ。居てもらった方がありがたい」

警官がイーガンをドアのところに連れてきて、〈椰子が浜ホテル〉の主人は部屋に入った。顔はやつれ、青白かった。警察の長い取り調べの様子がうかがえた。しかし、彼の目には断固とした輝きがなおも残っていた。イーガンに続いて、カーロタ・イーガンが入って来た。活き活きとして美しかった。新たな自信に満ちていることが窺えた。続いてコープ大佐が登場した。すらっと背が高く、堂々として、威厳と決断力に溢れていた。

「こちらがグリーン検事さんですね」と大佐は言った。「やあ、ウィンタスリップさん、私の行くところ、どこにでもおられますね」

「話をうかがってもいいですか？」ジョン・クィンシーが訊いた。

「もちろん構いませんよ。話はすぐに終わりますから」そう言って、コープ大佐は検事の方を向いた。「まず初めに、私はアーサー・テンプル・コープと申します。英国海軍省の大佐です。それから、この人は」――そう言って〈椰子が浜ホテル〉の主人に目を向けた――「私の弟です」

「えっ、ほんとうですか？　彼の名前はイーガンですよね」グリーン検事が声をあげた。

「彼の名はジェームズ・イーガン・コープです。彼はとりあえず我々には関係のない理由で、ずっと昔にコープの名を捨てました。私がここにうかがったのは、みなさん、彼はまったく根拠のない嫌疑でここに拘留されていると申し上げるためです。私も世界中を旅して回りましたが、こんな薄弱な根拠での拘留は聞いたことがありません。もし必要なら、ホノルルきっての弁護士に依頼して、暗くなる前には彼を釈放させるようにすることもできます。しかし、私としては、あなたがた自身に彼を釈放してもらい、ご自分の力でこの馬鹿馬鹿しい行為が表沙汰になるのを防いでいただきたいのです。これが最後のチャンスです」

ジョン・クインシーはカーロタ・イーガンにちらっと目を向けた。彼女の瞳は輝いていたが、ジョン・クインシーに向けられてはいるのではなく、伯父に向けられていた。

検事の顔がやや紅潮した。「大佐、『はったり』もうまくやれば本当らしくに聞こえます」

「あれ、それでは、あなたも『はったり』で言ってるんですね」大佐はピシャッと言い返した。

「私はあなたの偉ぶった態度を言っているんです」検事も言い返した。

「そうですか、分かりました。もしよければ、座らせてもらいます。私の理解では、あなたは二つの根拠で弟のジムを疑っています。ひとつはダン・ウィンタスリップの殺された晩に、彼が被害者宅に行っているのに、その訪問の理由を語ろうとしないこと。二つ目は、ウィンタスリップ邸の居間のドアの外の通路で見つかったコルシカ煙草の吸いさし」

グリーン検事は首を振った。「今は最初の根拠だけが問題です」と答えた。「コルシカ煙草は、もうイーガンを疑う証拠ではありません」そう言って、とつぜん机に身を乗り出した。「コープ大佐、コルシカ煙草はあなたを疑わせる証拠です」

大佐はひるむことなく検事の目を正面から見据えて言った。「本気ですか?」

ジョン・クィンシーには、カーロタの目に一瞬、驚きと当惑が浮かぶのが見えた。

「もちろんです」と検事は続けた。「今朝はあなたが立ち寄ってくれて、大変ありがたいのです。お話ししたいと思っていましたから。あなたは、ダン・ウィンタスリップを大嫌いだと言ったそうですね」

「言ったかもしれません。本心ですから」

「なぜですか?」

「英国戦艦に士官候補生として乗り組んでいたときに、八十年代のオーストラリアにおける、彼の芳しからぬ噂をずいぶん耳にしました。ダン・ウィンタスリップ氏には、いかがわしい風評がつきまとっていました。〈シロの乙女号〉で、死んだ船長の所持品を盗んだとの信憑性のある話が広がっていました。私たちがいささか潔癖すぎるのかもしれませんが、それは船乗りがけっして許せない類の所業なのです。彼の奴隷売買に関連して、他にもおかしな振舞いがいくつもありました。ですから、検事さん、私は、心の底からダン・ウィンタスリップを嫌っていました。もしこれまでに明言したことがなければ、今はっきりそう言います」

「あなたがホノルルに来たのは、一週間前の昨日ですね。昼、月曜日の昼でしたね。翌日には出航した。ここにいる間に、もしかして、ダン・ウィンタスリップを訪ねませんでしたか?」

「いいえ」

「そうですか。申し上げますが、イーガンのケースにあったコルシカ煙草はトルコ葉でした。ダン・ウィンタスリップ殺しの現場近くで見つかった吸いさしは、バージニア葉のものでした。それだけでなく、いいですか、コープ大佐、日曜日の夜に〈アレキサンダー・ヤング・ホテル〉のロビーで私の部下のチャーリー・チャンがあなたから貰ったコルシカ煙草も、バージニア葉でした」

コープ大佐はチャンを見て、微笑んだ。「相変わらずの名探偵じゃないですか」

「そんなことはどうでもいいんだ！」検事が怒鳴った。「説明してもらいましょう」

「簡単です。あなたがこの馬鹿げた追及を始めたときに、私はあなたに煙草を進めようとしました。ダン・ウィンタスリップ邸の戸口で見つかったコルシカ煙草は、とうぜんバージニア葉でした。私はそれしか吸いませんから」

「なんだって！」

「それについては疑問はありません。捨てたのは私ですから」

「だが、あんたはダン・ウィンタスリップのところには行かなかったって、言ったばかりじゃないか」

「その通りです。私は行っていません。私はダン・ウィンタスリップのところに滞在している、ボストンから来たミス・ミネルバ・ウィンタスリップを訪問したんです。じっさい問題として、私は月曜日の五時に彼女とお茶を飲みました。彼女に電話すれば、裏が取れます」

検事はハレット警部をちらっと見た。警部は電話に目をやって、怒りを隠さずジョン・クインシーの方を向いた。「いったいどうして、あの人は俺に話さなかったんだ?」

ジョン・クィンシーはにやっと笑った。「私にも分かりません。おそらくは、彼女はコープ大佐が事件に関係あるとは思ってもいなかったのでしょう」

「その通りだろうと思います。ミス・ウィンタスリップと私は居間でお茶を飲み、外へ出て、庭のベンチで昔話をしました。家に戻ったとき、私は煙草をくわえていました。そして、居間のドアのすぐ外にそれを捨てました。ミス・ウィンタスリップがそれに気づいたかどうかは、分かりません。たぶん気づかなかったのでしょう。覚えておくようなことではありませんから。よければ、彼女に電話してください」

グリーン検事はまた警部を見た。警部は首を振った。「後で訊いてみます」とみんなに聞こえるように言い足した。ミネルバの前途に警察の厳しい事情聴取が待ち受けていることになった。

「いずれにしても」と大佐は検事との話を続けた。「あなたは、その煙草を弟のジムを疑う根拠にすることを、自分から諦めました。残りは彼が口をつぐんでいることです」

「そう、彼の沈黙だ。それと、ダン・ウィンタスリップがジム・イーガンを怖がっていたらしいという噂だ」

大佐は眉をひそめた。「ほんとうですか?」と言って、ちょっと考え込んだ。「怖がっていたことが問題でしょうか? 彼には、怖がらなければならない正直者が弟の他にも大勢いました。検事さん、あなたが持っている手掛りは、彼がダン・ウィンタスリップについて沈黙しているということだけです。それだけで疑うのは無理でしょう。他には……」

検事が手をあげて制した。「ちょっと待ってくれ。あなたは『はったり』をかませていると言ったし、今も私はそう思っている。これ以上根拠なくぐだぐだ言うのは、知的なあなたに似合いませんよ。法律についてはよくご存知でしょうが、弟さんがウィンタスリップとの仕事の関係について黙秘していることだけでなく、生きているウィンタスリップに最後に会った人物であることは、拘留を続けるじゅうぶんな理由になります。そうした根拠で拘留することができますし、現に拘留しています。さらに、いいですか、大佐、いつまでも拘留するつもりです」

「よろしい」と立ち上がりながら、大佐が言った。「よくできる弁護士と相談してみよう」

「それは、もちろん、あなたの自由だ。おおいに結構だ」

大佐はためらった。そして、イーガンに顔を向けた。「ジム、つまりもっと世間の噂になるってことだ。時間もかかる。お前がやったことはすべてカーロタのためだったんだが、それでは彼女の幸せにもならない」

「どうしてそれが分かるんだ」ジム・イーガンは早口で言い返した。

「私の推測だ。分かっていることを組み合わせれば、そういうことだと分かるよ、ジム。カーロタは勉強のため、私と英国へ帰る予定になっていた。お前は金はあると言っていた。しかし、金はなかった。ジム、お前の見栄がそう言わせた。そのために、お前は一生の面倒を抱え込むことになった。お前は金づるを探し求めた。思いついたのがウィンタスリップだ。今は、そうだったとはっきり分かり始めている。お前はウィンタスリップの弱みをつかんでいた。あの晩、彼の家に行った、そう……」

「恐喝するために」検事が言い足した。

「気が進むことではなかっただろう、ジム。しかし、自分のためではなかった。私もカーロタも、お前が死んでもやりたくなかっただろうと分かっている。だが、娘のためにあえてやった。私たちはお前を許す」大佐はカーロタの方を向いた。「お前もそうだろう?」

カーロタの目には涙が浮かんでいた。立ち上がり、父親に口づけをし、「パパ!」と呼びかけた。

「さあ頼むから、ジム。今度だけは見栄を忘れなさい。話してくれ。そうすれば家に連れて帰れる。検事も事件が新聞など表沙汰にならないように配慮してくれるに違いない」

「繰り返し、何回もそう約束したんだ」検事が言った。

イーガンは顔をあげた。「俺は、新聞なんかちっとも気にしちゃいない。アーサー、あんたとキャリー、あんたたちには知られたくなかった。だが、あんたはもうすっかり見抜き、キャリーも分かっているから、話してもいいだろう」

ジョン・クィンシーが立ち上がった。「イーガンさん、そのほうがよければ、僕は席を外します」

「お座りなさい。キャリーから、あなたがとても親切にしてくれていると聞いている。小切手の問題だけでなく……」

「小切手って何の話だ?」警部が大声で訊いた。そして、立ち上がり、ジョン・クィンシーを見降ろすように傍らに立った。

「口外しない約束をしてあります」ジョン・クィンシーは静かに答えた。

「そんなことは認められん！」警部が怒鳴った。「あんたたちは、あんたとあのおばさんは、いいコンビだ」

「ちょっと待ってくれ、警部」と検事が口を出した。「さあ、イーガンかコープか、あんたの名前は何でも構わないが、あんたの話の続きを聞きたいんだ」

イーガンはうなずいた。「八十年代に、わしはオーストラリアのメルボルンで、銀行の窓口係だった。ある日、若者がやって来た。ウィリアムズとか何とか、そんな名前だと言っていた。その若者は、金貨がぎっしり入った緑色の皮袋をもっていた、メキシコ金貨、スペイン金貨、それと英国の金貨などで、そのうちの何枚かは泥まみれだった。若者はそれを紙幣と代えてくれと言った。わしは紙幣に両替してやった。若者はその後も同じ袋をもって何回かやって来て、紙幣への両替が繰り返された。彼が多額のチップをくれようとしたことでいささかおかしいなとは思ったものの、当時は深くは考えなかった。

一年後だった。銀行を辞めてシドニーへ行ったときに、ダン・ウィンタスリップが〈シロの乙女号〉でやったことの噂が聞こえてきた。ウィリアムズとウィンタスリップはおそらく同一人物だろうと思い当たった。しかし、その事件を追及しようとする者はいないらしく、その金はいずれにしても犯罪絡みで、トム・ブレードも堂々と手に入れたものではなかろうという雰囲気だった。だから、わしも口をつぐんでいた。

十二年後、わしはハワイへ来た。そして、すぐにダン・ウィンタスリップに気づいた。彼こそが、間違いなくウィリアムズだった。彼もわしに気づいた。わしは恐喝屋ではないが、アーサーよ、金に困っていた。そうだったが、間違ったことはやらなかった。だから、ウィンタスリップの問題はそのままにしておいた。二十年以上も、何事も起こらなかった。

ところが、数カ月前のことだ。家族に居場所がばれて、ここにいるアーサーがホノルルに来る予定があり、わしのところに立ち寄るとの手紙をくれた。わしは、かねがね、娘の力になってやっていない、娘がとうぜん享受すべきさまざまな可能性を用意してやっていないと思っていた。彼女をわしの母のところへ行かせ、英語の勉強をさせたいと思っていた。アーサーに手紙を書き、そうする段取りができた。だが、施しを受けて娘を勉強させるわけにはゆかなかった。自分が敗者で、娘に何もしてやれないことを認めることはできなかった。わしは、費用は自分で工面すると言ったが、わしには、わしには一セントも無かった。

そのとき、ブレードが現れた。天の配剤のように思えた。ウィンタスリップがブレードの父親の財産を盗んだという情報をブレードに売れると思った。しかし、話してみると、ブレードにはほとんど金がないと分かった。彼はウィンタスリップにはけっきょく歯が立たないだろうと思った。そうさ、ウィンタスリップはわしの金づるだった、腐った金をもったウィンタスリップ。わしはなぜなのか分からないが、すっかり頭に来ていたらしい。世間はわしにたいしてではないにしても、娘のためには何かをしてやる責任があると考えた。わしはウィンタスリップに電話して、月曜日の夜に会う約束を取りつけた。

だが、やはり、長年の生き方は簡単には変えられなかった。彼に電話した途端、わしは後悔し

行った。
は取りやめると告げた。だが、ウィンタスリップはぜひ会いたいと言って聞かなかった。だから、
テル〉を売ることだってできるじゃないか。とにかく、ウィンタスリップにまた電話して、訪問
た。取り消したいと思った。きっと他に手段があるだろうと自分に言い聞かせた。〈椰子が浜ホ

話に出す必要はなかった。ウィンタスリップは分かっていた。小切手を用意していた。五千ドルだ。キャリーのチャンス、キャリーの幸せがあった。わしは小切手を受け取り帰ったが、恥じていた。自分の行いを言い訳するつもりはなかったから、それを現金化しようとは思わなかった。キャリーはわしの机でその小切手を見つけ、もってきた。わしは破り捨てた。そういうことだ」イーガンは疲れはてた目を娘に向けた。「わしは、キャリー、お前のためにやったんだ。だが、お前には知られたくなかった」キャリーは父親の肩を両手で抱き、涙の目で父親を見つめていた。

「最初に話しておいてくれさえすれば、大勢が迷惑を被ることもなかったんだ、もちろんあんたもだ」と検事が言った。

大佐が立ち上がった。「さて、検事、その通りだ。これ以上引き留めておくつもりはないだろう?」

検事は立ち上がった。「ああ、すぐ釈放の手続きをする」と言ってイーガンと一緒に出て行った。警部と大佐も続いた。ジョン・クィンシーはカーロタ・イーガンに手を差し伸べた。彼にとって、彼女はまだイーガンのままだった。

「よかった、よかった」

「またすぐ会えるかしら？　まったく別の女性に会うことになるわ。オークランドのフェリーで会った女性のような人に」

「彼女はとても素敵だった。でも、あのときの彼女は、確かにきみとそっくりの目をしていた」しかし、ジョン・クィンシーは不意にアガサを思い出し、「もうお父さんが戻ったのだから、僕は用済みだね」と付け加えた。

カーロタはジョン・クィンシーを見上げ、微笑んだ。「さあ、そうかしら」と言って部屋から出て行った。

ジョン・クィンシーはチャンを見た。「さて、そういうことで、我々はどうしましょうか？」

「私個人としては」とチャンはにやりとして言った。「いつも通り、同じところで立ちすくんでいます。愚かにも、イーガンの説明に合点が行かないのです」

「でも、警部は了解しました。ハレット警部にとっては、面子丸つぶれの朝でした」

狭い控室で、二人は不機嫌そうな警部に出会った。

「イーガンの件は片がついたと言っていたところでした。残っている手掛りは？」ジョン・クィンシーは嬉しそうに言った。

「ああ、いろいろあるさ」

「もちろんそうでしょう。あなたの手掛りは次々に雲散霧消してゆきます。ゲストブックのページ、ブローチ、引きちぎられた新聞、オヒア材の箱、そして、イーガンとコルシカ煙草」

「いや、イーガンはまだだ。もう拘留はできなかろうが、俺はイーガンをかんぜんに忘れたわけじゃあない」

「そんな馬鹿な」とジョン・クィンシーは笑いながら言った。「何が手掛りとして残っていますか？　手袋の小さなボタン。これは手掛りになりません。手袋はずっと前に捨てられたものです。夜光文字盤の【2】が消えている腕時計」

チャンの茶色の目が細くなった。「決定的手掛りだ」とつぶやいて、続けた。「私がどう言ったか、思い出してください」

警部はドンと机を叩いた。「そうだ、腕時計だ！　その時計を着けていた人物が、誰かに見られたと知ったら、時計を見つけ出すのはまず不可能になる。でも、時計のことは公表しないできたから、その人物は、見られたことを知らない。我々の唯一の可能性だ」警部はチャンに目をやった。「その時計を探して、島じゅうを虱潰しに調べたが、もう一度やって見よう。宝石店、質屋、隅から隅まですべての場所だ。チャーリー、すぐに始めてくれ」

チャンはでっぷりした体にもかかわらず、敏捷に立ち上がった。「もうひと押ししてみましょう」と出て行った。

「では、頑張ってください」部屋を出ながら、ジョン・クィンシーが言った。

ハレットは唸るように言い返した。「俺はかんぜんに頭に来てるって、おばさんに言っとけよ」

警部は言葉遣いを気にするような気分ではなかった。

昼食ではその言葉をミネルバに伝える機会はなかった。彼女はバーバラと一緒に街に出かけていたからだ。その晩、夕食の後でジョン・クインシーはおばを誘って外へ出て、ハウの木の下のベンチに座った。

「ところで、警部はおばさんにひどく腹を立てています」

「私だってハレット警部には腹を立てていますよ。だから、お互い様です。あの人は何を怒っているんでしょう?」

「コルシカ煙草を捨てた人物の名前を、おばさんは初めから分かっていた、と思っています」

ミネルバはしばし黙っていた。やがて、「初めからじゃないわ」と言った。「何があったの?」

ジョン・クインシーは、その朝の警察での出来事を手短かに話した。話し終えて、おばを問いただすように見つめた。

「すごくドキドキしていたから、思い出さなかった。そうでなければ、話していたわ。私が気づいたのは数日前。私ははっきり見たの。アーサー・コープ大佐が、私たちが二回目に家に入ったときに、煙草を投げ捨てるのを。でも、黙っていた」

「なぜですか?」

「まあ、警察を試すいい機会だと思ったの。自分たちで調べさせようって」

「あまり信じがたい説明ですね。おばさんのお陰で、ずいぶん時間が無駄になったんですから」

「でも、それだけじゃなかった」

「何ですって? ぜひ聞きたいものです。さあ、話してください」

「なぜだか、コープ大佐の訪問をあの殺人事件と結びつける勇気がなかった」

しばらく二人とも黙っていた。ジョン・クィンシーは、けっして鈍感ではなかったから、ピンと来た。

「彼は、八十年代のおばさんはとてもきれいだったと言っていました。コープ大佐がって意味です。サンフランシスコの倶楽部で会ったときでした」

ミネルバはジョン・クィンシーの手に自分の片手を重ね、話し始めた。いつも、きっぱりと歯切れがよかった声は、いくらか震えていた。「まだ若い娘だった頃、この海岸で、幸福はすぐ目の前にあったわ。手を伸ばして、つかみさえすればよかった。でも、なぜか、ボストンが、ボストンが引きとめた。私の幸福は手からこぼれおちた」

「まだ遅すぎませんよ」

ミネルバは首を振った。「彼は月曜日の午後に、私にまだ遅くないと言おうとした。でも、彼の口調には何かがあった。たとえハワイにいるとしても、私は冷静なの。若さよ、ジョン・クィンシー、みんなが何を言おうとも、若さが戻ることはないの」ミネルバは重ねた手にぐっと力を入れてから、立ち上がった。「いいこと、もしチャンスが来たら、私みたいな馬鹿なことをやってはいけないわ」

ミネルバは庭を抜けて足早に去って行った。ジョン・クィンシーはその後ろ姿を見送った。その目にはおばへの新たな親近感が現れていた。

やがて鉄条網の向こうに、マッチの黄色い炎が見えた。またアモスだった。相変わらずアルガロバの木の下でぶらぶらしている。ジョン・クィンシーは立ち上がり、ゆっくり近づいた。

「こんばんは、アモス。この鉄条網はいつ取り壊す予定ですか？」

「ああ、いずれ手をつけるつもりだ。ところで、訊きたかったんだが、進展はあったかい？」

「いくつかは。でも、解決に繋がるようなものはありません。僕の見る限り、捜査はかんぜんに破綻してしまいました」

「俺もいろいろ考えてみたよ。でも、けっきょくは、未解決のままにしておくのがいちばんいいと思う。ダン殺しの犯人を見つけ出したとしても、新たなスキャンダルが表沙汰になるだけで、その方がかえって大問題だ」とアモスは言った。

「僕は僕なりに調べてみます。最後まで見届けようと思っています」

ハクが庭の向こうから足早にやって来た。「ジョン・クィンシー・ウィンタスリップさん宛に電報です。料金は受信人払いだそうで、お金が必要だと」

ジョン・クィンシーはハクの後について、急いで玄関へ行った。小柄な少年が待ちくたびれていた。ジョン・クィンシーは料金を払い、封を切った。デモインの郵便局長が発信人だった。


当方は、サラディンなる人物に心当たりなし

ジョン・クィンシーは電話に走った。警察の当直担当者が、チャンはすでに帰ったと言って、パンチボウル・ヒルの住所を教えてくれた。ジョン・クィンシーはロードスターをガレージから出すと、五分もしないうちに街に向かって走りだしていた。

第十九章　「さらば、ピート！」

チャーリー・チャンは、パンチボウル・ヒルの斜面に貼り付くように建てられた平屋に住んでいた。門で一瞬止まって、ジョン・クィンシーはホノルルの街を見降ろした。ホノルルは、山並みに囲まれた大きな盆地に建設された巨大で豪華な花園だった。美しい景色だったが、観賞する時間はなかった。椰子の木陰に続く短い歩道を急いだ。

女中のように見える中国人女性が、ぼんやりと照明の点いた居間に案内した。チャンはチェスをやっていた。来客を目にすると、悠然と立ち上がった。今は、寛ぎの時間だったから、濃い紫色でゆったりとした絹の長いローブを着て、そのローブは首のところがぴったりと留められ、幅広の袖がついていた。ローブの下には同じく絹のゆったりしたズボンを履き、足元も厚いフェルト底の絹の靴だった。温厚で愛想のよい遥か遠くの東洋の雰囲気を、全身に帯びていた。しかし、ジョン・クィンシーは、自分とチャンの握手する手の間に横たわる巨大な隔たりを、初めて現実に意識した。

「こんな陋屋にわざわざお出でくださりたいへん光栄です。この光栄な機会に、長男を紹介させていただく栄誉を付け加えさせていただきたいと思います」チャンはそう言って、チェスの相手に前に出るよう合図をした。ほっそりして、やや黄色の肌をした、灰色の目の少年だった。体重を落としたチャンにそっくりだった。「息子のヘンリー・チャンです。こちらは、ボストンからお見えのジョン・クィンシー・ウィンタスリップさんだ。お出でになったとき、ちょうど、チャンの名前を汚すことがないようにチェスの手ほどきをしておりました」

少年は深々と頭をさげた。彼が年長者に心からの敬意を払う若者のひとりであることが、はっきり見て取れた。ジョン・クィンシーも頭をさげ、挨拶した。「父上は私の親しい友人です。ですから、今からはきみも私の親友です」

チャンの表情が嬉しげに輝いた。「どうぞ、この粗末な椅子にお座りください。何かニュースがありましたか?」

「ええ」ジョン・クィンシーはそう言って、デモインの郵便局長の電報を渡した。

「これは面白いですね。そう言えば、さっき自動車の重々しいエンジン音が表で聞こえたような気がしますが」

「ええ、私は自動車で来ましたから」

「それは好都合です。すぐにハレット警部のお宅へ行きましょう。遠くではありません。もう少しふさわしいものに着替えてまいりますので、しばらく失礼します」

少年と二人きりになり、ジョン・クィンシーは話題を探した。「野球はやるかい?」

少年の目が輝いた。「上手ではありませんが、うまくなりたいと思っています。親戚のウィリー・チャンは野球の名人です。僕に教えてくれる約束をしています」

ジョン・クィンシーは部屋の中に目を走らせた。後ろの壁には、家族ぐるみの友人からの新年の贈り物である縁起の良い言葉を書いた掛け軸が掛かっていた。真向かいの別の壁には、林檎の太い枝にとまる一羽の小鳥を絹地に描いた絵が掛かっていた。その絵の素朴さに魅力を感じて、もっとよく観ようとジョン・クィンシーは絵の側に行った。「きれいな絵だ」

「中国の昔の人は、絵は声なき詩だと言っています」少年が答えた。

その絵の下には四角いテーブルがあり、低いまっすぐの背もたれがついた二脚の肘掛椅子が置いてあった。部屋のあちこちに置かれた精緻な彫刻が施されたチーク材の台の上には、染付の花瓶、中国酒の陶器甕、盆栽が飾られていた。淡い黄金色の提灯がいくつも天井から下がり、床には柔らかな色調の敷物が敷かれていた。ジョン・クィンシーは、またしても、自分とチャーリー・チャンの間の溝を感じた。

しかし、戻ってきたチャンは、ロサンゼルスやデトロイトでよく目にする服装に着替えていたので、自分との溝はそれほど大きくはなさそうだと思った。一緒に外へ出て、ロードスターに乗り込み、イオラニ・アベニューのハレット警部の家に向かった。

警部はパジャマ姿でラナイで寛いでいた。やってきた二人を、今頃なんだというように迎えた。「きみたちは遅くまで出かけているんだな。何かあったか？」

「ええ、もちろん」勧められた椅子に座りながら、ジョン・クィンシーが答えた。「サラディンという名の男ですが……」

その名を聞いて、警部はジョン・クィンシーに鋭い視線を向けた。ジョン・クィンシーは、サラディンについて分かったこと、彼が住んでいるらしい場所、彼の仕事、入れ歯を失くした気の毒な話などを語った。

「ある時期から、捜査にカオーラが関係してくるたびにサラディンが関心を示す事実に気づきました。カオーラがブレードを訪ねて来た日には、サラディンも〈椰子が浜ホテル〉のフロントにいました。カオーラが警察に話を聞かれていた夜には、窓の外にうずくまっていたサラディンを、ミス・イーガンが目撃しました。ですから、チャーリーと僕はデモインの郵便局長に照会の電報を打ってみるのも一法だと思ったのです。サラディンが食料・雑貨の卸しをやっていると言っている町です」ジョン・クィンシーは封筒を警部に渡し、「今夜、答えが来ました」と付け加えた。

ふだんは厳めしい警部の顔に奇妙な笑みが浮かんでいた。電報を手に取り、目を通し、ゆっくり引き裂いた。

「これは忘れろ、坊や」と冷静に言った。

「なに？　何ですって？」ジョン・クィンシーが息を詰まらせたように言った。

「忘れろって言ったんだ。きみの積極性は多とするが、進む方向が間違っている」

ジョン・クィンシーは叫んだ。「説明してもらおうじゃないですか」

「説明はできないが、俺の言うことを信じなさい」

「あなたの言うことは、いろいろな状況でそのまま受け入れてきました。でも、この件については『はい、そうですか』と言うわけにはいきません。誰かを庇おうとしているんですか？」

警部は立ち上がり、ジョン・クィンシーの肩に片手を置いた。「俺もいろいろ苦労してきた。

あんたに腹は立たない。誰かを庇おうともしていない。ダン・ウィンタスリップ殺しの犯人をぜひ捕まえたいと願っている、それはあんたと同じだ。おそらく、あんたよりもっとそう思っている」

「でも、証拠をもってきたら、あなたはそれを破いた」

「価値ある証拠をもってきてくれ。あの腕時計をもってきてくれ。そうしたら、俺は動き出すと約束できる」

ジョン・クィンシーは、警部の率直な言い方を好ましく思った。しかし、悲しいことに、同時に当惑もしていた。「分かりました。もう結構です。つまらぬ証拠でお騒がせしたなら、お詫びします」

「そういうことじゃないんだ」と警部は口を挟んだ。「きみの協力には感謝している。だが、サラディンに関する限りは……。彼は放っておいてくれ」

チャンはうなずいて答えた。「よく分かりました、警部」

チャンとジョン・クィンシーはまたロードスターに乗り、パンチボウル・ヒルへ戻った。二人ともいくらかしょげかえっていた。チャンが門口で降りると、ジョン・クィンシーが口を開いた。

「さて、僕はパウ《これでおしまい》です。サラディンには期待していたんですが」

チャンは、月に照らされて海岸沿いの街灯の向こうに広がる太平洋をしばらく眺めていた。「石壁に囲まれてしまいました」とぼんやりした口調で言った。「でも、それを迂回してみましょう、隙間があるかもしれません。いずれそのときが来ます」

「僕もそう思いたいものです」

チャンは笑顔になった。「忍耐はとても大切な美徳です。私はそう思います。でも、それは私が東洋人だからでしょう。あなたたち西洋の人は、忍耐を好ましくないものと見なし、ますます疎んじている、と思います」

ワイキキに向けロードスターを走らせながら、忍耐を疎ましく思うジョン・クィンシーの気持ちは、ますます膨らんでいった。だが、その後数日は、何事も起こらなかったから、じっと我慢していなければならなかった。

ジョン・クィンシーに与えられた四十八時間のハワイ滞在猶予は終わったが、脅迫状の発信人はそれ以上何も仕掛けてこれず、ジョン・クィンシーは相変わらず手持無沙汰だった。木曜日になった。他の日と同じように静かな日だった。その夜も平穏無事だった。

金曜日の午後、ワイオミングの牧場からのアガサ・パーカーの電報が単調さを破った。

アタマダ　イジ　ヨウブ　カ　セイブ　ゲ　ヒン　クラセナイ

ジョン・クィンシーはニヤッと笑った。この電報を書いているアガサの姿が見えるようだった。彼女は誇り高く、お高くとまっていて、頑固だ。彼女はこの電文を送信した電報局の男の目を引いたに違いない。あるいは、その電信係も東部出身で、西部について同じ意見の人間だったろうか？

きっとアガサが正しいだろう。おそらく、自分は頭がおかしくなっているのだ。ジョン・クィンシーは、ダン・ウィンタスリップのラナイに座り、東部のことを考えようとした。ボストンの街、自分の事務所、美術館、劇場。空気がピンと張りつめ、活気にあふれている冬の日のコモン公園。大成功か、大失敗か？　まるで劇場の幕開けの日のようにワクワクする新たな債券の発行。ロングウッド・ガーデンズでのテニス、チャールズ・ストリートでの夜の遊び、マグノリアでの気の合った仲間たちとのゴルフ、照明を抑えた由緒ある応接間で美しいカップから飲むお茶。自分は正気でそのすべてを諦めようとしているのか？　しかし、ミネルバおばさんは言っていた、「チャンスが来たら、逃してはいけない」

問題は大きかった。そして、この〈ロトスの実〉が実る土地で無為に過ごしていること、それが大きな問題だった。ジョン・クィンシーは欠伸をし、ぶらぶらとダウンタウンへ向かった。図書館へ何となく入ると、チャーリー・チャンの姿が見えた。大部の新聞綴りを広げたテーブルに覆いかぶさるように身を屈めている。ジョン・クィンシーは側へ行った。それはホノルルの朝刊紙のバックナンバーを綴じたもので、黄色く変色したスポーツ面が開かれていた。

「やあ、チャン。何してるんですか？」

チャンは笑顔で挨拶を返した。「石の壁の割れ目を探そうと全速力で走りながら、ちょっと目を通しているんです」

チャンは新聞綴りをさりげなく閉じて言った。「絶好調のようですね」

「ええ、おかげさまで」

「藪からとつぜん弾が飛んできたりもしませんか？」

「ええ、引き金はまだ引かれていません。あれは大げさなこけ脅しだったと思います。ただそれだけの……」

「どう言う意味ですか、こけ脅しって？」

「撃った奴は、やっぱり、臆病者なんですよ」

チャンは厳しい表情で首を振った。「申し上げておきますが、甘く見てはいけません。暑いところには熱い頭の奴がたくさんいます」

「注意して行動します。仕事の邪魔ではなかったですか？」

「そんなことはありません」

「ではこれで。石の壁が崩れたら知らせてください」

「もちろんです。今までのところ、壁はまだ崩れそうにありません」

ジョン・クィンシーは閲覧室のドアで立ち止まった。チャーリー・チャンはすぐにまた新聞綴りを広げて、興味津々という様子でまたテーブルに身を乗り出していた。

ワイキキに戻って、ジョン・クィンシーは味気ない夜に向き合っていた。バーバラは、昔からの家族同士の友人を訪ねてカウアイ島（ハワイ諸島の最北端の島）へ出かけてしまっていた。彼女がいると緊張してしまうから、バーバラが出かけてしまって、かえって気楽な感じもしないではなかった。バーバラと弁護士のジェニスンの仲違いはまだ解消していなかった。ジェニスンはバーバラの見送りに港へ来ることもなかった。ジョン・クィンシーはバーバラからは自発的に距離を置いたが、彼女の不在はカリア・ロードの家を寂しさの帳で覆っていた。

夕食が終わって、ジョン・クィンシーはパイプを手にラナイにいた。〈椰子が浜ホテル〉の浜へ行けば、楽しい話相手に会うことができたが、彼はためらっていた。カーロタ・イーガンには、海岸や海水浴で昼間は何回か会っていた。カーロタは、しだいに近づく英国への出発を前にして、いくらか落ち着かないようだったが、すでにすっかり元気になっていた。二人はカーロタの英国留学について、日のあるときに、何回か話をした。ジョン・クィンシーは、お守りの石像について語ったチャンが指摘したように、日が落ちてからの自分の『免疫』にやや自信がなかった。結局のところ、アガサがいて、ボストンがあった。バーバラもいた。一度に三人の女性に向き合うのは重荷だった。彼は立ち上がって、映画を観にダウンタウンに向かった。

土曜の早朝、ブーンという飛行機のエンジン音で目が覚めてしまった。アメリカ艦隊が沖合に到着して、航空会社の小型機が歓迎のために頭上を飛び回っているのだった。その日は、ホノルルはお祭りムードが溢れていた。どの船のマストにも旗がたなびき、通りは、バーバラが言っていたように、染みひとつない制服のハンサムな若者たちで華やいでいた。若者たちはそこいらじゅうにいた。土産物屋にあふれ、冷たい飲み物の屋台を取り囲み、路面電車ではしゃいでいた。夜には、海岸のホテルで大舞踏会が開催され、ジョン・クィンシーもぶらぶらと散歩に出かけた。真新しい制服が群れをなしてワイキキを目指し、美しい若い娘たちがホノルルでの恋人役を勤めようと喜び勇んで付き添っていた。

ジョン・クィンシーは、ふと、自分は仲間外れにされていると感じた。美しい娘を見るたびに、カーロタ・イーガンを思い出した。方向を変えて〈椰子が浜ホテル〉へ足を向けた。おかしなことに、足取りは一挙に速くなった。

経営者本人がフロントにいた。今は、冷静で、落ち着いた目をしていた。

「こんばんは、イーガンさん。コープさんて呼んだほうがいいですか?」

「いやあ、まだイーガンでいいですよ。コープなんて言われると、仲間外れにされたみたいで。ウィンタスリップさん、お目にかかれて嬉しいです。キャリーはすぐに降りて来ます」

ジョン・クィンシーは広いロビーに目をやった。混乱していた。踏み台、ペンキのバケツ、巻いた新しい壁紙があちこちに散らばっていた。「どうしたんですか?」と聞いた。

「ちょっとリフォーム中なんです。人前に出しても恥ずかしくないように。〈椰子が浜ホテル〉は、どんどんきれいになってゆくホノルルに目もくれずに、昔のままずっとここに建っていました。でも、私が英国海軍の関係者にかかわっていると分かりましたから、みんなは、急に、趣があって面白いホテルだと好奇心をもち始めたのです。でもホノルルって、そういうところなんです」

「ボストンも同じですよ」

「そうでしょうね。私が逃げ出してきた英国だってまさにそんなところですよ。ずっと昔のことですが、私はお前なんか勝手にしやがれって言って、英国を見限りました。でも、キャリーがいました。どうしたわけか、女は別の感じ方をするもので、英国という気品ある老婦人からの微笑みは、キャリーの気持ちを和ませました。じっさいに、英国は微笑んでいました。そうなんです、私の親戚のジョージはとても汚れの落ちる石鹸を製造して、ナイトに叙してもらったんですから」イーガンはしかめっ面で言った。「私自身はそんなことを公言したことはありません。家族の秘密だと思います。でも、世間の見方は違います。ジョージを石鹸屋と馬鹿にしちゃいけないんです。アーサーが言っていますが、石鹸製造は誰にも害のない健全な誇るべき事業なんです」

「お兄さんはまだおられますか？」

「いや、ファニング諸島での任務を終わらせるために出かけました。彼が帰ってきたら、キャリーを長期に英国に送り出すつもりです。ええ、そうするつもりなんです、キャリーを送り出します。このリフォーム費用も私が負担します。このよろめきかけた、おんぼろ〈椰子が浜ホテル〉のすでにある抵当に加えて、二番抵当も新たに設定できることになったんです。これも最近分かった英国海軍やたわいない石鹸事業との繋がりのもうひとつの効果です。ああ、キャリーが来ました」

ジョン・クィンシーは振り返った。振り返ってよかったと思った。階段にいるカーロタの姿を見逃さずにすんだからだ。きらきら光る素材のイブニング・ガウンを着て、黒い髪は美しく結い上げたばかりだった。白い両肩はつやつやと輝き、眼差しは幸福に満ちていた。足早にカーロタが側に来ると、ジョン・クィンシーは息をのんだ。こんなに美しいカーロタは見たことがなかった。事務所にいて、声を聞き、自分に会うために大急ぎで身なりを整えたに違いない、と思った。感激して、ジョン・クィンシーはカーロタの手を取った。

「すっかりご無沙汰でしたね」カーロタはなじるように言った。「私たちをもう見限ったのかと思っていました」

「そんなことはありませんな。ひどく忙しかったものですから」

ジョン・クィンシーの背後で足音がした。振り向くと、ホノルル中に溢れている海軍士官のひとりが立っていた。ギリシャ神話の美少年アドニスのようなすらっとしたブロンドの青年で、制帽を手に満面に笑みを浮かべていた。

「こんばんは、ジョニー」カーロタが挨拶した。「こちらはボストンからお見えのウィンタスリップさん。この方はバージニア州リッチモンド出身のブース大尉さん」

「こんばんは」とカーロタに目を向けたまま大尉が挨拶した。このウィンタスリップは、ただの宿泊客のひとり、それ以上の者ではない、大尉はそう思ったに違いない。「さあ、支度はいいかい、キャリー？　自動車を待たせてある」

「ほんとうにすみません、ウィンタスリップさん。私たちダンスに出かけるものですから。この週末はすっかり海軍さんのものになってしまっているの。また来ていただけるわね？」

「いいですよ。独占はしませんから」

カーロタは微笑んで、ジョニーと並んで出て行った。二人を見送って、ジョン・クィンシーは心臓が靴底に届くほど気落ちした。年齢と無力さの説明できない感覚だった。若さ、若さがドアから出て行った。そして、自分は後に取り残された。

「娘が慌ただしく出かけてしまって、お気の毒でした」イーガンが気を使って言った。

「どうしてですか、問題ありませんよ。あのブース大尉とは昔からの知合いなんですか？」

「いえ、そうじゃありません。サンフランシスコのパーティで知り合った青年です。座って、一服いかがですか?」

「またの機会にしましょう。急いで帰らなければなりませんから」

彼は、今や壊れてしまった夜から逃げ出したかった。静かな美しい夜に脱出したかった。つま先で乱暴に白砂を蹴散らしながら、海岸伝いに歩いて行った。『ジョニー!』カーロタはあいつのことをジョニーと呼んでいた。それと、あいつを見つめるカーロタの眼差し! ジョン・クィンシーの胸にまたしても切ない思いが鋭く走った。馬鹿げている、馬鹿みたいだ。ボストンへ戻って、忘れた方がいい。古き平和なボストン。自分の居場所はボストンだった。自分はここではもう年寄りだ、もうすぐ三十歳なのだから。ここから立ち去って、愛することや月光の輝く浜は、あの坊やたちに任せた方が良い。

ミネルバは大型車で友人のところに出かけてしまっていて、家は墓の中のように静まりかえっていた。ジョン・クィンシーは、塞ぎこみ、青白い顔で、目的もなく部屋から部屋へと歩き回った。〈モアナ・ホテル〉ではハワイアン・オーケストラが演奏し、リッチモンドのブース大尉が、近頃若者たちの間で流行している体を密着させる姿勢で、カーロタを抱いて踊っている。ばかな! ハワイを離れるように脅されていなくとも、ぜったいに、明日出発してやる。

電話が鳴った。使用人は誰も出られないようだった。ジョン・クィンシーは電話に行った。

「チャーリー・チャンです」声が聞こえた。「ウィンタスリップさん? ちょうとよかた。間もなく面白いこと、起こります。リバー・ストリート九二七番、リュー・イン食料・雑貨店で会います。慌てて来てくたさい。場所分かるますね？」

「見つけます」ジョン・クィンシーは喜んで叫んだ。

「川の土手、横で待ちいます。では」

さあ、行動だ、ついに、動き出すぞ！　動悸が速くなった。行動、今夜、望んでいたのは行動だ。重大局面ではいつもそうだが、使える自動車はなかった。ロードスターは修理工場に出してあった。他の自動車は使用中だった。レンタカーを使おうとカラカウア・アベニューに急いで出たが、ちょうど路面電車が近づいてきた。考えを変え、それに飛び乗った。

路面電車は嫌がっているようにのろのろと進んだ。街の中心のフォート・ストリートの角に来たとき、ジョン・クィンシーは電車を捨てて、走りだした。深夜にはまだ時間があったが、辺りは眠気を誘うように静まっていた。一組の男女の旅行者がぶらぶらと傍らを通り過ぎた。射的場の明るい入り口の周りでは、駐屯地《フォート》からやって来た兵士のグループが、何人かの海軍の下士官たちと一緒に、たむろしていた。キング・ストリートを駆け抜け、中華軽食堂と質屋を過ぎ、間もなくリバー・ストリートに入った。

左手には川があり、右手にはうらぶれた商店が軒を連ねていた。九二七番のリュー・インの店のドアで止まった。店の中では、衝立の向こうに頭だけを見せて座った数人の中国人がゲームに興じていた。ジョン・クィンシーはドアを開けた。鈴がチリンチリンと鳴った。カビと何かが腐った饐えた臭いの中に足を踏み入れた。見慣れぬ光景が素早く走らせた目に入った。乾燥させた植物の根や草、干したタツノオトシゴの入った広口瓶、腹を開き、油で光沢をつけ、吊り下げられた食欲を誘う家鴨、豚肉の塊。ひとりの老人が立ちあがり、やって来た。

「チャーリー・チャンさんはおられますか？」

老人はうなずき、店の奥に掛かっている赤いカーテンを示した。老人はカーテンを持ち上げ、さらに奥へ行くように合図した。指示されたとおりに進んで、折り畳みベッド一台、鈍い光を放っている煤けた火屋《ほや》のオイルランプひとつを載せたテーブル、椅子が二脚だけのがらんとした部屋に入った。椅子のひとつに座っていた男がとつぜん立ち上がった。全身から海の臭いを発散させている水夫らしい赤毛の大男だった。

「やあ」と男が声をかけてきた。

「チャンさんはいますか？」

「まだだ。すぐ来る。待ってる間、何か飲むか？　おい、リュー、あのひでえ紹興酒、二杯もってきてくれ！」

案内してくれた中国人は部屋から出て行った。「座れ！」大男が言った。ジョン・クィンシーは言われたままに座った。大男の水夫も腰を降ろした。男の片方の瞼はいわくありげに垂れ下がっていた。そして、両手をテーブルに載せた。大きな毛むくじゃらな手だった。「チャーリーはすぐ来る。そしたら、お前たち二人に説明する」

「そうですか？」ジョン・クィンシーはそう答えて、嫌な臭いのする狭い部屋を見わたした。奥にひとつあるドアは閉まっていた。赤毛の男にまた視線を戻した。ここから出るにはどうすればよいのか、と思った。

今では、電話をしてきたのはチャーリー・チャンではなかったと分かっていた。遅ればせながら、声が違うと思い当たった。「場所は分かるますね?」その声は言った。チャーリーの口調を不器用に真似ていたが、チャーリーは熱心に英語を勉強して、苦労して詩人の言葉などを覚えていた。彼はピジン・イングリッシュ（東南アジアや南西太平洋諸国で使われる英語と現地語の混成語）やそれらしい話し方は避けるように注意していた。ちがう、電話はチャンからではない。彼は、今は、家で体を乗りだし、チェス盤を見つめているにちがいなかった。しかし、ジョン・クィンシーは、心得顔の大柄な水夫に横目で監視され、リバー地区の場末の小部屋に閉じ込められていた。

中国人の老人が、酒が注がれた小さなグラスを二つもって戻ってきて、グラスをテーブルに載せた。赤毛の男はひとつを手に取り「あんたの健康に!」と言った。

ジョン・クィンシーもひとつを手にして、口元にもっていった。水夫の見える方の目は怪しげな光りを帯びていた。ジョン・クィンシーはテーブルにグラスを戻した。「申し訳ないが、酒は飲まないんで。ご馳走さん」

赤毛の無精ひげを顎に生やした大きな顔が、ジョン・クィンシーの顔に触れんばかりに近づいた。「おめえは、俺と飲みたくねえってことか?」と挑むように怒鳴った。

「そういうことだ」とジョン・クィンシーは言い返した。最後は力による決着だろう、と思った。いずれにしても、この中途半端な状態よりはましだろう。ジョン・クィンシーは立ち上がった。

「ではこれで」

赤いカーテンに向かって一歩踏み出した。言葉より力を信用している水夫も立ち上がり、立ち塞がった。ジョン・クィンシー自身も、言葉は無益であると感じ、無言のまま、水夫の顔面に一発喰らわした。水夫もそくざに効き目ある一発を打ち込んできた。部屋はあっと言う間に殴り合いの場になった。ジョン・クィンシーには辺り一面が赤く見えた。赤いカーテン、赤毛、ランプの赤い火、赤毛のけむくじゃらな大きな腕が狡猾に彼の顔を狙っていた。ロジャーは何て言っていたかな?「船乗りとは殴りあうなよ、あんなハムみたいな腕の野郎たちとは」そうだった、サンフランシスコではやられてしまったが、今はそのときの経験が生きている。今回はかなりうまくやっていると感じていた。

ここはサンフランシスコの屋根裏よりは闘いやすかった。迎え撃つ準備ができていて、勝ち目があった。何度も赤いカーテンを摑んだが、そのつど引き戻され、新たな攻撃に曝された。水夫はジョン・クィンシーを殴り倒そうとしていた。拳は何発も命中したが、狙った効き目はまだ現れていなかったし、ジョン・クィンシーからの攻撃も同じだった。店先にいる得体の知れない東洋人たちがまったく穏やかにゲームに興じている一方で、二人は激しい音を立てて互いに相手を狙って拳を振るって、大乱闘を演じていた。

ジョン・クィンシーはしだいに疲れてきた。息が切れてきた。相手はまだ本気で闘っていないと分かった。赤毛の大男が何か次の手を考えているらしい一瞬の隙に、テーブルを背にしたジョン・クィンシーは勝負に出た。テーブルをひっくり返した。オイルランプが割れ、真っ暗になった。消える直前のランプの光で、迫ってくる大男を見て、ジョン・クィンシーは膝をつき、マサチューセッツ州ケンブリッジのフットボール競技場《ソルジャーズ・フィールズ》で鍛えたタックルをくらわした。鍛錬が勝利した。大男はゴツンという大きな音を響かせて、頭を床に打ちつけた。ジョン・クィンシーは水夫をつかまえていた手を放し、最寄りの出口を探した。裏へ出るドアがあり、施錠されていなかった。

大急ぎでゴミの散らかった裏庭を駆け抜け、塀によじ登った。リバー地区と呼ばれている辺りにいると分かった。通りの名前も歩道もなく、入り口も出口もはっきりしない、まったく雑然とした暗い路地に、五つの民族が一緒に暮らしている場所だった。道路上にはみ出た家も、入り口が路面より低い家もあり、すべてがちぐはぐだった。未来派の絵画の中に迷い込んだようだった。立ちどまると、中国音楽のすすり泣くような旋律や何かを叩くカチャカチャいう音、カチカチとタイプライターを打つ音、安いレコードを針が擦りながら奏でるアメリカのジャズ、悲鳴のような遠くの警笛、子供がうたう日本の物悲しい歌などが混じり合って聞こえた。塀の向こう側のいくつもの足音に気を取り直して、ジョン・クィンシーは走りに走った。

このすさんだ路地の無気味な迷路から脱出しなければならなかった。しかも、一刻の猶予もなかった。暗闇の中に妙な化粧をしたいくつもの顔が現れた。白く塗り立てた顔とほのかに見える衣装。騒がしいおしゃべり。きらりと光る奇妙な目、筋ばった手の平が腕に触れた。ランプの下で群れていた満月のような丸顔の中国人の子供たちが、ジョン・クィンシーが近づくと散りじりに逃げて行った。息を切らして、また立ち止まると、追ってくるたくさんの足音が聞こえた。裸足の足、革のサンダルをつっかけた足、カタカタ音を立てる木のサンダル履きの足。ジョン・クインシーの故郷マサチューセッツ州で作られることで知られている安もの靴のキュッキュッと鳴る音も混じっていた。そして、不意に、屈強なあの水夫の大きな足のものらしい音も聞こえてきた。ジョン・クィンシーは、そのまま走り続けた。

やがて、路地よりはいくらか静かなリバー・ストリートへ出たが、ぐるぐると輪を描いて同じ辺りを走っていたと気づいた。またリュー・インの店が見えたのだ。キング・ストリートに向かってさらに走りながら振り返ると、あの赤毛男がまだ追いかけてくるのが見えた。窓にカーテンを引いた大型の幌付き乗用車が道の端に停まっていた。ジョン・クィンシーは助手席に飛び込んだ。

「出してくれ、急いで！」と喘ぎながら指示した。

薄暗がりの運転席から眠そうな日本人が彼を見た。「予約車だよ」

「かまわん、もし――」言いかけたジョン・クィンシーの目に、ハンドルに載せた運転手の片腕が見えた。息をのんだ。暗闇で夜光時計の文字盤が光っていた。【2】だけがほとんど光っていなかった。

それに気づいたとき、強い力で襟首を摑まれ、暗い後部座席に引きづり込まれた。そして、赤毛の男が追いついた。

「捕まえたか、マイク？　でかした！」赤毛は後部座席に飛び込んだ。それに続く手慣れたやり方で、ジョン・クィンシーの両手は背中で縛られた。すえた臭いのする猿ぐつわで口が塞がれた。

「この野郎が目に打ち込みさえしなかったら……」赤毛が言った。「船に着いたら、このお返しはたっぷりさせてもらうぜ。おい、お前、七十八番埠頭だ。全速力で頼むぜ！」

自動車は跳び出すように走りだした。ジョン・クィンシーは、縛られ、なす術もなく、埃まみれの床に転がされていた。埠頭へだって？　だが、彼は、そのことよりも運転手の腕の時計に頭が行っていた。

いくらか走って、自動車は埠頭上屋の影の中で停まった。ジョン・クィンシーは持ち上げられ、手荒く放り出された。片方の頬は、自動車の側面のカーテンの留め金のひとつに当たっていたから、猿ぐつわをその留め金にひっかけ、緩める冷静な余裕があった。自動車を離れるときに、ジョン・クィンシーはナンバープレートを一瞬でも見ようとした。しかし、自動車が走り去る前にかろうじて見えたのは最初の二文字【３３】だけだった。

二人の屈強な連行者に背中をどやされながら、埠頭沿いを早足で歩かされた。少し離れたところに、四人の男たちが集まっているのが見えた。三人が白い制服、ひとりはもっと濃い色の物を着ている。濃い服装の男は、パイプを吸っていた。ジョン・クィンシーの胸は喜びで高鳴った。緩めてあった猿ぐつわを歯を使ってさらに緩め、猿ぐつわは外れて首まで落ちた。「さらば、ピート！」ジョン・クィンシーはあらん限りの声で叫び、慌てる二人の連行者を振り切ろうと激しくもみ合った。

一瞬の間の後で、埠頭にいくつもの足音が響いた。白い制服の屈強な若者とマイクの激しい殴り合いが始まった。そして、赤毛男も残りの二人に気がついた。濃い服装の男がジョン・クィンシーの背後に回り、手首を縛っていた紐を切った。

「あれっ、こりゃ驚いた、ウィンタスリップさんじゃないか」とその男、ピート・メイベリーは叫んだ。

「こっちだって、びっくりだ」ジョン・クィンシーは声をあげて笑った。「あんたがいなけりゃ、あわや、むりやり連れ込まれるところだった」ジョン・クィンシーはそう叫ぶと、殴り合いに加勢するため跳び込んでいった。だが、赤毛男も仲間の男も、もう若者たちとその力に圧倒され、大慌てで逃げ出していた。ジョン・クィンシーは奮い立って追いかけ、先ほどまでの手強い敵の耳の後ろに一発喰らわした。赤毛男はよろめいたが、かろうじて体を立て直し、逃げて行った。

ジョン・クィンシーは、助けてくれた者たちのところへ戻った。「最後の一発で思い知っただろう」と言った。

「あの連中は見たことがある。先週から停泊している不定期貨物船に関係する奴らだ。阿片の密売人だ。賭けてもいい。すぐ警察へ知らせるべきだ」とメイベリーさん、メイベリーが言った。

「分かった、そうしましょう。だが、先ずは、メイベリーさん、ありがとう。それから……」ジョン・クィンシーはそう言って白い制服の若者たちを向いた。「みなさんも、どうもありがとう」がっしりした若者は帽子を拾い上げて言った。「どういたしまして。お役に立てました。でも、ねえ、先輩」とメイベリーに向かって言った。「あなたの好きなホノルル埠頭や浪漫はどうしちゃったんですか?　海兵隊へ知らせた方がいいですよ」

急ぎ足で立ち去るジョン・クィンシーの耳に、ピート・メイベリーが「こんな事件は聞いたことがない。ここ二十年、いや、もっとだ」早口で言い訳する声が聞こえた。その声はしだいに遠ざかって行った。

ハレット警部は自室にいた。ジョン・クィンシーは先ほどの大立ち回りを説明し、警部は疑うような様子だったが、運転手の腕時計に話が及ぶと、強い興味を示した。

「それは、すごい情報だ。今晩すぐにその自動車を洗い出すように指示する。ナンバープレートの最初の二文字が【３３】だったな。その貨物船にも誰か派遣する。そんな麻薬をもったまま、ここから逃げ出させるわけにはゆかん」

「麻薬の売人はどうでもいいんです。問題はあの腕時計です」

静まりかえった街に戻り、ジョン・クィンシーは頭をあげ、胸を張って歩いていた。先ほどの闘いの後の充実感が体中に満ちていた。これまでのことを考えながら、電報局へ入った。発信した電報はワイオミングの牧場にいるアガサ・パーカー宛だった。

サンフランシスコ　カ　オシマイカ

とだけ書いた。

路面電車を待とうと人けの絶えた街を歩いていると、後をつけてくる足音がまた聞こえた。今度は誰だ？　腹立たしく、うんざりした。今晩また殴り合うのは、もう願い下げだった。足を速めた。ついてくる足音も速まった。ジョン・クィンシーはさらに足を速めた。後から来る足もさらに速くなった。そうか、では、足を止めて、正体を見てやるか。

ジョン・クィンシーは向き直った。若い男が駆け寄って来た。帽子を被った痩せた若者だった。

「ウィンタスリップさんですね?」そう言って濃い茶色の何かをジョン・クィンシーの手に握らせた。「七月号の『アトランチック』です。今朝、〈マウイ号〉で着きました」

「そうか」ジョン・クィンシーは力が抜けたように言った。「ああ、貰っておくよ。おばさんが読みたがるだろうから。釣りは取っておいてくれ」

「ありがとうございます」新聞売りは帽子に手を添えて言った。

ジョン・クィンシーはひとつ空いていた路面電車の座席に腰を降ろし、ワイキキまで行った。顔は腫れて、切り傷もあった。体中の筋肉が痛んだ。七月号の『アトランティック』をしっかり脇に挟んで抱えていた。だが、目次に目をやることすらしなかった。「前進だ、前進あるのみ」と得意になってつぶやいた。ついに彼は腕時計の夜光文字盤を見たのだった。【2】がほとんど光っていない文字盤を。

第二十章　宝石屋ラウ・ホの話

日曜の早朝、ジョン・クィンシーは激しいノックで目を覚ました。寝惚け眼で起きあがり、ガウンを着てスリッパを突っかけ、ドアを開けるとミネルバの姿があった。心配している様子だった。

「あんた、大丈夫なの、ジョン・クィンシー？」

「もちろんですよ。せっかくぐっすり寝ていたところを、ノックで起こされさえしなければって、意味ですがね」

「悪かったね。でも、どうしても話をしなければならなかったの」と言って、抱えていた新聞をジョン・クィンシーに渡した。「これ、どういうことなの？」

第一面の八段抜きの見出しは、ジョン・クィンシーの寝惚け眼にもはっきり分かった。

ボストンの男、波止場で大立ち回り

小さな見出しは、ジョン・クィンシー・ウィンタスリップ氏が、オレゴンの三人の士官候補生によって、ギャングたちから『間一髪』救出されたことを報じていた。気の毒なピート・メイベリー！　事件のほんとうのヒーローは彼だったのだ。だが、夕刊紙である彼の新聞は今回も月曜の夕方まで発行されないだろうし、ライバル紙は、彼を差し置いて、それまでにさんざん書きたててしまうだろう。

ジョン・クィンシーは欠伸をした。「書いてある通りです。あわやおばさんを置いてきぼりにして行方不明になってしまう寸前に、海軍さんが助けてくれたんです。お分かりのように、人生は波瀾万丈、面白おかしい喜歌劇になってしまったんです」

「でも、いったいどうして、あんたを誘拐しようとしたの？」

「それを訊いて欲しかったんですよ。あなたの甥がたまたまきわめて頭脳明晰だったからです。探偵としての彼の鋭い分析が、誰かの気に入らないのです。その誰かは、先日の夜の手紙で、僕の頭を狙って数発ぶっ放したことも認めています」

「あなたを狙って銃で撃ったっていうこと！」ミネルバは驚いて言った。

「まさにそういうことです。おばさんも自分を探偵と思っておられるでしょうが、誰かに生垣の陰から狙い撃ちされたことはないでしょう？」

ミネルバはよろよろと椅子にへたり込んだ。「次の船で帰りなさい」と言った。

ジョン・クィンシーは声を立てて笑った。「二週間位前には、僕がおばさんに同じことを言いましたね。で、そのとき、おばさんは何て答えました？　テーブルはグルッと回ったんです。次の船では帰りません。もう帰らないかも知れません。この、のん気で気の置けない、何が起こるか分からない島がとても気に入り始めたのです。今の気持ちをまとめればそんなところです」

ジョン・クィンシーは新聞に目を戻した。『昨夜、時計は三十年前のホノルル港に巻き戻されてしまった』と新聞記事は意味ありげに書き出していた。最後は『貨物船〈メアリー・S・アリソン号〉は警察の手が及ぶ前に出航してしまっていた』と結ばれていた。その船は、蒸気エンジンに火を入れ、書類もすべて整え、赤毛の水夫と誘拐された人物が乗り込むのを待ち受けていたに違いない。ジョン・クィンシーは新聞をおばに返した。

「なんてことだ。奴らはハレット警部の指から漏れ落ちてしまった」

「そういうことよ。ひとりも捕まえられない。警部と話をしたいわ。あの人について思っていることを洗いざらいぶちまけていいなら、私もすっきりする」

「その新聞は取っておいてくださいね。ママに送りますから」

ミネルバはジョン・クィンシーをまじまじと見た。「正気なの？　可哀そうなグレース。きっとノイローゼになることよ。あなたがボストンへ無事に、つつがなく帰るまでは、この話は秘密にしておいた方がいいと思う」

「そう、ボストンねえ」とジョン・クィンシーは声をあげて笑った。「古きよき街ってみんなが呼ぶところ。いつかは行かなければならないでしょうね。さて、ちょっと時間をいただければ、朝食をご一緒する支度をします。そして、僕の冒険に満ちた生活についてお話しします」

「それがいいわ」とミネルバは立ち上がりながら言った。そして、ドアで立ちどまって、「その顔は消毒薬を塗った方がよくないこと」と言った。

「名誉の負傷ですよ。消してしまうわけにはゆきません」

「名誉の愚行ってことよ。要するに、バック・ベイと呼ばれるボストンも、それなりにいい点があるってことね」部屋を出て玄関で、ミネルバは楽しそうに笑った。

朝食をすませて、ジョン・クィンシーとミネルバが食堂を出ると、洗濯したてのホロクを着て毅然とした家政婦のカマイクイが、ジョン・クィンシーに近づいて来た。

「お早うございます。ご無事なご様子で何よりです」

「うん、ありがとう。カマイクイ」ジョン・クィンシーはふと思った。カマイクイの孫のカオーラは、自分のこのゴタゴタに関係していたのだろうか？　もしそうなら、この寡黙な大柄女性は自分の孫の行為について知っているかもしれない？

「カマイクイも可哀そうよ」居間に入るとミネルバが言った。「ダンがいなくなってから、すっかり気落ちしてしまって。とても気の毒だわ。私は彼女が気に入っているから」

「きっとそうでしょう。おばさんとは共通点がありますから」

「どういうこと？」

「おばさんも彼女も消えゆく人種だってことです。ボストンの上流階級と生粋のハワイ人」

午前中しばらくして、カーロタ・イーガンが、すっかり興奮して電話をしてきた。日曜日の新聞をちょうど見たところだと言う。

「書いてある通りさ。きみがダンスに有頂天になっている間に、僕は、キャプテン・クックとの東洋行きの航海から逃げようと懸命に闘っていたんだ」

「知ってたら、ダンスなんかやってはいなかったわ」

「きみが知らなくてよかった。盛大なパーティだったかい？」

「ええ。あの道での、あの夜から、ずっとあなたのことが心配で心配で。お話がしたいわ。こちらへ来てくださる？」

「僕がかい？　すぐ行くよ」

受話器を置いて、急いで海岸へ降りて行った。カーロタは〈椰子が浜ホテル〉にほど近い白い砂浜に座っていた。彼女自身も白い服装だった。大きく目を開いて真剣な表情のカーロタは、昨夜パーティへいそいそと出かけた陽気な娘とは別人だった。

ジョン・クィンシーは傍らにドスンと腰を降ろした。しばらくの間、二人はダンスと武勇伝について語り合った。不意にカーロタがジョン・クィンシーに向き直った。

「こんなことは頼めないって分かっての上だけれど、私のためにしてほしいことがあるの」

「喜んで、何であろうと」

「ボストンへ帰って」

「何だって！　そんな、だめだよ。それじゃ、僕はちっとも嬉しくない」

「いいえ、きっとあなたのためになる。今は自分のためになるって思っていないでしょうけど、それはここの厳しい日射しに目がくらんでいるからよ。でも、ここはあなたのような人のいる場所じゃない。私たちはあなた方とは違う。あなたは私たちが好きだって思っているでしょうが、でもすぐに忘れる。あなたの世界にお戻りなさい。関心を同じくする人たちのところへ。お願いだから」

「銃撃戦のさなかに逃げ出すようなものじゃないか」

「でも、あなたは、昨夜、勇気があることを証明した。あなたが心配なの。ここにはあなたに強い恨みを抱いている人がいる。もし、もしあなたに何かがあれば、私はけっしてハワイを許さない」

「優しいんだね」ジョン・クィンシーはカーロタの側に寄った。だが、クソッ、アガサがいた。アガサに縛られている、アガサとの関係には名誉のすべてがかかっている。彼はまたいくらか体を離して、「考えてみるよ」と言った。

「私も、ご存知のように、ホノルルを出ることになっている」

「ああ、知っている。英国はきっと楽しいよ」

カーロタは首を振った。「そんな、そんな計画のすべてが怖いの。パパはすっかりその気になっている。私はパパを喜ばせるために行くつもり。でも、きっと楽しめはしない。英国には向いていない」

「そんなことはないよ」

「いいえ、そうなの。私は教養がないし、洗練されてもいない。本当のところは、島育ちのほんの小娘」

「でも、一生ここで過ごすつもりはないんだろう?」

「ええ、本心は……。ここは美しい場所だわ、ぶらぶら過ごすには。でも、私は北の方の血が多すぎて、それには満足しない。ホテルを売って、パパと一緒に本土へ行きたいって思うの。何かの仕事につけるかもしれないし」

「本土にどこか気に入りの場所が？」

「もちろん、それほど真剣に考えているわけではないけれど……。でも、学校にいてずっと、住みたいのは、世界のどこよりもサンフランシスコだって思い続けていた」

「すばらしい。僕もそうだ。フェリーの朝のことを覚えているかい。僕に手を差し出して『あなたの街へようこそ――』って言っただろう」

「でも、あなたはすぐに私の間違いを訂正した、『僕の街はボストンだって』」

「もう、自分が間違っていたと分かっている」

カーロタは首を振った。「一瞬の間違いよ。すぐ元に戻るわ。あなたは東部の人。他の場所では、けっして幸せにはなりえない」

「そんなことはないさ。僕はウィンタスリップだ。彷徨えるウィンタスリップさ。帽子を脱ぐところがどこであろうと……」そう言って、今度はカーロタにもっと近づいた。「僕はそこで幸せになれる」（きみがいてくれれば）と付け加えたかった。しかし、アガサのほっそりした上品な手が肩に載っていた。「どこであろうと」と声を潜めて繰り返した。〈椰子が浜ホテル〉から銅鑼が聞こえた。

カーロタは立ちあがった。「お昼の合図だわ」ジョン・クィンシーも立ち上がった。「どこへ行くか、それは別の問題よ。とにかく、私のお願いを聞いてほしい、そう言っているの」

「分かっている。もし頼まれたのが他のことなら、もうとっくにしっかり対応している。でも、きみの頼みはそう簡単じゃあない。ハワイを離れて、きみにさよならを言うなんて」

「わたしの考えは変わりません」

「でも、僕には考える時間が必要だ。待ってくれるかい？」

カーロタは顔をあげて微笑んだ。「あなたは私よりずっと頭が良いわ。いいですよ、お待ちします」

ジョン・クィンシーはゆっくりと浜を歩いた。教養がない、そう、だが、魅力がある。『あなたは私よりずっと頭が良い』いったい本土のどこで、今どき、そんなことを言う娘に出会えるだろうか？　彼は、そう言ったときにカーロタが笑顔だったことをすっかり忘れてしまっていた。

午後、ジョン・クィンシーは警察へ行った。警部はかなりご機嫌斜めで自室にいた。チャンは時計の捜索で外出していた。そうか、まだ見つけていないんだ。

ジョン・クィンシーは穏やかな言い方で時計の捜査状況を聞いた。「ああ、きみは見たんだったな？　どうして、そのとき手に入れなかったんだ？」

「両手を縛られていたものですから。ホノルルのタクシー運転手に捜査の的を絞るようにしてあげたじゃないですか」

「だがな、きみ、数百人はいるんだ」

「それだけでなく、ナンバープレートの頭の二文字も教えたじゃないですか。うまくやっていれば、時計は今ごろは手に入っていたでしょう」

「もちろん、時計は手に入れる。時間がかかるんだ」

警察は時間を欲しがっていた。月曜日が来て、過ぎて行った。ミネルバは厳しい皮肉を口にした。

「忍耐はまさに愛すべき美徳ですよ」ジョン・クィンシーはミネルバに言った。「チャーリーにそう教えてもらいました」

「とにかく、責任者のハレット警部に何か頼むときにいちばん必要なのは、忍耐という美徳だわ」ミネルバはピシャッと言った。

それとは別の方面でも、ジョン・クィンシーは忍耐を強いられていた。街で大立ち回りを演じたあの夜に打った有無を言わせぬ短い電報に、どういうわけかアガサ・パーカーから返事がないままだった。彼女は気分を害したか？　パーカー家は指図を受けるのが嫌いなことで知られた家族だった。しかし、こんな重要なことについては、若い娘ならすすんでその理由を聞いてくるはずだ。

火曜日午後遅くに、チャンが警察から電話をしてきた。今回は間違いなく本物のチャンだった。〈アレキサンダー・ヤング・ホテル〉の早めの夕食に付き合ってもらえないか？　と言うことだった。

「何かあるんですか、チャーリー？」ジョン・クィンシーは急きたてるように訊いた。

「そういうことに、なるかもしれませんし、そうならないかも。よろしければ、六時にホテルのロビーで」

「分かりました、参ります」ジョン・クィンシーは答え、今度もきっと行こうと決めた。

ジョン・クィンシーは興味津々、好奇心満々の目でチャンに挨拶した。チャンは、悠然として、まったく要領を得ない態度だった。そして、ジョン・クィンシーを食堂へ案内し、慎重に正面の窓際のテーブルを選んだ。

「どうぞお寛ぎください」

ジョン・クィンシーは勧められたように寛いで、言った「チャーリー、気を揉ませないでください よ」

チャンは笑顔になった。「陰気な殺人話で楽しみの席を曇らせるのはやめましょう。これは懇親の場です。まずスープから始めるのはいかがでしょう?」

「ええ、はい、お願いします」好奇心を隠して、ジョン・クィンシーは作法通りに返事をした。

「スープを二つ」チャンは、白い上着の給仕に注文した。ホテル玄関に大型の自動車が到着した。チャーリーは腰を浮かせ、鋭い目を向けた。そして、また深々と椅子に座った。「ボストンへお帰りになる前に、こんなふうにご一緒できて、嬉しい限りです。ボストンについていろいろ聞かせてください。興味がありますので」

「興味がおありですか、ほんとうに?」

「もちろんです。かつて会ったある紳士が、ボストンは中国みたいだと言っていました。両方とも、すでに亡くなってしまった偉い人たちを大事にお祭りしている墓地に、将来が懸かっていると言うのです。私には、意味ははっきり分からなかったんですが」

「両方とも、過去に生きているってことでしょう。ある意味で、その人は正しいと思います。ボストンも、中国と同じように、栄光の歴史を鼻にかけています。でも、だからと言って、現在のボストンが立ちどまっているという意味ではありません。でも、どうして……」

ジョン・クィンシーは生まれた街について熱を込めて語った。チャンは熱心に聞いていた。

「いつも、私は」ジョン・クィンシーの話が終わると、チャンはため息をついた。「旅に憧れていました」そう言うと口をつぐんで、新たに到着した自動車に目をやった。「しかし、望むようにはいきませんでした。私は薄給の警察官です。若い頃は、夕方に山の麓をぶらついたり、月の輝く浜辺を散歩しながら、もっと昇進したいと夢見ました。今はまあこんな状態です。しかし、アメリカ市民である私の長男も夢をもっています。彼の夢は実現するかもしれません。第二のベーブ・ルース、ホームラン王、球場をどよもす大歓声。誰にも分かりません」

夕食は陰気な話に曇らされることなく楽しく終わり、二人はホテルの外へ出た。チャンは如何にも『もし気が向いたら』とでも言うように、葉巻を差し出した。そして、ホテルの入り口にもうしばらく残っていようと提案した。

「誰か待ってるんですか?」訊かずにはいられず、ジョン・クィンシーは口に出した。

「じつはそうなのです。でも、お話するわけにはゆかなかったのです。大いなる失望のときが刻一刻近づいているかもしれませんから」

ホテル入り口に一台のオープンカーが停まった。ジョン・クィンシーの目はナンバープレートに行った。たちまち全身がゾクッとした。最初の二文字は【33】だった。

旅行者のグループ、男がひとりに女が二人、が降りた。ホテルのドアマンが駆け寄って、手早く荷物を降ろした。チャンはさりげなく通路を横切り、発車しようとギアを入れた日本人の運転手に近づき、自動車のドアに手をかけ止めた。

「ちょっと待ってください」運転手は振り向いた。目に脅えの色が浮かんだ。「あなたはオクダだね。向こうのタクシー・スタンドで客待ちしている」

「えっ、ええ」運転手は上ずった声で答えた。

「旅行客のグループを乗せて、島内観光から戻ったところだね。きみは日曜日の朝早くここから出発したね？」

「えっ、ええ」

「腕時計をもっているね？」

「ええ、はい」

「その時計の文字盤を見せてもらえないだろうか？」

日本人はためらった。チャンは身を乗りだし、運転手の上着の袖をぐいと引き上げた。そして、嬉しそうに目を輝かせて、身を引き、後部ドアを閉まらぬように抑えておいた。「すみませんが後部座席《トノー》に乗ってください、ウィンタスリップさん」ジョン・クィンシーは言われたように乗り込み、チャンは助手席に乗った。「警察までお願いします」タクシーは跳びだした。

決定的手掛りだ！　ついに手に入れた。つい数日前の夜には、縛られ猿ぐつわを嚙まされ、ころがされていた、その同じ後部座席にいて、ジョン・クィンシーの胸は早鐘のように打っていた。

部屋の入り口で一行を迎えたときには苦虫を嚙み潰したようだったハレット警部の顔も、嬉しそうに緩んだ。「捕まえたのか、そうか？　よくやった」警部は運転手の手首に目をやった。「チャーリー、こいつの時計を外してくれ」

チャーリーは指示されたとおりにして、ちょっと調べてから、警部に渡した。

「ありふれた安物です」とチャンはみんなに聞こえるように言った。「数字の【2】が消えかかっています。他にも明らかになったことがあります。この日本人は細い手首をしています。しかし、バンドの穴に残っている痕は、この時計がはるかに太い手首の持ち主に使われていたことを示しています」

ハレットもうなずいた。「そうだ、その通りだ。誰か別の人物の持ち物だったんだ。そいつは太い手首の奴だ。だが、いいか、ホノルルのほとんどの男の手首は太い。座れ、オクダ。話を聞かせてもらいたい。俺に嘘をついたらどうなるか分かっているだろうな？」

「嘘は言いません、旦那」

「嘘はいけない。絶対にな、いいか、まず、先週土曜日の夜、お前の自動車に乗ったのはどいつだ？」

「土曜日の夜ですか？」

「聞こえなかったか！」

「はい、ええ、二人の船員です。現金でたっぷり払うからって、貸し切りにしました。リバー・ストリートの店に行きました。ずっと待たされました。それから、後ろ座席に追加の客を乗せて、埠頭に行きました」

「船員の名前は知ってるか？」

「知りません」

「船の名は？」

「知りません。言いませんでした」

「よし、じゃあ、重要なことをきく。いいか？　本当のことを言うんだ、俺が知りたいのは、嘘でない答えだ！　この時計はどこで手に入れた？」

チャンとジョン・クィンシーは聞き洩らすまいと身を乗り出した。「買いました」日本人は答えた。

「買っただと、どこでだ？」

「マウナケア・ストリートの中国人のラウ・ホ宝石店です」

ハレットは「知っているか、チャーリー？」と訊いた。

チャーリーはうなずいた。「ええ、よく知ってます」

「まだやってるか？」

「十時頃か、もっと遅くまでやっています」

「よし、一緒に行くんだ、オクダ。俺たちをその店に乗せて行け」

ラウ・ホは小柄な皺だらけの中国人だった。見えにくくなった片目に時計用ルーペを嵌めて、作業台を前に仕事中だった。狭い店は四人が入るといっぱいになったが、ラウ・ホは目を上げようともしなかった。

「おい、ホ、目を覚ませ！」警部が大きな声で言った。「話がある」

ラウ・ホはきわめて慎重に仕事用のスツールから降り、カウンターに近づいた。ルーペを嵌めていない方の目に敵意を込めて警部を睨んだ。警部は、翡翠をたくさん入れたトレイが並べてあるショーケースの上に腕時計を置いた。

「見たことがあるか？」と訊いた。

ラウ・ホはちらっと目をやって、ゆっくりルーペを外した。「たぶん。分からない」と調子の高い軋むような声で言った。

警部の顔が紅潮した。「そんな馬鹿な、あんたがこの店に置いていて、この男に売ったものだ。そうじゃないのか？」

ラウ・ホはぼんやりした目をタクシー運転手に向けた。「たぶん。分からない」

「くそっ！　俺が誰だか分かってるのか？」

「お巡りさん、でしょう」

「お巡りさん、そう、その通りだ！　そして、俺はこの時計について話を聞きたい。さあ、目を覚まして、思い出すんだ。さもないと、ぜったいに……」

チャンが警部の腕に慇懃に手を置いて言った。「よろしければ、この場は私に」

警部はうなずいた。「よし、お前の得意とする相手だ、チャーリー」と言ってチャーリーに場を譲った。

チャンは作法通りに大げさに会釈をして、中国語で長々と話し始めた。ラウ・ホはいくらか面白そうにチャンを見ていた。やがて、軋むような声で短い返事をした。チャンはまた話し始めた。ときどき、チャンは黙り、ラウ・ホが話した。やがて、チャンが嬉しそうな顔をした。

「虫歯が抜けて痛みが消えるように、話はすっかり分かりました。あの腕時計はここへ木曜日に持ち込まれました。殺人のあった週です。頬にナイフの小さな傷跡のある色黒の若い男が、売りたいともってきました。ラウ・ホは買い取って、修理しました。内部の機械も傷んでいました。土曜日の朝に、いくらか利益を載せて、日本人に、おそらくこのオクダに、売ったのでしょうが、ラウ・ホも断言はしません。土曜日の夜に、色黒の若者がひどく興奮してまた現れて、時計をぜひ返してほしいと言いました。ラウ・ホは日本人に売ってしまったと答えました。どの日本人だ？　ラウ・ホは名前は知りませんし、人相も説明できませんでした。日本人の顔などには興味がないのです。色黒の若者は悪態をついていなくなりました。そして、しばしば現れては、なにか知らせはないかと聞きましたが、ラウ・ホは希望に応じることはできませんでした。この宝石店主の話はそんなようなものです」

一行は通りに出た。警部は日本人のタクシー運転手を睨みつけた。「よし、もう帰っていい。時計は預かっておく」

「ありがとうございます」運転手は礼を言って、自動車に飛び乗った。

警部はチャンに言った。「傷跡のある色黒の若者って言ったな？」

「私にははっきり分かります」チャンが答えた。「スペイン人のホセ・カブレラと似ています。あまりよくない噂をまき散らしながら、うろついているいい加減な男です。ウィンタスリップさん、忘れてしまいましたか?」

ジョン・クィンシーはびっくりした。「僕が? 会ったことがありますか?」

「思い出してください。殺人の次の晩です。私たちはパイの衛生状態について話しながら〈オール・アメリカン・レストラン〉にいました。ドアが開いて、ボウカー、〈プレジデント・タイラー号〉の船室係、が〈オコレハオ〉にすっかり上機嫌になって入って来ました。色黒の若者と一緒に。あれがホセ・カブレラです」

「ああ、思い出しました」

「さて、スペイン人はすぐに見つけられる。一時間もしないうちには、俺が……」ハレットが言った。

「お待ちください。明朝九時に〈プレジデント・タイラー号〉は東洋方面から戻ってきます。私は賭けごと好きではありませんが、そのスペイン人がボウカー氏を埠頭で待っているという方に、大金を賭けても構いません。もし特段の反対がなければ、そのときに彼をぜひ逮捕したいと思います」

「もちろん構わん」警部も同意した。彼は鋭い眼差しをチャーリー・チャンに向けた。「チャーリー、この古狸め、ついにやったな」

「誰がですか? 私が? 警部のご親切なお許しをいただいて、全体状況を見直そうとしています。石の壁も、今や塵のごとく粉々に崩れようとしています。たくさんの隙間から、夜明け前の薔薇色の光が縞となって射し込んでおります」

第二十一章　崩れる石壁

石の壁はまさに粉々になろうとしていた。光がその隙間から射し込んでいた。だが、それが見えているのはチャンだけで、ジョン・クィンシーは相変わらず暗闇で手探りしていた。そして、ワイキキの家に戻って、苦々しい思いを噛みしめていた。チャンとは一緒の活動してきた。しかし、今この重要局面に到達したとき、彼は、協力して捜査に当たって来た自分を「ついて来られるものならついて来い」と放り出し、ひとりで先に進もうとしている。そうか、それならそれでいい。しかし、ジョン・クィンシーの自尊心は傷ついていた。

そして、自分をそんなふうに置き去りにするわけにはいかないことを、チャンにはっきり分からせたいと思った。ボストンとウィンタスリップ家の名誉にかけて、何らかの演繹的推理の閃きで、事件の解決にチャンと同時に到達できさえすればいいのだ。

厳しい顔つきで、ジョン・クィンシーは、捨てた古い手掛かりすべてを再検討してみた。いったん怪しまれ、その後疑いが晴れたのは、イーガン、コンプトン夫人、ブレード、カオーラ、レザービー、サラディン、コープだった。さらに、警察が捜査対象にしなかった者についても考えてみた。船室係のボウカーが頭に浮かんだ。ボウカーの再登場は、何を意味するのだ？

ジョン・クィンシーは、二週間ほど忘れていた、髪をべったりとオールバックにし、金縁眼鏡をかけた小柄な男を考えてみた。閉店してしまったバーとそこにいた友人たちについて、寂しげに語った男。〈プレジデント・タイラー号〉の船室係ボウカーとダン・ウィンタスリップ殺しは結びつくのか？　彼は自分で手を下したのではない、それには疑いがない。しかし、何らかの意味で、彼はあの事件に関与している。ジョン・クィンシーは、その船室係と他の何人かの疑わしい人物との結びつきを見つけようと、時間をかけてさまざまに考えてみたが、演繹的推理の閃きはなかった。

火曜日の夜、ずっと考え続け、物も言わず放心状態だったから、ミネルバは話相手にならないと、とうとう本を一冊抱えて自室に引っ込んでしまった。水曜日に目覚めたときにも、問題はまったく解決に近づいていなかった。

バーバラが十時にカウアイ島から到着する予定になっていて、ジョン・クィンシーは小型自動車を使って、迎えにダウンタウンに行くことにしていた。小切手を現金に換えようと銀行に立ち寄ると、懐かしい〈プレジデント・タイラー号〉の船客仲間、陽気なマダム・メイナードに出会った。

「もう会えないって思っていたわ。会いに来てくれないんですもの」

「いや申し訳ありません、ずっとひどく忙しかったものですから」

「そう聞いていますよ、警官や怪しい人物の周りを駆けまわっているって。きっと、ボストンに戻って、ハワイの人間は犯罪人や人殺しばかりだって言いふらすに違いないわ」

「いや、そんなことは……」

「いいえ、きっと言いふらすわよ。ホノルルに偏見をもっておられるんですもの。ときには、高いところから降りて来てここの立派な人たちとお付き合いしたらいかが？」

「ぜひそうしたいものです。みんながあなたみたいな方ならば」

「私みたい？　みなさん私よりはるかに教養があって、魅力的ですよ。今夜、ちょっとした肩の凝らないパーティを予定していて、何人かは我が家へお見えになるわ。おしゃべりして、月の光の中で泳ぐの。よろしかったら、お見えになりません？」

「ええ、お邪魔したいのは山々なんですが、ダンの事件が……」

マダム・メイナードの目が光った。「あの人があなたのご親戚でも、あえて言いますが、ダンのためには十分も冥福を祈ればそれでじゅうぶん。お待ちしていますよ」

ジョン・クィンシーは声をあげて笑った。「お邪魔します」

「ぜひ、おいでください。ミネルバさんも一緒にね。昔からのやり方にがんじがらめに縛られてるんだったら、死んだ方がましだって私が言っていたって、おばさんに伝えておいてくださいな」

ジョン・クィンシーは、自動車を停めておいたフォート・ストリートとキング・ストリートの角の近くに出た。乗り込もうとして、立ちどまった。見知った人物が元気よく道を横断していた。船室係のボウカーだった。太平洋きっての名捕手ウィリー・チャンが一緒だった。

「やあ、ボウカー」とジョン・クィンシーは呼びかけた。

ボウカーは気さくに近づいてきた。「これは、これは、我が親友、ウィンタスリップさん。ウィリアム・チャンを紹介します。ハワイのタイ・カップ（アメリカの名プロ野球選手、一八八六～一九六一年）です」

「チャンさんとは前に会ったことがありますよ」

「立派な人たちとはみんな知り合いなんですね。すばらしい。あのとき以来ですね」

　ボウカーはまったく素面だった。「到着したばかりなんだね」

「ちょっと前です。一緒にどうですか？」ボウカーはそう言って顔を寄せ、声を潜めた。「この物知りの若者の話では、海岸近くにタクシーの客待ちスタンドがあって、そこできれいなラベルを貼った瓶入りの極上のフーゼル油が手に入るんだそうです」

「ありがとう。だけど、島周航の船で、いとこがじきに到着することになっていて、僕が出迎え役を仰せつかっているんだ」

「それは残念です」とダブリン大学卒のボウカーが言った。「元気が残っていれば、ちょっと面白いパーティをやるつもりなんです。あなたも参加していただければ、嬉しいです。ええ、盛大に、ティムの思い出のために。それと、忘れ難い七つの海へのさよならのために」

「何だって？　パウするのかい？」

「そう、パウです。今晩九時に、馴染んだ〈P・T〉《プレジデント・タイラー号》でここを出航して、永遠におさらばです。ご存知ないでしょうが、しっかりした地方新聞が、ええ、まあ、一万ドルで買えるんです」

「それはまた突然じゃないか？」とジョン・クインシーが言った。

「ここは思いがけず何かが起こるところなんです。さて、我々は行かなければなりません。ご一緒願えないのは残念です。状況がそれほど悪くなくて、新たな仕事も順調なら、コップを伏せてもう酒はやめるつもりです。可哀そうなティムのために。それでは、これで、お元気で」

ボウカーはウィリー・チャンを促して歩いて行った。ジョン・クィンシーは、あっけに取られたような顔をしてそのまま二人を見送っていた。

バーバラは前より色が白く、ほっそりしたようだった。島巡りの旅はとても楽しく堪能したと言ったが、海岸へ自動車で戻る途中で、彼女が努めて陽気に明るく振る舞おうとしていることがはっきり分かった。家に着いて、ジョン・クィンシーはミネルバおばにミセス・メイナードの招待をそのまま伝えた。

「一緒に行きましょうよ」

「まあね。考えてみる」

その日は平穏に過ぎて行ったが、夜にその単調さが破られた。ミネルバ、バーバラと食堂を出てから、ジョン・クィンシーは一通の電報を渡された。急いで開封してみると、ボストンから発信されたもので、明らかにアガサ・パーカーからだった。西部の許容できない粗雑さにすっかり打ちひしがれて、また生まれた街に逃げ帰り、そこへジョン・クィンシーの

サンフランシスコ　カ　オシマイカ

という素っ気ない電報が追い打ちをかけた。だから、返事が遅れたのだった。電報には

オシマイ　アガサ

とだけ書かれていた。ジョン・クィンシーは電報をくしゃくしゃに握りつぶした。いくらか残念だと思おうとしたが、少しも残念ではなかった。彼はとても幸せだった。ロマンスの終り、いや違う。二人の間に元からそんな愚かしい感情はなかった。たんに、弱すぎて別れるという負担に耐えきれない気持ちが、相手にたいする優しい思いやりのように見えていただけだった。アガサは自分より若い。放浪願望などない、もっとふさわしい若者と結ばれるに違いない。そして、ジョン・クィンシー・ウィンタスリップはアガサの結婚を新聞で知る——サンフランシスコの新聞で。

ミネルバが居間にひとりでいた。「私には関係ないけれど、電報は何んて言ってきたの?」

「『オシマイ』だってさ」と正直に答えた。

「どうでもいいけど、受け取って嬉しかった?」

ジョン・クィンシーはうなずいた。「ええ、こんなにさばさばと『オシマイ』を受けとめた男は、これまでいなかったんじゃないかな」

「なんとまあ」とミス・ミネルバは大きな声で言った。「きちんとした言い方も捨てちゃったの?」

「捨てようと考えています。一緒に海岸へ出てみませんか？」

ミネルバは首を振った。「この家を調べに人が来るの。偉い弁護士らしいわ。その人は買い取りを考慮していて、家の中を案内するために、私はここにいた方がよかろうと思うの。バーバラはとても物憂げで関心がなさそう。サリー・メイナードに、私は後で寄るって言っておいて」

八時十五分前に、ジョン・クィンシーは水着を持ってカリア・ロードを歩いて行った。いつものような夜だった。明るい月が高く昇りつつあった。紫色のアラマンダ（熱帯性夾竹桃）に埋もれた別荘からは、ハワイ音楽のささやくような甘い歌声が聞こえていた。燃え立つように赤いハイビスカスの生け垣を通して、この魅惑的な島の強い芳香が鼻をついた。

マダム・メイナードの大きな屋敷はあまり見栄えのしないニューイングランド建築の典型だったが、花をつけたたくさんの蔓がそれを隠すのに役立っていた。屋敷の女主人は風のよく通る広い居間に玉座に座っているかのように腰かけ、その周りを身なりのよい陽気なホノルル上流階級の人々が取り囲んでいた。感じのよい人々でもあった。マダム・メイナードが居合わせた人々に彼を紹介し始めると、ジョン・クィンシーは、自分はこんなに肩の凝らない人たちとの気楽な付き合いは知らないままでいたと思った。

「尻ごみするのを、引っ張って来たんですよ。ハワイのためにそうすべきだと思ったので。この人は、市井の人たちとはもうずっと付き合って来ていますから」とマダムが解説した。

みんなは、どっしりした大きな椅子と煙草を勧め、手厚いもてなしを雨のように降り注いだ。ジョン・クィンシーが腰を降し、お喋りがまた始まると、ここでの話相手もボストンと同じように上品で洗練された人々だと分かった。それは当たり前だった。この地の家系のほとんどは元々ニューイングランド出身で、故郷を離れていても、昔ながらの文化と社会的身分関係を維持していた。

「一八四九年（金が発見されカリフォルニアが発展し始めた年）のずっと前には、カリフォルニアの人々は、子供たちをはるばるホノルルへ送りだし、ここのミッションスクールで教育を受けさせたし、小麦もここから輸入していたの。そういう話を聞くと、ビーコン・ストリートのあなたたちもホノルルを見直すでしょう」とマダムが言った。

「サリーおばさん、もっと話してくださいな」と青い服の可愛い娘が笑いながら促した。「最初にサンフランシスコで使われた印刷機はホノルルからもって行ったってことも」

マダム・メイナードは肩をすくめた。「でも、それが何の役に立つの？　私たちははるか僻地にいるのよ。ニューイングランドはけっして私たちを素直に理解しないでしょうよ」

ジョン・クィンシーが目を上げると戸口にカーロタ・イーガンの姿があった。それに続いて、リッチモンド出身のブース大尉がカーロタの傍らに現れた。艦隊はホノルルへの一時寄港を分《ぶん》を超えて楽しみすぎていると、ボストン出身の男は思った。

夫人は立ちあがって、カーロタを招じ入れた。「さあ、お入りなさい。だいたいどの方もご存知でしょう」そう言って居合わせた客たちに言った。「こちらはミス・イーガン。海岸でお隣同士の方」

客たちのほとんどがすでにカーロタを受け入れていた。ジョン・クィンシーは英国海軍省と石鹼事業の組み合わせ効果だと思った。若い娘にとってこのパーティはかなり肩の凝る試練に違いないだろうが、カーロタは礼儀正しくにこやかにこなしていた。カーロタなら英国でもうまくやってゆくだろう、もし、英国へ行くとしても——。

カーロタはソファに座った。ブース大尉が彼女の背後でクッションをあれこれ準備している隙に、ジョン・クィンシーはその横に座った。ソファは、幸いなことに、三人がかけるには小さすぎた。

「会えると思っていました」ジョン・クィンシーは小声で言った。「ホノルルの素敵な人たちに紹介するからと、連れてこられました。私の見るところでは、あなたがいちばん素敵だ」

カーロタはジョン・クィンシーに笑顔を向けた。肩の凝らないお喋りが部屋中にまた広がった。やがて、眼鏡をかけた背の高い若者が立ち上がり、ざわざわしたお喋りに負けない声で言った。

「本土のザ・カントリー・クラブ（マサチューセッツ州にある一八八二年創立の名門ゴルフ場）所属のプロゴルファー、ジョー・クラークから、今日の午後、電報が来ました」

ざわめきが静まり、みんな耳をすませた。「クラークはハワイ出身のプロゴルファーです」と若い男がジョン・クィンシーに教えてくれた。「全英オープンに出場するためひと月前に出かけたんです」

「優勝したの？」青い服の娘が聞いた。

「準決勝でヘーガン（ウォルター・ヘーガン。一九一〇年代、二十年代に活躍したアメリカのプロゴルファー。一八九二〜一九六九年）にやられました。でも、セント・アンドルーズ・ゴルフコース（スコットランドの名門ゴルフ場）のドライビング・ショットの最長記録を書き換えました」

「当然だろうな。わしは彼ほど太い手首の持ち主は見たことがない！」とある老人が言った。

ジョン・クィンシーは不意に興味を覚え、座りなおして尋ねた。「どう言う意味ですか？」

老人は笑顔で答えた。「ここの人間は、誰でも手首が太いんだ。サーフィンをやるからさ。それが手首が太くなる理由だ。ジョー・クラークは、かつてボディサーフィンとボードサーフィンの両方でチャンピオンだった。彼はいつも沖の岩礁に打ち寄せる大波の中に、何時間も浸かっていたものだ。その結果がたくましく太い手首だ。彼がボールを三八〇ヤードもぶっ飛ばすのを見たことがある。だから、英国人が一目置くようなゴルファーになるのは間違いない」

ジョン・クィンシーがその意味を考えている間に、誰かがそろそろ泳ぎに行く時間だと言い、全員が慌てて用意し始めた。中国人の召使がラナイに通じるドアのある更衣室へ先導し、若者たちは喜び勇んで、後について行った。

「海岸で待っていますよ」ジョン・クィンシーはカーロタ・イーガンに言った。

「私はジョニーと一緒です、お分かりでしょう」

「もちろん分かっています。でも、海軍さんとの約束は先週末だけでしょう。翌週の水曜日の夜まで週末を延長しようとしたって、それは無理と言うものですよ」

カーロタは笑った。「あなたを探しますわ」

ジョン・クィンシーは、脱ぎ散らかされる衣類が宙を飛び、日焼けした腕が互いにぶつかり合う更衣室で、大急ぎで水着に着替えた。ブース大尉はのろのろと着替えていた。ジョン・クィンシーはにやりとした。海岸へ直接開いているドアを大急ぎで出て、近くのハウの木の下で待った。やがてカーロタが姿を見せた。月の光を浴びてほっそりと、か弱げに見えた。

「やあ、こっちですよ」とジョン・クィンシーは声をかけた。「いちばん沖の浮き桟橋へ」

「いちばん遠くの浮き桟橋ね」

二人はあたたかい銀色の海に駆け入り、賑やかに泳ぎだした。五分後には、そろって浮き桟橋に座っていた。ダイヤモンドヘッド山上の灯台の光が瞬き、サンパン船の提灯が珊瑚礁の向こうにきらめいていた。ホノルルの海岸線は、星のようにちらつきながら並ぶ電気の街路灯によって縁どられていた。明るい空には月光虹がかかり、色鮮やかな虹の片側の端は太平洋に、もう一方の端は緑豊かな海辺に落ち込んでいる。

若やぎ、恋をし、思いのたけを心のままに語るための豪華な舞台装置だった。ジョン・クィンシーはカーロタの側に身を寄せた。

「素敵な夜だね」

「すばらしいわ」

「キャリー、大事な話がある。みんなから離れたここへきみを誘ったのは、そのためなんだ」

「でも、ジョニーに悪いような気がするの」

「彼のことは気にしないでいい。僕のことをジョニーと同じように考えたことがあるかい？」

カーロタは笑った。「そんな、あり得ない」

「どういう意味？」

「つまり、あなたのことは、そんなふうには呼べないってこと。あなたはとても威厳があって、それに、遠くにいるし。ジョン・クィンシー、あなたはジョン・クィンシーなのよ」

「そうか、決心してくれ。きみは違う呼び方で僕を呼ぶことになる。僕はこれから先ずっと、きみの側から離れないようにしたいと思う。そうさ、カーロタ、僕は世界でいちばんきみに近いところにいる人間になる。つまり、きみの将来への考え方を、僕のそれと一致させられるかどうかだ。キャリー、ねえ、キャリー」

背後でバチャバチャと水音がした。振り返るとブース大尉が浮き桟橋に上ろうとしていた。

「びっくりさせてやろうと思って、最後の五十ヤードは潜水で来たよ」ブースは早口で言った。

「そうか、びっくりしたよ」ジョン・クィンシーは興味なさげに言った。

大尉は、いつでも利用できる予約席をもっている客のように堂々と腰を降ろした。「ホノルルの夜は素晴らしいと、世界に宣伝してやるよ」

「世界と言えば、あんたたちはいつ出航するんだい?」

「分からん。明日じゃないかな。俺は、ずっとここにいても構わない。ハワイは去り難し。そうだろう、キャリー?」

カーロタはうなずいた。「私の知る限りでは、いちばん離れたくないところよ、ジョニー。私はいずれここから出なければならない。それがどれほど辛いことなのか、自分でも分かっている。きっとワイオリみたいに、船がワイキキを通過するときに船から海に飛び込むわ」

三人はしばらく黙って座っていた。ジョン・クィンシーがとつぜん訊いた。「きみが言ったあれは何のこと？」

「ワイオリ？　話しませんでしたっけ？　ワイオリはハワイきっての水泳の達人で、みんなは、デューク・カハナモク（ハワイ出身のアメリカの水泳選手。一八九〇～一九六八年。一九一〇年代、二十年代のオリンピックで活躍した）のように本土での大会に参加させようと長年にわたり説得していたの。でも彼は寂しがり屋で、どうしてもハワイを離れる覚悟ができなかったの。最終的に、やっと説得に成功し、晴れ渡ったある朝、ワイオリはまったく気の進まなそうな顔をして〈マソニア号〉に乗って出発した。でも、船がワイキキ沖を通っているときに、船からこっそり海に飛び込み、泳いで海岸に戻ってしまったの。そういう話よ。それ以来、彼はけっして船に乗らなかったってことだわ」

ジョン・クィンシーは立ち上がった。「僕たちが海岸を離れたのは何時だったかな？」と何気なく訊いた。

「八時半頃だった」とブースが答えた。

ジョン・クィンシーは早口で語った。「と言うことは、三十分で、海岸へ戻って、着替えて、〈プレジデント・タイラー号〉が出航する前に埠頭に到着しなければならないってことだ。申し訳ないが、行かなければ。すごく重要な、絶対的に重要なことを思い出した。キャリー、僕は大切なことをきみに話し始めていた。いつ戻れるかはっきりしないが、戻ったら、きみにどうしても会いたい、マダム・メイナードのところかきみのホテルで。待っていてくれるね？」

カーロタはジョン・クィンシーの真剣な口調にびっくりしたが、「ええ、いいわ」と答えた。

「ありがたい」そう言って、ジョン・クィンシーは一瞬ためらった。愛する女性を、ハンサムな海軍士官と二人きりで月の輝く浮き桟橋に残しておくのは、心配だった。だが、やらなければならなかった。「じゃあ、行くよ」と言って海に飛び込んだ。

海面に浮きあがると、大尉の声が聞こえた。「おい、あんた、ひどい飛び込み方だな。手本を見せてやる」

「うるさい」とジョン・クィンシーは水の中でつぶやき、力強い大きなストロークで海岸を目指した。狂ったように大急ぎで更衣室に飛び込み、着替え、もう一度外へ飛び出した。招いてくれたマダム・メイナードに挨拶をする余裕もなかった。海岸沿いにダン・ウィンタスリップ邸まで走った。ハクは玄関ホールでうたた寝をしていた。

「大急《ウイキウイキ》ぎだ」ジョン・クィンシーは叫んだ。「運転手にロードスターを玄関に持ってきて、エンジンをかけたままにしておくように言ってくれ。目を覚せ！　ぼやぼやするな！　バーバラはどこだ？」

「さっきは海岸にいました」ハクはびっくりして答えた。

ハウの木の下のベンチで、ひとり座っているバーバラを見つけた。ジョン・クィンシーは息を弾ませながら、その前に立った。

「バーバラ、ついにパパを殺った犯人を突き止めた」

彼女も立ち上がっていた。「ほんとうに？」

「うん、教えようか？」

「いいえ、止めておきます。とても、聞いていられないでしょうから。恐ろしすぎます」

「それじゃあ、誰かを疑っていたのかい？」

「ええ、たんなる疑い。私の感じ、勘です。とても信じられませんでした。信じたくありませんでした。その疑いを追い払おうとしました。あまりに恐ろしくて……」

ジョン・クィンシーはバーバラの肩に手を置いた。「可哀そうに。心配しなくてもいい。きみは、いずれにしても、巻き込まれないようにする。きみはそっとしておくよ」

「何が、いったい何が起こったの？」

「もう止められない。後で説明する」ジョン・クィンシーは玄関に走って行った。ミネルバが家から出てきた。

「お話している時間がありません」と声をかけて、ジョン・クィンシーはロードスターに飛び乗った。

「ちょっと待って、ジョン・クィンシー。妙なことになっているの。この家を見に来た弁護士が、ダンは殺されるちょうど一週間前に、新しい遺言について自分と相談していたって言うの」

「それはすばらしい！　立派な証拠だ！」とジョン・クィンシーは叫んだ。

「でも、どうして新しい遺言なの？　バーバラがとうぜん彼がもっていたもの全部を……」

「いいですか」とジョン・クィンシーはミネルバの話を遮った。「あなたのせいでもう遅くなってしまいました。大型自動車を使って、警察へ行ってください。その話をハレット警部に聞かせてください。そして、僕は〈プレジデント・タイラー号〉にいるから、チャンをすぐにそこへ来させてほしいって伝えてください」

ジョン・クィンシーはアクセルを踏み込んだ。自動車の時計は、〈プレジデント・タイラー号〉の出航までに埠頭に着くにはあと十七分しかないことを示していた。彼は明るく輝くハワイの夜を狂ったように自動車を走らせた。平坦ですいているカラカウア・アベニューは高速道路としても立派に役立つことを示してくれた。三マイルをちょうど八分で走って、埠頭に到着した。街の中心部のいくらか混んだ交通事情と怒った警官がやや時間を取らせた。

薄暗い埠頭上屋のあちこちに立った人々が、定期船の間もなくの出航を待っていた。ジョン・クィンシーは人々をかき分け、タラップを駆けあがった。二等航海士のヘップワースが甲板に立っていた。

「こんばんは、ウィンタスリップさん。これに乗られますか?」

「いや違う、でも、船内に入らせてくれ!」

「申し訳ありませんが、タラップを引き上げるところです」

「だめ、だめだ。待ってくれ。これは命にかかわる問題なんだ。ちょっと待ってくれ。ボウカーと言う名前の船室係、そいつをすぐ見つけなければならないんだ。命が掛かっているって言っただろう」

ヘップワースが道を空けた。「まあ、そういうことでしたら。でも、急いでくださいよ」

「分かった」ジョン・クィンシーはヘップワースの脇を駆け抜けた。ボウカーが担当している船室区画に向かって急ぎながら、背の高い人物が目にとまった。長い緑色の厚手の旅行用外套《アルスターコート》を着て、型の崩れた緑色の帽子を被った男だ。その帽子をこの前見たのは、オアフ・カントリー・ゴルフ倶楽部でだった。

　その背の高い人物は階段を上がって最上階の甲板に行った。ジョン・クィンシーは後をつけた。アルスターコートが特等船室のひとつに消えるのが見えた。なおも後をつけ、その船室のドアを押し開けた。アルスターコートの男はドアに背を向けていたが、さっと振り返った。

「ああ、ジェニスンさん。この船で出かける予定でしたか?」

　一瞬、ジェニスンはジョン・クィンシーを見つめた。「ええ、そうです」

「忘れてください。僕と一緒に下船します」

「なんだって?　どんな権限があって?」

「権限はありません。あなたを連れて行く、ただそれだけです」ジョン・クィンシーは厳しい表情で言った。

　ジェニスンの顔に笑みが浮かんだ。だがその裏には憎しみが光っていた。ふだんは温和で上品なジョン・クィンシーの胸の内にも、ジェニスンと向き合いながら、憎しみが燃え盛っていた。ホダン・ウィンタスリップを、簡易ベッドで死んでいたダン・ウィンタスリップを思っていた。ホノルルに上陸する朝に、自分たちと一緒にタラップを降りて行ったジェニスンを思った。彼はバーバラが恐ろしい衝撃にたじろいだときに、彼女を腕に抱いた。藪の奥から自分を狙った銃撃を、赤い部屋で自分をめった打ちにした赤毛の男を、思った。さて、また力に訴えなければならない。避ける方法はない。下船を促すサイレンが鋭く響きわたった。

「出て行ってくれ。タラップまで送ってやる」ジェニスンが言った。

ジェニスンは自分の計画がかえって不利であることに気づいた。右手が素早くポケットへ入った。それを見て、ジョン・クィンシーは水の入った瓶をつかみ、ジェニスンの頭に投げつけた。ジェニスンは身をかわした。瓶が窓を突き破って飛びだした。硝子の砕ける大きな音にもかかわらず、誰も姿を見せなかった。飛びかかってくるジェニスンが目に入った。何か光るものを握っている。横にかわして、ジョン・クィンシーはジェニスンの背中に体当たりした。ジェニスンは膝をついた。ジョン・クィンシーは自動拳銃を握りしめているジェニスンの右手首をつかんで、しばらくその姿勢のままで動けなかった。やがて、ジェニスンはゆっくりと立ち上がり始めた。拳銃を握っているジェニスンの手が、押さえているジョン・クィンシーの手から離れそうになり始めた。ジョン・クィンシーは歯を食いしばって、ジェニスンの手首を放すまいとした。しかし、闘っている相手は、赤毛の男よりもっと手強かった。ジョン・クィンシーは敵わなかった。これはやられる！　そのあきらめの予感がジョン・クィンシーの闘志をそぐように湧きあがってきた。

ジェニスンは今や立ち上がっていた。右手はほとんど自由になっていた。もうだめだ、そうなるとどうなるんだ、ジョン・クィンシーには分からなかった。この男は自分を陸に帰すつもりはない。ジョン・クィンシーが下船と言った途端に、この男は計画を変えた。鈍い拳銃の音、そして、その夜、船が太平洋の沖合いにじゅうぶん出てから、海に投げ込む音。ジョン・クィンシーはボストンを、母を思った。自分の戻るのを待っているカーロタを思った。ジョン・クィンシーは必死の力を振り絞って、手に力を込めた。

穏やかな黄色みを帯びた顔が、とつぜん、割れた窓に現れた。拳銃を握った腕が、ぎざぎざに割れた窓硝子の間から突き出された。

「武器を捨てなさい、ジェニスンさん」チャーリー・チャンの声だった。「さもないと、あなたに一発撃ち込まざるを得なくなります」

ジェニスンの銃が床に転がった。ジョン・クインシーはよろめきながら後退りし、寝台によりかかった。その瞬間、ドアが開き、ハレット警部が、スペンサー刑事をしたがえて入ってきた。

「やあ、ウィンタスリップ、何やってるんだい？」警部は言った。警部は緑色のアルスターコートのポケットのひとつに、一枚の書類を押し込んだ。「さあ、来い、ジェニスン。訊きたいことがあるんだ」

ジョン・クインシーは、ぐったりして、みんなの後について特等船室を出た。部屋の外にチャンがいた。タラップの降り口で警部は立ちどまって、言った。「ヘップワースを待とう」

ジョン・クインシーはチャンの肩に片手を置いた。「チャーリー、礼の言いようもない。命の恩人だ」

チャンは軽くうなずいた。「私も言葉にならないほど喜んでいます。私はあちこちで命を助けてきましたが、ボストンのような洗練された街にかかわるのは初めてです。思い出という黄金の巻き物へ、ありがたく書き込みます」

ヘップワースが現れた。「問題ありません。船長は出航を一時間遅らせることを許可しました。一緒に警察へ行きます」

タラップの途中で、チャンはジョン・クィンシーを振り返った。「あなたの勇気には心から感服しました。あなたが、このジェニスンに敢然と飛び掛かった状況はよく理解できます。しかし、奴はあなたをやっつけたかもしれません。奴が勝ったかもしれません。なぜか？　答えは、太い手首です」

「じゃあ、サーフィンの名人だったんですか？」ジョン・クィンシーが言った。

チャンはジョン・クィンシーに感心したような目を向けた。「あなたはじつに頭の回転が速い。十年前には、このハリー・ジェニスンはオール・ハワイの水泳チャンピオンでした。ホノルルの新聞の古いスポーツ記事からこの情報を得ました。しかし、最近は、あまり泳いでいませんでした。さらに言えば、ダン・ウィンタスリップを殺した夜までは」

第二十二章　射し込む光

一行は埠頭上屋を通って道路に出た。ヘップワース、ジェニスン、三人の警官がハレット警部の自動車に乗った。警部はジョン・クィンシーに言った。

「あなたも来ますね？　ウィンタスリップさん」

「自分の自動車があります。それでついて行きます」

ロードスターはあまり調子がよくなかった。警察に着いたときは、警部たちよりたっぷり五分は遅れていた。ダン・ウィンタスリップの大型のリムジンが道路に停まっているのが目に入った。

警部の部屋には、警部、チャンとともに第三の人物がいた。一度見ただけでは、その人物がサラディン氏だとは分からなかった。入れ歯を失くした貧相な男は、今では、ジョン・クィンシーが思っていたよりはるかに若々しかった。

「やあ、ウィンタスリップさん」と警部が声をかけた。そして、サラディンを向いた。

「おい、ラリー、きみのおかげで、この若い人の俺にたいする信用は完全に地に墜ちてしまっていたんだ。この人は、俺がきみをかくまおうとしているってひどく責めたんだ。どういうことか自分で説明してやってくれ」

サラディンは笑顔になった。「いいですよ、構いません。ここでの私の任務はほぼ終わりですから。確認するまでもなく、ウィンタスリップさんは、これから私が話すことを口外しませんよね」

「もちろんです」とジョン・クィンシーは答えた。このサラディンが、【サ行】がうまく発音できなかったあの人物とは思えなかった。「入れ歯を見つけたようですね」と言い足した。

「ええ、そうなんです。トランクの中にありました。ワイキキに着いた日にしまったんです。二十年前のことでしたが、フットボールの試合で歯をやられてしまいました。おまけに、そのことで恋人にも振られてしまったのです。でも、歯を失ったことは、仕事においてはひじょうに助けになりました。海に落ちた入れ歯を探している男の姿は、滑稽で笑いを誘います。その男を重大な事件と結び付ける人はいません。海岸を好きなだけ歩き回ることができます。ウィンタスリップさん、私は財務省の特別捜査官で、麻薬組織の捜査のためにここへ派遣されました。名前は、とうぜんながら、サラディンではありません」

「いや、いや、驚いた。やっと分かりました」

「分かってくれて、ありがとう」と警部が言った。「あんたがここの麻薬密売業者のやり方を知っているかどうかは分からないが、ブツは不定期貨物船で東洋方面から持ち込まれる。たとえば、〈メアリー・S・アリソン号〉だ。船がワイキキ沖に到着すると、いくつかの小型の筏を組み立て、ブツを詰めた缶を積む。釣りのために海に出ているように装う何隻もの小型ボートが、筏を拾い上げ、陸にもってくる。ダウンタウンへもって行き、サンフランシスコ《フリスコ》行きの船に隠す。ふつうは、ここと本土を定期的に往復する船が使われる。そうした船は、本土側であまり厳しく監視していないからだ。だが、〈プレジデント・タイラー号〉の操舵手が取り引きの仲介人のひとりだとたまたま分かった。今夜、その男の船室を捜索し、多量のブツを発見した」

「〈プレジデント・タイラー号〉の操舵手ですって」とジョン・クィンシーは繰り返した。「ディック・カオーラの友達でしょう」

「その通り。私はディックに思い当たった。奴はここで筏を拾い上げる役だった。殺人のあった夜には、ディックはビジネスの最中で、サラディンは奴を見て、あの特別便のメモですべてを教えてくれた。だから、奴を泳がせておいたってわけだ」

「謝らなければなりませんね」ジョン・クィンシーは言った。

「いや、構わない」警部は上機嫌だった。「ここにいるラリーは、組織のもっと上層部の何人かも捕まえた。例えば、ジェニスンだ。奴は一味の弁護士で、捕まって、麻薬取締官の前に引き出されたメンバーの弁護を引き受けていた。その事実はダン・ウィンタスリップ殺しとは関係ないが、ウィンタスリップがそれに気づいてしまえば話は別だ。ジェニスンを自分の娘と結婚させたくなかったのも、それが理由だ」

サラディンは立ちあがって言った。「操舵手はあなたに引き渡します。麻薬以外の容疑も考えて、ジェニスンも渡します。私のほうはこれですみましたから。ではまた」

「明日またな、ラリー」警部が挨拶を返した。サラディンは出て行き、警部はジョン・クィンシーの方を向いた。「さて、きみ、ご苦労だった。きみがジェニスンの船室で何をしていたかは知らぬが、殺人犯として捕まえたなら、よくやってくれた」

「ええ、僕が捕まえたんです。ところで、おばは見ませんでしたか？　おばはかなり面白い情報を握っているんです」

「会ったよ」と警部は言った。「今はその情報について話すために、グリーン検事のところにいる。さあ、検事が待っている。行こう」

一同は検事の部屋へ行った。グリーンは張り切って、待ちかねていた。速記者が横にいた。ミネルバは検事の机の傍らに座っていた。

「やあ、ウィンタスリップさん。当地の警察についての評価は、今はいかがですかな？　なかなかやるでしょう、ねえ、かなり。まあ、みなさん、お座りください」ジョン・クィンシー、警部、チャンが椅子を見つけるまでの間に、検事は机の上の書類に目を通していた。「率直に言って、この事件にはかんぜんにやられました。ハリー・ジェニスンとは昔なじみです。昨日も倶楽部で昼飯を一緒にしたばかりでした。私は普通の犯罪にたいするのとはいくらか違うやり方で、この事件に当たるつもりです」

ジョン・クィンシーは椅子から腰を浮かした。「まあ、落ち着いて」と検事は笑顔で言った。「ジェニスンには、友情の有無にかかわらず、やったことの報いはすべて受けさせます。私が言いたいのは、彼から時間をかけず自供を引き出して、このハワイ準州のために、長期裁判にともなう多額の費用を節約させられないか、ということです。ジェニスンは間もなく来ます。私は、最初から最後まで、手持ちのカードをすべて見せるつもりです。馬鹿みたいに見えるかもしれませんが、じつはそうではありません。私が切り札、すべての切り札をもっていることに、彼はただちに気づくことになります」

ドアが開いた。スペンサーがジェニスンを連れて来て、また出て行った。ジェニスンはそのまま立っていた。胸を張って、偉そうに、開きなおっていた。南国の海賊、追い詰められてはいるが、脅えてはいない金髪の巨人だった。

「やあ、ジェニスン」と検事が声をかけた。「とても残念だが……」

「もちろんそうだろう。きみは自分を笑い者にしている。この馬鹿げた事態は、いったい何なんだ」ジェニスンが答えた。

「座りたまえ」検事は厳しく言って、机と向き合った椅子を示した。彼は机の上の電気スタンドの傘を事前に調整して、その椅子に座る者の顔全体に光が直接あたるようにしていた。「スタンドが邪魔かい、ハリー?」

「どうしてこんなことを?」とジェニスンは聞き返した。

「よろしい」と検事は笑顔で言った。「ハレット警部が船上で令状を渡したはずだ。とうぜん、見ただろうな」

「ああ」

検事は机に身を乗り出した。「殺人容疑だ、ジェニスン!」

ジェニスンの表情は変わらなかった。「あんたに言った通り、まったく馬鹿馬鹿しい。俺がなぜ誰かを殺さなけりゃならないんだ?」

「うん、動機か？　あんたがどうして殺さなければならなかったか、まず動機から始めよう。弁護士の指名を希望するかい？」

ジェニスンは首を振った。「俺は弁護士だ、こんな馬鹿な事件なんか自分で吹っ飛ばしてやるさ」

「そうか、結構だ」と言って、検事は「書いておけ」と速記者に指示した。速記の男がうなずき、検事はミネルバに言った。「ウィンタスリップさん、あなたから始めたいと思います」

ミネルバは体を乗りだし、話し始めた。「海岸のダン・ウィンタスリップの家は、お話ししたように、彼の娘のバーバラが売りに出しています。今夜の夕食の後、ある紳士がその家を見に来ました。ヘイリーという著名な弁護士です。家を見て回ってから、ヘイリー弁護士は、ダン・ウィンタスリップとは彼が殺されるちょうど一週間前に、街で会っていたと言いました。ダンは新しい遺言を作るために近いうちに相談したいと話していたそうです。でも、遺言のどの条項を変更するのか、どうしたいのかについては触れなかったとも言いました」

「そうですか。でも、ここにいるジェニスン氏は彼の弁護士でしたね？」と検事が確認した。

「そうです」

「ダン・ウィンタスリップ氏が遺言を書き直そうとする場合、普通は、知らない弁護士のところへは行かないでしょう」

「普通はそうだろうと思います。何か特別な理由がない限りは」とミネルバが言った。

「おっしゃる通りです。特別な事情が、例えば、その遺言がハリー・ジェニスンに関係しているとか」

「異議あり」ジェニスンが声をあげた。「たんなる憶測だ」

「その通り憶測です。しかし、ここは法廷ではありませんから、好きなように憶測することができます。ミス・ウィンタスリップ、その遺言が、何らかの意味で、ジェニスンに関係していたとして、いったいどんな関係があったと考えますか？」

「考える必要はありません。はっきり分かっていますから」

「それはありがたい。ご存知でしたら話してください」

「今晩、ここへ来る前に、私はバーバラと話しました。彼女は、父親のダンが自分とジェニスンが恋仲であることを知っていたこと、自分たちの結婚に強く反対していたこと、を認めました。ダンは、もしバーバラがジェニスンとの関係を続けるならば、相続も認めないとさえ言っていたそうです」

「それでは、ダン・ウィンタスリップが作ろうと考えていた新しい遺言は、もしジェニスンと結婚するなら、娘には一銭も相続させないというような内容のものだったかもしれませんね？」

「その点に疑いはありません」ミネルバは断言した。

「ジェニスン、聞いたな。私にとっては、これはじゅうぶんな動機だ。きみが守銭奴であることを知らぬ者はいない。きみはウィンタスリップの娘と結婚したかった。この辺りきっての大金持ちの娘だ。ダンはきみは娘とは結婚できないと言った、金も貰えないと。だが、きみは持参金なしの結婚をするような人間じゃない。バーバラ・ウィンタスリップと彼女の父親の財産の両方を手に入れようと決心した。邪魔な人間がひとりいた、ダン・ウィンタスリップだ。きみがあの月曜日の夜にウィンタスリップ家のラナイにいた理由は、それだ！」

「ちょっと待て」ジェニスンは言い返した。「俺は彼のラナイにはいなかった。俺は〈プレジデント・タイラー号〉に乗っていて、みんなが知っているように、翌朝九時まで船客は上陸させてもらえなかった」

「それは分かっている」と検事は言ってから、「今は、ところで、何時だ？」と聞いた。

ジェニスンはポケットから細い鎖の先に付けた時計を取り出した。「九時十五分過ぎだ」

「ああ、そうか。それは、きみがふだん持ち歩いている時計かい？」

「ああ、そうだ」

「腕時計は使わないのかい？」

ジェニスンはためらった。「たまにだ」

「たまにか」検事は立ちあがり、机を回って、みんなの方に出てきて、言った。「左手首を見せてくれないか」

ジェニスンは腕を差し出した。きれいに日焼けしていたが、そこには腕時計と手首をとりまく時計バンドの痕がくっきりと白く残っていた。

検事は笑顔になった。「きみは腕時計を使っていた。しかも、この状態から考えると、ほとんどいつも」と言って、ポケットから小さなものを取り出し、ジェニスンの目の前にぶら下げた。

「この時計じゃないのかい？」ジェニスンはそれを睨みつけた。「見たことないか？」と検事はさらに続けた。「見たことない？　じゃあ、着けてみようじゃないか」検事は時計をジェニスンの手首に載せて、バンドを巻いた。「どう見ても、きみの手首の白いところにぴったり合うって言わざるを得ないよ。それに、止め金の突起は、バンドのいちばん使われている穴に、そのままきちんとはまる」

「それがどうした？」ジェニスンが言った。

「ああ、きっと偶然だろう。でも、きみの手首はとても太い。サーフボードと水泳かい？　それについては、後で話すことにする」そう言って、検事はミネルバに向き直った。「ウィンタスリップさん、こちらに来てくれませんか？」

ミネルバが立ち上がって側に来ると、検事は不意に体をまげて、机の上の電気スタンドを消した。欄間から漏れるぼんやりした明かりを残して、部屋は暗くなった。ミネルバは、そこに集まっている人々のぼんやりした姿、輪をなして並んだ白い顔、張りつめた沈黙を強く感じた。検事は彼女の唖然とした目の前に何かをゆっくりと持ち上げようとしていた。腕時計、人間の手首に着けられている【2】がほとんど光っていない夜光文字盤付きの時計。

「よく見て、答えてください。前にこれを見たことはありますか？」検事の声がした。

「はい」とミネルバは、迷わず答えた。

「どこで？」

「ダン・ウィンタスリップの家の居間の暗闇で、六月三十日から日付が変ってしばらくして」

検事はパッと明かりを点けた。「ミス・ミネルバ、ありがとう」と言って机の奥の自席に戻り、ボタンを押した。「ミス・ミネルバ、何かはっきりした特徴があって、そう断言したんだと思いますが?」

「ええ、文字盤の数字の【2】が、かなり不明瞭です」

スペンサーが戸口に現れた。「スペイン人を連れてこい」グリーンが命じた。「とりあえずはこれで全部です、ミス・ミネルバ」

カブレラが入ってきた。ジェニスンの姿を認めて、眼に脅えが走った。検事がうなずき、チャンは腕時計をジェニスンの手首から外して、スペイン人に渡した。

「この時計は知ってるな、ホセ?」検事が訊いた。

「ああ、はい、ええ」スペイン人の少年が答えた。「怖がらなくてもいいんだ」と検事が言った。「誰も痛い目に会わせるつもりはない。今日の午後聞かせてくれた話を、もう一度聞かせてほしいだけだ。お前は定職には就いていない。内密に頼まれて、ここにいるジェニスン氏の使い走りをやっていた」

「はい」

「もうその役目も終わりだ。話しても問題ない。七月二日、水曜日の朝、お前はジェニスン氏の部屋にいた。ジェニスン氏はお前にこの腕時計を渡し、持っていって修理してもらえと言った。具合いがよくなかった。動かなかった。お前は大きな宝石店へ持っていった。それで、どうした?」

「店の人は、ひどく壊れているって言いました。修理代の方が、新しく買うより掛かるだろうって。戻って、ジェニスンさんにそう言いました。ジェニスンさんは笑って、お前に褒美にやると言いました」

「その通り」グリーン検事は机の上の紙に目をやった。「七月三日、木曜日、午後遅く、お前はその時計を売った。誰にだ？」

「ラウ・ホ、マウナケア・ストリートの中国人の宝石屋です。土曜日の夕方、たぶん六時頃、ジェニスンさんが家に電話してきました。とても興奮していました。時計を取り戻さなければならない、金はいくらかかってもいいって。ラウ・ホの店にすっ飛んで行きました。時計はもう売れていました、名前の分からない日本人に。夜遅く、ジェニスンさんに会いました。ジェニスンさんはものすごく怒って、時計を取り戻せって罵りました。ずっと探し続けていましたが、見つかりませんでした」

検事はジェニスンを向いた。「ハリー、きみはあの時計についてはやや軽率だったな。だが、自分は安全だと思っていたに違いない。アリバイがあったからだ。しかし、事件の翌朝、ハレット警部がウィンタスリップ邸のラナイで、きみに手掛りについて細かく説明したとき、警部は時計を目撃した人物がいることを言い忘れた。それは、この捜査での我々にとっての幸運な手違いのひとつだった。土曜日の夜には、どうしてそう勘づいたかは俺には分からないが、きみは身の危険を感じていた」

「僕は分かります」とジョン・クィンシーが言った。

「なに！　なんだって？」検事が叫んだ。

ジョン・クィンシーは語った。「土曜日の午後、僕はジェニスンさんとゴルフをしました。街へ戻る途中、この事件の手掛りについて話しました。僕はたまたま腕時計について話したのです。今にして思えば、彼はそのとき初めて時計の話を聞いたのでしょう。彼は僕たちと海岸で食事をすることになっていました。でも、サインをしなければならない手紙があるから事務所で降ろしてほしいと言いました。僕は下で待っていました。時計の在り処を突き止めるために、この若者に電話をしたのは、そのときに違いありません」

「素晴らしい！」と検事は上機嫌で言った。「ジェニスン、時計の件はこれで終わりだ。きみがそれを着けていたのは意外だったが、きみはおそらく、時間をしっかり把握しておくことがひじょうに重要だと分かっていた。そして、とうぜんながら、時計は塩水ですぐ具合が悪くなったりはしないだろうと思っていた」

「なんて馬鹿げたことを喋っているんだ？」ジェニスンが叫んだ。

検事は机の上のボタンをまた押した。スペンサーがすぐに現れた。「このスペイン人を連れて行って、ヘップワースと操舵手を連れてこい」と指示した。そして、またジェニスンと向き合った。「すぐに何を喋っているか分からせてあげますよ。六月三十日の夜、きみは〈プレジデント・タイラー号〉に乗船していた。その船は、航路の入り口近くに夜明けまで停泊していた」

「そう、俺は船に乗っていた」

「翌日の朝まで、下船した船客はいなかったんですね？」

「そう記録されている」

「そうですか」〈プレジデント・タイラー号〉の二等航海士がが入ってきた。そのすぐ後ろに、大きな図体の船乗りがついてきた。同じ船の操舵手だと分かった。ジョン・クィンシーはその男の右手の指輪に気づき、サンフランシスコの屋根裏での不意の出会いを思い出した。

「ヘップワースさん、六月三十日の夜、あなたの船は予定より遅れてホノルルへ到着したため、着桟できなかった。そこで、ワイキキ沖に投錨した。そうした場合、誰が当直ですか？　例えば、真夜中からですが」

「二等航海士です」ヘップワースが答えた。「あのときは、私でした。それと操舵手です」

「乗降タラップは着桟の前の晩に降ろされていますか？」

「普通はそうです。その晩も降ろされていました」

「タラップ担当は誰ですか？」

「操舵手です」

「ああ、そうですか。あなたは六月三十日夜に当直でしたね。そのとき、何かふだんと違ったことに気がつきましたか？」

ヘップワースがうなずいた。「ええ、操舵手は酔っているように見えました。三時に、彼がタラップの側で寝込んでいるのを見つけました。彼を起こしました。明け方の錨の巻きあげに備えて、ベアリングの点検から戻ってくると、四時半頃です、彼はまたぐっすり寝込んでいました。私は彼を船室へ連れて行き、翌朝、もちろん、そのことを報告しました」

「ふだんと違うと気づいたことは、他にありませんか？」

「ありません」

「ありがとう。さて、きみ」検事は操舵手の方を向いた。「六月三十日の夜、あんたは勤務中に酔っていたんだな。どこでその酒を手に入れたんだ?」操舵手はためらった。「あんたが答える前に、ちょっと忠告しておこう。真実だ、いいか。あんたはすでにかなり目をつけられている悪だ。約束はしないが、もしここで素直に話せば、それが他のことでも役に立つかもしれない。もし嘘をついたりすれば、かなり厄介なことになりかねない」

「ほんとうのことを言うよ」と操舵手は答えた。

「よろしい、どこで酒を手に入れた?」

操舵手はジェニスンを示してうなずいた。「あの人がくれたんだ」

「彼か? ぜんぶ話してくれ」

「あの人とは、十二時過ぎたばかりの頃に甲板で会った。船はまだ動いていた。俺はあの人は前から知っていた。俺とあの人は……」

「麻薬取引でだな、二人とも。そうだろう。あんたは彼と甲板で会った」

「そうだ。あの人は、お前は今晩当直だろう、って言った。俺はそうだって答えた。あの人は小さな瓶をこっそり渡して、時間つぶしに役に立つって言った。俺は飲兵衛じゃない、嘘じゃない。でも、ほんのひと口飲んだ。ところが、そのウィスキーには何かが入れてあった、ぜったいにそうだ。頭がおかしくなっちまって、次に分かっているのは、自分の部屋で寝ているところを、お偉方が呼んでいるって不吉な知らせで起こされたってことだ」

「その瓶はどうした?」

「船長のところへ行く途中で、海に投げ込んだ。誰にも知られたくなかった」

「六月三十日の夜に、何か見たか? ふだんと違う何かを?」

「いろいろ見ましたよ、検事さん、あの酒のせいで。でも、お聞きになりたいようなことは何も見ませんでした」

「よろしい」と言って、検事はジェニスンの方を向いた。「さて、ハリー、きみがこの男に一服盛ったんだな? なぜだ? 陸に上がろうとしていたからだ、そうだろう? きみが戻ってくるまで、この男がタラップの当直でいると分かっていたからだ。この男に見られたくなかった。だから、ウィスキーに何かを混ぜた」

「たんなる想像だ」相変わらず冷静にジェニスンが言った。「俺は、あんたのことを法律家として尊敬に値するって、ずっと思ってきた。だが、それだけしか言えないなら、その尊敬もここまでだ」

「ところが、そうじゃないんだ」と検事は機嫌よく言って、またボタンを押した。「ちょっと待っていてくれれば、ハリー、もっと面白い話を聞かせてやるよ」そして、ヘップワースの方を向いた。「あんたの船にはボウカーという船室係がいた」と言った。ジョン・クィンシーはジェニスンがびくっとしたと思った。「最近、彼はどうしている?」

「ええ、香港ではひどく酔っぱらっていました。でも、もちろん、それは金があるからです」

「金って何だ?」

「こういうことですよ。この前、東洋に向けてこのホノルルを出港したとき、二週間以上前ですが、私は事務長室《パーサー》にいました。ちょうどダイアモンドヘッドを過ぎようとしていたときです。ボウカーが入ってきました。分厚い大きな封筒をもっていて、パーサーの金庫に預かって欲しいと言いました。金がたくさん入っているって言いました。事務長が確かめなければ責任はもてないと言ったので、ボウカーは封を切りました。百ドル札の束が十個ありました。パーサーはそれを包み直して、金庫に入れました。パーサーの言うことには、香港に着いたとき、ボウカーは札束のいくつかをもっていったそうです」

「ボウカーみたいな男が、どこでそんな大金を手に入れたんだろうか？」

「私には分かりません。ボウカーはホノルルで旨味のあるビジネスができたからって言っていました。でも、みんなボウカーをよく知っていますから……」

ドアが開いた。スペンサーも今度は誰が呼ばれたか分かっていたから、背を押してボウカーを部屋に入れた。〈プレジデント・タイラー号〉の船室係は泥だらけで、どろんとした目をしていた。

「やあ、ボウカー」検事が呼びかけた。「今は素面だな？」

「もちろんです。サンフランシスコへ行かされ、戻ってきました。座って、座ってよろしいですか？」

「もちろんだ。今日の午後、まだ酔っているとき、カラカウア・アベニューにあるオカモトのタクシーの客待ちスタンドで、お前はウィリー・チャンに話をした。その後で、夕方、その話をハレット警部と俺にまた繰り返した。それをもう一度聞かせてほしい」

ボウカーはジェニスンに目をやったが、すぐにそらした。「分かりました」

「お前は〈プレジデント・タイラー号〉の船室係だった。本土からここへの直近の航海で、ジェニスン氏は船客のひとりだった、九十七号室だ。彼はひとりだったと思うが……」

「ずっとひとりでした。そのために特別料金を払ったって聞きました。船ではいつもそうでした」

「九十七号室は主甲板の、タラップからあまり離れていないところにあった」

「そうです、そのとおりです」

「六月三十日の晩、ワイキキ沖に投錨した後で何が起こったか話してくれ」

ボウカーは晩餐会の後でスピーチをしようとする人物のような身振りで、金縁眼鏡に手を添えた。「ええ、その晩、私はかなり遅くまで起きていました。ここにいるウィンタスリップさんが何冊か本を貸してくれたのです。とくに興味を覚えた本が一冊ありました。読み終えて、翌朝にウィンタスリップさんが上陸するときに持って行けるように、返したいと思っていました。最終的に読み終えたのは、二時頃でした。蒸し暑かったので、新鮮な空気を吸おうと、甲板へ出ました」

「タラップからそんなに遠くないところに立っていたんだな?」

「はい、そうでした」

「操舵手に気づいたか?」

「ええ、奴はデッキチェアでぐっすり寝込んでいました。私はそっちへ行って、手摺にもたれました。タラップはすぐ目の下でした。数分そこに立っていると、不意に誰かが海から浮かび上がって、タラップのいちばん下の段を両手でつかみました。私は慌てて身を引き、物陰に隠れました。

その男は、ほどなく、タラップから甲板に上がってきました。裸足で、全身を黒いもので覆っていました。黒いズボンに黒いシャツです。私はその男から目を離しませんでした。男は操舵手のところへ行き、身を屈めて寝込んでいることを確認し、甲板を私の方にやってきました。爪先立ちで足音を忍ばせて歩いてきました。そのときにも、私はおかしいとは思っていませんでした。

私は物陰から出て『今晩は、ジェニスンさん。ひと泳ぎにはちょうどいい夜ですね』と声をかけました。そして、すぐにとんでもない間違いを犯したと気づきました。ジェニスンさんは、私に飛びかかって、喉を締めあげました。もう終わりだと思いました」

「ジェニスンは濡れていたんだな？」検事が聞いた。

「ずぶ濡れでした。甲板に水滴の跡がついていました」

「彼の手首の時計に気がついたか？」

「ええ、でも、けっして細かく見たわけではありません。そのときは、命にかかわる状況でしたから、喉のジェニスンさんの手から逃れようと必死で、止めなければ大声を立てると言いました。ジェニスンさんは『よし、お前と取引しよう。俺の船室に来い』と言いました。

でも、二人だけの内密の話はしたくありませんでした。明朝、会いましょうと言って、誰にも口外しないと約束して、やっと放してもらいました。私は何だかよく分からないまま、ベッドに入りました。

翌朝、船室へ行くと、ジェニスンさんはすっかり元気になり、顔色もよく、笑顔でした。前の晩したたま酒でも飲んでいたら、その夜に見たことも、ほんとうだったか自信がもてなかったかもしれません。ジェニスンさんの船室に行ったときは、前夜の出来事で百ドルは貰えるかもしれないと思っていましたが、彼が話し始めた途端、もっとたくさんの金の臭いがしました。ジェニスンさんは、昨夜自分が泳いでいたことは口外してはいけないと言いました。そして、いくらほしい？　と。私は息をひそめて一万ドルと言いました。ジェニスンさんが『やる！』と言ったときには、腰が抜けそうになりました」

ボウカーはジョン・クィンシーに顔を向けた。「あんたが、私をどう思うかは分からない。ティムがどう思うかも分からない。わしは生まれながらの悪じゃない。でも、あの船室係の仕事にはうんざりして、息が詰まりそうだった。自分のちょっとした新聞がほしかった。その瞬間まで、まさかそれが実現するとは思ってもいなかった。そして、忘れないでもらいたいんだが、そのときには問題になっているのがまさか殺人だってことは知らなかった。後になって分かって、息がとまるほど恐ろしくなった。自分がどうされかけたのか、あのときには、分かっていなかったからだ」ボウカーは検事の方を向いて言った。「これで全部です」

「お前は訴追免除してやる」と検事は言った。「約束は守る。それで一万ドルは貰うことにしたんだな？」

「ええ、十二時に彼の事務所へ行きました。いくつか条件のひとつは〈プレジデント・タイラー号〉がまたサンフランシスコへ戻るまで船から降りないこと、その後は、二度とこの辺りに顔を見せないことでした。条件に異論はありません。ジェニスンさんは私をここにいるカブレラに引き合わせ、カブレラはその日ずっと私を監視していたと思います。私が乗船すると、封筒に入れた千ドルをくれました。

今度戻って来て、カブレラと丸一日を過ごし、出航するときにあと九千ドルを受け取る手筈になっていました。今朝、船を係留しているときに、埠頭にこのスペイン人がいると気づきました。でも、私が上陸したときには、もう見えなくなっていました。私はこのウィリー・チャンと会って、どんちゃん騒ぎをしました。ここで連中が売っている『フーゼルオイルみたいな飲物』の効き目で舌が緩んでしまいました。でも、後悔はしていません。もちろん、薔薇色の夢は消えてしまいましたし、これから死ぬまで、甲板から足を離せないでしょう。でも、どこのバーカウンターにもカバーがかけられ、店は閉まっていて、陸はもうそれほど魅力的ではありません。この広々とした海の上の生活は、男を新鮮な空気で元気づけます。お話ししたように、口を滑らしたことは悔んでいません。また相手が誰であろうと、臆することなくそいつを真正面から見て、俺は自分の行きたいところへ行くぞって、言えます」ボウカーはミネルバに目をやって言った。「でも、マダム、どことどこと厳密に場所を申し上げるのは止めましょう」

検事は立ちあがった。「さあ、ジェニスン。私の見方を説明しよう。私はきみにはすべてを話した。それは、逃げ道のないことを、きみ自身で分かってもらいたかったからだ。きみには二つの選択肢がある。ひとつは無罪を申し立てて裁判に持ち込むやり方だ。だが、それは、きみにとっては屈辱的な試練がずっと続くことになる。いっぽう、今この場で自供して、裁判所の慈悲に身を委ねることもできる。きみのように思慮ある男なら、選ぶのはこっちだろう」

ジェニスンは答えなかった。検事に目を向けようともしなかった。検事は続けた。「きわめて巧妙な計画だった。さすがに、きみだと思う。ただひとつ分からないのは、急に思い立ったのか、あるいは、前からすべて計画していたのか、という点だ。きみは最近かなり頻繁に本土へ出かけていた。きみはチャンスをうかがっていたのか？　とにかく、チャンスが来た、そうだな、ついにチャンスが。きみのような泳ぎの名手にとっては、しごく簡単だった。船を離れるときにはタラップは要らなかった。たぶん、〈プレジデント・タイラー号〉がまだ動いているうちに、海に飛び込んだ。素早く音がしないように飛び込んだ。誰かが甲板から見ていたかもしれないから、しばらく水に潜ったまま進んだ。それから浜に向かっての長い距離を、易々と泳いだ。そして、ついにワイキキの浜に着いた。たいして離れていないところで、ダン・ウィンタスリップはラナイに寝ていた。きみとの間には施錠されたドアの一枚もなかった。きみときみが欲しい物の間に立ち塞がっているのはダン・ウィンタスリップだけだった。いくらかの争いと素早いナイフのひと突き。さあ、ジェニスン、馬鹿な真似はもうやめろ。きみにとって今いちばんいいのは、すべてを自供することだ」

ジェニスンはぱっと立ちあがった。目はぎらついていた。「そんなことをするくらいなら、先に地獄で待っててやるぜ！」

「そうか、よろしい、そんなふうに思うなら」検事はそう言って、ジェニスンに背を向けて、警部とぼそぼそと話し始めた。ジェニスンとチャーリー・チャンは机の同じ側にいた。チャンは取り出した鉛筆を、誤って床に落とし、拾おうと屈みこんだ。

チャンの尻ポケットに入っているピストルの銃把が上着の下から突き出ているのが、ジョン・クィンシーの目に入った。ジェニスンがさっと前に出て、その拳銃をひったくるのが見えた。ジョン・クィンシーは、大声をあげてジェニスンに飛びかかろうとした。検事がその腕をつかみ、押しとどめた。チャーリー・チャンは、どういうわけか、事態にまったく関心がないようだった。

ジェニスンは銃口を額に当て、引き金を引いた。カチッと鋭い音がした。それだけだった。拳銃が手から落ちた。

「それだ！」検事が勝ち誇って叫んだ。「それこそが言葉を使わない自供だ。私には証人が何人もいる、ジェニスン、みんなきみを見ていた。きみのような立場の人間として、きみは屈辱に耐えられなかった。自殺しようとした。弾の入っていない拳銃で」検事はチャンのところへ行き、肩を叩いた。「うまくいったな、チャーリー」と言って、ジェニスンに向かって言い足した。「チャンのアイディアだ。東洋的発想だよ、ハリー。じつにみごとだ、そう思わないかい？」

ジェニスンは椅子にドサッと崩れ、手で顔を覆った。

「悪かったな」と検事が穏やかに言った。「だが、きみもここまでだ。もう話してくれるな」

ジェニスンはゆっくりと目を上げた。反抗的表情は消えていた。その顔は皺がふえ、いっきょに老けこんでいた。

「ああ、そうする」とかすれ声で言った。

第二十三章　太平洋の十字路を照らす月

一同は、ジェニスンをグリーン検事と速記者に任せて、出て行った。控室で、チャンはジョン・クインシーの傍らに行って、話しかけた。

「大手柄の輝かしい衣をまとって凱旋ですね。ひとつどうも気に掛かっていることがあります。あなたも我々も、同時に、同じ結論に達しました。そうなるためには、あなたもたくさんの溝を飛び越えなければならなかったはずです」

ジョン・クインシーは笑った。「否定はしません。でも、その結論に達したのは、今晩でした。第一に、ボールをかっ飛ばすプロゴルファーの手首は太い、という話を聞いたことがありました。ゴルフ場でのジェニスンと彼のものすごい飛距離が頭に浮かびました。太い手首とは、その持ち主が泳ぎの達人でもあることを意味する、と教わりました。そして誰か、若い女性が、ワイキキ沖で船から脱走した水泳選手の話をしました。閃いたのはそのときが最初です。僕はかなり正解に近づいていました。そして、ボウカーこそ、それを証明できる人物だと思いました。ボウカーを見つけようと、大急ぎで〈プレジデント・タイラー号〉に乗り込んだとき、ジェニスンがすぐにも出発しようとしていると分かり、僕の読みは裏付けられました。僕はボウカーを探しました」

「勇気ある行動です」とチャンが言った。

「でも、チャーリー、お分かりのように、僕は決定的証拠は何も持っていませんでした。ただの、推理だけです。ほんとうに立証したのは、チャーリー、あなたです」

「この仕事では証拠がぜったいに必要です」

「僕にも分からないことがあります。あなたが図書館にいたのを覚えています。僕よりずっと前に新情報をつかんでいました。なぜですか?」

チャンはにやりと笑った。「あの最初の夜に〈オール・アメリカン・レストラン〉で寛いでいたとき、私が中国の人たちはカメラフィルムのように感度がいいと言ったのを覚えているでしょう。目つき、笑い、仕草で、何かにカチッとスイッチが入ります。ボウカーが入って来て、騒いでいました。酔った口調でぐずぐず、『俺しゃまは俺しゃまのごちゅじんだ、なあ、ちぎゃうか?』なんて言っていました。頭の中で何かがカチッって音を立てました。彼は自分自身を自分でコントロールできる人間ではありません。波止場まで後をつけて、スペイン人が封筒を渡すのを見ました。でも、何日も霧の中を彷徨っていました。分かっていたのは、カブレラとジェニスンがひじょうに親しいことだけです。手掛りは目の前で次々に破裂し続けました。なぜ殺されたのかは相変わらず分からないままでした。図書館でジェニスンは水泳選手だったことを知ります。そして、腕時計。ついに勝利です」

ミネルバは出口に向かっていた。「自動車へご案内しましょうか?」チャンが申し出た。

警察の玄関で、ジョン・クィンシーは、そのままリムジンを運転してひとりでワイキキに帰るようにと運転手に指示した。「一緒に乗って行ってください」とおばに声をかけた。「お話ししたいこともありますから」

ミネルバはチャーリー・チャンに向かい言った。「おめでとう。ほんとうに知恵がおありですこと。素晴らしいですわ」

チャンは深々と頭をさげた。「あなたにそんなに褒めていただくとは、身に余る光栄です。ここでお別れするのが、とても残念です。凍えるような冬の日も、焼けるような夏の日も、あなたにとってはいつも春のような気持ちよい日でありますように、心から祈っております」

「ご親切にありがとう」ミネルバは穏やかに返した。

ジョン・クィンシーはチャンの手を握って言った。「チャーリー、あなたと知り合いになれて、とても嬉しかったです」

「また本土へ帰るのですね。私たちの間には逆巻く荒波があります。それでも、あなたの友情は一輪の花のように私の心で咲き続けています」とチャンが言った。ジョン・クィンシーは自動車に乗り込んだ。「いずれまたお会いできますように。旅の喜びはつねに私とともにあります。お宅をお訪ねして、お元気な手と握手できる日を楽しみに待っています」とチャンは別れを言った。

ジョン・クィンシーは、道の傍らで堂々とした仏像のように立って見送っているチャンを残して、自動車をスタートさせた。

「バーバラが可哀そう」としばらくしてミネルバが口を開いた。「彼女にこれを話すのが恐ろしい。でも、たぶん、まったくの晴天の霹靂ってことでもないと思う。彼女はジェニスンと一緒に上陸してから、二人の間にはずっと何かすっきりしないものがあるのを感じているって、話してくれた。まさか自分の父親を殺したとは思わなかったにしても、ジェニスンは何らかの意味で関係してるって思っていた。明日にもブレードの件は片付けて、翌日にはここを出るつもりでいる。たぶん永久に。ボストンへ来て、しばらくゆっくりするように勧めたわ。そうすれば、あなたも会えるでしょう」

ジョン・クィンシーは首を振った。「いや、僕は会うつもりはありません。でも、思い出させてくれてありがとうございます。このまますぐに、電報局へ行かなければなりません」

電報局から出て来て、ジョン・クィンシーは満足したような笑顔で、また自動車に乗り込んだ。「サンフランシスコでは」と言った。「ロジャーは僕のことを堅物ピューリタンの残骸だとからかいました。彼はめったに出会えない出来事のリストを示して、僕が体験することはけっしてないだろうと言いました。でも、今となれば、僕はそのリストのほとんどをもう体験してしまいました。ですから、彼に電報でそう知らせてやったんです。それから、一緒に仕事をしたいとも言ってやりました」

ミネルバは眉をひそめた。「慎重に考えなさいよ。サンフランシスコはボストンとは違います。文化の程度もずっと低いと思いますよ。きっと、寂しくなって……」

「いや、いや、そんなことにはなりません。一緒に行ってくれる人がいるでしょうから。少なくとも、彼女はそうしてくれると期待しています」

「アガサ?」

「いや、アガサじゃありません。彼女には文化レベルが低すぎます。彼女は婚約を『オシマイ』にしてしまいました」

「じゃあ、バーバラ？」

「いや、バーバラでもありません」

「ときどき考えるんだけど……」

「おばさんは、バーバラは僕が原因でジェニスンと別れたと思っていたでしょう。ジェニスンも僕が邪魔だと考えていました。今となれば、すべてはっきり分かります。だから、ジェニスンは僕を脅して、ホノルルから立ち去らせようとしました。しかし、帰りそうもないので、麻薬取引の仲間に襲わせたんです。バーバラは僕に恋なんてしていません。今となれば、バーバラが婚約を破棄した理由が理解できます」

「アガサでも、バーバラでもないとすると。いったい誰？」

「おばさんはまだ会ったことはありません。でも、帰る前に、よろしければ、会っていただきたいと思います。ハワイでいちばん素敵な、つまり世界でいちばん素敵な女性です。ジム・イーガンの娘です。ジム・イーガンについては『誇り高き海のホームレス』だって聞かされたでしょう」

ミネルバはまた眉をひそめた。「それは、とても冒険だわ、ジョン・クィンシー。彼女は私たちとは育った環境も違うし」

「ええ、ですから、素敵なんです。彼女はおばさんの親友の姪に当たります。知ってますか？」

「知ってますよ」とミネルバは静かに言った。

「八十年代におばさんの親友だった人。おばさんは僕に言ったでしょう、目の前にチャンスが来たらって」

「ご多幸をを祈るわ。彼女についてママに手紙を書くときは、英国海軍省のコープ大佐についても忘れずに書いてくださいよ。グレースが可哀そう！　彼女の生甲斐だったでしょうに。それが壊れてしまったとは」

「壊れてしまったって、何がですか？」

「あなたにたいするすべての期待が壊れたってこと」

「そんな、馬鹿な。ママは分かってくれますよ。僕が放浪癖のあるウィンタスリップの人間だってことも、故郷を出て行くときには出て行くってことも」

　二人がマダム・メイナード邸に行くと、マダムは彼女よりさらに年配の数人の友人たちと居間にいた。海岸からは、若者たちの大騒ぎが聞こえていた。

「あら、まあ、あなたは、なんやかんや言っても、一晩と言えども警察から離れられないようだったから、戻っては来ないと思っていたわ」

　ジョン・クィンシーは声をあげて笑った。「もうパウしました。ところで、カーロタ・イーガン、彼女は？」

「みんなとどこかへ出かけてる」とマダム・メイナードが言った。「夕飯を食べには戻ってきた。そうそう、食堂にサンドイッチがある。それと……」

「今は結構です。ありがとうございます。ではまた、ええ……」

ジョン・クィンシーは海岸へ駆けだした。ハウの木の下に集まっている若者たちが、カーロタ・イーガンはいちばん沖の浮き桟橋にいると教えてくれた。「ひとりでだろうか？　いや、そうじゃなかろう、あの海軍大尉が……」水際に向かって急ぎながら、海軍はもううんざりだと思った。海軍が自分のためにやってくれたさまざまなことを考慮すれば、そんな考え方をしてはならなかった。しかし、こんなときには邪魔だと思うのが人間であり、彼もけっきょくは人間だった。

すぐに水際に着いた。水着は更衣室にあったが、そんなことは考慮しなかった。蹴るようにして靴を脱ぎ、上着を脇へ放り投げ、砕ける波に飛び込んだ。新たな世界に挑むウィンタスリップ家の血が、体中を激しく流れていた。熱帯の海も冷ますことができないほど、その血は沸き立っていた。

案の定、カーロタ・イーガンとブース大尉は一緒に浮き桟橋にいた。ジョン・クィンシーは二人の横に這いあがった。

「さあ、僕は戻ってきたぞ」と宣言した。

「きみが戻ってきたことを世界に知らしめよう。しかも、ずぶ濡れで」

三人はそこに座った。はるか千マイルの彼方から暖かい海を越えて貿易風が吹き、三人の頬を撫でた。水平線のすぐ上に南十字星が懸かり、オアフ島の明かりが水際に沿って煌めき、ダイアモンドヘッド山頂で黄色い明かりが瞬いていた。豪華絢爛たる舞台装置だった。問題はただひとつ、浮き桟橋は混み合っていた。

ジョン・クィンシーは思いついた。「僕が海に飛び込んだとき、きみが何か批評するのを耳にしたような気がする。うまいと思ったんだろう?」

「ひどいもんだった」と大尉は機嫌よく言った。

「何が悪かったか、見本を見せてくれないか?」

「ああ、いいよ。お望みとあらば」

「ぜひ頼むよ。一日ひとつ何かを習得する。それが僕のモットーだ」

ブース大尉は飛び込み板の先端に行った。「まず第一に、くるぶしを、いつも、ぴったり付けておかなければならない、こんなふうに」

「分かった」とジョン・クィンシーが答えた。

「それから、耳のところに腕をぴったり付けておく」

「僕の場合は、ぴったりつけておけばおくほどよい」

「それからジャックナイフのように体を折り曲げる」そう言うと、インストラクターの大尉はジャックナイフのように体を曲げ、空中に飛び出した。

それを同時に、ジョン・クィンシーは娘の両手を取った。「よく聞いてくれ。もう一秒といえども待てない。きみを愛しているって分かってもらいたい」

「狂ったの」と娘が叫んだ。

「狂っているんだ、きみに。フェリーで会った日から」

「でも、あなたの親戚の方たちが？」

「親戚がどうした？　きみと僕、二人の問題だ。僕らはサンフランシスコで暮らす。もし、僕を愛しているならば……」

「ええ、私……」

「頼むから、すぐ答えてくれ。あの人間潜水艦が僕らの周りで泳ぎ回っている。僕を愛しているだろう、違うかい？　結婚してくれるね？」

「はい」

ジョン・クィンシーはカーロタを抱き、口づけした。そんな口づけができるのは、新たな世界に向かって果敢に乗り出すウィンタスリップの男だけだった。安逸に閉じこもったままの者たちは、勇気ある者たちの偉業をいつもひそかに妬む。

娘はやがて男の腕を振りほどいた。息を切らしていた。「ジョニー！」と叫んだ。

二人の傍らで水音がし、ブース大尉が浮き桟橋に上がってきた。びしょ濡れで、息を弾ませていた。「どうした？」としゃがれ声で言った。

「お生憎さま、あのジョニーはジョンって意味だ」ジョン・クィンシーは勝ち誇って叫んだ。

訳者あとがき

E・D・ビガーズ（一八八四〜一九三三）は、ホノルル警察の刑事チャーリー・チャンを主人公とする六作品を発表している。

この作品はその第一作「The House Without a Key」の全訳である。初出は「ザ・サタデー・イヴニング・ポスト」誌の一九二五年一月二十四日号から三月七日号。

初刊本は、雑誌連載直後にBobbs-Merrill Companyから刊本されている。本書では、二〇〇八年に刊行されたChicago Review Pressの二刷本（二〇一〇年）を底本に使用した。

ホノルルきっての資産家が殺される。アメリカ本土、東部の名門一族の血を引くその資産家の資産形成には、触れられたくないかつての暗い経歴が陰を落としていた。残された資産とただひとりの相続人である娘を軸に、太平洋の十字路《ホノルル》で物語は展開する。ホノルルとアメリカ本土、あるいは東洋を結ぶ手段は、まだ船と電信しかない時代の物語だ。

小説のみならず映画にも登場し、やがてアメリカでもっとも著名な警察官のひとりになる中国系アメリカ人チャーリー・チャンは、本作で初めて姿を見せる。しかし、明晰な考察力と精緻な論理の組み立てで難事件の解決を主導する将来の姿はまだ見えない。ときおり鋭い推理の片鱗をうかがわせるものの、英語力不足に悩みながら、白人である上司や検事の指揮のもとで事件解決に当たる一人の刑事にすぎない。本作で中心となって捜査を進めるのはなおも白人たちだ。

この作品は、二つの点で興味深い。まず第一に、チャンの犯罪捜査についての基本的考え方が、「本の中では指紋やその他の科学的方法は役に立ちますが、現実の捜査ではそうでもありません。私の経験は、人々を人間として深い考察の対象にすべしと命じます。人間の激しい心の動きを。殺人の背後にあるもの、それは何か？　憎悪、復讐、口封じ、あるいは金銭。人々を人間としてつねに研究するのです」（第十章、一五八ページ）と語られる。

第二に、当時のさまざまな社会的対立が示される。アメリカ東部（ボストン）対西部（サンフランシスコ）。アメリカ本土対ハワイ。ハワイの白人対ハワイ人や日本人、中国人などの非白人移民たち。そして、ハワイの白人相互。しかし、ビガーズは、あえてキプリングの名を挙げて「東と西は出会うことができる」と東と西とが融和可能であることを登場人物に言わせる。（第十章、一五四ページ）

なお、チャーリー・チャンを主人公とするビガーズ作品の全体については、『チャーリー・チャン最後の事件』（論創海外ミステリ82）に付された浜田知明氏の解説「アメリカ黄金時代『大衆派』本格の始祖」が恰好の手引書になっている。

本作品には先行訳がある。「別冊宝石」45号（小山内徹訳、世界探偵小説全集11 E・D・ビガーズ篇、岩谷書店、一九五五年）、その単行本化である『鍵のない家』（同訳、芸術社推理選書10、芸術社、一九五七年）、『鍵のない家』（久米穣訳、世界推理・科学名作全集19、偕成社、一九六四年）、『鍵のない家──ハワイ資産家殺人事件（キンドル版）』（大野晶子訳、ハウオリブックス社、二〇一三年）である。また、小山内訳（芸術社版）には田中潤司氏の解説『ビガーズとチャン警部』が付されている。

The House Without a Key（*1925,Bobbs-Merrill Company*）

"Charlie Chan Mystery" The House Without a Key（*Second Printing,2010,Chicago Review Press*）

なお、偕成社版の久米訳はストーリーの展開に力点をおいて訳されており、その意味では全体が短縮されている。

本邦初訳の小山内訳が公刊されたのは、今から半世紀以上昔だ。物語の舞台となるハワイは、まだ『憧れのハワイ航路』であり、その先の本土を踏んだ日本人は多くはない。原作の発表はアメリカの禁酒法の時代であり、ボストンのバーの状況、ホノルルでの酒類の扱いの記述などにその影響が直接、あるいは間接的に述べられているので、訳注としてそのような時代であることを述べさせていただいた。

また本作では「ジプシー」という言葉を使っているが、時代背景を生かすためあえて使ったものなので、ご了解を願いたい。


今回も論創社、黒田明氏には熱心なご指導、ご鞭撻をいただいた。解説者、大山誠一郎氏からの貴重なアドバイスにも大いに助けられた。

また、翻訳家、宮脇孝雄先生にも日頃から種々ご指導をいただいている。

この場をお借りして、御三方に厚くお礼を申し上げたい。

そして、「NCTG翻訳勉強会」の友人たちの長年にわたる叱咤・激励にも、心からなる感謝を申し上げたい。

アメリカ黄金時代のもう一人の創始者

大山誠一郎（ミステリ作家）

長年ミステリに親しんでいるにもかかわらず、最近まで〈チャーリー・チャン〉シリーズを読んだことがなかった。その名は昔からよく目にしてきたのだが、「物珍しい探偵役のおかげで映画化されてヒットしただけで、古臭いし謎解きも大したことないんじゃないの？」という先入観があって、食指が動かなかったのだ。

だが、本書『鍵のない家』の解説の依頼をいただいてからシリーズ全六作をまとめて読み、自分の不明を恥じた。森英俊氏は『世界ミステリ作家事典　本格派編』（国書刊行会）で、「シリーズ第1作の『鍵のない家』がヴァン・ダイン『ベンスン殺人事件』（１９２６）の前年に出ていることは注目しておく必要がある。すなわち、アメリカの黄金時代の幕開けを飾ったのはヴァン・ダインではなく、このアール・デア・ビガーズだったという見方もできるのである」と述べているが、まさに〈チャーリー・チャン〉シリーズは、黄金時代の偉大なる創始者の一員と称するにふさわしい、充実した作品群だったのだ。

私のような「遅れてきた読者」が偉そうな講釈を垂れるのは気が引けるが、ここではまず、チャーリー・チャンシリーズの特徴や、同時代のヴァン・ダインとの対比を私なりにまとめて述べ、最後に本作の読みどころを論じてみたいと思う。

（一）謎の設定と舞台設定

まず注目すべきは、謎の設定や舞台設定が作品ごとにがらりと変わることだ。第一作となる本作で、チャンはホノルルで起きた資産家殺害事件を捜査するが、第二作『シナの鸚鵡』では、恩義ある人のためにカリフォルニアの砂漠へ真珠を運ぶ中で、鸚鵡と人間の殺害事件に遭遇する。第三作『チャーリー・チャンの追跡』では、ペシャワル、ニース、ニューヨークで別々の時期に起きた不可解な女性失踪事件と、十六年前にロンドンで起きた殺人事件とを追っていたロンドン警視庁の元副総監がサンフランシスコで殺害された事件に、オブザーバー的な立場で挑む。第四作『黒い駱駝』では、ハリウッドの有名女優がホノルルの別宅で殺害された事件を捜査する。第五作『チャーリー・チャンの活躍』では、世界周遊旅行団が各国を訪れる中でメンバーが次々と殺されていくという、これ以上ないほど派手な事件が起き、捜査していたロンドン警視庁のダフ上席警部が寄港先のホノルルで犯人の凶弾に倒れたあと、チャンが捜査を引き継ぐ。最終作『チャーリー・チャン最後の事件』では、サンフランシスコのお屋敷に女性オペラ歌手とその四人の別れた夫が集まった中で起きた殺人事件に、オブザーバー的な立場で挑む。

このように、失踪事件もあれば殺人事件もあり、ホームで捜査する場合もあればアウェイで捜査する場合もありと、謎の設定や舞台設定は実に多彩だ。ニューヨークの邸宅やアパートメントで起きる殺人事件ばかりを描いたヴァン・ダインと比べれば、その多彩さが実感できる。

（二）探偵役の設定とその推理法

チャンは中国からの移民で、かつては使用人だったが、ホノルル警察の警官となって頭角を現した。小柄で太っており、愛想がよく、恐ろしく腰が低く謙虚（自負心は非常に強いのだが）で、中国の格言や警句を好んで口にする。結婚しており、『鍵のない家』で登場した時点では九人の子持ち、その後さらに二人増えている。

一方、ヴァン・ダインの創造したファイロ・ヴァンスは上流階級に属し、遺産で暮らす独身の高等遊民であり、長身痩軀、不愛想で嫌味で、ペダントリーを喋りまくる——と、何から何までチャンとは正反対なのだが、実は二人には大きな共通点がある。

ヴァンスは心理学的推理法を唱えて物的証拠を軽視したが、チャンも物的証拠には重きを置かないと述べているのだ。本作でも、「本の中では指紋やその他の科学的方法は役に立ちますが、現実の捜査ではそうでもありません。私の経験は、人々を人間として深い考察の対象にすべしと命じます。人間の激しい心の動きを。殺人の背後にあるもの、それは何か？　憎悪、復讐、口封じ、あるいは金銭。人々を人間としてつねに研究するのです」（一五八頁）と述べている。

物的証拠に重きを置かない推理法を補強するものとしてヴァンスは心理学を持ち出したが、チャンの場合にはそれが中国人という出自（中国人は霊感に富む民族だと述べている）であり、しばしば口にする中国の格言や警句ということになる。

もっとも、ヴァンス自身が口で言うほど心理学一辺倒ではなく、物的証拠にも依存していたように、チャンの推理も実は物的証拠に基づいているし（その典型は『黒い駱駝』や『最後の事件』）、物的証拠の入手にも熱心である。これは、チャンが警官であり、裁判で通用するような証拠を必要とするからだし、読者を納得させるためには物的証拠に基づいた推理でなければならないからだろう。

（三）事件の真相

怪しげな証拠品や容疑者がたくさん登場し、それぞれクローズアップされて詳しく調べられるものの、結局、そのほとんどが真相とは無関係（読者から見れば無駄な目眩まし）だと判明する——古典的なミステリによくあるパターンを、〈チャーリー・チャン〉シリーズも免れているとは言えない。しかし一方で、そうしたパターンを自覚して変化を持たせようとする試みが為されてもいる。その具体例は、このあと本作を論じる際に述べたい。

また、注目すべきなのは、犯人の行動が自然である点だ。犯人自身はトリックを弄さず、状況のため、あるいは他の人物が介入したために謎が複雑化する場合もあるし、犯人自身がトリックを弄する場合でも、それは状況に応じて臨機応変に為されたシンプルなものである。にもかかわらず、明かされる真相は非常にトリッキーだ（特に『追跡』の真相のトリッキーさには仰天した）。トリッキーかつ自然――この点、一部の作品で犯人がトリックを弄しすぎて不自然になっているヴァン・ダインと比べて、現代性を感じさせる。

そして、英語の諺《ことわざ》にある「過去の罪は長い影を落とす」というテーマがしばしば用いられるのも、特徴の一つと言えるだろう。もちろん、どのように影を落とすかが作品によって異なることは言うまでもない。

（四）小説

小説としての第一の特徴は、ロマンチックな要素が散りばめられていることだ。常夏の楽園、人跡未踏の地を行く探検隊、世界的な名声を誇る女優や歌手、世界周遊旅行団、何十年も前の罪、遠い昔の恋……。ヴァン・ダインは作品を盛り上げる手段としてペダンティズムに訴えたが、ビガーズはロマンティシズムに訴えたと言える。

第二の特徴は、異文化同士の接触というテーマが毎回出てくること。これは、中国人探偵という設定を導入した時点で必然とも言えるが、ここでいう異文化とは、西洋と東洋だけではない。同じ西洋でもアメリカとイギリス、同じアメリカでも東海岸と西海岸（あるいはハワイ）も異文化同士なのだ。接触の中で、それぞれの文化に属する者たちは、お互いへの理解を深め、変容していく。

第三の特徴は、登場人物の造形や会話のうまさ。作者はさまざまな文化、さまざまな社会階層に属する登場人物を鮮やかに描き出す。会話では、特に男女のやり取りのうまさに目を惹かれる。『追跡』における大富豪の呑気な青年と女性次席検事とのやり取りなど、まるでロマンチック・コメディの一場面を観ているようだ。毎回、若い男女のロマンスが生き生きと描かれるのも特徴で、この点、二十則で恋愛描写は不要と述べたヴァン・ダインとは対極にある。

最後に、本書『鍵のない家』の読みどころについて論じてみたい。真相の一部に触れているので、未読の方はご注意を。

本作の読みどころが、ハワイという土地やそこで暮らす人々の生き生きとした描写、そして視点人物の青年ジョン・クィンシー・ウィンタスリップがボストン上流階級の堅苦しい枷から次第に解放されていく姿であることは言うまでもないが、ミステリ的に注目すべきは、手がかりの扱い方だろう。

ジョン・ディクスン・カーはかつて、エッセイ「地上最高のゲーム」で、推理小説の使い古されたパターンを次のように揶揄した。事件現場には、「カフス・ボタン、バスの切符、レースのハンカチ、煙草の吸いがらのたぐいが、紙撒き鬼ごっこのあとのように散乱している」が、「調査の結果、カフス・ボタンや煙草の吸いがらは、容疑者の一人か二人が何の気なしに落としていった」無関係なものだと判明する……。

本作も、そうしたパターンを免れていないように見える。ダン・ウィンタスリップ殺害事件では、「一ページが失われたゲストブック。手袋のボタン。サンフランシスコのロジャーから来た電報。全部は語られていないがイーガンの話。コルシカ煙草の吸いさし。怒りにまかせて破り取られたらしい新聞。誰かがつけていた文字盤の【2】がぼやけている腕時計」（一五八頁）といった手がかりが、カーが言うところの「紙撒き鬼ごっこのあとのように」散乱していたし、それらは、警察が捜査していく過程で、どれも無関係あるいは犯人を特定できないものと判明し捨てられてしまうからだ。

だが、そのあとが違う。本作では、一度は捨てられた手がかりが復活し、思いもよらぬ点から犯人のトリックを暴き立てるのだ。それは、腕時計の手がかりである。

犯人が犯行時に身に着けていたこの腕時計は、のちに発見されるものの、犯人を特定するには至らない。バンドの穴に残っている痕から、持ち主の手首が太かったことはわかるが、「ホノルルのほとんどの男の手首は太い」（三四五頁）からだ。

だが、手首が太いということが、犯人はある技能を有していることを示す（この技能については、メイナード夫人邸のパーティでの老人の発言［三五九頁］でさりげなく触れられている）。犯人はその技能を用いてアリバイを作ったのだ。このように、問題の腕時計は、犯人を示す手がかりとしては役に立たないが、犯人の用いたトリックを示す手がかりとして、解決場面で劇的に復活するのである。このトリックは極めてシンプルなものだが、巧妙に設定された状況下で、最大限の効果を上げている。

山ほどあった手がかりが捜査の過程で次々と捨てられ、結局一つも残らない——と見せておき、最後に捨てられた手がかりの一つが復活して思いもよらぬ角度から犯人の犯行を暴き立てる。これは明らかに意図的な趣向だ。本作の原題“The House Without a Key”は、鍵をかける必要がないほど平穏な土地にあるダン・ウィンタスリップ邸を指すとともに、手がかりが次々と消えていき、「手がかり一つない（without a key）」状態になることを読者に告げるものではないだろうか。そうした状態になってからどのように事件を解決してみせるのか、作者の腕前を御覧《ごろう》じろ——そういう挑戦の意図が、このタイトルには込められているのではないだろうか。

アメリカ黄金時代の創始者と見なされたヴァン・ダインは、日本では、初紹介された戦前から現代に至るまで、毀誉褒貶はあるものの、ほぼ一貫して注目の的であり続けてきた。一方、同時代に作品を発表し、同じく戦前に初紹介されているビガーズは、一時期を除いて日本ではほぼ忘れられた作家だった。

だが、彼はアメリカ黄金時代のもう一人の創始者と言っていい存在であり、ミステリ史における重要性だけでなく、その作品の持つ現代性からも、何よりその抜群の面白さからも、もう一度読まれるべき作家だと思う。

〔訳者〕
林たみお（はやし・たみお）
1943年生まれ。一橋大学法学部卒。会社勤務を経て翻訳の勉強を始める。英語雑誌、英語教材、社会科学、ポピュラーサイエンス関連の翻訳協力多数。訳書にE・D・ビガーズ『黒い駱駝』（論創社、2013年）。

鍵《かぎ》のない家《いえ》
——論創海外ミステリ 128

2014年8月20日　初版第1刷印刷
2014年8月25日　初版第1刷発行

著　者　E・D・ビガーズ
訳　者　林たみお
装　画　佐久間真人
装　丁　宗利淳一
発行所　論　創　社
〒101-0051　東京都千代田区神田神保町2-23　北井ビル
電話 03-3264-5254　振替口座 00160-1-155266

印刷・製本　中央精版印刷
組版　フレックスアート

ISBN978-4-8460-1350-9